AFTER

ANNA TODD

ÉDITION LIMITÉE

∞

NEW ROMANCE

AFTER

∞

ANNA TODD

Traduit de l'américain
par Marie-Christine Tricottet
et Eugénie Chidlin

Hugo Roman

AFTER WE RISE - SAISON 4

Gallery Books
Un département de Simon & Schuster, Inc.
1230 Avenue of the Americas
New York, NY 10020

Ce livre est une fiction. Toute référence à des événements historiques, des personnes ou des lieux réels serait utilisée de façon fictive. Les autres noms, personnages, lieux et événements sont issus de l'imagination de l'auteur, et toute ressemblance avec des personnages vivants ou ayant existé serait totalement fortuite.

Première édition : Gallery Books, décembre 2014
Titre original : After We Fell
GALLERY BOOKS et colophon sont des marques déposées de Simon & Schuster, Inc.

Couverture : © Simon & Schuster UK.
Logo infini : © Grupo Planeta – Art Department

Pour la présente édition :
© 2015, Hugo et Compagnie
38, rue La Condamine
75017 – Paris
www.hugoetcie.fr

Ouvrage dirigé par Isabelle Antoni et Dorothy Aubert

ISBN : 9782755622683
Dépôt légal : novembre 2015
Imprimé en Chine

À tous mes lecteurs du monde entier.
Je vous aime.

PROLOGUE

J'ai toujours rêvé de vivre à Seattle. Je me rappelle les magazines remplis de photos de cette ville magique au bord de l'eau. Tout paraissait si fascinant, ici. Bien plus que dans ma petite ville natale.

Je me disais que tout le monde ne pouvait que préférer Seattle. Ma mère avait pour habitude de me dire qu'un jour, j'aurais un bel appartement qui donnerait sur toute la ville. Elle disait que j'aurais une vue sur la cité émeraude qu'elle n'a jamais réussi à avoir.

Maintenant que j'habite ici, dans cette *ville magique*, je ne ressens plus cette même fascination. Le conte de fées s'estompe peu à peu, et je me sens davantage comme un hamster dans sa roue. La sublime ligne d'eau à l'horizon perd de son éclat, et mes amis me manquent. Lui, surtout. Je tiens bon, pourtant. Je vis un rêve que jamais mes parents n'ont pu approcher. Mais pourquoi je me sens si vide, à présent ? Si seule, sans la personne que je voudrais à côté de moi bien plus que n'importe qui d'autre de mes rêves. Je me bats chaque jour contre moi-même pour ne pas abandonner. Je dois tenir.

1
Tessa

Alors que je traverse le campus en voiture, je ressens malgré moi une certaine angoisse. La WCU de Seattle n'est pas aussi petite que ce que Ken m'avait dit, et les rues de la ville me semblent plus sinueuses et plus pentues les unes que les autres.

Je me suis préparée du mieux possible pour que tout se déroule bien aujourd'hui. J'ai même pris deux heures d'avance pour être sûre de ne pas arriver en retard. Mais la moitié de ce temps, j'ai été coincée dans les embouteillages à écouter un talk-show à la radio. Je ne comprenais pas l'engouement pour ce genre d'émission jusqu'à ce matin où une femme désespérée racontait que son mari l'avait trompée en couchant avec sa meilleure amie. Et qu'ils étaient partis ensemble en emmenant son chat, Mazzy. Elle essayait de conserver un peu de dignité malgré les larmes... Du moins, autant que possible pour une personne qui appelle une station de radio pour raconter sa vie. Je me suis laissé complètement emporter par son histoire, à tel point qu'à la fin, j'espérais sincèrement qu'elle ait pris conscience qu'elle se porterait bien mieux sans ce type.

Quand j'arrive devant le bâtiment administratif pour récupérer ma carte de parking, je n'ai plus qu'une demi-heure devant moi. Je suis vraiment tendue et dévorée d'angoisse à l'idée d'arriver en retard à mon premier cours. Heureusement, je trouve mon chemin sans difficulté.

En m'asseyant au premier rang, je ressens une profonde impression de solitude. Il n'y a plus de Landon à retrouver à la cafét' avant les cours, comme lors de mon premier semestre à la fac.

Pendant que la salle se remplit peu à peu, je remarque qu'à part moi et une autre fille, il n'y a que des mecs dans la salle. Je me suis inscrite à ce cours de sciences politiques sans grand enthousiasme et un peu au hasard, et je commence à le regretter.

Un beau mec à la peau légèrement hâlée vient s'asseoir sur le siège libre à côté de moi, je m'efforce de ne pas détailler sa chemise blanche parfaitement repassée et sa cravate. Il a tout du golden boy, y compris un sourire d'un blanc éclatant.

Il me lance un sourire.

– Je peux faire quelque chose pour vous ?

Son ton est à la fois autoritaire et charmeur. Il fera sûrement carrière en politique un jour, celui-là.

– Non, excusez-moi.

Je bafouille en détournant les yeux. Lorsque le cours commence, je m'applique à prendre des notes pour éviter de croiser son regard. Je relis plusieurs fois le programme et j'étudie le plan du campus.

Mon cours suivant, histoire de l'art, me plaît beaucoup plus. Un garçon aux cheveux bleus s'assied à côté de moi.

Il se présente : Michael. Puis le professeur passe la parole à chacun des étudiants et je découvre que je suis la seule à avoir choisi l'option littérature anglaise. Tout le monde a l'air très sympa. Michael a le sens de l'humour, il fait des blagues qui amusent tout le monde, même le prof.

Le dernier cours, écriture créative, est de loin celui que je préfère. Je suis totalement absorbée par ce processus de coucher mes pensées sur le papier. C'est libérateur et j'adore ça. Quand le cours touche à sa fin, j'ai l'impression que ça ne fait que dix minutes qu'il a commencé.

Le reste de la semaine se déroule de la même façon. J'oscille entre le sentiment de trouver mes marques et celui d'être toujours aussi perdue. Mais surtout, j'ai en permanence l'impression d'être dans l'attente de quelque chose qui ne viendra jamais. Je devrais aller faire un tour chez Karl Marc John pour me remonter le moral !

Quand arrive le vendredi soir, je suis épuisée et terriblement tendue. Cette semaine a été un vrai défi, à tout point de vue, positif comme négatif. Landon me manque et je ne suis pas encore familiarisée avec ce nouveau campus. Je regrette le moment où Hardin venait me retrouver entre les cours. Même le souvenir de Zed et des superbes fleurs du bâtiment des études sur l'environnement me rend nostalgique.

Zed. Je ne lui ai pas parlé une seule fois depuis qu'il m'a sauvée de Steph et Dan à la fête. Il m'a évité le viol et l'humiliation, et je ne l'ai même pas remercié. Je repose mon manuel de sciences politiques et saisis mon téléphone.

– Allô ?

La voix de Zed me semble soudain étrangère.

– Zed ? Salut, c'est Tessa.

Je me mordille l'intérieur de la joue en attendant sa réaction.

– Euh, salut.

Je prends une profonde inspiration.

– Écoute, je suis vraiment désolée de ne pas t'avoir appelé plus tôt pour te remercier. Tout est allé si vite cette semaine... je crois que, quelque part, je préférais oublier ce qui s'est passé... mais je sais que ce n'est pas une raison... alors, je suis nulle, et désolée et...

Les mots se précipitent en désordre, mais il m'interrompt.

– Ce n'est pas grave, je sais que tu as eu beaucoup de choses à faire.

– J'aurais quand même dû t'appeler, surtout après ce que tu as fait pour moi. Je ne sais pas comment te dire à quel point je suis contente que tu aies été là.

Je ne trouve pas les mots pour lui faire comprendre ma gratitude. Je frissonne en repensant aux mains de Dan se baladant sur ma cuisse.

– Si tu n'étais pas arrivé, Dieu seul sait ce qu'ils auraient pu me faire...

Il m'interrompt.

– Stop. Je les ai arrêtés avant qu'il soit trop tard, Tessa. Il ne faut plus y penser. Et tu n'as pas à me remercier.

– Mais si. Je ne peux pas m'empêcher de me sentir mal quand je pense à Steph. Je ne lui ai rien fait, ni à aucun d'entre vous...

– S'il te plaît, ne me mets pas dans le même sac.

Il a l'air offensé.

– Non, bien sûr, excuse-moi. Je ne voulais pas dire ça, je parlais de votre bande de potes.

Je m'en veux d'avoir parlé sans réfléchir.

– Pas grave. De toute façon, on ne peut plus vraiment parler de bande. Tristan part à La Nouvelle-Orléans plus tôt que prévu – dans quelques jours, en fait – et je n'ai pas croisé Steph sur le campus de toute la semaine.

– Oh...

Je marque une pause et inspecte la chambre que j'occupe dans cette maison immense et quelque peu étrangère.

– Zed, je voudrais aussi m'excuser de t'avoir accusé pour le texto envoyé avec le téléphone d'Hardin pendant... l'incident avec Dan. Steph a avoué que c'était elle qui l'avait fait.

Je souris pour essayer de calmer le frisson que me provoque le simple fait d'avoir prononcé leurs noms.

Il pousse un soupir, à moins que ce ne soit un rire jaune.

– Je dois admettre, je peux comprendre que tu aies cru que c'était moi.

C'est gentil de le reconnaître.

– Alors, comment ça se passe ?

– Seattle est... différent.

– Tu es à Seattle ? Je pensais que comme Hardin était venu chez ta mère...

– Non, je suis partie.

Je l'interromps avant qu'il m'annonce que lui aussi s'attendait à ce que je reste pour Hardin.

– Tu t'es fait de nouveaux potes ?

– D'après toi ?

Je souris et tends le bras pour attraper le verre d'eau à moitié vide à côté du lit.

– Tu ne vas pas tarder à t'en faire.

Nous rions timidement.

– Je n'en suis pas si sûre.

Je pense aux deux femmes qui bavardaient dans la salle de repos chez Vance. Chaque fois que je les ai croisées cette semaine, elles semblaient rire entre elles et je n'ai pas pu m'empêcher de penser qu'elles se moquaient de moi.

– Je suis vraiment désolée de ne pas avoir pris le temps d'appeler plus tôt.

– Ce n'est rien, Tessa. Arrête de t'excuser tout le temps.

– Désolée.

Je me frappe le front. D'abord Robert, le serveur, et maintenant Zed. Tous les deux m'ont dit que je m'excusais trop. Ils ont peut-être raison.

– Tu crois que tu viendras nous rendre visite un de ces jours ? Ou c'est encore trop tôt pour que nous puissions être... amis ?

– On peut être amis. Mais je n'ai pas la moindre idée de quand je pourrai venir.

En réalité, j'ai très envie de rentrer chez moi ce week-end.

Hardin me manque, tout comme les rues sans embouteillages.

Pourquoi est-ce que j'ai pensé « chez moi » ? Je n'ai vécu là-bas que six mois.

Hardin. C'est à cause d'Hardin. Où qu'il soit, c'est toujours là que je me sentirai chez moi.

– C'est dommage. Mais je vais peut-être faire un saut à Seattle bientôt. J'ai quelques potes là-bas. Ça te dirait ?

– Oh oui, bien sûr.

– Ok. Je descends en Floride voir mes parents ce week-end. D'ailleurs je ne vais pas tarder à être en retard pour mon vol... Mais peut-être le week-end prochain ?

– Ouais, d'accord. Tiens-moi au courant. Amuse-toi bien en Floride.

Je raccroche et repose mon téléphone sur la pile de papiers. Quelques secondes plus tard, il se met à vibrer.

Le nom d'Hardin apparaît sur l'écran. J'inspire profondément avant de répondre.

– Qu'est-ce que tu fais ? me demande-t-il sans préambule.

– Euh, rien.

– Où es-tu ?

– Chez Kim et Christian. Et toi ?

– À la maison, où veux-tu que je sois ?

– Je ne sais pas, moi... au gymnase ?

Hardin y est allé régulièrement cette semaine.

– J'en sors. Je rentre à l'instant.

– Et c'était comment ?

– Comme d'hab'.

– Quelque chose ne va pas ?

– Non, ça va. Comment s'est passée ta journée ?

Il veut changer de sujet. Je me demande pourquoi, mais je préfère ne pas insister. Déjà que le coup de téléphone avec Zed me pèse sur la conscience...

– Ça a été. Un peu long. Je n'aime toujours pas le cours de sciences politiques.

– Je t'ai déjà dit de laisser tomber. Tu pourrais prendre une autre option.

Je m'allonge sur le lit.

– Je sais... Bon, ça va aller.

– Tu ne sors pas ce soir ?

J'entends clairement l'avertissement dans sa voix.

– Non, je suis déjà en pyjama.

– C'est bien.

Je lève les yeux au ciel.

– Je viens d'appeler Zed, il y a quelques minutes.

Autant régler ça tout de suite. Un silence s'installe et j'attends patiemment que la respiration d'Hardin se calme.

– Tu as fait *quoi* ?

– Je l'ai appelé pour le remercier pour... le week-end dernier.

– Mais pourquoi ? Je pensais que nous étions...

Je sens qu'il a du mal à contrôler sa colère. Il respire bruyamment.

– Tessa, je croyais que nous essayions de régler nos problèmes.

– C'est ce que nous faisons. Mais je lui devais bien ça. S'il n'était pas arrivé...

– Je sais.

Le ton est coupant, comme s'il essayait de contenir quelque chose en lui.

Je n'ai pas envie de me disputer avec lui, mais je ne peux pas espérer que les choses changent si je les lui cache.

– Il a dit qu'il pensait venir me voir.

– C'est hors de question ! Point final !

– Hardin...

– Tessa, non. Pas question qu'il vienne. Je fais des efforts, ok ? Je fais tout ce que je peux pour ne pas péter les plombs en ce moment, alors le moins que tu puisses faire, c'est de m'aider.

Je pousse un soupir résigné.

– D'accord.

Passer du temps avec Zed ne peut que nous créer des problèmes supplémentaires. Il ne faut pas que je continue à l'encourager. Ce ne serait pas honnête, et je ne pense pas que lui et moi puissions jamais entretenir une relation purement platonique. Pas dans l'esprit d'Hardin, ni même dans celui de Zed d'ailleurs.

– Merci. S'il était toujours aussi facile de te convaincre de te soumettre...

Quoi ?

– Je ne me *soumettrai* jamais, Hardin, c'est...

– Ça va, ça va, je rigole. Ce n'est pas la peine de monter sur tes grands chevaux. Il y a autre chose que je devrais savoir pendant qu'on y est ?

– Non.

– Tant mieux. Maintenant, raconte-moi ce qui s'est passé dans cette émission de radio merdique que tu écoutes tout le temps.

En lui racontant l'histoire de cette femme qui recherchait son amour de jeunesse alors qu'elle attendait un enfant de son voisin, entre les détails scabreux et le scandale qui en a découlé, je m'anime peu à peu. Quand j'arrive à l'histoire du chat Mazzy, je ris comme une folle. Je lui dis que ça doit être dur d'être amoureuse d'un homme alors qu'on attend l'enfant d'un autre, mais il n'est pas d'accord. Évidemment, lui pense que l'homme et la femme l'ont bien cherché et il se moque de mon intérêt pour ce genre d'émission. Pourtant, il rit quand je lui raconte le reste de l'histoire et je ferme les yeux en imaginant qu'il est couché à côté de moi.

∞

2
Hardin

– Je suis désolé.

Richard respire difficilement. Tout son corps est en sueur, et il essuie le vomi sur son menton. Appuyé au montant de la porte, je me demande si je ne vais pas me tirer de là et le laisser mariner dans sa crasse.

Toute la journée il n'a fait que ça, vomir, trembler, transpirer, gémir.

– J'aurai tout éliminé de mon organisme bient...

Il se penche de nouveau sur les toilettes et se remet à vomir, comme un geyser. Super, putain ! Au moins, cette fois, il a réussi à atteindre les toilettes.

– J'espère bien.

Je sors de la salle de bains, j'ouvre la fenêtre de la cuisine pour laisser entrer l'air froid et j'attrape un verre dans le placard. Quand je tourne le robinet pour le remplir, la tuyauterie grince.

Qu'est-ce que je vais bien pouvoir faire de lui ?

Il est en train de se désintoxiquer dans ma salle de bains, putain ! Je me dirige vers lui avec un verre d'eau et un paquet de crackers que je pose sur le lavabo. Je lui tape sur l'épaule.

– Mange ça.

Il acquiesce d'un hochement de tête, à moins que ce soit le délirium tremens ou la crise de manque. Sa peau est si pâle et moite qu'on dirait de l'argile. Je ne suis pas convaincu que les crackers vont y changer quelque chose, mais on peut toujours essayer.

– Merci.

Je ressors de la salle de bains pour le laisser continuer à vomir partout.

La chambre – ma chambre – n'est plus la même sans elle. Le lit n'est jamais fait correctement quand je me couche le soir. J'ai essayé à maintes reprises de coincer les coins du drap sous le matelas comme le fait Tessa, mais rien à faire. Mes affaires, propres et sales, sont éparpillés dans toute la pièce. Des bouteilles d'eau et des canettes de soda vides encombrent les tables de chevet. Et il fait froid. Le chauffage est allumé, mais la pièce est gelée.

Je lui envoie un dernier texto pour lui souhaiter une bonne nuit et ferme les yeux, en espérant un sommeil sans rêves... pour une fois.

– Tessa !

Je crie depuis le couloir pour lui annoncer que je suis rentré. L'appartement est silencieux, à part quelques sons étouffés. Est-ce qu'elle est au téléphone ?

– Tessa !

J'ouvre la porte de la chambre et là, le spectacle me fige sur place. Tessa est étendue sur la couette blanche, les cheveux collés sur le front par la sueur, une main agrippant la tête de lit, l'autre une poignée de cheveux noirs. Elle roule des hanches, mon sang se glace dans mes veines.

La tête de Zed est enfouie entre ses cuisses à la peau d'un blanc laiteux. Ses mains se baladent sur son corps.

Je veux m'approcher pour lui sauter à la gorge et le fracasser contre le mur, mais mes pieds refusent de m'obéir.

J'essaie de crier, mais mes lèvres restent soudées.

– Oh, Zed ! gémit Tessa.

Je me bouche les oreilles mais rien n'y fait. Sa voix parvient directement à mon cerveau, pas moyen d'y échapper.

– Tu es si belle.

Il roucoule et elle gémit de nouveau. Il pose la main sur sa poitrine et la caresse du bout des doigts tout en pressant sa bouche sur la sienne.

Je suis pétrifié sur place.

Ils ne me voient pas. Ils n'ont même pas remarqué que j'étais là.

Tessa prononce son nom encore une fois et, quand il relève la tête, il finit par me remarquer. Sans détourner le regard, il l'embrasse en remontant jusqu'à ses joues, la mordillant au passage. Je ne peux détacher les yeux de leurs corps nus. J'ai l'impression d'être vidé de toute substance. Les regarder m'est insupportable et pourtant je suis obligé de le faire.

– Je t'aime, lui dit-il en me souriant d'un air narquois.

– Je t'aime aussi... murmure Tessa.

Elle enfonce ses ongles dans son dos tatoué quand il la pénètre. Finalement, ma voix revient et mon hurlement couvre leurs gémissements.

– Bordel !

En criant, j'attrape le verre sur la table de nuit. Il va s'écraser sur le mur dans un fracas épouvantable.

∞

3
Hardin

Je fais les cent pas, tirant furieusement sur mes cheveux trempés de sueur, piétinant au passage les vêtements et les livres qui jonchent le sol.

– Hardin ? Il y a un problème ?

La voix de Tessa me parvient, tout ensommeillée. Je suis si heureux qu'elle ait répondu. J'ai besoin qu'elle soit là avec moi, même au téléphone.

– Je… je ne sais pas.

– Qu'est-ce qui se passe ?

– Tu es couchée ?

– Oui, il est trois heures du matin. Où veux-tu que je sois ? Qu'est-ce qui ne va pas, Hardin ?

– Je n'arrive pas à dormir, c'est tout.

Je regarde fixement dans le noir de notre – de *ma* – chambre.

– Oh… tu m'as fait peur.

Elle pousse un long soupir de soulagement.

– Est-ce que tu as reparlé à Zed ?

– Quoi ? Non, je ne lui ai pas reparlé… depuis notre conversation.

– Appelle-le et dis-lui qu'il ne peut pas venir te voir.

Elle doit me prendre pour un dingue, mais je m'en tape.

– Je ne vais pas l'appeler à cette heure-ci, qu'est-ce qui te prend ?

– Rien. Laisse tomber

– Hardin, dis-moi ce qui se passe.

Elle a l'air inquiète.

– Rien, c'est... rien.

Je raccroche et garde le doigt appuyé sur l'interrupteur jusqu'à ce que l'écran devienne noir.

∞

4

Tessa

– Tu ne vas pas encore passer ta journée en pyjama, si ?

Assise au comptoir de la cuisine, j'enfourne une grosse cuillerée de muesli, ce qui m'empêche de répondre à Kimberly. Parce que c'est exactement ce que j'ai l'intention de faire aujourd'hui. J'ai tellement mal dormi après le coup de fil d'Hardin. Depuis, il m'a envoyé plusieurs SMS sans jamais mentionner sa conduite étrange de la nuit. Je l'appellerais bien, mais il a raccroché si brusquement que j'hésite. Et puis, je n'ai pas beaucoup parlé avec Kimberly depuis mon arrivée. J'ai passé le plus clair de mon temps libre au téléphone avec Hardin ou à travailler pour la fac. J'ai bien envie de bavarder un peu avec elle pendant qu'on prend le petit déjeuner.

– Tu ne t'habilles jamais ? dit Smith de sa petite voix chantante.

Je manque recracher mon muesli sur la table et réponds la bouche pleine :

– Mais si.

– Tu as raison, Smith, elle ne s'habille jamais.

Kimberly ricane, je lui fais les gros yeux.

À ce moment-là, Christian entre dans la pièce et lui dépose un baiser sur la tempe. Smith sourit à son père et à sa future belle-mère avant de reposer son regard sur moi.

– On est plus à l'aise en pyjama.

Il acquiesce d'un hochement de tête. Ses yeux verts se baladent sur son propre pyjama imprimé de Spiderman.

– Tu aimes Spiderman.

Il tripote son toast de ses petits doigts.

– Non.

– Non ? Ben, pourtant il est partout sur ton pyjama !

– C'est elle qui l'a acheté.

Il désigne Kim de la tête.

– Ne lui dis pas que je le déteste, sinon elle va pleurer.

Je me mets à rire. Smith a cinq ans, mais il est tellement mûr pour son âge.

– C'est promis. Ne t'inquiète pas.

Nous finissons de prendre notre petit déjeuner dans un silence complice.

∞

5
Hardin

Landon secoue son bonnet et pose son parapluie fermé contre le mur d'un geste ostentatoire. Pour me faire remarquer l'effort que ça lui demande de venir m'aider. D'un air à la fois suffisant et inquiet, il inspecte mon torse nu.

– Alors, c'est quoi l'urgence pour que tu me fasses venir par ce temps de chien ? Tu sais, le truc qui ne pouvait pas attendre et pour lequel, moi, je me suis habillé et je suis venu en courant. Qu'est-ce qui se passe ?

De la main, je lui montre Richard étalé sur le canapé, endormi.

– Lui.

Landon se penche de côté pour le regarder.

– Qui c'est ?

Puis il se redresse et me regarde, bouche bée.

– Attends... c'est le père de Tessa, c'est ça ?

– Non, c'est un putain de SDF que j'ai invité à dormir chez moi. C'est la nouvelle mode chez les bobos.

Il ne relève pas mon sarcasme.

– Qu'est-ce qu'il fait là ? Tessa est au courant ?

– Oui, elle est au courant. Ce qu'elle ne sait pas, c'est qu'il est en sevrage depuis cinq jours et qu'il vomit partout dans l'appart.

Richard grogne dans son sommeil. J'attrape Landon par la manche de sa chemise à carreaux et l'entraîne dans le couloir.

Mon demi-frère est visiblement un peu dépassé par les événements.

– Sevrage ? Tu veux dire, de *drogue ?*

– Oui, et d'alcool.

Il semble évaluer la situation, puis il me regarde en haussant les sourcils.

– Il n'a pas encore trouvé tes bouteilles ? Ou alors il a déjà tout vidé ?

– Je n'ai plus d'alcool ici, abruti.

Il regarde le type endormi, vautré sur mon canapé.

– Je ne vois toujours pas ce que je viens faire là-dedans.

– Tu vas jouer les baby-sitters.

Il recule brutalement.

– Ça va pas ?

Il a essayé de parler à voix basse, mais le résultat ressemble plutôt à un cri, étouffé. Je lui tape sur l'épaule.

– Cool, mec. C'est juste pour une nuit.

– Hors de question ! Je ne le connais même pas.

– Moi non plus.

– Tu le connais mieux que moi. Il pourrait devenir ton beau-père, un jour, si t'étais pas aussi con.

La phrase de Landon me frappe plus que ça devrait. Beau-père ? Le titre fait un peu ringard quand je le répète... en regardant ce spécimen humain répugnant étalé sur mon canapé.

– Il faut que j'aille la voir.

– Qui... Tess ?

– Oui, Tes-*sa*. Qui d'autre ?

Landon commence à jouer avec ses doigts comme un enfant inquiet.

– Et pourquoi elle ne viendrait pas, elle ? Ça ne me semble pas être une bonne idée de rester avec lui.

– Fais pas ton dégonflé, il n'est pas dangereux ! Tout ce que tu auras à faire, c'est l'empêcher de sortir de cet appartement.

– On dirait que tu parles d'un chien...

Agacé, je me masse les tempes.

– Ce n'est pas si loin de la vérité. Alors, je peux compter sur toi ou pas ?

Il me lance un regard assassin.

– Fais-le pour Tessa.

C'est un coup bas, mais je sais que ça va marcher. Au bout d'une seconde, il craque et hoche la tête.

– Une nuit, pas plus.

Je me tourne pour qu'il ne voie pas mon sourire.

Je ne sais pas comment Tessa va prendre le fait que je ne respecte pas notre accord de « mettre de la distance entre nous », mais c'est juste pour une nuit. Une petite nuit avec elle, c'est ce dont j'ai besoin, là tout de suite. J'ai besoin d'elle. Le téléphone et les textos, ça va deux minutes. Après ce cauchemar, il faut, plus que tout, que je la voie. Je dois vérifier que son corps ne garde aucune trace de quelqu'un d'autre que moi.

– Elle sait que tu viens ?

Landon me suit dans la chambre pendant que je fouille dans le tas de vêtements sur le sol à la recherche d'un t-shirt.

– Elle le saura quand j'arriverai.

– Elle m'a raconté pour vous deux au téléphone.

Vraiment ? C'est pas son genre.

– Qu'est-ce qui lui a pris de te raconter qu'on prend notre pied au téléphone... ?

Landon écarquille les yeux.

– Oh ! Quoi ? Quoi ? Je n'ai pas... oh sérieux !

Il essaie de se boucher les oreilles, mais c'est trop tard. Ses joues deviennent cramoisies et mon rire emplit la chambre. Je souris en repensant avec plaisir aux gémissements que j'entendais au téléphone.

– Tu devrais être plus précis quand tu parles de Tessa et moi, tu ne le sais pas encore ?

– Maintenant, si. Je voulais dire que vous vous êtes beaucoup parlé au téléphone dernièrement.

– Et... ?

– Tu as l'impression qu'elle est heureuse ?

Mon sourire s'envole.

– Pourquoi tu demandes ça ?

L'inquiétude se lit sur son visage.

– Juste pour savoir. Je m'inquiète un peu pour elle. Elle n'a pas l'air aussi contente et enthousiaste d'être à Seattle que je le pensais.

Je me passe la main sur la nuque

– Je ne sais pas trop. C'est vrai qu'elle n'a pas l'air si heureuse que ça, mais je ne sais pas si c'est à cause de moi ou si elle n'aime pas Seattle autant qu'elle l'avait imaginé.

– J'espère que c'est la première possibilité. J'ai envie qu'elle soit heureuse là-bas.

– Moi aussi, d'une certaine manière.

Landon donne un coup de pied dans un jean noir qui traîne par terre.

– Hé ! j'allais le mettre.

Je me baisse pour le ramasser.

– Tu n'as pas de vêtements propres à te mettre ?

– Pas pour l'instant.

– Tu as fait une lessive au moins, depuis qu'elle est partie ?

– Oui...

Je mens.

– Euh… c'est de la moutarde ?

Il montre du doigt la tache sur mon t-shirt noir.

– Et merde !

Je le retire et le balance par terre.

– Je n'ai rien à me foutre.

Je tire le dernier tiroir de la commode et pousse un soupir de soulagement en y découvrant une pile de t-shirts noirs propres au fond.

– Et celui-ci ?

Landon me désigne un jean bleu foncé accroché dans le dressing.

– Non.

– Pourquoi pas ? Tu ne mets que des jeans noirs.

– Exactement.

– Eh bien, il semble que tu n'aies qu'un seul jean noir et il est sale, donc…

– J'en ai *cinq*, tous parfaitement identiques.

Je passe le bras devant lui pour attraper le jean bleu sur le cintre. Je déteste ce truc. C'est ma mère qui me l'a offert à Noël, et j'avais juré de ne jamais le porter.

– Il est pas un peu… serré ?

Landon se mord les lèvres pour ne pas rire.

– Va te faire foutre !

Je fourre les affaires dans mon sac.

Vingt minutes plus tard, nous sommes de retour dans le salon, et Richard dort toujours. Landon continue à lancer des remarques énervantes sur mon putain de jean trop serré, mais je suis prêt à partir pour Seattle rejoindre Tessa.

– Qu'est-ce que je fais quand il se réveille ?

– Ce que tu veux. Ça serait assez drôle de le faire tourner en bourrique un moment. Tu pourrais te faire passer pour moi, ou faire comme si tu ne savais pas ce qu'il fait là. Il serait complètement paumé.

Je ris, mais Landon ne trouve pas ça drôle. Il me fiche dehors.

– Conduis prudemment, les routes sont glissantes.

– T'en fais pas.

Je passe mon sac sur mon épaule et m'empresse de partir avant qu'il ne trouve un autre truc à l'eau de rose à me dire.

Je ne peux pas m'empêcher de repenser à mon cauchemar, et ça pendant tout le trajet. Il était si clair, si réel. Tessa gémissait le nom de ce connard. Je pouvais même entendre ses ongles courir sur sa peau.

Je hausse le son de la radio pour faite taire mes pensées, mais ça ne fonctionne pas. Alors je décide de penser à *elle*, de me souvenir des moments passés ensemble pour barrer les images qui me hantent. Sinon, ça va être le trajet le plus long de toute ma vie.

– Regarde comme ils sont mignons, ces bébés.

Avec un petit cri d'extase, Tessa m'a montré un régiment de petits êtres qui se tortillaient. Enfin, ils n'étaient que deux en réalité. Mais quand même.

– Ouais, ouais, trop mignons.

J'ai levé les yeux au ciel et l'ai entraînée dans le magasin.

– Ils ont même des petits rubans assortis dans les cheveux.

Elle a fait ces petits bruits bizarres et haut perchés que font les femmes quand elles sont avec des petits enfants et que leurs hormones se réveillent.

– Ouais.

Je l'ai suivie dans une allée étroite chez Conner. Elle cherchait un fromage précis dont elle avait besoin pour une recette pour le dîner. Mais les bébés occupaient tout son esprit.

– Reconnais qu'ils étaient mignons.

Elle m'a regardé avec un sourire radieux et j'ai secoué la tête pour l'embêter.

– Allez, Hardin, tu sais qu'ils étaient mignons, alors dis-le.

– Ils. Étaient. Mignons.

Elle a pris un air pincé, se croisant les bras sur la poitrine comme une petite fille capricieuse.

– Tu vas finir comme ces gens qui trouvent que seuls leurs propres enfants sont mignons.

J'ai lu sur son visage une soudaine prise de conscience qui a fait disparaître son sourire.

– Enfin, si jamais tu veux des enfants.

Son air triste m'a donné envie de l'embrasser pour la consoler.

– Oui, peut-être. Mais en fait, j'en veux pas.

Je voulais lui faire entrer cette idée dans la tête une fois pour toutes.

– Je sais…

Juste après, elle a trouvé le fromage qu'elle voulait absolument et l'a laissé tomber dans son panier.

Son sourire n'est pas réapparu tout le temps où nous avons fait la queue à la caisse. Je l'ai regardée et lui ai donné un petit coup de coude.

– Hé !

Quand elle a levé les yeux, ils étaient voilés, elle attendait visiblement que je dise quelque chose.

– Je sais que nous nous sommes mis d'accord pour ne plus parler d'enfants…

Elle a gardé les yeux baissés.

– Hé…

J'ai posé le panier par terre.

– Regarde-moi.

J'ai pris son visage dans mes mains et appuyé mon front contre le sien.

– Tout va bien. Je ne pensais pas vraiment ce que j'ai dit.

Elle a haussé les épaules.

Je l'ai observée, elle parcourait le magasin du regard et j'ai bien vu qu'elle se demandait pourquoi je la touchais comme ça en public.

– Bon, alors, mettons-nous d'accord une bonne fois pour toutes pour ne plus aborder le sujet des enfants. Puisque c'est un sujet de discorde entre nous.

Je lui ai donné un petit baiser, suivi d'un second. Mes lèvres se sont attardées un moment sur les siennes et elle a enfoncé les mains dans les poches de mon blouson.

– Je t'aime, Hardin.

Gloria la Ronchon, la caissière dont nous nous étions moqués plus d'une fois, s'est éclairci la voix.

– Je t'aime, Tess, et je t'aimerai suffisamment pour que tu n'aies pas besoin d'enfants, je te le promets.

Elle s'est détournée pour dissimuler sa contrariété, je le sais. Mais à ce moment-là, je m'en fichais, parce que je pensais que la question était réglée et que j'avais obtenu ce que je voulais.

Sur la route, une question me vient à l'esprit : y a-t-il eu un seul moment dans ma vie où je n'ai pas été un connard égoïste ?

∞

6
Tessa

Je me traîne de ma chambre au canapé, un exemplaire des *Hauts de Hurlevent* à la main. Kimberly m'observe en souriant.

– Tu as la trouille, Tessa, et en tant qu'amie et mentor, c'est ma responsabilité de t'aider à te sortir de là.

Ses cheveux blonds et brillants, impeccablement coiffés, et son maquillage sont trop parfaits. Elle fait partie de ces femmes que les autres femmes adorent détester.

– *Mentor*? Vraiment?

Je rigole et elle fronce ses yeux lourdement maquillés.

– Ok, peut-être pas mentor, mais amie, ça c'est sûr.

– Je n'ai pas la trouille. Mais j'ai un paquet de boulot et je n'ai pas envie de sortir ce soir.

– Tu as dix-neuf ans, profites-en! Quand j'avais ton âge, je sortais tout le temps. Je n'allais presque jamais en cours. Je sortais avec des garçons... des tas et des tas de garçons.

Elle tape du talon sur le sol en béton.

– Tu as fait ça, toi?

Christian intervient en entrant. Il déroule une sorte de bande autour de sa main.

– Mais aucun n'était aussi merveilleux que toi, bien sûr.

Kim lui fait un clin d'œil, ce qui le fait rire.

– Et voilà ce que je gagne à sortir avec une femme aussi jeune. Je suis en concurrence avec des souvenirs encore frais d'hommes en âge d'être étudiants.

La malice brille dans ses yeux verts.

– Hé, je ne suis pas tellement plus jeune que toi.

Elle lui donne une petite claque sur la poitrine.

– Douze ans, quand même.

Kimberly lève les yeux au ciel.

– Oui, mais tu es jeune d'esprit. Ce n'est pas comme cette Tessa, qui se comporte comme si elle avait quarante ans.

– Si tu le dis, chérie.

Il jette dans la corbeille la bande usagée.

– C'est ça, explique-lui *tout ce qu'il ne faut pas faire* pendant les années de fac.

Il lui octroie un dernier sourire, une petite tape sur les fesses et disparaît en la laissant avec un grand sourire.

– Je l'aime trop, cet homme.

Je hoche la tête parce que je sais que c'est vrai.

– J'avais vraiment envie que tu viennes avec nous ce soir. Christian et ses associés ouvrent un nouveau club de jazz au centre-ville. C'est superbe, je suis sûre que tu passerais un bon moment.

– Christian possède un club de jazz ?

– Il a investi. Il y a des musiciens qui viennent faire un bœuf le samedi, le genre soirée à micro ouvert, tu vois.

Je hausse les épaules.

– Peut-être le week-end prochain ?

Je n'ai absolument aucune envie, là maintenant, de m'habiller pour sortir, quel que soit le club.

– D'accord. Le week-end prochain, je le note dans mes tablettes. Smith ne veut pas venir non plus. J'ai essayé de le convaincre, mais tu le connais. Il m'a exposé toute une théorie selon laquelle le jazz n'est rien comparé à la musique classique. Sa baby-sitter sera là dans quelques heures.

– Je peux le garder, si tu veux. Je reste là de toute façon.

– Non, ma chérie, tu n'es pas obligée.

– Je sais, mais ça me fait plaisir.

– Bon, ce serait super, et beaucoup plus facile. Pour une raison qui m'échappe, il n'aime pas cette baby-sitter.

Je rigole.

– Il ne m'aime pas non plus.

– C'est vrai, mais il parle beaucoup plus avec toi qu'avec la plupart des gens.

Elle baisse les yeux vers la bague de fiançailles qui orne son doigt, puis regarde la photo de classe de Smith, accrochée au-dessus de la cheminée.

– Il est tellement adorable… et tellement réfléchi.

Elle est interrompue dans sa réflexion par la sonnette de la porte d'entrée.

– Qui ça peut bien être en plein milieu de l'après-midi ?

Kimberly me regarde d'un air interrogateur comme si je pouvais connaître la réponse.

Je reste plantée devant la photo de Smith sur le mur. Il a l'air tellement sérieux. Presque comme un petit ingénieur, ou un mathématicien.

– Eh bien ça alors… Regarde qui est là !

Je me retourne vers la porte pour voir de qui elle parle, et reste bouche bée.

– Hardin !

J'ai dit son nom sans réfléchir, et une poussée d'adrénaline me propulse vers lui mais comme je suis en chaussettes, je glisse sur le parquet vernis, manquant tomber face contre terre. Quand je réussis à me stabiliser, je m'accroche à lui et le serre dans mes bras plus fort que je ne l'ai jamais fait auparavant.

7
Hardin

Quand Tessa trébuche et manque de tomber, je suis à deux doigts de la crise cardiaque. Mais elle se rattrape rapidement et se jette dans mes bras.

Alors là, je ne m'attendais pas du tout à une réaction pareille.

Je pensais être accueilli par un « salut » gêné et un sourire de façade. Mais mon pote, j'étais loin du compte. C'est le moins qu'on puisse dire. Tessa serre ses bras autour de mon cou et j'enfouis ma tête dans ses cheveux. La douce odeur de son shampooing emplit mes narines et je suis momentanément submergé par sa présence, chaleureuse et chaude, contre moi.

– Salut.

Elle lève les yeux vers moi.

– Tu es gelé.

Elle pose les mains sur mes joues, les réchauffant instantanément.

– La pluie est glacée ! Mais c'est encore pire chez nous... chez moi, je veux dire.

Son regard se baisse un instant avant de revenir sur moi.

– Qu'est-ce que tu fais ici ?

– J'ai appelé Christian en route.

Kimberly continue à me regarder avec un sourire moqueur. *Tu n'as pas pu résister, hein?*

Elle me fait des mimiques dans le dos de Tessa. Cette femme est la plus grande casse-couilles qui soit. Je me demande comment Christian fait pour la supporter. Et il en redemande, en plus.

– Tu n'as qu'à prendre la chambre en face de celle de Tessa, elle va te montrer.

Sur ces mots, Kimberly s'éclipse.

Je me détache de Tessa et lui souris.

– Je suis désolée.

Elle bredouille et regarde autour d'elle en rougissant.

– Je ne sais pas pourquoi j'ai fait ça. C'est juste que c'est sympa de voir un visage familier.

– Je suis content de te voir, moi aussi.

J'essaie de la débarrasser de sa gêne. Ce n'est pas que je *n'aie pas* envie de la tenir dans mes bras. Son manque de confiance en elle la pousse à toujours interpréter les choses de façon négative.

– J'ai glissé sur le parquet.

Elle rougit de nouveau et je me mords l'intérieur de la joue pour ne pas rire.

– Ouais, j'ai vu ça.

Mais je ne peux retenir le petit rire qui m'échappe, et elle secoue la tête en se moquant d'elle-même.

– Tu restes vraiment?

– Oui, si ça ne te dérange pas...

Ses yeux brillent. Ils sont plus clairs que d'habitude. Ses cheveux tombent naturellement sur ses épaules en vagues légères. Aucune trace de maquillage ne vient gâter son teint. Elle est absolument parfaite, putain. Le nombre d'heures que j'ai passées à m'imaginer son visage... Mon esprit n'arrivait pas à le saisir dans sa totalité, dans tous ses détails... Les taches de rousseur juste au-dessus de son décolleté, la courbe de ses lèvres, l'éclat de ses yeux – putain, c'est impossible.

Elle est vêtue d'un t-shirt ample et de son horrible pantalon molletonné. Elle n'arrête pas de tirer sur son haut. C'est la seule fille que je connaisse qui parvienne à rester sexy avec d'horribles fringues pour dormir. Son t-shirt blanc laisse apparaître son soutien-gorge noir... celui en dentelle, que j'adore. Je me demande si elle se rend compte qu'on peut l'apercevoir en transparence.

Elle me précède dans le couloir.

– Qu'est-ce qui t'a fait changer d'avis ? Où sont tes affaires ? Toutes les autres chambres sont en haut.

Elle n'imagine pas mes pensées perverses. À moins que...

– Je n'ai apporté que ça. Juste pour une nuit.

Elle s'arrête net.

– Tu n'es là que pour une nuit ?

Elle scrute mon visage.

– Ouais. Qu'est-ce que tu croyais ? Que je venais pour de bon ?

Bien sûr. Elle a toujours beaucoup trop confiance en moi.

– Non. (Elle détourne les yeux.) Je ne sais pas. Mais je pensais que tu resterais un peu plus longtemps, quand même.

C'est maintenant que ça va devenir gênant. J'en étais sûr.

– Voilà la chambre.

Elle m'ouvre la porte, mais je reste à l'extérieur.

– Ta chambre est juste en face ?

Ma voix se brise et j'ai l'air d'un pauvre con.

– Ouais.

– Cool. T'es sûre que ça ne t'embête pas que je sois venu, hein ? Tu me le dirais ?

– Bien sûr. Tu sais bien que tu m'as manqué.

L'enthousiasme semble disparaître de son visage.

– Ouais, mais la dernière fois que nous nous sommes vus, je t'ai pratiquement fichue à la porte.

C'est comme si je voyais un mur se dresser entre nous tandis qu'elle me fait un semblant de sourire.

– Je ne sais pas pourquoi j'ai parlé de ça.

Je me passe la main sur le front.

Elle jette un regard en direction de sa chambre, puis se retourne vers la porte devant laquelle nous sommes arrêtés.

– Tu peux mettre tes affaires ici.

Elle entre dans la chambre, me prend mon sac des mains et va l'ouvrir sur le lit. Je la regarde sortir mes t-shirts et mes boxers roulés en boule en plissant le nez.

– Ils sont propres ?

Je secoue la tête.

– Les boxers, oui.

Elle tient le sac à bout de bras.

– Je ne veux même pas savoir dans quel état doit être l'appartement.

Elle me regarde avec un air suffisant.

– Il vaut mieux que tu ne le revoies jamais, alors.

J'ai voulu rigoler, mais son sourire s'efface. C'est nul comme plaisanterie – *qu'est-ce qui ne tourne pas rond chez moi, bordel ?*

– Ce n'est pas ce que j'ai voulu dire.

Je ne sais pas quoi dire pour me rattraper.

– Tout va bien. Détends-toi, ok ? Ce n'est que moi, Hardin.

– Je sais.

Je prends une profonde inspiration avant de continuer.

– C'est juste que ça m'a semblé si long, et cette relation qui n'en est pas une, c'est trop bizarre. Et tu m'as tellement manqué. J'espère que je t'ai manqué aussi...

Waouh ! J'ai dit tout ça d'une seule traite, beaucoup trop vite.

Elle sourit.

– Oui.

– Oui quoi ?

– Oui, tu m'as manqué. Je te l'ai dit chaque fois que nous nous sommes parlé.

–Je sais. Je voulais juste l'entendre encore une fois.

Je passe sa mèche de cheveux derrière son oreille, et elle se blottit contre moi.

–Quand es-tu arrivé ?

Tessa s'écarte brusquement de moi en entendant la petite voix. Super ! Absolument génial, putain ! Smith se tient devant la porte de la nouvelle chambre de Tessa.

–À l'instant.

J'espère qu'il va s'en aller pour que je puisse reprendre là où j'en étais.

–Pourquoi es-tu venu ?

Il entre dans la chambre. Je lui montre Tessa du doigt.

–Je suis venu pour la voir.

–Oh.

Il regarde ses pieds sans rien dire de plus.

–Ça ne te plaît pas que je sois là ?

–Ça m'est égal.

Il hausse les épaules et je lui souris.

–Tant mieux, parce que je ne serais pas parti de toute façon.

–Je sais.

Smith sourit et s'en va. Dieu merci, putain.

–Il t'aime bien.

–Il est assez sympa.

Je hausse les épaules, ce qui la fait rire.

–Toi aussi, tu l'aimes bien.

–Non. J'ai simplement dit qu'il était assez sympa.

–C'est ça.

Elle a raison, je l'aime bien d'une certaine façon. Plus que tous les autres gamins de cinq ans que j'ai rencontrés, en tout cas.

–Je le garde ce soir. Kim et Christian vont à l'inauguration d'un club.

–Pourquoi tu ne vas pas avec eux ?

– Je ne sais pas. Je n'avais pas envie.

– Hum.

Je me pince les lèvres pour cacher mon sourire. Je suis super content qu'elle n'ait pas voulu sortir et, au fond de moi, j'espère qu'elle prévoyait de passer sa soirée au téléphone avec moi.

Elle me lance un regard étrange.

– Tu peux y aller, si tu veux. Tu n'es pas obligé de rester avec moi.

Je lui lance un regard indigné.

– Quoi ? Je n'ai pas fait tout ce chemin pour aller dans un club merdique sans toi. Tu ne veux pas que je reste avec toi ?

Nos regards se croisent et elle s'accroche à mon t-shirt.

– Evidemment que j'ai envie que tu restes.

– Tant mieux, parce que je ne serais pas parti de toute façon !

Je rigole, mais elle ne sourit pas aussi franchement que Smith. Cependant, elle plisse les yeux, ce qui est tout aussi adorable. Je remarque qu'elle se dirige vers la porte avec mes affaires.

– Où vas-tu ?

Elle me lance un regard à la fois taquin et sensuel.

– Faire ta lessive.

Et elle disparaît dans le couloir.

∞

8
Tessa

Mes pensées tourbillonnent tandis que je lance une lessive. Hardin est venu à Seattle. Je n'ai pas eu à le supplier ni même à lui demander. Il est venu de son plein gré. Même si c'est seulement pour une nuit, ça me touche beaucoup et j'espère que ça sera un pas en avant pour nous deux. J'ai été tellement échaudée. Nous avons tant de problèmes, tant de disputes idiotes, tant de différences. J'en suis arrivée à un point où je me demande si ça marchera un jour.

Mais pour l'instant, puisqu'il est ici avec moi, je veux comprendre où cette relation bizarre va nous mener.

– J'étais sûre qu'il viendrait.

Quand je me retourne, Kimberly est appuyée contre la porte de la buanderie.

– Pas moi.

Elle me lance un regard incrédule.

– Bien sûr que tu le savais. Je n'ai jamais vu un couple comme vous deux.

– Nous ne sommes pas exactement un couple.

– Tu lui as sauté dans les bras comme dans les films.

Il est là depuis moins d'un quart d'heure et tu es déjà en train de faire sa lessive.

Elle fait un signe de tête vers la machine à laver.

– Ses affaires étaient dégoûtantes.

Je ne relève pas la première partie de sa remarque.

– Vous ne pouvez pas vous passer l'un de l'autre, tous les deux, c'est impressionnant. Je regrette vraiment que tu ne viennes pas ce soir, tu pourrais te faire belle pour lui montrer ce qu'il perd en n'étant pas ici, à Seattle, avec toi.

Elle sort de la buanderie en me lançant un clin d'œil.

Elle a raison quand elle dit qu'Hardin et moi ne pouvons pas nous passer l'un de l'autre. Et c'est comme ça depuis que je l'ai rencontré. Même quand j'ai essayé de me convaincre que je ne voulais pas de lui, je ne pouvais ignorer les papillons qui me venaient chaque fois que nous nous croisions par hasard.

À cette époque-là, on aurait dit qu'Hardin avait le chic pour toujours apparaître là où je me trouvais... Il faut dire que je ne ratais pas une occasion d'aller à sa fraternité. J'avais horreur de cet endroit, mais quelque chose en moi m'y poussait. Je ne voulais pas l'admettre, même pas en mon for intérieur, mais j'avais très envie d'être auprès de lui, y compris quand il était cruel avec moi. Je me rappelle sa façon de me dévisager pendant les cours et de prendre un air excédé quand je lui disais bonjour. Ces moments semblent si loin, et comme sortis tout droit d'un rêve.

La machine à laver fait un petit bip qui me rappelle à la réalité, je me précipite dans le couloir vers la chambre d'ami dévolue à Hardin pour la nuit. Elle est vide. Son sac est toujours sur le lit, mais lui n'est pas là. Je traverse le couloir et le trouve penché sur le bureau de ma chambre. Il caresse du bout des doigts la couverture d'un de mes carnets.

– Qu'est-ce que tu fais là ?

– Je voulais juste voir l'endroit où tu… vis maintenant. Je voulais voir ta chambre.

– Oh !

La façon dont il fronce les sourcils en l'appelant « ma chambre » ne m'a pas échappé.

– C'est pour tes cours, ça ?

Il tient à la main le carnet de cuir noir.

– C'est pour le cours d'écriture créative. Tu l'as lu ?

Je ne peux réfréner une certaine nervosité à l'idée qu'il l'a peut-être fait. Je n'ai rédigé qu'un texte pour l'instant, mais comme tout le reste de ma vie, il tourne autour de lui.

– Un petit bout.

– C'est juste un devoir. On nous a demandé de faire une rédaction libre pour le premier cours…

– C'est excellent.

Il me félicite en reposant le cahier sur le bureau, avant de le reprendre et de l'ouvrir à la première page. Il lit la première ligne à voix haute :

– « *Qui je suis.* »

– Non, s'il te plaît.

Il me fait un petit sourire interrogateur.

– Depuis quand es-tu timide à propos de ton travail ?

– Non. C'est juste que… c'est personnel. Je ne suis même pas sûre de vouloir le rendre.

– J'ai lu ton journal de religion.

– Quoi ?

Faites que j'aie mal entendu. *Il n'aurait pas fait ça. Il ne peut pas l'avoir lu…*

– Je l'ai lu. Tu l'as laissé dans l'appart et je l'ai trouvé.

C'est très humiliant. Je reste plantée là, sans rien dire. Hardin me fixe de l'autre bout de la pièce. Ce carnet contient des pensées intimes que personne ne devait lire, sauf peut-être mon professeur, et encore. Je suis mortifiée qu'Hardin ait pénétré mes pensées les plus secrètes.

– Tu n'étais pas censé le lire. De quel droit tu as fait ça ?

J'évite de le regarder.

– Tous les articles parlaient de moi, dit-il pour se défendre.

Ma poitrine est tellement serrée que j'ai du mal à respirer.

– Ce n'est pas une raison, Hardin. J'allais vraiment mal, et ce sont des réflexions personnelles, consignées dans *mon journal*. Tu n'aurais jamais dû...

– C'est très bon, Tess. Vraiment. Ça m'a fait de la peine de lire ce que tu pensais, mais le style, le contenu... c'est parfait.

Je sais qu'il veut me faire des compliments, mais ça ne fait qu'augmenter ma gêne.

– Qu'est-ce que tu dirais si je lisais quelque chose que tu as écrit pour exprimer tes sentiments les plus intimes ?

Je ne relève pas ses compliments concernant mon écriture. Un éclair de panique passe dans son regard et je penche la tête, perplexe.

– Quoi ?

– Rien.

Il secoue la tête sans dire un mot de plus.

∞

9
Hardin

Son regard me laisse perplexe, mais je dois être franc avec elle et je veux qu'elle sache combien j'ai trouvé intéressant ce qu'elle a écrit.

– Je l'ai lu au moins dix fois.

Ses yeux écarquillés évitent les miens, mais ses lèvres s'entrouvrent.

– C'est vrai ?

– Tu n'as pas à avoir honte. Ce n'est que moi, je te rappelle.

Je lui souris et elle fait un pas vers moi.

– Je sais, mais ça doit être complètement nul. Je n'avais pas les idées claires à l'époque.

Je pose les doigts sur ses lèvres pour la faire taire.

– Non, au contraire, c'est génial.

– Je...

Elle essaie de parler malgré mes doigts qui l'en empêchent, et j'appuie plus fort.

– Tu as fini, oui ?

Je lui souris et elle hoche la tête. Lentement, je retire mes doigts et elle s'humecte les lèvres du bout de la langue. Je la regarde, subjugué.

– Je vais devoir t'embrasser.

Nos visages ne sont qu'à quelques centimètres. Ses yeux plongent dans les miens et elle déglutit avant de se lécher les lèvres de nouveau.

– Ok.

Elle agrippe mon t-shirt avec des mains avides. Et elle m'attire vers elle, en respirant fort.

Juste au moment où nos lèvres vont se rejoindre, on cogne à la porte.

– Tessa ?

La voix haut perchée de Kimberly nous parvient à travers l'embrasure.

– Débarrasse-toi d'elle.

Tessa s'écarte de moi. D'abord le gosse, maintenant sa mère. On n'a plus qu'à inviter Vance à se joindre à nous, tant qu'on y est !

Kimberly n'entre pas.

– On y va.

On est contents de le savoir. Maintenant, barrez-vous, bordel...

– Ok, j'arrive.

Mon irritation s'amplifie.

– Merci, ma puce.

Kimberly s'éloigne en fredonnant.

– Putain ! J'aurais mieux fait de ne pas...

Le regard de Tessa me coupe le sifflet. Ce n'est pas vrai. Rien ne pourrait m'ôter l'envie d'être là.

– Je dois aller m'occuper de Smith. Tu peux rester ici si tu veux.

– Non, je veux être avec toi, où que tu sois.

Elle sourit. Putain, j'ai trop envie de l'embrasser. Elle m'a tellement manqué et elle a dit que je lui avais manqué aussi... Pourquoi est-ce qu'elle ne... Elle attrape le col de mon t-shirt et elle pose ses lèvres sur les miennes. J'ai l'impression que quelqu'un vient de me brancher sur une prise électrique. Toutes les parcelles de mon corps se mettent à vibrer. Sa langue pénètre ma bouche, s'enroule autour de la mienne et la caresse. Je pose les mains sur ses hanches et l'entraîne à l'autre bout de la chambre, jusqu'à ce que mes pieds heurtent le lit. Je me laisse tomber en arrière et elle coule doucement sur moi. Je l'entoure de mes bras et nous retourne pour qu'elle se retrouve en dessous. Je sens son pouls qui bat sous mes lèvres. Je descends dans son cou pour arriver à son point sensible, juste sous son oreille. Elle me récompense par des petits cris étouffés et des gémissements. Lentement, j'appuie mes hanches contre les siennes, l'enfonçant dans le matelas. Tessa passe les mains sous mon t-shirt et caresse ma peau en feu. De ses ongles, elle me ratisse le dos.

Quand je saisis le lobe de son oreille entre mes lèvres, l'image de Zed la pénétrant passe comme un éclair dans mon esprit et je bondis sur mes pieds.

– Qu'est-ce qu'il y a ?

Ses lèvres sont rouges et gonflées.

– Rien. On devrait... sortir. Aller s'occuper du petit emmerdeur.

– Hardin ?

Elle insiste.

– Laisse tomber, Tessa. C'est rien.

Oh ! tu vois, c'est juste que j'ai rêvé que Zed te baisait comme un malade, et maintenant je n'arrive plus à effacer cette image de mon esprit.

– Très bien.

Elle se lève et s'essuie les mains sur le tissu molletonné de son pyjama.

Je ferme les yeux dans l'espoir de me débarrasser de ces images répugnantes. Si ce connard de poseur vient encore une fois gâcher le temps que je passe avec Tessa, je vais le réduire en miettes.

∞

10

Tessa

Kimberly et Christian finissent par partir. Ils nous ont demandé au moins trois fois de les appeler au moindre problème et, à chaque fois, Hardin et Smith ont levé les yeux au ciel d'un air excédé. Quand elle nous a montré la liste de numéros d'urgence posée sur le plan de travail de la cuisine, ils ont échangé un adorable regard incrédule.

Je prends les choses en main :

– Tu veux te faire un film ?

Smith, assis sur le canapé, hausse les épaules. Hardin le regarde comme s'il était une espèce de petit animal rigolo.

– Ok... Et un jeu ?

– Non.

– Je crois qu'il veut juste retourner dans sa chambre, lance Hardin.

Smith fait un petit hochement de tête pour montrer qu'il est d'accord.

– Bon ok, alors. Tu peux retourner dans ta chambre, Smith. Hardin et moi serons là si tu as besoin de quoi que ce soit. Je vais commander un truc pour dîner.

– Tu veux bien venir avec moi, Hardin ? demande Smith de sa voix la plus douce.

– Dans ta chambre ? Non, je suis bien là.

Sans un mot, Smith descend du canapé et se dirige vers l'escalier. Je lance un regard furieux à Hardin qui hausse les épaules.

– Quoi ?

– Accompagne-le dans sa chambre.

– Mais j'ai envie de rester avec toi.

Je fais un signe de tête vers le petit garçon blond qui monte les marches lentement.

– Vas-y. Il se sent seul.

– Bon sang... D'accord.

En grommelant, il traverse le salon d'un air boudeur et emboîte le pas à Smith. Sa réaction, tout à l'heure dans la chambre, me tracasse. Tout allait pour le mieux, mais il s'est éloigné de moi si brusquement que j'ai cru qu'il s'était fait mal. Peut-être qu'après être resté loin de moi si longtemps, ses sentiments ont changé. Peut-être que je ne l'attire plus autant qu'avant... sexuellement. Je sais que je suis en pyjama, mais ça ne lui avait jamais posé de problème jusque-là.

Impossible de trouver une explication rationnelle à son attitude. Au lieu de laisser mon imagination divaguer, j'attrape la pile de flyers que Kimberly a laissés pour qu'on puisse commander à dîner. Je me décide pour une pizza et attrape mon téléphone avant de retourner à la buanderie. Je mets les vêtements d'Hardin dans le sèche-linge et m'assieds sur le banc au milieu de la pièce. Une fois les pizzas commandées, j'attends en regardant tourner le linge dans la machine.

∞

11
Hardin

Smith s'affaire dans sa chambre. Adossé à la porte, je dresse un inventaire de tout le bordel que ce gamin possède. On peut dire qu'il est pourri-gâté.

– Qu'est-ce que tu veux faire ?

– Je sais pas.

Il fixe le mur. Ses cheveux blonds sont bien peignés, en une raie si parfaite que c'est presque inquiétant.

– Alors, pourquoi as-tu voulu que je monte avec toi ?

– Je sais pas.

Il est têtu, ce petit chieur.

– Ok... On n'avance pas beaucoup, là...

– Tu viens habiter ici, aussi ?

– Non, je suis là juste pour la nuit.

Je détourne les yeux.

– Pourquoi ?

Son regard se pose sur moi. Je le sens, sans même avoir besoin de le regarder.

– Parce que je ne veux pas vivre ici.

En fait, si. D'une certaine façon.

– Pourquoi ? Tu ne l'aimes pas ?

– Si. C'est juste que... je sais pas. Pourquoi me poses-tu toujours autant de questions ?

– Je sais pas.

Il sort un train de sous son lit.

– Tu n'as pas des amis avec qui tu peux jouer ?

– Non.

– Comment ça se fait ?

Il hausse les épaules en déconnectant deux rails. De ses petites mains, il intervertit les deux pièces de métal avec deux autres rails qu'il attrape dans une boîte au bout de son lit.

– Je suis sûr que tu peux te faire des potes à l'école.

– Non.

– Les gamins sont des petits cons avec toi, ou quoi ?

Je ne prends pas la peine de corriger mon langage. Vance parle comme un charretier et je suis sûr que son fils a entendu bien pire.

– Des fois.

Il tord les extrémités d'une espèce de fil électrique et le connecte à un petit wagon. Le fil fait une étincelle dans ses mains, mais il ne sursaute pas. Quelques secondes plus tard, le train commence à avancer sur les rails, lentement au début puis, petit à petit, il prend de la vitesse.

– Qu'est-ce que tu as fait ?

– C'est pour le faire avancer plus vite. Il était trop lent.

– Pas étonnant que tu n'aies pas d'amis.

Je ris, puis je me reprends. Merde. Il reste assis là, à regarder son train.

– Je voulais dire que tu es trop intelligent. Parfois, les gens intelligents ne sont pas très sociables, et personne ne les aime. C'est comme Tessa, les gens se sentent mal à l'aise avec elle.

– Ok...

Il lève les yeux pour me dévisager, et je ne peux pas m'empêcher d'être triste pour lui. Je suis nul pour donner des conseils. Je n'aurais même pas dû essayer.

Je sais ce que c'est que de grandir sans amis. Quand j'étais enfant, je n'en avais aucun. Jusqu'à la puberté, quand j'ai commencé à picoler, à fumer du shit et à traîner avec des sales types. Ce n'étaient pas vraiment mes amis, d'ailleurs. Ils ne m'appréciaient que parce que je faisais tout ce que je voulais, et ils trouvaient ça « cool ». Ils n'aimaient pas lire, contrairement à moi. Tout ce qui les intéressait, c'était de faire la fête.

J'étais toujours ce petit garçon en colère qui restait dans son coin, et personne ne me parlait parce qu'ils avaient peur de moi. Les choses n'ont pas beaucoup changé, en réalité...

Et puis j'ai rencontré Tessa. C'est la seule personne qui tienne sincèrement à moi. Mais ça lui arrive aussi d'avoir peur, parfois. Des images de Noël et de son cardigan blanc tout éclaboussé de vin rouge me reviennent à l'esprit. Je soupçonne aussi Landon de tenir à moi, d'une certaine façon. Mais d'une étrange façon, j'ai l'impression que c'est surtout à cause de Tessa. Elle a tendance à produire cet effet sur les gens.

Sur moi, en particulier.

∞

12
Tessa

– C'est bon ?

Smith me regarde, la bouche pleine de pizza, et fait signe que oui. Il utilise un couteau et une fourchette. Peu surprenant de sa part.

Quand son assiette est vide, il se lève et va la mettre avec ses couverts dans le lave-vaisselle.

– Je vais me retirer pour la nuit. Je suis prêt à aller au lit maintenant.

Hardin semble amusé par la maturité du gamin.

Je me lève.

– Tu n'as besoin de rien ? Tu veux de l'eau ? Je peux monter avec toi, si tu veux ?

Mais il refuse et prend sa couverture sur le canapé avant de monter dans sa chambre.

Je le regarde disparaître en haut de l'escalier avant de me rasseoir. Je me rends compte soudain qu'Hardin n'a pas décroché un mot depuis une heure. Je ne peux m'empêcher de comparer son attitude à nos conversations au téléphone de cette semaine. Quelque part, je préférerais que nous soyons en ligne, plutôt que de rester assis en silence sur ce canapé.

– Je vais pisser.

Je zappe d'une chaîne à l'autre sur l'écran plat de la télé.

Peu de temps après, Kimberly et Christian apparaissent à la porte, suivis d'un autre couple. Une grande femme blonde vêtue d'une courte robe dorée entre d'un pas nonchalant. Rien qu'à regarder la hauteur de ses talons, j'ai mal aux chevilles. Elle me lance un petit sourire en suivant Kimberly dans le salon. Hardin s'approche dans le couloir mais n'entre pas dans la pièce.

– Sasha, je te présente Tessa et Hardin.

– Ravie de vous rencontrer.

Je souris, gênée d'être en pyjama.

– Moi de même.

Mais elle n'a d'yeux que pour Hardin, qui lui jette à peine un regard sans la saluer et reste collé à la porte.

– Sasha est une amie de l'associé de Christian.

Hardin a les yeux rivés sur le documentaire animalier qui passe à la télé, et ne fait pas du tout attention aux invités.

– Et voici Max, qui fait des affaires avec Christian.

L'homme, qui était en train de plaisanter avec Christian, passe devant Sasha. Quand je l'aperçois enfin, quelle n'est pas ma surprise de reconnaître le copain de fac de Ken, le père de la fameuse Lillian !

J'essaie d'attirer l'attention d'Hardin sur le visage familier en face de nous. Intriguée, Kimberly nous regarde tour à tour, Max et moi.

– Vous vous connaissez ?

– Nous nous sommes vus une fois, à Sand Point.

Les yeux sombres de Max sont intimidants, mais son visage sévère se radoucit légèrement quand il me reconnaît.

– Ah, oui. Vous êtes... une amie d'Hardin Scott.

Hardin se décide à nous rejoindre dans le salon.

– En fait, c'est...

Agacée, je regarde Sasha dévorer Hardin des yeux tandis qu'il traverse la pièce. Elle ajuste les bretelles dorées de sa robe et se passe la langue sur les lèvres. Je me maudis de porter ce foutu pantalon molletonné. Les yeux d'Hardin se tournent vers elle, je les vois se balader sur son corps élancé aux courbes voluptueuses, avant de revenir sur Max.

– Elle n'est pas qu'une amie.

Ils échangent une poignée de main rapide et embarrassée.

– Je vois. Eh bien, quoi qu'il en soit, c'est une jolie fille.

– En effet.

Je sens bien qu'Hardin est très agacé par la présence de Max.

Kimberly, en hôtesse parfaite comme toujours, se dirige vers le bar et sort des verres pour ses invités. Elle prend les commandes poliment tandis que je m'efforce de ne pas dévisager Sasha qui se présente à Hardin. Il lui lance un petit signe de tête et vient s'asseoir sur le canapé, laissant un espace libre entre nous, à ma grande déception. Pourquoi est-ce que je me sens si possessive tout à coup ? Est-ce parce que Sasha est vraiment belle et que les yeux d'Hardin se sont baladés sur son corps, ou bien parce qu'il a été trop bizarre toute la soirée ?

– Comment va Lillian ?

Je pose cette question à Max pour rompre le malaise et pour stopper les affres de la jalousie qui montent en moi.

– Elle va bien. Mais ses études lui prennent beaucoup de temps.

Kimberly lui tend un verre d'un alcool brun dont il avale la moitié d'un trait.

Il se tourne vers Christian.

– Bourbon ?

– Le meilleur, répond Christian avec un sourire.

– Vous devriez appeler Lillian de temps en temps. Vous auriez une bonne influence sur elle.

Les yeux de Max se tournent vers Hardin.

– Je ne pense pas qu'elle ait besoin de l'influence de quiconque.

Je n'ai pas particulièrement apprécié Lillian, mais j'éprouve un besoin irrépressible de prendre sa défense contre son père. Je ne peux pas m'empêcher de penser qu'il fait référence à son orientation sexuelle, et ça m'ennuie profondément.

– Oh ! permettez-moi de ne pas être d'accord.

Il sourit de toutes ses dents blanchies et je me renfonce dans les coussins du canapé. Cet échange m'a mise mal à l'aise. Max est charmeur, mais je ne parviens pas à ignorer la noirceur que je perçois au fond de ses yeux bruns, tout comme la malveillance cachée sous son large sourire.

Qu'est-ce qu'il fait ici avec Sasha, d'ailleurs ? Il est marié et si j'en juge à la longueur de sa robe et à la façon dont elle lui sourit, je doute que leur relation soit seulement amicale.

– Lillian est notre baby-sitter, dit Kimberly d'une voix chantante.

– Le monde est petit.

Hardin essaie de paraître aussi peu intéressé que possible, mais je sais qu'il fulmine.

– C'est incroyable, non ?

Max sourit à Hardin. Son accent britannique est encore plus prononcé que celui d'Hardin ou de Christian, mais moins agréable à entendre.

– Tessa, en haut.

Hardin m'a parlé à voix basse. Max et Kimberly se tournent vers lui, ils ont apparemment entendu son ordre.

Cette situation devient de plus en plus embarrassante. Maintenant que tout le monde a entendu qu'Hardin me sommait de monter, je n'ai pas la moindre envie d'obéir. Cependant, je connais Hardin et je sais qu'il va m'obliger à le faire, quitte à me porter.

– Moi, je pense qu'elle devrait rester boire un verre de vin ou une lichette de ce vieux bourbon qui est excellent.

En disant ça, Kimberly se dirige vers le petit bar.

– Qu'est-ce que ce sera ?

Elle sourit, défiant clairement Hardin. Il la fusille du regard. J'ai envie de rire en la voyant le taquiner ainsi.

– Je prendrai un verre de vin.

Kimberly acquiesce, verse le vin blanc dans un verre à pied et me l'apporte.

L'espace entre Hardin et moi semble s'accroître de minute en minute. Je sens la fureur monter en lui.

Il fixe le mur. Son humeur a changé radicalement depuis notre baiser, ce qui m'inquiète vraiment.

– Vous vivez tous les deux à Seattle ? demande Sasha à Hardin.

Je sirote une nouvelle gorgée. Je bois beaucoup, ces temps-ci.

Il lui répond sans la regarder.

– Pas moi.

– Hum, où habitez-vous, alors ?

– Ailleurs.

Dans d'autres circonstances, je lui aurais reproché sa grossièreté, mais là, je suis ravie. Sasha fronce les sourcils et se colle contre Max. Il la repousse gentiment en me regardant.

J'ai bien compris ce qui se passait, pas la peine de faire semblant.

Sasha ne réagit pas, et Kimberly se tourne vers Christian pour qu'il lance une conversation plus agréable.

– Eh bien...

Il s'éclaircit la gorge.

– L'ouverture du club s'est super bien passée, je ne pensais pas qu'il y aurait autant de monde !

– Il était très bon, ce groupe... J'ai oublié leur nom...

– Les Reford quelque chose ? suggère Kimberly.

Christian rigole.

– Non, chérie.

Kimberly va s'asseoir sur ses genoux.

– En tout cas, il faudra les réengager le week-end prochain.

Très vite, Hardin se lève et disparaît dans le couloir…

– Il n'est pas aussi grossier d'habitude, dit Kimberly à Sasha.

– Si, il l'est. Mais c'est comme ça qu'on l'aime.

Christian explose de rire et tout le monde l'imite.

– Je vais…

– Vas-y.

Kimberly me fait signe d'y aller et je salue les invités d'un petit geste de la main en sortant.

Le temps que j'arrive au bout du couloir, Hardin est déjà enfermé dans la chambre d'amis. J'hésite un moment devant sa porte avant de tourner la poignée et de la pousser. Quand je finis par entrer, je le trouve qui arpente la chambre à grands pas.

– Qu'est-ce qui ne va pas ?

– Rien.

– Tu es sûr ? Tu es tellement bizarre depuis…

– C'est bon. Je suis juste énervé.

Il s'assied sur le bord du lit et frotte ses mains sur ses genoux.

J'adore ce jean. Il était resté caché au fond de notre – de *son* – dressing à l'appart. C'est un cadeau de Trish pour Noël et il le déteste.

– Et pourquoi ça ?

Je m'efforce de parler à voix assez basse pour qu'on ne m'entende pas du salon.

– Max est un con.

Hardin explose. Visiblement, lui se moque d'être entendu.

Je rigole.

– Comme tu dis.

– Il essayait juste de me faire péter les plombs en étant grossier avec toi.

– Il n'était pas spécialement grossier avec moi, je pense qu'il est comme ça avec tout le monde.

– En tout cas, je ne peux pas le sentir, putain. Et c'est chiant que pour la seule soirée que nous pouvons passer ensemble, on soit pas tranquille.

Hardin repousse ses cheveux en arrière et attrape un oreiller pour se le mettre sous la tête.

– Je sais. (J'espère que Max et sa maîtresse vont bientôt s'en aller.) Ça ne me plaît pas qu'il trompe sa femme. Denise avait l'air sympa.

– Je n'en ai rien à foutre de tout ça. Je ne l'aime pas, c'est tout.

Je suis un peu étonnée qu'il balaie cette trahison d'un revers de main aussi rapidement.

– Tu ne trouves pas ça triste pour elle ? Même un tout petit peu ? Je suis sûre qu'elle ne se doute de rien.

Il croise les bras derrière sa tête.

– Moi, je suis persuadé qu'elle est au courant. Max est un connard. Elle ne peut pas être aussi stupide que ça.

Je me représente la femme de Max assise dans une énorme villa sur la colline, vêtue d'une robe hors de prix, coiffée et maquillée, en train d'attendre son mari. Cette image me rend triste et je ne peux qu'espérer qu'elle s'est trouvé un « ami » elle aussi.

Je ne la connais pratiquement pas, pourtant j'ai envie qu'elle ait un peu de bonheur, même si ce n'est pas la meilleure décision qui soit.

– Dans tous les cas, ce n'est pas bien.

– Ouais, mais c'est ça le mariage. Tromperies, mensonges, et tutti quanti.

– Ça ne se passe pas toujours comme ça.

– Neuf fois sur dix.

Il hausse les épaules. Je déteste cette vision qu'il a du mariage, tellement négative.

– Non, ce n'est pas vrai.

Je croise les bras sur ma poitrine.

– Tu veux remettre le sujet sur le tapis, une fois de plus. Je ne pense pas que nous devrions nous aventurer sur ce terrain glissant.

Nos regards se croisent. Je n'ai pas envie de lâcher prise, j'ai envie de lui prouver qu'il a tort et de le faire changer d'avis, mais je sais que c'est inutile. Hardin s'est forgé une opinion sur le sujet bien avant de me connaître.

– Tu as raison. Inutile de parler de ça, surtout quand tu es déjà si remonté.

– Je ne suis pas remonté.

– Si tu le dis !

Il se lève d'un bond.

– Arrête de lever les yeux au ciel !

Je ne peux pas m'empêcher de recommencer.

– Tessa...

Il gronde, mais je ne me laisse pas impressionner et je reste immobile. Il n'a aucune raison d'être désagréable avec moi. Est-ce que c'est de ma faute si Max est un sale con, imbu de lui-même ? C'est typique des rages d'Hardin, et je ne vais pas céder cette fois.

– Je te rappelle que tu n'es là que pour une nuit.

J'observe ses traits s'adoucir.

– Bon sang, tu as raison. Excuse-moi.

Je suis impressionnée par ce changement d'humeur subit et par sa capacité à se contrôler.

– Viens là.

Il ouvre les bras comme il fait toujours, et je m'y réfugie, comme je ne l'ai pas fait depuis longtemps. Il se tait et se contente de me serrer contre lui, en posant son menton sur le dessus de ma tête. Son souffle s'est ralenti depuis sa petite crise, et il est chaud, si chaud. Quelques secondes, ou quelques minutes plus tard, il s'écarte de moi et relève mon menton vers lui.

– Je suis désolé de m'être conduit comme un con. Je ne sais pas ce qui m'a pris. Max a le don de me taper sur le système, tout comme cette emmerdeuse de Stacey, je te demande pardon.

– C'est Sasha, pas Stacey.

– On s'en fout. Une pute est une pute.

– Hardin !

Je lui donne une petite tape sur la poitrine. Ses muscles sous ma main sont plus fermes que dans mon souvenir. Il faut dire qu'il est allé à l'entraînement tous les jours... Brièvement, mes pensées vagabondent vers ce qu'il y a sous son t-shirt noir, et je me demande si son corps a changé depuis la dernière fois où j'ai posé les yeux sur lui.

– Oh, ça va !

Il hausse les épaules et effleure du bout des doigts le contour de mon visage.

– Je suis sincèrement désolé. Je ne veux pas gâcher les moments passés avec toi. Tu me pardonnes ?

Sa voix est si tendre, ses doigts sont si doux sur ma peau, c'est trop bon. Je bats des paupières et je les ferme quand, de son pouce, il dessine mes lèvres.

– Réponds-moi.

– Je te pardonne toujours, non ?

Je pose les mains sur ses hanches et passe mes doigts sous son t-shirt. Je m'apprête à sentir ses lèvres se poser sur les miennes mais, quand je rouvre les yeux, il a remonté sa garde. J'hésite.

– Qu'est-ce qu'il y a ?

– J'ai... mal à la tête.

– Tu veux prendre quelque chose ? Je peux demander à Kim si...

– Non, surtout pas elle. Je pense que j'ai juste besoin de dormir. Il est tard.

Mon cœur défaille en entendant ça. Qu'est-ce qui lui arrive ? Pourquoi ne veut-il plus m'embrasser ? Il y a quelques minutes à peine, il me disait qu'il ne voulait pas gâcher le peu de temps que nous avons, et maintenant il veut aller dormir ?

Je pousse un soupir.

– D'accord.

Je ne vais quand-même pas le supplier de veiller pour passer du temps avec moi. Son rejet me met mal à l'aise, et j'ai franchement besoin de me retrouver seule.

Je traîne un peu, dans l'espoir qu'il me demande de dormir avec moi.

Il ne le fait pas.

– À demain matin, alors ?

– Ouais, bien sûr.

Je sors de la chambre avant de me rendre plus ridicule et ferme ma porte à clé. Puis, je reviens piteusement, à pas de loup, la déverrouiller dans l'espoir que, peut-être, il viendra me retrouver.

∞

13

Hardin

B*ordel.*

Putain de bordel.

Toute la semaine, j'ai contenu ma colère, en grande partie du moins. Ça devient de plus en plus difficile quand Zed persiste à se faufiler dans ma tête. Ça me rend complètement dingo. Je sais que je suis taré d'être obsédé par ça, et je suis sûr que c'est ce que Tessa me dirait si je lui racontais pourquoi je suis aussi remonté. Il n'y a pas que Zed, il y a Max et ce ton supérieur qu'il prend avec Tessa, et sa pute qui me fixe avec ses yeux de merlan frit, puis Kimberly qui s'en mêle quand je demande à Tessa de monter avec moi. Tout ça me tape sur le système et j'ai du mal à me contrôler. Je sens que mes nerfs sont tendus à craquer et la seule façon de me détendre, c'est de foutre mon poing dans la gueule de quelqu'un ou de me plonger dans les bras de Tessa pour tout oublier. Mais je ne peux même pas faire ça. Je devrais être en elle en ce moment, encore et encore ; jusqu'à ce que ce putain de soleil se lève, pour rattraper cette semaine pourrie sans ses caresses.

On peut me faire confiance pour foutre en l'air une soirée. Je suis sûr qu'elle n'est même pas étonnée.

Allongé sur le lit, je regarde tout à tour le plafond et le réveil. Il finit par être deux heures du matin. Les voix exaspérantes venant du salon se sont tues il y a plus d'une heure, j'étais heureux d'entendre les bruits d'adieux ainsi que les pas de Vance et de Kim dans l'escalier.

Je sens une putain de force magnétique qui m'attire vers Tessa et me supplie d'aller la retrouver. Je sors de mon lit et enfile le short noir que Tessa a plié et rangé sur la commode. Je sais que Vance a une salle de gym quelque part dans cette immense maison. Il faut que je la trouve avant de perdre ce qui me reste de raison.

∞

14
Tessa

Je n'arrive pas à dormir. J'ai essayé de fermer les yeux et d'oublier toutes les intrusions du monde extérieur, de laisser de côté le chaos de ma vie amoureuse, mais je n'y arrive pas. Impossible de lutter contre la force irrésistible qui m'attire vers la chambre d'Hardin, qui me supplie d'aller auprès de lui. Il s'est montré tellement distant, je dois savoir pourquoi. Il faut que je sache s'il se comporte comme ça à cause de quelque chose que j'ai fait, ou que je n'ai pas fait. Il faut que je m'assure que ça n'a rien à voir avec Sasha et sa minuscule robe dorée, ou que ça ne veut pas dire que j'ai perdu tout intérêt à ses yeux.

Il faut que je sache.

Hésitante, je sors de mon lit et tire sur la cordelette pour allumer la lampe. Je rassemble mes cheveux pour les attacher en queue de cheval avec l'élastique que je garde toujours autour du poignet. Aussi silencieusement que possible, je traverse le couloir sur la pointe des pieds et tourne doucement la poignée de la porte de la chambre d'amis. Elle s'ouvre avec un léger craquement, et j'ai la surprise de trouver la lampe allumée et le lit vide. Les draps et les couvertures sont en vrac au bord du lit, pas la moindre trace d'Hardin.

Mon cœur se serre à l'idée qu'il ait quitté Seattle pour rentrer – chez *lui*. Je sais bien que les choses n'ont pas été faciles entre nous, mais nous devrions être capables d'aborder le problème qui le préoccupe, quel qu'il soit. En parcourant la pièce du regard, je découvre son sac avec soulagement. Les piles de linge lavé et plié sont renversées mais se trouvent encore à l'endroit où je les ai posées.

Depuis son arrivée il y a à peine quelques heures, j'ai eu le plaisir de constater des changements chez Hardin. Il est plus doux, plus calme avec moi et il s'est excusé sans que j'aie besoin de lui tirer les mots de la bouche. Si je mets de côté le fait qu'il s'est montré froid et distant tout à l'heure, je ne peux pas nier que la semaine de séparation semble avoir porté ses fruits.

Sans bruit, je pars à sa recherche. La maison est plongée dans l'obscurité, percée seulement par les petites veilleuses alignées au bas des murs, dans les couloirs. Les salles de bains, la cuisine et le salon sont vides et je n'entends aucun bruit au premier étage. Pourtant Il doit être en haut... à moins qu'il ne soit dans la bibliothèque ?

Je marche sur la pointe des pieds, et juste quand je referme la porte de la bibliothèque vide et obscure, je remarque un rai de lumière sous la porte qui se trouve tout au bout du long couloir. Depuis mon arrivée ici, ce qui n'est pas si vieux, je ne suis encore jamais venue dans cette partie de la maison, bien que Kimberly m'ait vaguement parlé d'une salle de cinéma et d'une salle de gym de ce côté. Apparemment, Christian y passe des heures.

La porte n'est pas fermée à clé et je l'ouvre sans difficulté. J'ai un moment de panique en pensant que c'est Christian et non Hardin que je vais y trouver. Ce serait extrêmement gênant.

Les quatre murs de la pièce sont entièrement recouverts de miroirs et bordés d'énormes machines intimidantes.

Parmi elles, je ne reconnais que le tapis roulant. Des haltères et des poids couvrent le mur du fond, et la majeure partie du sol est capitonnée. Je tourne les yeux et mon sang ne fait qu'un tour quand je les vois. Hardin – quatre Hardin plutôt – se reflètent dans les miroirs. Il est torse nu et ses mouvements sont extrêmement rapides. Ses mains sont entourées de la même bande noire que j'ai aperçue sur Christian plus tôt dans la journée.

Hardin me tourne le dos. Ses muscles noués se tendent sous sa peau diaphane tandis qu'il lève un pied pour cogner dans le grand sac noir qui pend du plafond. Un bruit sourd suit son mouvement qu'il répète de l'autre poing. Je l'observe taper alternativement des poings et des pieds dans le sac. Il a l'air tellement en colère... Il est en sueur et j'ai du mal à avoir les idées claires en le regardant.

Ses deux poings frappent le sac avec une telle fluidité... C'est un spectacle incroyable. Sa peau est luisante, et sa poitrine et ses abdos sont différents, plus dessinés qu'avant. Il a l'air plus... costaud. On dirait que la chaîne métallique accrochée au plafond va casser brusquement sous la force de ses coups. J'ai la bouche sèche et mes pensées s'engourdissent tandis que j'écoute ses grognements furieux quand il commence à n'utiliser que ses poings contre le sac. Je ne sais pas si, d'une façon ou d'une autre il a senti ma présence, mais il s'arrête brusquement. Le sac continue à se balancer sur sa chaîne, et sans me quitter des yeux, Hardin l'arrête d'une main.

Je ne veux pas être la première à rompre le silence, mais il ne me laisse pas le choix en continuant à me dévisager, les yeux écarquillés chargés de colère.

– Salut.

Ma voix est rauque et presque inaudible. Sa poitrine monte et descend rapidement.

– Salut.

– Qu'est-ce que, euh... (J'essaie de rester calme.) Qu'est-ce que tu fais ?

– Je n'arrivais pas à dormir. Mais toi, qu'est-ce que tu fais debout à cette heure ?

Il ramasse son t-shirt noir sur le sol et l'utilise pour s'essuyer la figure. Je déglutis. Je ne trouve pas la force de détacher mon regard de son corps trempé de sueur.

– Euh, pareil. Je n'arrivais pas à dormir.

Je souris faiblement et mes yeux retournent se poser sur son torse tonique où les muscles bougent au rythme de sa respiration haletante.

Il hoche la tête. Ses yeux évitent les miens. C'est plus fort que moi, je dois lui poser la question.

– Est-ce que j'ai fait quelque chose ? Si c'est le cas, nous pourrions peut-être en parler et régler le problème.

– Non, tu n'as rien fait.

– Alors, je t'en prie, dis-moi ce qu'il y a. J'ai besoin de savoir ce qui se passe.

Je rassemble autant d'assurance que je peux.

– Est-ce que tu... Non, laisse tomber.

Le peu de confiance que j'avais en moi s'est envolé sous son regard.

– Est-ce que je quoi ?

Il s'assied sur une espèce de long coussin noir qui me semble être un banc de musculation. Après s'être de nouveau essuyé le visage avec son t-shirt, il le noue autour de sa tête pour retenir ses cheveux trempés.

Bizarrement, ce bandeau improvisé lui va très bien, à tel point que je ne trouve plus mes mots.

– C'est juste que je me demande si peut-être... s'il est possible que... je commence à ne plus te plaire autant qu'avant.

La question ne me semblait pas si bête dans ma tête. Prononcée à voix haute, elle est juste nulle et pathétique.

– Quoi ?

Il laisse tomber ses mains sur ses genoux.

– De quoi tu parles ?

– Est-ce que je t'attire toujours… physiquement ?

Je ne me sentirais pas si honteuse et mal à l'aise s'il ne m'avait pas repoussée tout à l'heure. Ça, plus Madame Minirobe Dorée qui se pâmait devant lui juste sous mes yeux. Sans oublier la façon dont son regard s'est attardé sur ses courbes…

– Quoi… d'où tu sors ça ?

Quand sa poitrine se soulève et s'abaisse, les hirondelles tatouées juste sous sa clavicule ont l'air de battre des ailes.

– Eh bien…

Je me rapproche de lui tout en prenant soin de laisser une certaine distance entre nous.

– Tout à l'heure… quand on s'est embrassés… tu t'es arrêté, et tu ne m'as plus touchée depuis, et puis tu es allé te coucher comme ça.

– Tu penses vraiment que je ne suis plus attiré par toi ?

Il ouvre la bouche pour ajouter quelque chose mais se ravise soudain et s'assied en silence.

– Je dois admettre que ça m'est venu à l'esprit, en effet.

– C'est complètement dingue, putain. Regarde-moi.

Je plonge mon regard dans le sien et il pousse un profond soupir avant de continuer.

– Je ne vois vraiment pas ce qui peut te faire croire un instant que je ne te trouve plus attirante, Tessa. Enfin… peut-être que mon attitude de tout à l'heure a pu te faire penser ça, mais tu te trompes, tu ne peux pas être plus éloignée de la vérité.

La douleur dans ma poitrine commence lentement à se dissiper.

– Mais alors, qu'est-ce qu'il y a ?

– Tu vas me trouver franchement morbide.

Oh non!

– Pourquoi? Raconte. S'il te plaît.

Je l'observe passer nerveusement ses doigts sur sa barbe naissante.

– Promets-moi d'écouter jusqu'au bout sans te mettre en rogne, ok?

Je hoche la tête lentement, un geste en complète contradiction avec la parano qui commence à m'agiter.

– J'ai fait un rêve, enfin plutôt un cauchemar...

Ma poitrine se serre et je prie pour que ce ne soit pas aussi grave que ça en a l'air. Je suis en partie soulagée que ce soit un cauchemar qui le contrarie et non un fait réel, mais en même temps je le plains. Il a été seul toute la semaine et ça me fait de la peine de savoir que ses cauchemars ont recommencé.

– Continue.

– C'était à propos de toi... et de Zed.

Oh non!

– Qu'est-ce que tu veux dire?

– Il était chez nous – chez *moi* –, et je rentrais et je le trouvais entre tes jambes. Tu gémissais son nom et...

– C'est bon, c'est bon, je vois.

Je lève la main pour l'arrêter.

– Non, il faut que je te raconte.

Je suis extrêmement mal à l'aise d'avoir à écouter Hardin me parler de Zed et moi au lit, mais s'il a besoin de me le raconter, je vais tenir ma langue et l'écouter.

– Il était sur toi, il te baisait, dans notre lit. Tu disais que tu l'aimais.

Il fait une grimace.

Son attitude, aussi bizarre qu'incompréhensible depuis qu'il est arrivé à Seattle s'explique par un rêve à propos de Zed et moi? Au moins, je comprends mieux sa demande au milieu de la nuit, hier, pour que j'appelle Zed immédiatement afin d'annuler sa proposition, que j'avais acceptée, de me rendre visite.

Tandis que je dévisage mon homme dévoré par le chagrin, la tête dans les mains, la paranoïa et la frustration que je ressentais un peu plus tôt fondent comme du sucre sur ma langue.

∞

15
Hardin

Mon nom s'échappe de ses lèvres, en un souffle, tout en douceur. Comme si, par ce seul mot, elle résumait tout ce qu'elle ressent pour moi, toutes ses caresses, toutes les preuves de son amour pour moi. Même si j'ai encore du mal à y croire.

Tessa s'approche de moi en me regardant avec compassion.

– Pourquoi ne me l'as-tu pas dit plus tôt ?

Je baisse les yeux et joue avec la bande épaisse enroulée autour de mes mains.

– Ce n'était qu'un rêve. Tu sais bien que ça ne se produirait jamais dans la réalité.

Quand je lève les yeux sur elle, la pression en moi ne diminue pas.

– J'ai cette image dans la tête. Rien à faire, elle repasse sans arrêt devant mes yeux. Son air défiant, son sourire narquois pendant qu'il te baisait.

Tessa se bouche les oreilles et fronce le nez de dégoût. Puis, elle lève les yeux vers moi et baisse lentement les bras.

– Pourquoi as-tu fait ce rêve, d'après toi ?

– Je n'en sais rien. Probablement parce que tu étais d'accord pour qu'il vienne te voir ici.

– Je ne savais pas comment refuser, et puis nous étions… enfin, nous sommes toujours dans cet entre-deux, toi et moi.

– Je ne veux pas qu'il s'approche de toi. Je sais que c'est débile, mais je m'en fous. Franchement, pour moi, Zed c'est la ligne à ne pas franchir, et ce sera toujours comme ça. Et je pourrai faire autant de kick-boxing qu'on veut, ça n'y changera rien. Entre-deux ou pas, tu es à moi et rien qu'à moi. Pas seulement sur le plan sexuel, mais toi tout entière. Je ne peux pas supporter l'idée que tu aies la moindre relation, de quelque nature qu'elle soit, avec ce type.

– Je ne l'ai pas revu depuis qu'il m'a ramenée chez ma mère… cette fameuse nuit.

Mais la peur panique qui me consume ne faiblit pas. Je baisse les yeux et contrôle ma respiration pour essayer de me calmer un peu.

Elle se rapproche encore, tout en restant hors de portée.

– Mais si cela peut t'aider à oublier ces idées, je lui dirai de ne pas venir.

Je contemple son beau visage.

– Tu ferais ça ?

Je m'attendais à plus de résistance de sa part.

– Oui. Je ne veux pas que tu te mines à cause de ça.

L'air inquiet, son regard va de ma poitrine à mon visage.

– Viens là.

Je trouve qu'elle avance trop lentement, alors je l'attrape par le bras pour l'attirer plus vite vers moi.

Ma respiration n'a pas encore repris un rythme normal. L'adrénaline continue à se décharger dans mon corps. Je recommencerais bien à donner des coups dans ce fichu sac, mais mes pieds et mes mains me font souffrir. J'ai encore de la colère en réserve. J'ai encore un truc qui me tracasse et qui m'empêche d'oublier ma rancune contre Zed.

Enfin, jusqu'à ce que ses lèvres se posent sur les miennes. Au moment où je ne m'y attends pas, elle introduit sa langue dans ma bouche et elle enfonce les mains dans mes cheveux dégoulinants de sueur en tirant, puis elle enlève le t-shirt qui me servait de bandeau et le jette par terre.

– Tessa...

Je la repousse doucement en détachant ma bouche de la sienne. Je me rassieds sur le banc de musculation, elle me regarde en plissant les yeux.

Sans un mot, elle vient se planter devant moi.

– Je ne vais pas tolérer que tu me rejettes à cause d'un rêve, Hardin. Si tu ne veux plus de moi, dis-le clairement, mais ça, c'est des conneries.

Ça peut paraître pervers, mais sa colère excite quelque chose en moi et tout mon sang se précipite vers mon entrejambe. Je n'ai pas cessé de désirer cette femme depuis la dernière fois que je l'ai possédée et là, elle est plantée devant moi, frustrée parce que je lui refuse ce qu'elle désire.

L'entendre jouir au téléphone ne sera jamais assez. J'ai besoin de le sentir.

Une bataille se livre en moi, alors que cette puissance sauvage coule encore dans mes veines comme du feu.

– Je n'y peux rien, Tessa, je sais que ça n'a pas de sens...

– Alors, baise-moi.

J'en reste bouche bée.

– Tu devrais me baiser jusqu'à effacer ce rêve de ta tête, parce que, quand même, tu n'es ici que pour une nuit et tu m'as manqué, mais tu es trop occupé à m'imaginer avec Zed pour me donner l'attention que je te réclame.

– Je ne te donne pas l'attention que tu me réclames ?

Malgré moi, j'ai répondu avec dureté. Ce qu'elle dit est ridicule et, en plus, c'est faux. Elle n'a pas idée du nombre de fois où je me suis touché en pensant à elle, en imaginant sa voix dans mon oreille, me disant combien elle avait besoin de moi, combien elle m'aimait.

– Parfaitement, Hardin.

– Et qu'est-ce que tu veux, exactement ?

Elle m'observe longuement. Son regard est dur et légèrement déconcertant.

– Je veux que tu passes du temps avec moi sans faire une fixation sur Zed. Je veux que tu me caresses et que tu m'embrasses sans t'écarter de moi à chaque fois. *C'est ça,* Hardin, que je veux.

Elle fronce les sourcils et pose les mains sur ses hanches.

– C'est toi que je veux – rien que toi.

Ses paroles rassurantes et flatteuses commencent à éloigner les mauvaises pensées de mon esprit. Je me rends compte que cette épreuve que nous traversons est complètement idiote. Lui, il est tout seul quelque part, et moi, je suis ici avec elle – et c'est moi qu'elle veut. Je ne peux détacher mon regard de ses lèvres boudeuses, de la courbe harmonieuse de ses seins qu'on peut deviner sous le fin t-shirt blanc.

Ma nana plutôt timide d'habitude – bien que *très cochonne, putain !* – me toise dans l'attente d'une réponse, tout en posant une main sur mon épaule. Elle me fait basculer en arrière juste ce qu'il faut pour venir s'asseoir sur mes genoux.

Et merde ! Je n'en ai rien à battre de ce rêve débile ou de cette décision stupide de mettre de la distance entre nous, ou encore de faire un break. Tout ce qui compte, c'est elle et moi, moi et elle. Tessa et ce taré d'Hardin.

Ses lèvres trouvent leur chemin dans mon cou. J'ai eu beau imaginer cette scène un nombre incalculable de fois au cours de la semaine, aucun fantasme ne pourra jamais égaler la réalité de sa langue qui court sur ma clavicule pour remonter jusqu'à ce putain de point sensible, juste au-dessous de mon oreille.

– Ferme la porte à clé.

Quand ses dents éraflent doucement ma peau et qu'elle se frotte contre moi, je suis dur comme de la pierre, et c'est *maintenant* que j'ai besoin d'elle.

J'essaie d'oublier la palpitation douloureuse entre mes jambes tandis qu'elle se lève et traverse précipitamment la pièce pour faire ce que je lui ai dit. Je ne perds pas une seconde quand elle revient. En un clin d'œil, son pantalon est sur ses pieds, et sa culotte noire prend le même chemin pour tomber autour de ses chevilles sur le sol capitonné.

– La pensée de te voir comme ça m'a torturé l'esprit toute la semaine.

Je ne perds pas un détail de son corps à moitié nu.

– Tu es si belle.

Quand elle enlève son t-shirt, c'est plus fort que moi, je me penche vers elle et j'embrasse la courbe de ses hanches généreuses. Un lent frisson la parcourt et elle passe la main dans son dos pour dégrafer son soutien-gorge.

Putain ! De toutes les fois où je lui ai fait l'amour, il n'y en a pas eu une où je me suis senti aussi excité. Même les fois où elle m'a réveillé en prenant ma queue dans sa bouche, je n'ai jamais ressenti une telle animalité.

Je tends les mains vers elle et prends un de ses seins dans ma bouche et l'autre dans une main. Elle pose les mains sur mes épaules pour se stabiliser tandis que je la picore des lèvres.

– Oh oui !

Elle gémit en plantant ses ongles dans mon épaule et je suce plus fort.

– Plus bas, s'il te plaît.

Elle pousse doucement ma tête pour la guider vers le bas, alors j'appuie ma bouche, pour l'exciter. Je passe le bout des doigts au-dessous de ses seins, en un lent mouvement qui la torture... ça lui apprendra d'être si attirante et si excitante.

Elle pousse les hanches en avant et je descends légèrement de façon à ce que ma bouche soit à la bonne hauteur, au centre qui réunit toutes ses terminaisons nerveuses entre ses cuisses. D'un doux gémissement, elle m'encourage à poursuivre, alors mes lèvres s'entrouvrent pour la sucer et savourer la rosée qui s'y est déjà accumulée. Elle est si chaude et si douce, putain.

– Tes doigts ne t'ont pas totalement satisfaite, hein ?

Elle respire bruyamment, ses yeux gris bleu m'observent tandis que je penche la tête et que je passe la langue sur son pubis.

– Ne me fais pas attendre.

Elle gémit en me tirant les cheveux.

– Est-ce que tu t'es caressée de nouveau cette semaine, après notre conversation au téléphone ?

Je la fais marcher. Elle se tortille et pousse des petits cris étouffés quand ma langue se pose exactement où elle veut.

– Non.

– Menteuse.

À la rougeur qui monte de son décolleté à ses joues, et à la façon dont ses yeux se détournent vers le mur de miroirs, je vois bien qu'elle ne dit pas la vérité. Elle s'est branlée depuis cette fois au téléphone... et en l'imaginant étendue, les jambes écartées, se donnant du plaisir avec ses doigts comme je lui ai appris à le faire, je grogne dans la chaleur de sa peau.

– Une fois, seulement.

– C'est dommage.

Je m'écarte complètement.

– Trois fois, ok ?

Sa gêne est perceptible dans sa voix.

– À quoi tu pensais ? Qu'est-ce qui t'a fait jouir ?

Je souris d'un air moqueur.

– Toi, rien que toi.

Dans ses yeux, je lis le désir et l'attente.

Son aveu m'excite et je veux lui donner du plaisir, maintenant plus que jamais. Je sais que je peux la faire jouir en moins d'une minute avec ma langue, mais ce n'est pas ce que je veux. Je pose un dernier baiser à la jonction de ses cuisses, puis je m'écarte et je me mets debout. Tessa est complètement nue et les miroirs... *bordel,* les miroirs réfléchissent son corps parfait tout autour de moi, multipliant ses courbes lascives par dix. Sa peau douce est tout autour de moi, et me pousse à retirer mon short et mon boxer d'une main. Je commence à dérouler la bande qui recouvre mes jointures, mais Tessa m'arrête de la main.

– Non, garde-la.

Un éclair de désir plus sombre étincelle dans son regard. Comme ça, la bande, ça l'excite... ou me regarder m'entraîner... ou les miroirs...

Je fais ce qu'elle me dit et presse mon corps contre le sien, ma bouche cherchant la sienne, et je l'attire avec moi sur le sol capitonné.

Ses mains courent sur ma poitrine nue et ses yeux prennent une nuance de gris plus foncé.

– Ton corps a changé.

– Ça ne fait qu'une semaine que je vais à l'entraînement.

Je fais rouler son corps nu de telle façon qu'elle soit coincée sous le mien.

– Ça se voit déjà...

Elle passe la langue sur ses lèvres charnues, si lentement que je n'hésite pas à me frotter contre elle pour lui faire savoir à quel point je bande. Elle est si douce et si moite contre moi, un seul mouvement suffira pour que je la pénètre enfin.

C'est à ce moment-là que j'y pense.

– Je n'ai pas de capote, putain !

Je jure tout en enfouissant mon visage dans son cou.

Elle pousse un grognement frustré mais enfonce ses ongles dans mon dos et m'attire plus près.

– J'ai envie de toi.

Elle gémit et passe la langue sur mes lèvres. Je me presse contre sa chair chaude et trempée et je la pénètre lentement.

– Mais...

J'ai l'intention de lui parler des risques, mais elle ferme les yeux et la sensation me submerge tandis que je fléchis les hanches pour la pénétrer plus profondément, aussi profondément que possible.

– Bon Dieu, ce que tu m'as manqué.

Je n'en reviens pas de la sentir si chaude et douce sans la barrière de la capote. Toute ma raison est annihilée, tous les conseils de prudence se sont envolés. Encore quelques secondes, encore quelques poussées dans son corps qui ne demande que ça, et je me retirerai.

Je me soulève sur les bras. Je veux la regarder pendant que je vais et viens en elle. La tête relevée, elle regarde le point où nos corps se connectent.

– Regarde dans la glace.

Encore trois et j'arrête... d'accord quatre. C'est plus fort que moi, je continue à bouger tandis qu'elle tourne la tête pour nous regarder dans le miroir. Son corps si doux et si parfait et si propre, comparé au mien recouvert de ses taches d'encre noire. Nous sommes la passion personnifiée, l'ange et le démon. Je n'ai jamais été aussi follement amoureux d'elle.

– Je savais que ça te plaisait de regarder, même quand tu le fais toute seule. J'en étais sûr, putain.

Elle appuie ses mains sur le bas de mon dos, m'attirant de plus en plus près, de plus en plus profondément et, bordel, il faut que je me retire, maintenant. Je sens la pression monter de mes reins vers mon bas-ventre. Il faut que j'arrête, tout de suite...

Je me retire lentement, pour que nous puissions tous les deux profiter le plus longtemps possible de ce moment de plaisir. Puis je coupe court à ses plaintes quand mes doigts la pénètrent sans aucune difficulté.

– Je vais te faire jouir maintenant, puis je te porterai dans ton lit.

Elle me sourit d'un air shooté avant de tourner les yeux vers le miroir pour me regarder.

– En silence, Bébé, sinon tu vas réveiller tout le monde.

J'adore les bruits qu'elle fait, la façon dont elle dit mon nom en gémissant, mais la dernière chose que je veux, c'est de débander en entendant les Vance cogner à la porte.

En quelques secondes, je sens qu'elle se crispe sur mes doigts. Je pince et suce son clitoris pendant qu'elle me tire les cheveux. Elle me regarde la baiser avec les doigts jusqu'à ce qu'elle jouisse en haletant et en répétant indéfiniment mon nom.

∞

16
Tessa

La bouche d'Hardin laisse une trace humide sur mon ventre et ma poitrine avant de venir finalement poser un baiser sur ma tempe. Je reste allongée sur le sol à côté de lui, essayant de reprendre ma respiration et de revivre les événements qui nous ont conduits à cette situation. J'avais vraiment l'intention d'avoir une conversation sérieuse avec lui à propos de sa – non, *de notre* – difficulté à communiquer, mais quand je l'ai vu qui passait sa colère sur ce sac, il ne m'a pas fallu trois minutes pour me retrouver en train de gémir son nom en haletant.

Je m'appuie sur un coude pour le regarder.

– J'ai envie de te rendre la pareille.

– Mais je t'en prie.

Il sourit, les lèvres encore luisantes.

Je me penche vers lui rapidement et je le prends dans ma bouche avant qu'il ait le temps de dire ouf.

– Bordel.

Hardin soulève les hanches pour retrouver mes lèvres, se poussant de lui-même dans ma bouche.

– Je ne vais pas... putain, je ne vais pas tenir longtemps.

J'accélère. Trop vite. Il me tire les cheveux et me relève la tête.

– Je vais jouir dans ta bouche, puis je te porterai jusqu'à ton lit et je te baiserai encore une fois.

De son pouce, il caresse mes lèvres et je le mordille doucement. Il rejette la tête et tire mes cheveux plus fort tandis que je poursuis la caresse de ma bouche.

Je sens sa queue palpiter et ses jambes se raidir quand il approche de la jouissance.

– Putain, Tessa... trop bon, Bébé.

Il grogne et ma bouche se remplit de sa chaleur. Je prends tout, j'avale tout ce qu'il a à donner.

– Habille-toi, m'ordonne-t-il soudain en me lançant mon soutien-gorge.

Tandis que nous nous rhabillons précipitamment, je le surprends plusieurs fois à me dévisager. Ce n'est pas vraiment pour me surprendre... je n'ai pas arrêté d'en faire autant.

– Prête ?

Je hoche la tête et il éteint les lampes, ferme la porte derrière nous comme s'il ne s'était rien passé dans cette pièce, et il me précède dans le couloir. Nous avançons dans un silence apaisé, ce qui change considérablement de la tension qui régnait entre nous tout à l'heure. Quand nous arrivons devant ma chambre, il m'arrête en me prenant par le coude.

– J'aurais dû te parler de ce cauchemar au lieu de m'éloigner de toi.

La faible lueur des veilleuses qui bordent le couloir éclaire juste assez son visage pour me permettre de percevoir la douceur de son regard.

– Nous devons apprendre à communiquer tous les deux.

– Tu es tellement compréhensive, je ne le mérite pas.

Il porte ma main à son visage et embrasse mes doigts un par un. Mes genoux menacent de céder devant un geste aussi émouvant.

Il ouvre la porte en gardant ma main dans la sienne, et il me mène jusqu'au lit.

∞

17

Tessa

Les mains d'Hardin sont toujours recouvertes de leur bande noire rugueuse, pourtant je les trouve très tendres autour des miennes.

– J'espère que je ne t'ai pas épuisée.

Il sourit, en passant ses jointures bandées sur ma joue.

– Non.

L'action de ses doigts a réussi à faire disparaître la plus grande partie de ma tension. Cependant, le désir lancinant que je ressens pour lui est encore là. Il est toujours là.

– Ce n'est pas grave, si ? Je veux dire, tu voulais avoir de l'espace... on ne peut pas vraiment dire que ce soit le cas.

Il me prend dans ses bras et nous restons debout devant le lit, hésitants.

– Nous avons toujours besoin d'espace, mais c'est ça dont j'ai envie, là tout de suite.

Je suis sûre qu'Hardin trouve ma décision incompréhensible. J'en suis sûre parce qu'en fait j'ai moi-même du mal à la comprendre, surtout maintenant qu'il est devant moi, irrésistible comme toujours.

– Moi aussi.

Il enfouit son visage dans mon cou.

– C'est ça qui est bon pour nous... d'être proches comme nous sommes en ce moment.

Il resserre son étreinte et nous guide sur le lit, tout en embrassant doucement la peau de mon cou. Je sens qu'il commence à bander contre ma jambe, il est prêt à recommencer, tout comme moi.

– Tu m'as tellement manqué, bordel... ton corps m'a tellement manqué.

Ses mains se glissent sous le fin coton de mon t-shirt qu'il me passe par-dessus la tête. Ma queue de cheval se prend dans le col, mais Hardin dégage mes cheveux et enlève doucement l'élastique, en me laissant retomber sur le matelas. Il pose tendrement ses lèvres sur mon front : son humeur a changé depuis qu'il m'a prise dans la salle de gym. Tout à l'heure, il était rude, sexy et autoritaire. Mais maintenant, c'est mon Hardin, l'homme doux et prévenant qui se cache derrière sa carapace.

– La façon dont ton pouls (ses lèvres frôlent les miennes et ses doigts appuient sur le point qui bat dans mon cou) s'emballe quand je te touche, surtout ici...

Il glisse sa main libre sous la ceinture de mon pyjama.

– Tu es toujours trop prête pour moi.

Il grogne en passant son majeur de haut en bas. Ma peau s'embrase. C'est plus un feu constant qu'une explosion, qui va de pair avec la douceur de sa caresse. Hardin retire sa main puis porte ses doigts à ses lèvres.

– Si douce.

La pointe de sa langue sort lentement et vient lécher le bout de son doigt.

Il sait exactement quel effet ça produit sur moi. Il sait combien son langage cru m'excite et à quel point il attise mon désir. Il est très doué pour m'embraser des pieds à la tête.

18
Hardin

Je sais exactement l'effet que ça lui fait. Je sais à quel point elle aime mon langage cru, et quand je la regarde, elle n'essaie même pas de s'en cacher.

– Tu es bien sage.

Je lui lance un sourire pervers qui la fait gémir sans même que j'aie besoin de toucher sa peau enflammée.

– Dis-moi ce que tu veux.

En lui parlant à l'oreille, je peux presque sentir son pouls battre la chamade sous sa peau. Je la rends dingue, et j'adore ça, putain !

– Toi.

– Je veux le faire lentement. Je veux que tu sentes chacun des moments où tu étais loin de moi.

Je tire sur son pyjama en lui jetant un regard autoritaire. Sans un mot, elle hoche la tête et le retire. Puis, j'attrape sa culotte et je l'arrache. Elle a les yeux écarquillés, le regard sombre et les lèvres roses et gonflées. La force de mon mouvement l'attire vers moi. De ses mains, elle entoure mes bras, s'y accrochant de ses adorables doigts fuselés.

– Va chercher un préservatif.

Putain, la boîte est de l'autre côté du couloir ! Dans la chambre dont personne n'a pu sérieusement penser que je l'occuperais, avec Tessa à quelques mètres. Bizarrement d'ailleurs, il y en avait tout un stock dans le tiroir de la table de chevet quand je suis arrivé.

– Vas-y toi-même.

Je plaisante. Jamais je ne lui ferais traverser le couloir en petite tenue. Je passe doucement les mains dans son dos pour dégrafer son soutien-gorge, puis je fais glisser les bretelles sur ses épaules avant de le jeter au sol.

– Préserv…

Elle s'interrompt par une longue inspiration quand je prends entre mes lèvres le bout de son sein que je viens de dénuder. Elle répond instantanément à mes caresses et j'ai envie de savourer chaque seconde.

– Chuuut…

Je la fais taire en mordillant sa chair si réceptive.

Je finis par me relever rapidement, sans prendre le temps de me rhabiller. J'ai encore mon boxer, mais même si je ne portais rien, je ne perdrais certainement pas mon temps à me mettre quelque chose sur le cul maintenant.

Je reviens dans la chambre, quatre capotes à la main… Je suis un peu ambitieux, mais vu l'attitude de Tessa ce soir, on pourrait bien avoir besoin de tous ceux qui sont dans le tiroir.

– Tu m'as manqué.

Un sourire timide éclaire son visage, puis un éclair gêné passe dans ses yeux quand elle se rend compte qu'elle a parlé à voix haute.

– Toi aussi.

Ma réponse sonne aussi ringard qu'on pouvait s'y attendre.

Sans attendre de recevoir un carton d'invitation, je retourne la rejoindre sur le lit. Elle est assise, appuyée contre la tête de lit et les genoux légèrement pliés. Elle est entièrement nue, seuls les draps de satin crème couvrent le haut de ses cuisses, se confondant avec sa peau laiteuse.

Je dois me maîtriser quand je la regarde. Je dois me retenir de lui sauter dessus, d'arracher les draps et de prendre ce qui est à moi. Mais ce soir – enfin, ce matin – je veux y aller doucement, sans précipiter les choses.

Elle me fixe avec des yeux doux et chaleureux, le rose aux joues. Quand je la rejoins sur le lit, ses mains avides se portent directement sur l'ourlet de mon boxer et tirent dessus pour le faire descendre sur mes cuisses. Elle termine avec les pieds et elle me prend dans sa main, avec une légère pression.

– Bon Dieu...

J'oublie, momentanément, tout ce qui n'est pas sa caresse. Elle commence à pomper lentement, son poignet gracile se plie dans son mouvement vertical et j'adore la façon dont elle sait exactement comment me caresser, putain. Elle s'allonge, tout en maintenant un rythme constant, et je lui donne la capote en lui montrant silencieusement quoi faire ensuite.

En se mordant la lèvre, elle s'exécute. Tandis qu'elle déroule le latex sur moi, je la maudis silencieusement, et moi aussi, pour n'être jamais allés jusqu'au bout de notre projet de contraception. La sensation sans capote est divine, et maintenant que j'y ai goûté, j'ai de plus en plus de mal à m'en passer.

Elle passe rapidement au-dessus de moi, s'asseyant à califourchon, et ma queue n'est qu'à un souffle de la pénétrer.

– Attends...

Je l'arrête en posant mes mains sur ses hanches et la repose à côté de moi sur le lit. Un éclair de confusion passe dans son beau regard.

– Qu'est-ce qu'il y a ?

– Rien... j'ai envie de t'embrasser encore un peu avant.

Pour la rassurer, je passe la main sur sa nuque en attirant son visage contre le mien. Je pose ma bouche sur la sienne et me penche sur elle pour la forcer à ralentir. Son corps nu est pressé contre le mien. Je prends un moment pour apprécier qu'après toute les conneries que je lui ai fait subir, elle est toujours là. Elle est toujours là, putain, et il est vraiment temps que je lui donne ce qu'elle mérite. Je me repose sur un bras et me couche sur elle, en écartant ses jambes de mon genou.

– Je t'aime tellement. Tu le crois, toujours, hein ?

J'entrecoupe mes paroles de caresses de ma langue sur la sienne.

Elle acquiesce, mais pendant un moment effroyable, le visage de Zed s'impose à mon esprit. Il lui avoue son amour et elle l'accepte avec gratitude. « Je t'aime, aussi » gémissait-elle dans son sommeil. Un lent frisson me secoue tout le corps, et je marque une pause.

Quand elle remarque mon hésitation, elle plonge les doigts dans mes cheveux ébouriffés et, de la sienne, prend possession de ma bouche.

– Reviens avec moi.

Il ne m'en faut pas plus.

Plus rien ne compte que la douceur de son corps sous le mien et la moiteur entre ses jambes tandis que je la pénètre lentement. La sensation est exquise. Malgré le nombre de fois où je l'ai déjà prise, je ne m'en lasserai jamais.

– Je t'aime.

Je passe un bras sous elle si bien que nos corps sont aussi serrés l'un contre l'autre que possible. J'humecte mes lèvres desséchées et j'enfouis ma tête dans son cou de nouveau pour lui murmurer des mots cochons à l'oreille et l'embrasser chaque fois qu'elle gémit mon nom.

Je sens la pression qui monte le long de ma colonne, vertèbre après vertèbre. Tessa enfonce ses ongles dans mon dos, sur mes omoplates, comme pour atteindre les mots tatoués sur ma peau. Des mots qui lui sont destinés, à elle et à personne d'autre.

« Je ne veux plus jamais être séparé de vous. »

Je ferai tout ce qu'il faudra pour tenir ma promesse.

Je me relève pour la regarder, un main toujours dans son dos, l'autre remonte sur sa poitrine et se promène sur ses seins pour se poser juste sous sa gorge.

– Dis-moi ce que ça te fait.

J'ai du mal à contenir l'onde de plaisir qui parcourt mon corps. Je veux la faire durer. Je veux créer un espace juste pour nous deux.

J'accélère mon mouvement et elle s'agrippe aux draps des deux mains. Chaque balancement de mes hanches, chaque poussée violente dans son corps en attente affirme et intensifie le pouvoir qu'elle a sur moi.

– C'est bon, Hardin... si bon...

Sa voix est basse et rauque. Son corps se tend, et je ne peux plus attendre. En murmurant son nom, je me répands dans la capote avec quelques poussées lentes et molles avant de m'écrouler, hors d'haleine, à ses côtés.

Je tends le bras et l'attire contre moi. Quand j'ouvre les yeux, une fine pellicule de sueur recouvre sa peau soyeuse. Les yeux grands ouverts, elle fixe le ventilateur au plafond.

– Tout va bien ?

Je sais que j'ai été un peu brusque vers la fin, mais je sais aussi qu'elle adore ça.

– Oui, très bien.

Elle se penche pour me faire un petit baiser sur la poitrine et descend du lit. Je grogne, déçu de voir qu'elle renfile son t-shirt.

– Tiens, ton bandeau.

En souriant, elle lance sur le lit le t-shirt trempé de sueur que je m'étais mis autour de la tête dans la salle de gym.

Je le roule et le remets autour de ma tête pour l'amuser.

– Je ne te plais pas comme ça ?

Elle rigole.

– Si, beaucoup.

Tessa en rajoute en se penchant pour ramasser sa culotte noire, puis elle la remonte en se dandinant. On peut voir qu'elle ne porte pas de soutien-gorge quand elle se secoue comme ça, et c'est sexy.

– Tant mieux, parce que c'est bien pratique.

J'ai vraiment besoin de me couper les cheveux. C'était une amie de Steph, une fille aux cheveux bleu lavande, qui avait l'habitude de me coiffer. Mon sang se met à bouillir quand je pense à Steph. *Cette putain de connasse de...*

– La Terre... à Hardin !

La voix de Tessa me tire de mes pensées assassines. Je relève la tête brusquement.

– Excuse-moi.

De nouveau en pyjama, Tessa vient se blottir près de moi et, curieusement, saisit la télécommande et commence à zapper entre les chaînes à la recherche de quelque chose à regarder. Je suis un peu sonné, alors je profite de ce moment d'accalmie, mais au bout de quelques minutes je m'aperçois qu'elle soupire de façon répétée. Un pli profond marque son front, comme si c'était excessivement frustrant de ne rien trouver de sympa à regarder.

– Il y a quelque chose qui ne va pas ?

– Non.

Je sais qu'elle ment.

– Allez, raconte.

Elle pousse un soupir agacé.

– Ce n'est rien... Je suis juste une peu... tendue.

Elle rougit.

– Tendue ? Tu devrais être complètement détendue, au contraire.

Je recule et je la regarde dans les yeux.

– Je n'ai pas... tu sais, je n'ai pas...

Elle bafouille. Sa timidité me surprendra toujours. Un moment, elle me murmure à l'oreille de la baiser plus fort, plus vite, plus profond et, la minute d'après, elle n'arrive pas à sortir une simple phrase.

– Dis-le.

– Je n'ai pas fini.

– Quoi ?

Je m'étrangle. J'étais à ce point absorbé par mon propre plaisir que je n'ai pas remarqué qu'elle n'avait pas joui ?

– Tu as arrêté juste avant...

– Pourquoi tu n'as rien dit ? Viens ici.

Je tire sur son t-shirt pour le lui ôter.

– Qu'est-ce que tu vas faire ?

– Chut...

Je ne sais pas ce que je veux faire. Je voudrais lui faire l'amour de nouveau, mais j'ai besoin d'un peu plus de temps pour me recharger.

Attends, je sais.

– On va faire quelque chose qu'on n'a encore fait qu'une seule fois.

Je souris d'un air amusé et ses yeux s'arrondissent.

– Parce que, comme tu le sais, c'est en pratiquant qu'on s'améliore.

– De quoi tu parles ?

Son excitation a fait place à de l'inquiétude.

Je me rallonge sur le dos en m'appuyant sur les coudes et je lui fais signe de venir vers moi.

– Je ne comprends pas.

– Viens là, mets tes cuisses ici.

Je désigne les emplacements de chaque côté de ma tête.

– Quoi ?

– Tessa, viens ici et écarte les jambes au-dessus de mon

visage, que je te fasse prendre ton pied bien comme il faut.

– Oh !

Je vois son hésitation dans son regard. Je tends la main pour éteindre la lampe. Je veux qu'elle soit aussi à l'aise que possible. Malgré l'obscurité, je devine ses formes généreuses, sa poitrine rebondie et la courbe sexy de ses hanches.

Elle enlève sa culotte et suit mes instructions en s'agenouillant au-dessus de moi.

– J'ai une vue superbe d'ici.

Je rigole, mais je ne vois plus rien. Elle a descendu mon t-shirt sur mes yeux.

– C'est beaucoup plus chaud comme ça, c'est un fait.

Je souris contre sa cuisse. Elle me donne une petite tape sur la tête.

– Non, c'est vrai... C'est vraiment chaud, putain.

Je l'entends rire dans l'obscurité et je pose les mains sur ses hanches pour guider ses mouvements. Dès que ma langue la touche, elle se met à bouger d'elle-même en me tirant les cheveux et en murmurant mon nom jusqu'à ce qu'elle se perde dans le plaisir que je lui donne.

∞

19

Tessa

Avec réticence, je reviens lentement à la réalité. Je suis heureuse de voir Hardin allongé près de moi.

– Salut !

Il m'embrasse sur les lèvres en souriant.

Je n'ai pas envie de bouger. Je suis tout endolorie, mais ce n'est pas désagréable.

– Je n'ai pas envie que tu partes demain.

En murmurant, je suis du bout des doigts un de ses tatouages. Un arbre sombre et inquiétant. S'il faisait ce tatouage aujourd'hui, choisirait-il encore un arbre mort ? Ou laisserait-il quelques feuilles sur les branches, maintenant qu'il est plus heureux, plus vivant ?

– Moi non plus.

– Alors, reste.

Malgré moi, le ton de ma voix est désespéré.

Hardin passe la main dans mon dos et serre mon corps nu contre le sien.

– Je n'ai pas envie de partir, mais toi, tu dis ça parce que je viens de te faire jouir plusieurs fois de suite.

Un cri horrifié s'échappe de mes lèvres.

– C'est pas vrai !

Hardin est secoué d'un ricanement amusé.

– Vraiment, il n'y a pas que ça... On pourrait peut-être se retrouver les week-ends pendant un temps, pour voir ce que ça donne ?

– Tu veux que je me tape le trajet en voiture tous les week-ends ?

– Pas tous. On alternera.

Je penche la tête pour le regarder droit dans les yeux.

– Ça a l'air de plutôt nous réussir pour l'instant.

– Tessa... Je t'ai déjà dit ce que je pensais des relations à distance.

Mon regard se pose au plafond, sur le ventilateur qui tourne lentement dans la pénombre de la chambre. À la télé, Rachel verse de la sauce tomate dans le sac à main de Monica.

– Oui, mais tu es venu, pourtant.

Il soupire et tire doucement sur ma queue de cheval pour m'obliger à le regarder en face.

– Touché.

– Eh bien, on doit pouvoir trouver un compromis, non ?

– Qu'est-ce que tu proposes ?

Il ferme les yeux brièvement et prend une profonde inspiration.

– Je ne sais pas encore... Laisse-moi réfléchir.

Qu'est-ce que je lui propose *exactement ?* Il y va de notre santé mentale à tous les deux de rester éloignés l'un de l'autre pour l'instant. Même si mon cœur oublie toutes les horribles choses qu'Hardin et moi avons vécues par le passé, ma raison ne m'autorise pas à abandonner toute dignité.

Je suis à Seattle. Je poursuis mon rêve, seule, sans appartement à cause de la possessivité d'Hardin et de notre réticence mutuelle à faire des compromis même sur les choses les plus banales.

– Je ne sais pas, vraiment.

Je ne trouve aucune suggestion viable.

– Bon, tu veux toujours de moi ? Au moins le week-end ?

Il attrape une mèche de mes cheveux et l'entortille autour de ses doigts.

– Oui.

– Tous les week-ends ?

– Pratiquement.

– Tu veux qu'on continue à se parler au téléphone tous les jours comme on l'a fait cette semaine ?

– Oui.

J'ai adoré la simplicité avec laquelle nous parlions au téléphone pendant des heures sans faire attention au temps qui passait.

– Je ne sais pas trop.

– Pourquoi pas ?

Ça a plutôt bien marché pour lui jusque-là, alors quelle objection pourrait-il avoir contre le fait de continuer un certain temps comme ça.

– Parce que, Tessa. Tu seras ici sans moi. Nous ne serons pas ensemble physiquement, alors tu pourrais rencontrer quelqu'un...

– Hardin.

Je m'appuie sur un coude pour le regarder. Une de mes boucles rebelles lui tombe sur le visage. Sans me quitter des yeux ni même battre des cils, il prend la mèche entre ses doigts et la coince derrière mon oreille.

– Je n'ai pas la moindre intention ni de voir ni de rencontrer quelqu'un autre. Tout ce que je veux, c'est un peu d'indépendance et de communication saine.

– Pourquoi est-ce si important pour toi d'être indépendante, tout à coup ?

Son index glisse sur le bord de mon oreille et un frisson descend tout le long de ma colonne vertébrale. S'il fait ça pour détourner mon attention, c'est réussi.

Malgré tout, je résiste à sa caresse et à ses yeux de jade, et poursuis mon effort pour lui faire comprendre.

– Ce n'est pas nouveau. Je t'en ai déjà parlé. Mais ce n'est que récemment que je me suis rendu compte à quel point je dépendais de toi. Et je n'aime pas ça. Ça ne me plaît pas d'être comme ça.

– À moi si.

– Je sais, mais à moi non.

Je m'efforce de garder une voix assurée. Au fond de moi, je me félicite. Mais je ne suis pas complètement dupe.

– Alors, où est-ce que j'interviens dans cette histoire d'indépendance ?

– Tu ne changes rien. Mais moi, je dois arriver à prendre mes décisions toute seule, sans rechercher ton assentiment ni me demander ce que tu en penserais.

– Déjà, on ne peut pas dire que tu aies besoin de ma permission, sinon tu ne ferais pas la moitié de ce que tu fais.

– Je n'ai pas envie de me disputer avec toi, Hardin. Mais c'est important pour moi. J'ai besoin de penser par moi-même. Nous devrions être des partenaires à égalité. Aucun d'entre nous ne devrait avoir plus de... pouvoir que l'autre.

Je cherche la meilleure façon d'exprimer ce que je désire, mais j'ai du mal à trouver mes mots. Pourtant, je dois le faire. Je fais beaucoup d'efforts pour trouver qui je suis vraiment, avec ou sans Hardin.

– Égalité ? Pouvoir ? Il est évident que c'est toi qui as le plus de pouvoir. Enfin, réfléchis.

– Ce n'est pas seulement pour moi... C'est bien pour toi aussi. Tu sais que j'ai raison.

– C'est possible. Mais comment tu expliques que nous ne puissions nous entendre que si nous vivons dans des villes différentes ?

Il vient de formuler la question qui me tracasse depuis qu'il est arrivé.

– Écoute, on verra ça plus tard.

– D'accord !

Il roule les yeux d'un air buté. Puis il s'adoucit en m'embrassant sur le front.

– Tu te rappelles quand tu as dit que ce n'était pas la même chose d'aimer quelqu'un et de ne pas pouvoir se passer de cette personne ?

– Je ne veux plus jamais entendre cette phrase, sérieux.

Je repousse la mèche humide qui lui tombe sur le front.

– Elle est de toi, je te rappelle.

Du bout des doigts, j'effleure l'arête de son nez et je descends jusqu'à ses lèvres gonflées.

– J'y ai beaucoup repensé depuis.

Hardin pousse un soupir excédé.

– Pourquoi ?

– Parce que ce n'est pas par hasard que tu as sorti ça, si ?

– J'étais en colère, c'est tout. Je ne savais même pas ce que ça voulait dire, j'ai dit ça comme ça, comme un con.

– En tout cas, j'y ai repensé.

Je lui fais une petite tape sur le bout du nez.

– Tu as eu tort parce que c'est exactement la même chose.

Il a l'air pensif.

– Comment ça ?

Il sourit.

– Je ne peux pas me passer de toi *et* je t'aime : les deux vont ensemble. Si je pouvais me passer de toi, je ne serais pas aussi amoureux de toi, et il est évident que je ne peux pas rester loin de toi.

– Tu m'en diras tant !

Je me mords les lèvres pour ne pas rire. Ce qui ne lui échappe pas.

– Tu as failli te casser la figure en courant pour me sauter dessus quand tu m'as vu arriver !

Même dans l'obscurité, je vois son sourire s'élargir et j'ai le souffle coupé par sa beauté. Quand il est comme ça, sans méfiance et naturel, il n'y a rien de plus beau au monde.

– Je savais que tu allais me ressortir ça !

Je lui mets une petite claque sur la poitrine et il attrape mon poignet au vol entre ses doigts effilés.

– Tu veux être brutale avec moi encore une fois ? Pense à ce qui s'est passé la dernière fois.

Il soulève la tête, et la chaleur se répand dans tout mon corps pour venir s'installer entre mes cuisses déjà endolories.

– Tu peux rester un jour de plus ?

Je ne relève pas sa remarque. J'ai besoin de savoir si j'aurai plus de temps avec lui demain pour que nous puissions passer les dernières heures du petit matin à... enfin... à être brutaux.

– S'il te plaît ?

Je blottis ma tête dans son cou.

– D'accord.

Je sens bouger sa mâchoire contre mon front quand il sourit.

– D'accord, mais seulement si tu me bandes les yeux encore une fois.

Dans un mouvement rapide, il me prend dans ses bras et me retourne sous lui. Quelques secondes plus tard, nous sommes perdus l'un dans l'autre... encore et encore...

∞

20
Hardin

Kimberly est assise à la table quand j'entre dans la cuisine. Elle n'est pas maquillée et ses cheveux sont tirés en arrière. Je ne me rappelle pas l'avoir déjà vue sans une tonne de merde sur la figure. Je me demande si je ne devrais pas cacher tous ses produits pour le bien de Vance, parce qu'elle est bien mieux au naturel.

– Eh ben, regardez qui finit par émerger !

– C'est bon.

Je vais droit vers la machine à café posée sur le coin du plan de travail en granit sombre.

– À quelle heure tu pars ?

Elle picore dans un bol de salade.

Je remplis un mug de café noir et je me tourne vers elle.

– Je vais rester jusqu'à demain, si ça ne dérange pas. À moins que tu préfères que je parte maintenant ?

– Non, bien sûr, tu peux rester. Tant que tu te conduis correctement avec Tessa.

– Justement pas !

Je lève les yeux au ciel juste au moment où Vance entre dans la pièce.

– Tu devrais la tenir en laisse, celle-ci, ou même lui mettre une muselière.

Il part d'un rire tonitruant et sa fiancée me fait un doigt d'honneur.

– La classe !

– Tu es de bonne humeur, on dirait.

Christian se marre et Kimberly lui lance un regard assassin.

Qu'est-ce qu'ils me cachent, ces deux-là ?

– On se demande bien pourquoi !

Elle lui donne un coup de coude.

– Christian...

– Sans doute parce que Tessa lui a *manqué*.

Kimberly suit Christian des yeux tandis qu'il fait le tour de l'énorme îlot central pour aller prendre une banane dans la corbeille de fruits.

Il a les yeux qui pétillent en l'épluchant.

– J'ai entendu dire que les entraînements au milieu de la nuit pouvaient avoir cet effet.

Mon sang ne fait qu'un tour.

– Qu'est-ce que tu as dit ?

– Cool... il a arrêté la caméra juste quand ça devenait intéressant, m'assure Kimberly.

La caméra ?

Putain. Bien sûr, j'aurais dû me douter que ce connard aurait une caméra dans sa salle de gym... Chaque entrée principale est probablement équipée d'une caméra de surveillance. Sous ses airs décontractés, il a toujours été plus parano qu'il ne le laisse paraître.

– Qu'est-ce que vous avez vu ?

J'essaie de maîtriser la colère qui monte en moi.

– Rien. Seulement que Tessa est entrée dans la pièce. Il n'a pas été assez bête pour continuer...

Kimberly réprime un sourire, et un grand soulagement m'envahit. J'étais trop pris dans le feu de l'action, trop absorbé par Tessa, pour penser à ces conneries de caméras de sécurité...

Je regarde Vance en fronçant les sourcils.

– Pourquoi t'as regardé la bande ? T'es un vrai pervers de me mater m'entraîner.

– Ne te monte pas la tête. Je vérifiais le moniteur de la cuisine parce qu'il y a eu une panne. Il se trouve que c'était l'enregistrement de la salle de gym qui passait à ce moment-là.

– Tiens donc !

– Hardin reste une nuit de plus. Ça ne t'embête pas, hein ?

– Bien sûr que non. J'aimerais bien savoir pourquoi ce petit con ne reste pas pour de bon, d'ailleurs. Tu sais que je te paierais plus que Bolthouse.

– Ce n'est pas ce que tu as fait la première fois, et c'était bien le problème, je te rappelle.

Je lui lance un petit sourire suffisant. Il balaie ma pique d'un haussement d'épaules.

– Tu étais en première année à l'époque. Sans diplôme, tu avais déjà de la chance d'avoir un stage rémunéré.

Je croise les bras sur ma poitrine, en position de défense.

– Bolthouse ne voit pas les choses de la même façon.

– C'est des abrutis. Faut-il que je te rappelle que pour la seule année qui vient de s'écouler, les Éditions Vance les ont largement dépassés ? Je me suis agrandi, ici à Seattle, et j'ai l'intention d'ouvrir un bureau à New York l'année prochaine.

– C'est vraiment nécessaire, tout cet étalage ?

– Oui. Il faut l'admettre, Vance est aujourd'hui le meilleur, le plus gros et, comme par hasard, c'est là qu'elle travaille.

Il n'a pas besoin de prononcer le nom de Tessa pour me faire sentir le poids de cet argument.

– Tu auras ton diplôme à la fin de ce semestre, ne prends pas de décision trop hâtive, elle risque de déterminer toute ta carrière avant même qu'elle n'ait commencé.

Il mord dans le fruit qu'il tient à la main, je cherche une réponse bien sentie. Mais aucune ne me vient à l'esprit.

– Bolthouse a un bureau à Londres.

Il me regarde avec une incrédulité moqueuse.

– Qui retourne à Londres ? Toi ?

Il ne cherche pas à cacher le sarcasme dans sa voix.

– Ce n'est pas impossible. C'était ce que j'avais prévu, et je n'ai pas abandonné l'idée.

– Ouais. C'est ce que j'avais prévu, moi aussi.

Il lance un coup d'œil à sa femme.

– Tu ne retourneras jamais vivre là-bas, pas plus que moi.

Kimberly rougit en entendant ça, et j'arrive à la conclusion qu'ils forment le couple le plus irritant que j'aie jamais rencontré. On peut sentir à quel point ils s'aiment juste dans leurs gestes. C'est agaçant, et ça vous met mal à l'aise.

– La démonstration est terminée.

– Je n'ai pas dit que j'étais d'accord avec toi.

– C'est vrai, intervient cette casse-pieds de Kimberly, mais tu n'as pas non plus dit que tu ne l'étais pas.

Sans ajouter un mot, j'emporte ma tasse de café et me barre le plus loin possible.

∞

21

Tessa

Le matin arrive beaucoup trop vite, et quand je me réveille, je suis seule dans le lit. Le côté vide du matelas porte encore les marques du corps d'Hardin. Il ne doit pas être levé depuis bien longtemps.

Comme par enchantement, il arrive juste à ce moment-là, un mug de café à la main.

– Bonjour.

– 'jour…

J'ai la gorge sèche. Mon ventre se serre en revoyant Hardin aller et venir dans ma bouche en poussées violentes.

– Tu te sens bien ?

Il pose sa tasse de café fumant sur la commode et s'approche du lit. Il s'assied à côté de moi, au bord du matelas.

– Réponds-moi.

– Ouais, juste un peu courbaturée.

J'étire mes bras et mes jambes. Oui, décidément, plutôt courbaturée.

– Tu étais où?

– Je suis allé chercher du café et il fallait que j'appelle Landon pour lui dire que je ne rentrais pas aujourd'hui. Enfin, si tu veux toujours que je reste, bien sûr.

– Bien sûr. Mais qu'est-ce que Landon vient faire là-dedans ?

Hardin se passe la main dans les cheveux et scrute mon visage. J'ai l'impression qu'il y a un truc qui m'échappe.

– Réponds-moi.

Je reprends sa formule de tout à l'heure.

– Il fait le baby-sitter pour ton père.

– Pourquoi ?

Pourquoi est-ce que mon père aurait besoin d'un baby-sitter ?

– Ton père essaye de se désintoxiquer, voilà pourquoi. Et je ne suis pas idiot au point de le laisser tout seul à l'appart.

– Tu as de l'alcool, là-bas ?

– Non, je l'ai viré. Laisse tomber, tu veux ?

Le ton de sa voix a changé. Il est autoritaire et visiblement à cran.

– Non, je ne vais pas laisser tomber comme ça. Est-ce qu'il y a quelque chose que tu ne m'as pas dit ? Parce qu'une fois de plus, j'ai l'impression d'être tenue à l'écart, là.

Il prend une profonde inspiration en fermant les yeux d'un air dramatique.

– Oui, il y a quelque chose que tu ne sais pas, mais je te demande de me faire confiance sur ce coup, ok ?

– C'est grave ?

J'envisage toutes les possibilités et ça me terrifie.

– Fais-moi confiance, d'accord ?

– Te faire confiance pour quoi ?

– Compte sur moi pour m'occuper de ce merdier de sorte que quand je te dirai ce qui s'est passé, ça n'aura plus d'importance. Tu as déjà suffisamment de choses à régler en ce moment. Je t'en prie, fais-moi confiance. Laisse-moi gérer ça pour toi.

Parano et panique s'emparent de moi, et je suis à deux doigts d'arracher le téléphone des mains d'Hardin pour appeler Landon moi-même. Mais l'expression du visage d'Hardin m'arrête. Il me demande de lui faire confiance pour régler le problème, quel qu'il soit, et pour être honnête, même si je meurs d'envie de savoir, je dois bien avouer que j'ai assez de choses comme ça à régler, effectivement.

– D'accord.

– Vraiment ?

Je suis sûre qu'il est stupéfait par la facilité avec laquelle il m'a convaincue de lâcher prise.

– Oui. Je ferai tout mon possible pour ne pas m'inquiéter de cette histoire avec mon père à condition que tu me promettes que c'est mieux pour moi de ne pas savoir.

– Je te le promets.

– Très bien.

Je finalise notre accord par ces mots et m'efforce de repousser mon besoin obsessionnel de savoir ce qui se passe. Il faut que je fasse confiance à Hardin sur ce coup. Je dois le faire de ma propre volonté. Si je ne peux pas faire ça, comment pourrais-je envisager la possibilité d'un avenir pour nous deux ?

Je soupire, et ma docilité fait sourire Hardin.

∞

22

Tessa

– Je dois écrire ces cartes de remerciement pour les invités qui sont venus à l'ouverture du club hier soir.

Quand j'entre dans la cuisine, Kimberly m'adresse un sourire résigné en me montrant une enveloppe.

– Et vous, vous avez des projets pour aujourd'hui ?

En voyant la pile de cartes qu'elle a déjà remplies et celle sur laquelle elle est en train de travailler, je me demande dans combien d'affaires Christian a investi. Rien que la taille de cette maison laisse penser qu'il n'y a pas que les Éditions Vance et le jazz.

– Je ne sais pas trop. On verra avec Hardin quand il sera sorti de la douche.

Je fais glisser une nouvelle pile de petites enveloppes sur le plan de travail.

J'ai dû pousser Hardin de force dans la douche, il ne voulait pas la prendre seul. Il était encore furax parce que je m'étais enfermée pour prendre la mienne. J'ai tenté plusieurs fois de lui expliquer que cela me mettait mal à l'aise que les Vance puissent s'apercevoir que nous prenions notre douche ensemble, mais il m'a répondu avec un regard sibyllin que nous avions fait bien pire dans cette maison au cours des dernières heures.

Je n'ai pas flanché malgré ses suppliques. Ce qui s'est passé dans la salle de gym n'était que sexuel, et ce n'était pas du tout prévu. Nous avons fait l'amour dans ma chambre, et ça ce n'est pas un problème. Je suis une adulte, qui a des relations sexuelles consenties avec son... Je ne sais même pas ce qu'Hardin est pour moi maintenant. La douche, en revanche, c'est différent.

Buté comme il peut l'être, Hardin n'était toujours pas d'accord, alors je lui ai demandé d'aller me chercher un verre d'eau dans la cuisine. J'ai fait une petite moue et il n'a pas résisté. Dès qu'il a quitté la pièce, j'ai filé dans la salle de bains et verrouillé la porte derrière moi.

– Tu devrais lui demander de te faire visiter. Peut-être qu'une plongée dans la vie culturelle de cette ville l'aidera à se décider à s'installer ici.

Je ne suis pas d'attaque pour ce genre de discussion importante, là tout de suite. Je préfère changer de sujet.

– Euh... cette Sasha a l'air sympa.

– Sasha ? Sympa ? Je ne dirais pas ça.

– Elle est au courant que Max est marié ?

– Bien sûr. Mais tu crois que ça lui pose un problème ? Pas du tout. Ce qui l'intéresse chez lui, c'est l'argent et les bijoux qu'il lui offre. Elle se fiche totalement de sa femme et de sa fille.

Kimberly ne cache pas sa totale réprobation, et je suis soulagée de constater que nous avons la même vision des choses.

– Max est un imbécile, mais je suis quand même étonnée qu'il ait le culot de s'afficher avec elle. Je veux dire, ça ne le dérange pas que Denise ou Lillian puissent l'apprendre ?

– Je pense que Denise est déjà au courant. Avec un mec comme Max, on peut imaginer qu'il y a eu d'autres « Sasha » avant elle. Quant à Lillian, vu l'opinion qu'elle a de son père, ça ne changerait probablement pas grand-chose si elle l'apprenait.

– C'est trop triste. Ils se sont mariés quand ils étaient à la fac, c'est ça ?

Je ne sais pas ce que Kimberly connaît de Max et de sa famille, mais avec sa tendance aux commérages, je suppose qu'il y a de la matière.

Kimberly jubile à l'idée de déverser une histoire aussi juteuse dans mes oreilles innocentes.

– Ils se sont mariés juste à la fin de leurs études. Ça a fait scandale. Apparemment, Max devait épouser quelqu'un d'autre, la fille d'une famille proche de la sienne. C'était un genre de mariage de raison. Le père de Max venait de la haute bourgeoisie. Je pense que c'est en partie pour ça que Max est un tel connard. Denise a eu le cœur brisé quand il lui a dit qu'il devait épouser une autre femme.

Kimberly me raconte ça comme si elle avait été effectivement présente à l'époque des faits, et non pas comme si elle rapportait des ragots. Mais c'est peut-être justement ce qui en fait toute la saveur.

Elle boit une gorgée d'eau avant de reprendre son récit.

– Finalement, après avoir passé son diplôme, Max s'est rebellé contre son père et a abandonné la future mariée devant l'autel, littéralement. Le jour même, il s'est pointé en smoking chez Trish et Ken et a attendu devant la porte que Denise sorte. Le soir, la bande des cinq a soudoyé un pasteur avec une bouteille de scotch et le peu de monnaie qu'ils avaient en poche. Juste avant minuit, Denise et Max étaient mariés et, quelques semaines plus tard, elle attendait Lillian.

J'ai du mal à me représenter Max en amoureux transi, courant à travers les rues de Londres en smoking pour retrouver la femme qu'il aime. La même femme qu'il trahit maintenant de façon régulière avec des filles dans le genre de Sasha.

– Je ne voudrais pas être indiscrète mais la… femme de Christian… je veux dire la mère de Smith, elle était…

Avec un sourire entendu, Kimberly vient à mon secours.

– Rose n'est apparue que beaucoup plus tard. Christian était toujours la cinquième roue du carrosse. Quand Ken et lui ont cessé de se parler et que Christian est venu en Amérique, c'est là qu'il a rencontré Rose.

– Ils ont été mariés longtemps ?

Je scrute le visage de Kimberly pour déterminer si la question la met mal à l'aise. Je ne veux pas être indiscrète, mais c'est plus fort que moi : l'histoire de ce groupe d'amis me fascine. J'espère qu'elle me connaît assez bien maintenant pour savoir que j'ai tendance à poser trop de questions.

– Deux ans seulement. Ça ne faisait que quelques mois qu'ils sortaient ensemble quand elle est tombée malade. (Sa voix se brise.) Il l'a épousée quand même… Son père l'a conduite à l'autel en fauteuil roulant. À mi-chemin, Christian est venu la rejoindre et a poussé le fauteuil jusqu'au bout.

Des larmes coulent sur le visage de Kimberly.

– Excuse-moi. Il y a longtemps que je n'avais pas raconté cette histoire. Je la trouve tellement touchante.

Elle tend le bras par-dessus le plan de travail pour attraper un paquet de mouchoirs.

– Toute cette histoire montre que derrière cette brillante intelligence et cet esprit affûté, il y a un homme incroyablement aimant.

Elle me regarde, puis baisse les yeux vers la pile d'enveloppes sur le plan de travail.

– Merde, j'ai pleuré sur les cartes !

Elle a vite fait de se reprendre.

J'ai envie de lui poser plus de questions sur Rose et Smith, et Ken et Trish quand ils étaient étudiants, mais je ne n'ose pas insister.

– Il aimait Rose, et elle l'a aidé à se reconstruire, même à la fin. Il n'a aimé qu'une seule femme dans sa vie, et il s'en est finalement sorti grâce à elle.

Cette histoire, aussi belle soit-elle, ne fait qu'accroître ma confusion. Qui était cette femme que Christian aimait, et de quoi a-t-il eu besoin de se sortir ?

Kimberly se mouche et lève les yeux. Je me tourne vers la porte, Hardin nous regarde tour à tour, essayant de comprendre ce qui se passe.

– Bon, on dirait que j'arrive au mauvais moment.

Je ne peux pas m'empêcher de sourire. On doit avoir l'air malin, en train de pleurer sans raison apparente, avec deux immenses piles de cartes et d'enveloppes devant nous.

Hardin a les cheveux mouillés de la douche, et il est rasé de près. Il est trop canon avec son t-shirt noir et son jean. Il est en chaussettes et il me fait signe de venir près de lui, l'air méfiant.

– On vous attend pour dîner ce soir ?

Je traverse la pièce pour rejoindre Hardin.

– Oui.

– Non.

Kim secoue la tête en riant.

– Bon, ben, envoyez-moi un texto quand vous vous serez mis d'accord.

Quelques minutes plus tard, quand nous arrivons à la porte, Christian surgit soudain dans le couloir, un immense sourire aux lèvres.

– Il fait un froid de canard. Où est ton manteau, fiston ?

– Et d'une, je n'ai pas besoin de manteau. Et de deux, ne m'appelle pas fiston.

Hardin a l'air excédé.

Christian prend un lourd caban bleu marine sur le portemanteau à côté de la porte.

– Tiens, enfile ça. C'est un vrai chauffage central à lui seul.

– Ça va pas, non ?

Je ne peux pas me retenir de rire.

– Ne sois pas bête, il fait moins cinq. Ta petite femme aura peut-être besoin que tu lui tiennes chaud.

Hardin regarde mon épais pull, mon blouson KMJ et mon bonnet, tous les trois violets. Il n'a pas arrêté de se moquer de moi depuis que je les ai enfilés. Je portais la même chose le soir où il m'a emmenée faire du patin, et il s'était déjà moqué de moi à l'époque. Certaines choses ne changent jamais.

– D'accord.

Hardin passe les bras dans les manches du manteau en rouspétant. Sans surprise, je constate que sur lui, il est trop classe. Même les rangées de gros boutons métalliques sur le devant lui donnent une allure virile, associés à son style sobre. Avec son jean neuf, qui me plaît de plus en plus, son t-shirt noir uni, ses bottines noires et maintenant ce manteau, on le dirait tout droit sorti d'un magazine. C'est tout bonnement injuste, cette capacité d'être parfait sans efforts.

– Tu vas me dévisager longtemps, comme ça ?

Je sursaute, ce qui me vaut un sourire, et sa main vient réchauffer la mienne.

À ce moment-là, Kimberly débarque en courant, Smith sur les talons.

– Attendez ! Smith veut vous demander quelque chose.

Elle baisse les yeux vers son futur beau-fils et lui sourit affectueusement.

– Vas-y, mon chéri.

Le petit garçon blond regarde directement Hardin.

– Je peux faire une photo pour l'école ?

– Quoi ?

Hardin pâlit et me regarde. Je sais à quel point il aime être pris en photo !

– C'est une sorte de collage qu'il fait. Il a dit qu'il voulait y mettre ta photo.

Des yeux, je supplie Hardin de ne pas dire non à ce petit garçon qui, visiblement, l'idolâtre.

– Euh, tu es sûr ?

Hardin danse d'un pied sur l'autre en regardant Smith.

– Est-ce que Tessa peut être sur la photo, aussi ?

Smith hausse les épaules.

– Si tu veux.

Je lui souris, mais il n'y prête pas attention. Hardin me lance un regard, l'air de dire « il m'aime plus que toi sans que j'aie rien à faire ». Je lui donne un coup de coude discret alors que nous rentrons dans le salon. J'enlève mon bonnet et m'attache les cheveux avec l'élastique que je garde au poignet. La beauté d'Hardin est si spontanée et naturelle qu'il lui suffit de se tenir là, même avec son froncement de sourcils gêné, pour être absolument sublime.

– Je vais faire vite, dit Kimberly.

Hardin se rapproche de moi et me passe nonchalamment le bras autour de la taille. Je lui fais mon plus beau sourire, et il essaie de sourire sans montrer ses dents. Je lui donne un petit coup de coude et son visage s'illumine juste au moment où Kimberly prend la photo.

– Merci.

Elle a l'air vraiment contente.

– Allons-y, dit Hardin.

Je fais un petit signe de la main à Smith avant d'emboîter le pas à Hardin vers la porte d'entrée.

– C'était gentil de ta part.

– C'est bon.

Il me sourit et pose sa bouche sur la mienne. J'entends un petit clic et je m'écarte de lui pour voir Kimberly en train de nous shooter. Hardin cache son visage dans mes cheveux pendant qu'elle prend un autre cliché.

– Bon, ça va comme ça, merde.

En grognant, il m'entraîne à l'extérieur.

– Qu'est-ce qu'ils ont dans cette famille avec leurs vidéos et leurs photos ?

Il continue à râler pendant que je ferme la lourde porte derrière nous.

– Quelles vidéos ?

– Laisse tomber !

L'air froid tourbillonne autour de nous. Je m'empresse de détacher mes cheveux et de remettre mon bonnet.

– On va prendre ta voiture et on ira faire la vidange d'abord.

Il doit parler fort pour couvrir les rafales de vent. Je fouille dans la poche de mon blouson pour chercher mes clés et les lui donner, mais il fait non de la tête et agite son porte-clés devant mes yeux. Il y a une clé supplémentaire, avec une bande verte qui ne m'est pas inconnue.

– Tu n'as pas repris tes clés quand tu as laissé tes cadeaux derrière toi.

– Oh...

Je me revois posant mes objets les plus chers en pile sur le lit que nous partagions à l'époque.

– J'aimerais bien les récupérer si ça ne t'embête pas.

Hardin monte dans la voiture sans me regarder et marmonne par-dessus son épaule :

– Euh, ouais, bien sûr.

Une fois que nous sommes installés dans la voiture, il met le chauffage à fond et tend la main pour prendre la mienne. Il pose nos deux mains sur ma cuisse et fait un dessin du bout des doigts à l'endroit où le bracelet devrait être normalement.

– Ça ne me plaît pas que tu l'aies laissé là-bas... Il devrait être là.

Il appuie sur mon poignet.

– Je sais.

Ma voix est à peine audible. Je pense à ce bracelet tous les jours, à ma liseuse aussi. Je voudrais également récupérer la lettre qu'il m'avait écrite. Je veux pouvoir la relire encore et encore.

– Tu pourrais les rapporter quand tu reviendras le week-end prochain ?

– Ouais, pourquoi pas.

Mais son regard reste concentré sur la route.

– Pourquoi on va faire la vidange, au fait ?

On arrive enfin au bout de l'allée interminable et on débouche dans une rue de ce quartier résidentiel.

– Tu dois la faire.

Il me montre de la main la vignette sur le pare-brise.

– Ah bon...

– Quoi ?

Il me lance un regard furax.

– Rien, c'est juste que je trouve ça bizarre de prendre la voiture de quelqu'un d'autre pour l'emmener faire une vidange.

– Ça fait des mois que je m'occupe de faire la vidange de ta voiture, je ne vois pas pourquoi tu trouves ça bizarre tout d'un coup ?

Il a raison. C'est toujours lui qui s'occupe de l'entretien, et parfois il m'arrive même de penser qu'il est parano et qu'il fait réparer ou changer des trucs qui n'en ont pas besoin.

– Je ne sais pas. J'imagine que j'oublie que nous sommes un couple, parfois.

Je m'agite sur mon siège.

– Explique.

– Avec toutes les crises qu'on traverse, j'ai tendance à oublier les petites choses de tous les jours, comme les vidanges ou la fois où je t'ai fait des nattes...

Je souris en y repensant.

– Premièrement... (il sourit) ne me parle plus jamais de cette histoire de nattes. C'était un vrai fiasco. Et tu sais parfaitement que la seule raison pour laquelle je t'ai laissée faire, c'est parce que tu m'avais promis une pipe.

Il presse ma cuisse gentiment entre ses doigts et une bouffée de chaleur me monte au visage.

– Deuxièmement, je suppose que tu n'as pas tort, dans un sens. Ce serait sympa si les souvenirs que tu as de moi n'étaient pas gâchés par ma funeste tendance à merder à la première occasion.

– Ce n'est pas que toi. Nous faisons tous les deux des erreurs chacun à sa manière.

Il est vrai que les erreurs d'Hardin ont généralement des conséquences plus dommageables que les miennes, mais je ne suis pas toute blanche non plus. Il faut qu'on arrête de se faire des reproches et qu'on essaie de trouver un juste milieu. On n'y arrivera pas si Hardin continue à se reprocher toutes les erreurs qu'il a faites par le passé. Il faut qu'il trouve un moyen de se pardonner... pour pouvoir avancer et devenir la personne que je sais qu'il veut être.

– Pas toi.

– Au lieu de perdre notre temps à essayer de savoir qui a fait des erreurs et qui n'en a pas fait, on ferait mieux de décider où nous allons après la vidange.

– On va t'acheter un iPhone.

– Combien de fois faut-il que je te dise que je ne veux pas d'iPhone ?

D'accord, mon téléphone est lent, mais un iPhone, c'est cher et compliqué : deux choses dont je me passerais bien en ce moment.

– Tout le monde veut un iPhone. Tu fais juste partie de ces gens qui ne veulent pas céder à la mode.

Il me lance un coup d'œil et je vois ses fossettes se creuser en un sourire sardonique.

– C'est pour ça que tu mettais encore des jupes longues à la fac !

Il trouve sa vanne absolument hilarante et éclate d'un rire sonore. Je grimace à sa blague éculée.

– De toute façon, je n'ai pas les moyens pour l'instant. Il faut que je mette de l'argent de côté pour m'installer. Tu vois, pour les trucs *indispensables.*

Je lève les yeux au ciel, mais je lui souris pour atténuer le coup.

– Imagine tout ce qu'on pourrait faire si tu avais un iPhone ! Ce serait encore plus facile de communiquer. Et puis, tu sais très bien que je paierai, alors ne me parle pas d'argent.

– Ce que je vois, c'est que tu pourrais faire des trucs comme localiser mon téléphone pour savoir où je vais.

Je ne relève pas son besoin envahissant de payer des trucs à ma place.

– Non, on pourrait faire des chats vidéo !

– Pour quoi faire ?

Il me regarde comme si j'étais une extraterrestre.

– Imagine, si tu pouvais me voir tous les jours sur l'écran de ton iPhone flambant neuf.

Des images de sexe par téléphone me viennent immédiatement à l'esprit, et j'imagine sans vergogne Hardin se caressant sur l'écran. *Qu'est-ce qui me prend ?*

J'ai le feu aux joues et je ne peux m'empêcher de regarder ses genoux.

Du doigt, Hardin me relève le menton pour m'obliger à le regarder dans les yeux.

– Tu penses à toutes les choses cochonnes que je pourrais te faire via ton iPhone...

– C'est pas vrai.

Bien décidée à ne pas revenir sur mon refus catégorique de prendre un iPhone, je change de sujet.

– Mon nouveau bureau est sympa. La vue est fantastique.

– Ah bon ?

Le ton n'est plus aussi enjoué.

– Oui, et elle est encore plus belle de la cantine. Dans le bureau de Trevor, il y a...

Je m'arrête brusquement, mais c'est trop tard. Hardin me lance un regard assassin en attendant la suite.

– Non, non. Continue.

– C'est dans le bureau de Trevor qu'il y a la plus belle vue sur la ville.

Ma voix paraît bien plus assurée que je ne le suis réellement intérieurement.

– Et combien de fois es-tu allée *dans* son bureau, Tessa ?

Ses yeux se posent rapidement sur moi avant de se reporter sur la route.

– Deux fois cette semaine. Nous déjeunons ensemble.

– *Quoi* ?

Je savais que je n'aurais pas dû mentionner Trevor.

– C'est avec lui que je déjeune en général.

Malheureusement pour moi, à ce moment-là, ma voiture est arrêtée au feu rouge et je n'ai aucun moyen d'échapper au regard furieux d'Hardin.

– Tous les jours ?

– Oui...

– Et il y a une raison à ça ?

– C'est la seule personne que je connaisse qui déjeune à la même heure que moi. Kimberly est trop occupée à aider Christian, elle n'a même pas le temps de prendre sa pause.

– Eh bien, demande à changer ton heure de repas.

Le feu passe au vert, mais Hardin ne démarre pas jusqu'à ce qu'on entende un coup de klaxon rageur dans la file derrière nous.

– Il n'en est pas question. Trevor est mon collègue, point final.

– Eh bien, je préfèrerais que tu ne déjeunes pas avec ce *putain de Trevor*. Je peux pas le blairer.

Je pose la main sur celle d'Hardin en riant.

– Ta jalousie est complètement irrationnelle, et il se trouve qu'il n'y a personne d'autre avec qui je peux déjeuner, surtout que les deux bonnes femmes qui déjeunent à la même heure n'ont franchement pas été sympas avec moi de toute la semaine.

Il me regarde en coin tout en changeant de file.

– Qu'est-ce que tu veux dire par là ?

– Ce n'est pas exactement qu'elles n'ont pas été sympas. Je ne sais pas, je me fais peut-être des idées.

– Qu'est-ce qui s'est passé ? Raconte.

– Rien de grave. J'ai juste l'impression qu'elles ne m'aiment pas, pour une raison que j'ignore. Je les surprends toujours à rire ou à chuchoter en me regardant. Trevor dit qu'elles aiment colporter des ragots, et je suis pratiquement sûre de les avoir entendues dire quelque chose sur la façon dont j'ai eu ce job.

– Elles ont dit *quoi ?*

Ses jointures blanchissent, tellement ses mains sont crispées sur le volant.

– Elles ont fait un commentaire du genre « on sait bien comment elle a eu ce job, en tout cas ».

– Tu leur as dit quelque chose ? Tu en as parlé à Christian ?

– Non, je ne veux pas faire d'histoires. Ça ne fait qu'une semaine que je suis là, et je ne vais pas aller pleurer comme une gamine.

– Bordel ! Il faut que tu dises à ces bonnes femmes d'aller se faire foutre, ou c'est moi qui en parlerai à Christian. Comment elles s'appellent ? Je les connais peut-être.

– Ce n'est pas la peine d'en faire toute une histoire.

J'essaie de désamorcer la bombe que j'ai déclenchée moi-même.

– Dans tous les bureaux, il y a des pestes. Celles-ci ont jeté leur dévolu sur moi. Je n'ai pas envie d'en faire un plat. Je veux juste m'intégrer et, si possible, me faire des amies.

– Ça ne risque pas d'arriver si tu continues à te laisser marcher sur les pieds et à traîner toute la journée avec ce connard de Trevor.

Il s'humecte les lèvres et respire profondément.

Je le regarde en me demandant si je prends la défense de Trevor ou pas.

Et merde !

– Trevor est la seule personne ici qui fasse des efforts pour être gentil avec moi, et je le connaissais avant. C'est pour ça que je déjeune avec lui.

Je tourne la tête vers la vitre en regardant défiler la ville et en attendant que la bombe explose.

Hardin ne réagit pas, alors je me tourne vers lui. Il a les yeux rivés sur la route.

– Landon me manque vraiment.

– Tu lui manques aussi. Et tu manques aussi à ton père.

Je soupire. L'inquiétude me serre la poitrine, mais je fais mon possible pour la refouler.

– J'aimerais bien savoir comment il va, mais si je pose une question, je vais en poser trente. Tu me connais.

– Ça c'est sûr, et c'est pour ça que je n'y répondrai pas.

– Comment va Karen ? Et ton père ? Tu ne trouves pas ça triste qu'ils me manquent plus que mes propres parents ?

– Non, quand on connaît tes parents.

Il plisse le nez.

– Pour répondre à ta question, ils vont bien, pour le peu que je sache. Je n'y fais pas vraiment attention.

– J'espère que je vais bientôt me sentir chez moi, ici.

Je me renfonce dans le siège en cuir.

– Tu n'as pas l'air d'aimer Seattle tant que ça, alors qu'est-ce que tu fous ici, bon sang ?

Hardin gare ma voiture sur le parking d'un petit bâtiment. Sur la devanture, il y a un énorme panneau jaune qui promet une vidange en quinze minutes et un service soigné.

Je ne sais pas quoi répondre. J'ai peur de confier à Hardin mes craintes et mes doutes à ce sujet. Pas parce que je ne lui fais pas confiance, mais parce que je ne veux pas qu'il s'en serve comme prétexte pour me pousser à quitter Seattle.

J'aurais plutôt besoin d'un petit speech d'encouragement, en ce moment. Mais franchement, je préfère encore le silence au « je te l'avais bien dit » qu'Hardin ne manquerait pas de me servir.

– Ce n'est pas que je ne me plaise pas ici. Je n'ai pas encore pris mes marques, c'est tout. Ça fait qu'une semaine, et j'étais habituée à ma routine, à Landon et à toi.

– Je vais me mettre dans la file et je te retrouve à l'intérieur.

Il ne fait aucun commentaire sur ma réponse à sa question.

J'acquiesce d'un signe de tête et descends de voiture. Saisie par le froid, je me précipite dans le petit atelier. Une odeur de caoutchouc brûlé et de café réchauffé flotte dans la salle d'attente. Je suis plantée devant la photo encadrée d'une voiture ancienne quand la main d'Hardin vient se poser sur mes reins.

– Il ne devrait pas y en avoir pour longtemps.

Il me conduit jusqu'à un canapé en cuir poussiéreux, au milieu de la pièce.

Vingt minutes plus tard, il arpente nerveusement la pièce au carrelage noir et blanc. Une sonnette retentit, nous signalant que quelqu'un vient d'entrer. Un jeune homme vêtu d'une combinaison constellée de taches d'huile.

– Le panneau dehors disait vidange en quinze minutes, dit Hardin sèchement.

– C'est vrai.

Le type hausse les épaules. La cigarette coincée derrière son oreille tombe sur le comptoir et il la récupère rapidement de sa main gantée.

– Vous vous foutez de moi ?

Hardin ronge son frein, sa patience a des limites.

– C'est presque fini.

Le mécanicien ressort de la pièce aussi brusquement qu'il était entré. Je peux le comprendre.

Je me tourne vers Hardin et je me lève.

– Tout va bien, nous ne sommes pas pressés.

– Il nous fait perdre un temps précieux. J'ai moins de vingt-quatre heures à passer avec toi et ce connard me le fait perdre.

Je traverse la pièce pour me planter devant lui.

– Tout va bien, on est ensemble.

J'enfonce les mains dans les poches du manteau de Christian et il pince les lèvres pour réprimer un sourire.

– Si ce n'est pas fini dans les dix minutes, je ne paie pas.

Je secoue la tête et l'enfouis dans son cou. Il me relève le menton pour me regarder dans les yeux.

– Et tu n'as pas intérêt à t'excuser pour moi auprès de ce mec. Je sais que tu y penses.

Il pose un tendre baiser sur mes lèvres, et je m'aperçois que j'ai envie de plus.

Dans la voiture, nous avons abordé des sujets qui ont toujours été des points sensibles entre nous, et pourtant nous avons réussi à faire tout le trajet sans crise majeure. Curieusement, ça me rend euphorique, à moins que ce ne soit les bras d'Hardin autour de ma taille, ou son odeur mentholée, si familière, qui se marie avec l'eau de toilette qu'il a empruntée à Christian.

En tout cas, je suis consciente du fait que nous sommes seuls dans ce petit atelier et je suis surprise par l'attitude affectueuse d'Hardin qui m'embrasse encore une fois. Cette fois, ses lèvres sont plus exigeantes et sa langue vient à la rencontre de la mienne. Mes mains se fraient un chemin dans ses cheveux, et je tire doucement sur les pointes, ce qui le fait grogner et renforcer son étreinte sur ma taille. Il me presse contre lui, quand soudain le bruit strident d'une sonnette retentit, je m'écarte d'un bond et remets mon bonnet en place nerveusement.

– Et voilààààà !

C'est l'homme à la cigarette de tout à l'heure.

– C'est pas trop tôt, réplique Hardin grossièrement.

Il attrape son portefeuille dans sa poche arrière et me lance un regard menaçant quand j'essaie de sortir le mien.

∞

23
Hardin

– Non, il ne me dévisageait pas !

Elle fait tout ce qu'elle peut pour me convaincre quand nous arrivons enfin à sa voiture que j'ai dû garer tout au bout du parking.

– Tu parles, il bavait dans ses lasagnes. Il avait un fil de bave qui lui pendait du menton.

Le mec avait les yeux scotchés sur Tessa pendant tout le temps où j'ai essayé en vain de me régaler avec un plat de pâtes trop cher et noyé dans la sauce.

J'insisterais volontiers, mais je me ravise. Elle n'a même pas fait attention à ce mec, elle était trop occupée à me sourire et à me parler pour lui lancer le moindre regard. Ses sourires sont francs et éclatants, la patience avec laquelle elle a supporté mes remarques agacées quand nous avons attendu qu'une table se libère était admirable, et j'ai l'impression qu'elle trouve toujours un prétexte pour me toucher. Sa main sur la mienne, une petite caresse rapide du bout des doigts sur le bras, sa façon de rejeter en arrière la mèche qui me tombe sur le front. Elle me touche constamment, et je me sens comme un putain de gamin à Noël. En supposant que je sache ce que ça veut dire.

Dans la voiture, je mets le chauffage au maximum pour qu'elle se réchauffe. Ses joues et son nez ont pris une adorable nuance de rouge, et je ne peux pas m'empêcher de me pencher vers elle et de passer ma main gelée sur ses lèvres tremblantes.

– Eh bien, c'est dommage qu'il paie aussi cher pour des lasagnes couvertes de bave, hein ?

Elle rigole et je conclus sa remarque nunuche en pressant ma bouche sur la sienne.

– Viens ici.

Je l'attire sur mes genoux par les manches de son blouson violet. Sans protester, elle grimpe par-dessus les accoudoirs. Sa bouche ne lâche pas la mienne, j'ai envie de m'approprier son corps que j'attire aussi près de moi que possible. Elle tombe sur moi dans un petit cri étouffé quand j'actionne le levier qui permet d'incliner le siège.

– C'est encore un peu douloureux.

Je m'écarte d'elle gentiment.

– Je voulais seulement t'embrasser.

C'est vrai. Bien sûr, je ne dis pas que je n'aurais pas fini par lui faire l'amour sur le siège de sa voiture, mais ce n'était pas ce que j'avais dans la tête au départ.

– J'en ai envie, pourtant.

Elle tourne la tête pour ne pas me regarder.

– On peut rentrer à la maison... Enfin, chez toi...

– Pourquoi pas ici ?

– Hé ! Tessa ?

J'agite une main devant son visage et elle me regarde, l'air paumé.

– Quelqu'un a-t-il vu Tessa dans le coin ? Parce que cette femme obsédée, dominée par ses hormones, qui se tortille sur mes genoux, n'a rien à voir avec elle.

– Je ne suis pas obsédée.

Elle fait la moue en remuant des hanches sur moi, et je jette un coup d'œil autour de nous. Le soleil a commencé à se coucher, et avec les nuages qui obscurcissent le ciel, on croirait qu'il est bien plus tard qu'il n'est en réalité. Pourtant, le parking est encore pratiquement plein et la dernière chose que je veux, c'est qu'on nous surprenne en train de baiser en public.

Elle détache ses lèvres des miennes et glisse tout le long de mon cou.

– Je suis stressée, et tu m'as manqué, et je t'aime.

Malgré le chauffage qui marche à fond, un frisson me parcourt la colonne vertébrale et elle passe la main entre nous pour me caresser à travers mon jean.

– Alors c'est vrai, je suis peut-être un peu dominée par mes hormones. C'est presque... tu sais, le moment.

Elle chuchote ces deux derniers mots comme si c'était un secret honteux.

– Ah ! je comprends mieux.

Je souris en réfléchissant à toutes les plaisanteries vulgaires avec lesquelles je vais la charrier toute la semaine, comme je fais toujours.

Elle lit dans mes pensées.

– Ne dis pas un mot.

En me grondant, elle presse et pétrit délicatement ma queue tout en m'embrassant dans le cou.

– Alors arrête de faire ça, sinon je vais jouir dans mon jean. Ça m'est déjà arrivé trop souvent depuis que je te connais.

Ouais, c'est vrai.

Elle me mord, et mes hanches me trahissent en se soulevant pour rejoindre ses mouvements tournants qui me torturent.

– Allez, on rentre... Si quelqu'un te surprend comme ça, à cheval sur moi au milieu du parking, je vais devoir le tuer !

L'air absorbé, Tessa jette un coup d'œil autour de nous et réalise tout à coup où nous sommes.

– D'accord.

Elle fait la moue, une fois de plus, et retourne s'asseoir sur le siège passager.

– Tu as vu comme les choses ont changé ?

Je grimace quand elle repose la main sur moi en serrant la mienne. Elle sourit gentiment, l'air de rien.

– Conduis.

– Je vais griller tous les feux rouges pour te ramener à la maison et te donner ce que tu mérites.

Elle lève les yeux au ciel et appuie la tête contre la portière.

Le temps que nous arrivions au prochain feu rouge, elle dort profondément. Je vérifie qu'elle a assez chaud. Des petites gouttes de sueur perlent sur son front dans son sommeil, et je coupe le chauffage immédiatement. Je prends le chemin le plus long pour rentrer.

Je la secoue délicatement par l'épaule pour la réveiller.

– Tessa, on est arrivés.

Elle ouvre les yeux et bat des cils en se demandant visiblement où elle est. Elle regarde la pendule sur le tableau de bord.

– Il est déjà si tard ?

– Il y avait des embouteillages.

En vérité, j'ai circulé dans la ville pour essayer de comprendre ce qui l'intéresse ici. C'est peine perdue. Je n'ai pas apprécié le vent glacial. Ni les embouteillages, pare-choc contre pare-choc. Ni le pont tournant qui est à l'origine du trafic. La seule chose qui comptait pour moi, c'était cette fille endormie dans ma voiture. Malgré les centaines de gratte-ciel qui illuminent l'horizon, elle est le plus beau paysage de cette ville.

– Je suis crevée… j'ai trop mangé.

Elle me fait un petit sourire et me repousse quand je lui propose de la porter dans sa chambre.

Elle traverse la maison comme un zombie, et dès qu'elle pose la tête sur l'oreiller, elle se rendort. Je la déshabille avec précaution et remonte la couette sur son corps à moitié nu, en posant mon t-shirt près de sa tête dans l'espoir qu'elle le mettra quand elle se réveillera.

J'adore la contempler. Ses lèvres sont entrouvertes et ses bras entourent un des miens comme si c'était un oreiller moelleux. Ça ne doit pas être très confortable, mais elle dort profondément, accrochée à moi comme si elle avait peur que je disparaisse.

Je me dis que peut-être, si je continue à ne pas faire de conneries de la semaine, je serai récompensé par des moments comme celui-ci tous les week-ends. Ça pourrait m'aider à tenir bon.

– Quand est-ce que tu vas arrêter de m'appeler ?

Toute la nuit, mon téléphone a vibré sous les appels de ma mère. J'aurais juré l'avoir mis sur silencieux.

– Tu n'avais qu'à répondre. J'ai quelque chose d'important à te dire.

Sa voix est douce. Je n'arrive pas à me rappeler la dernière fois que je lui ai parlé.

– Vas-y alors.

Je grogne en me penchant pour allumer. La lumière de la petite lampe est bien trop vive à une heure si matinale, alors je tire la cordelette et ramène la chambre à son obscurité.

– Bon, voilà... (Elle expire profondément.) Mike et moi allons nous marier.

Elle pousse un cri aigu dans le téléphone et je suis obligé de l'écarter de mon oreille pour protéger mon tympan.

– Ah bon...

J'attends la suite.

– Tu n'es pas étonné ?

De toute évidence, elle est déçue par ma réaction.

– Il m'avait dit qu'il allait te le demander et je présumais que tu allais dire oui. Je ne vois pas pourquoi je devrais être étonné.

– Il te l'avait dit ?

– Ouais.

Dans le noir, je contemple les formes rectangulaires des photos accrochées au mur.

– Eh bien, qu'en penses-tu ?

– Qu'est-ce que ça peut faire ?

– C'est important pour moi, Hardin.

Elle soupire, et je m'assieds pour de bon. Tessa remue dans son sommeil et tend un bras vers moi.

– Ça m'est égal. J'ai été un peu surpris, mais qu'est-ce que j'en ai à faire que vous vous mariez ?

J'emmêle mes jambes à celles de Tessa.

– Je ne te demande pas ta permission. Je voulais juste savoir ce que tu en pensais pour pouvoir te dire la raison pour laquelle j'ai essayé de te joindre ce matin.

– Je suis d'accord, alors de quoi s'agit-il ?

– Comme tu le sais, Mike a pensé que ce serait une bonne idée de vendre la maison.

– Et ?

– Eh bien, ça y est, elle est vendue. Les nouveaux propriétaires emménageront le mois prochain, juste après le mariage.

– Le mois prochain ?

Je me masse les tempes de mon index. Je savais qu'il ne fallait pas répondre au téléphone.

– On voulait attendre l'année prochaine, mais on ne rajeunit pas, et comme le fils de Mike part à l'université, c'est le meilleur moment. Il fera peut-être un peu froid, mais ce sera supportable. Tu vas venir, hein ? Avec Tessa ?

– Alors finalement, c'est le mois prochain ou dans deux semaines ?

Mon cerveau ne fonctionne pas à cette heure-ci.

– Dans deux semaines !

– Je ne pense pas que je pourrai...

Je laisse ma phrase en suspens. Ce n'est pas que je ne veuille pas me joindre à la célébration d'un amour partagé et toutes ces conneries, mais je n'ai pas envie de faire le déplacement, sachant que Tessa ne pourra pas venir.

– Pourquoi pas ? Si c'est Tessa le problème, je pensais l'appeler...

– Non, tu ne vas rien lui dire du tout.

Je lui ai coupé la parole. Je me rends compte que mon ton était un peu sec, alors je me reprends.

– Elle n'a pas de passeport.

C'est un prétexte, mais c'est la vérité.

– Elle peut en avoir un en moins de deux semaines s'ils lui expédient.

Je soupire.

– Je ne sais pas, Maman, laisse-moi le temps d'y réfléchir. Il est sept heures du matin, putain.

Je raccroche en grognant avant de m'apercevoir que je ne l'ai même pas félicitée. Et merde ! En même temps, c'est pas comme si elle s'attendait à ce que je le fasse.

J'entends des bruits venant du bout du couloir. Quelqu'un farfouille dans les placards de la cuisine. Je remonte la couette sur ma tête pour couvrir les claquements de portes et le bip insupportable du lave-vaisselle, mais ça ne fonctionne pas. La cacophonie continue jusqu'à ce que je me rendorme malgré tout.

∞

24
Hardin

Il est un peu plus de huit heures. De l'autre côté du salon, j'aperçois Tessa, tout habillée, qui prend le petit déjeuner avec Kimberly.

Merde, on est déjà lundi. Elle doit aller travailler et moi, je dois reprendre ma voiture pour retourner à la fac. Je vais rater les cours aujourd'hui, mais je m'en fiche complètement. J'aurai mon diplôme dans moins de deux mois.

– Tu ne vas pas le réveiller ? demande Kimberly juste au moment où j'entre dans la cuisine.

– Je suis levé.

Je suis encore tout endormi. J'ai mieux dormi cette nuit que toute la semaine dernière.

– Salut.

Le sourire de Tessa éclaire à lui seul la pénombre de la pièce. Kimberly descend discrètement de son tabouret et nous laisse seuls. Ce qui signifie qu'elle a changé son fusil d'épaule et décidé de ne pas m'embêter.

– Il y a longtemps que tu es levée ?

– Ça fait deux heures. Christian m'a dit que je pouvais arriver une heure plus tard, étant donné que tu dormais encore.

– Tu aurais dû me réveiller.

Elle porte une chemise rouge vif rentrée dans une jupe droite noire qui lui arrive aux genoux. Ses hanches moulées dans le tissu me donnent envie de la culbuter sur le tabouret, de remonter sa jupe pour découvrir sa culotte – une culotte en dentelle, peut-être – et de la prendre là, tout de suite...

Elle me tire de mes pensées.

– Quoi ?

On entend la porte d'entrée se refermer et je suis soulagé de nous savoir seuls dans cette grande maison.

– Rien.

Je me dirige vers la cafetière à moitié pleine.

– Ils pourraient au moins avoir une Keurig, pétés de fric comme ils sont.

Ça fait rire Tessa.

– Heureusement que non. J'ai horreur de ces trucs.

Elle pose les coudes sur l'îlot central. Ses cheveux tombent de part et d'autre de son visage.

– Moi aussi.

Je parcours la vaste cuisine du regard et reviens sur la poitrine de Tessa juste au moment où elle se redresse.

– À quelle heure tu dois partir ?

Elle croise les bras sur sa poitrine, me bouchant la vue.

– Dans vingt minutes.

– Bon sang.

Je soupire et nous portons notre tasse de café à nos lèvres tous les deux en même temps.

– Tu aurais dû me réveiller. Dis à Vance que tu n'y vas pas.

– Non.

Elle souffle sur sa tasse de café fumant.

– Si.

– Non, dit-elle d'une voix ferme. Je ne peux pas, comme ça, tirer avantage de ma relation personnelle avec lui.

Sa façon de présenter les choses m'agace prodigieusement.

– Ce n'est pas une « relation personnelle ». Tu habites

ici parce que tu es amie avec Kimberly et, à la base, je te rappelle que c'est moi qui t'ai présentée à Vance.

Je sais pertinemment qu'elle déteste que j'évoque ce sujet avec elle.

Elle lève ses yeux gris bleu avec ostentation et traverse la pièce à grands pas en faisant claquer ses talons sur le parquet luxueux. Quand elle passe devant moi, je l'agrippe par le coude, l'arrêtant dans sa sortie théâtrale. Je l'attire contre moi et je presse mes lèvres à la base de son cou.

– Où tu vas comme ça ?

– Chercher mon sac dans ma chambre.

Mais sa respiration haletante est en complète contradiction avec le calme de sa voix.

– Dis-lui que tu arriveras plus tard.

Mon ton est pressant quand je l'effleure à peine de mes lèvres. Elle essaie de paraître indifférente à mon contact, mais je la connais bien. Je connais son corps mieux qu'elle ne le connaît elle-même.

– Non.

Elle esquisse un semblant de tentative pour s'écarter de moi, juste pour pouvoir se dire qu'elle l'a fait.

– Je ne veux pas profiter de lui. Déjà qu'ils me laissent habiter ici gratuitement.

Je ne transige pas.

– C'est moi qui vais l'appeler, alors.

Il n'a pas besoin d'elle au bureau aujourd'hui. Elle y va déjà trois fois par semaine. J'ai plus besoin d'elle que les Éditions Vance.

– Hardin…

Elle me prend la main avant que je puisse la plonger dans ma poche pour prendre mon portable.

– Je vais appeler Kim.

Elle fronce les sourcils. Je suis étonnée et très heureux qu'elle ait cédé si rapidement.

∞

25

Tessa

– Kim. Salut c'est Tessa. Je me...

Elle me coupe la parole.

– Vas-y. J'ai déjà dit à Christian que tu ne viendrais probablement pas aujourd'hui.

– Je suis désolée de demander ça. Je...

– Tout va bien, Tessa. Nous comprenons.

La sincérité dans sa voix me fait sourire même si j'en veux à Hardin. C'est sympa d'avoir une amie, enfin. J'ai du mal à me débarrasser du poids de la trahison de Steph. Je parcours ma chambre provisoire des yeux. Je réalise que je suis loin d'elle à présent. Loin de ce campus, de tous les soi-disant amis que je pensais m'être faits pendant mon premier semestre à la fac, tous plus faux les uns que les autres. Ma vie est ici maintenant. Seattle, c'est chez moi, et je n'aurai jamais à revoir Steph ni aucun d'entre eux.

– Merci beaucoup.

– Tu n'as pas besoin de me remercier. Je te rappelle qu'il y a des caméras de surveillance dans toutes les pièces principales de la maison. (Elle rit.) Mais je suis sûre qu'après l'incident de la salle de gym, vous n'allez pas l'oublier !

Je lance un coup d'œil à Hardin qui entre dans la chambre. Je suis distraite par son sourire plein d'espoir et la façon dont ce jean bleu foncé tombe sur ses hanches. Je dois faire un effort pour me rappeler ce que Kimberly vient de me dire.

La salle de gym ? Oh, mon Dieu ! Mon sang se glace dans mes veines, Hardin s'approche de moi à grands pas.

– Euh, ouais.

Je lève la main pour l'arrêter.

– Amusez-vous bien.

Elle raccroche.

– Ils ont des caméras dans la salle de gym ! Ils nous ont vus tu te rends compte ?

Je panique.

Hardin hausse les épaules comme si ce n'était pas grave.

– Ils n'ont rien vu. Ils les ont éteintes avant.

– Hardin ! Ils savent que nous... tu sais, dans leur *salle de gym !* C'est horriblement gênant !

Je couvre mon visage de mes mains, mais Hardin les enlève promptement.

– Ils n'ont rien vu, je te dis. J'en ai déjà parlé avec eux. Calme-toi. Tu ne crois pas que j'aurais déjà fait un scandale s'il avait vraiment maté la bande ?

Je me calme un peu. Il a raison, il aurait été bien plus en colère qu'il ne semble l'être en ce moment. Mais je n'en suis pas moins mortifiée à l'idée qu'ils *savent.*

Mais attends. Qu'est-ce qu'il entend par « bande » ? Ici, tout est digital. Ils pourraient simplement l'avoir gardé ailleurs...

– L'enregistrement... il n'est pas conservé quelque part, hein ?

C'est plus fort que moi, il faut que je pose la question. Du bout du doigt, je suis le contour de la petite croix tatouée sur la main d'Hardin.

Sur la défensive, il baisse les yeux vers moi.

– Qu'est-ce que tu sous-entends ?

Les anciens... passe-temps d'Hardin me reviennent brusquement à l'esprit.

– Ce n'est pas ce que j'ai voulu dire.

J'ai répondu vite. Peut-être trop vite.

– Tu es sûre ?

Je vois ses traits se durcir et la culpabilité assombrir son regard.

– Je veux dire, comment est-ce que tu pourrais savoir ce que je craignais que tu penses, si tu n'y avais pas pensé toi-même ?

– Ne fais pas ça.

Je me rapproche de lui.

– Ne fais pas quoi ?

Je sais ce qu'il pense en ce moment. Je le vois revivre les horribles choses qu'il a faites.

– Ne fais pas ça. Ne repense pas à ces moments-là.

– C'est plus fort que moi.

Il se passe la main sur le visage d'un geste lent et désespéré.

– C'est ça que tu pensais ? Que j'étais au courant pour la bande et que je l'ai laissé la regarder ?

– Quoi ? Mais non ! Ça ne me viendrait jamais à l'idée. Franchement. J'ai seulement fait le rapprochement entre la bande de la salle de gym et... ce qui est arrivé avant, quand tu as dit quelque chose. Je n'ai jamais sous-entendu que tu le faisais encore.

Je l'attrape par l'encolure froissée de son t-shirt noir.

– Je sais que tu ne montrerais jamais à personne un enregistrement de moi.

Je le regarde droit dans les yeux pour le convaincre de ma bonne foi.

– Si jamais quelqu'un te faisait un truc pareil...

Il prend une longue pause et une profonde inspiration.

– ... je ne sais pas de quoi je serais capable, Vance ou pas.

Au cours des six derniers mois, j'ai eu le temps d'apprendre à connaître parfaitement le tempérament colérique d'Hardin. Je me dresse sur la pointe des pieds pour le regarder dans les yeux.

– Ça n'arrivera pas.

– Ça a bien failli, pourtant, la semaine dernière avec Steph et Dan.

Ses épaules sont secouées d'un frisson, et je cherche désespérément ce que je pourrais lui dire pour le tirer de ce trou noir.

– Il ne s'est rien passé.

Je me rends compte de l'ironie de la situation, je suis en train de le réconforter alors que c'est moi qui ai subi le traumatisme... Mais ce renversement des rôles est symptomatique de notre relation et du besoin incessant d'Hardin de se reprocher des choses qu'il ne peut pas contrôler.

– S'il était allé plus loin...

Ces mots me remettent en mémoire des bribes de cette nuit-là. Des images de Dan baladant ses doigts le long de ma cuisse, et de Steph tirant sur ma robe.

– Je n'ai pas envie de discuter de ce qui n'est qu'une hypothèse.

Je me serre contre lui et il passe les bras autour de ma taille, m'emprisonnant pour me protéger des mauvais souvenirs.

– On n'en a jamais vraiment discuté.

– Je n'y tiens pas. On a suffisamment parlé de ça chez ma mère, et on a mieux à faire pour occuper mon après-midi qui vient de se libérer.

Je lui fais mon plus beau sourire pour essayer d'alléger l'atmosphère.

– Je ne supporterais pas l'idée que quelqu'un puisse te faire du mal comme ça. L'idée qu'il ait pu te violenter me fait horreur. Ça me donne des idées de meurtre. Je ne peux pas faire autrement.

Sa colère ne fait que s'intensifier. La pression de ses doigts se fait plus forte sur mes hanches.

– Arrêtons d'en parler, alors. J'aimerais que tu essaies d'oublier, tout comme je l'ai fait.

Je lui caresse le dos. Ça ne nous mènera nulle part de faire une fixation là-dessus. C'était horrible et dégoûtant, et je refuse de me laisser envahir par cette histoire.

– Je t'aime. Je t'aime tellement.

Sa bouche s'empare de la mienne et je l'attire plus près de moi.

– Ne pense plus qu'à moi, Hardin. Seulement à m...

Sa bouche sur la mienne m'empêche de finir ma phrase. Sa langue pénètre mes lèvres brutalement pour venir caresser la mienne. Le bout de ses doigts s'enfonce dans mes hanches et je gémis quand ses mains remontent le long de mon estomac jusqu'à ma poitrine. Il prend mes seins dans ses paumes, et je me serre plus fort contre lui pour lui donner ce qu'il demande.

– Montre-moi qu'il n'y a que moi.

Je sais exactement ce qu'il veut, ce dont il a besoin.

Je tombe à genoux devant lui et j'ouvre le bouton de son jean. La fermeture résiste un peu et, un instant, j'envisage d'arracher le tout. Mais je ne peux pas faire ça, il est trop sexy dans ce jean serré. Je passe lentement le bout de mes doigts sur le léger duvet qui mène de son nombril à la ceinture de son boxer, ce qui le fait gémir d'impatience.

– S'il te plaît, ne m'allume pas.

Je hoche la tête en baissant son boxer qui va rejoindre son jean à ses mollets. Hardin gémit à nouveau, plus fort cette fois. Un son plus animal. Je le prends dans ma bouche. Les mouvements lents et caressants de ma langue font plus que les mots pour lui dire ce que je veux faire pénétrer dans son esprit paranoïaque, lui assurant que ces actes de plaisir sont différents de tout ce qu'on pourrait me forcer à faire.

Je l'aime. Je suis consciente que ce que je fais n'est peut-être pas ce qu'il y a de plus sain pour gérer sa colère et son angoisse, mais mon besoin de lui est plus fort que ma boussole morale qui, en ce moment, agite vainement un manuel de survie devant mes yeux.

– Putain, j'adore l'idée d'être le seul mec qui ait eu ta bouche. Ces lèvres ne s'ouvrent que pour moi. Regarde-moi.

Et je fais ce qu'il me dit avec plaisir. Je prends autant de plaisir que je lui en donne. À chaque fois. J'adore voir ses paupières se fermer à chaque caresse de ma langue. J'adore l'entendre grogner et gémir quand j'accentue la pression de mes lèvres.

– Putain, tu sais exactement...

Il rejette la tête en arrière et je sens les muscles de ses jambes se contracter sous ma main, que j'ai posée sur lui pour ne pas perdre l'équilibre.

– Je suis le seul mec devant qui tu te mettras jamais à genoux...

Je serre mes cuisses l'une contre l'autre pour soulager un peu la tension que ses paroles obscènes excitent en moi. Hardin s'appuie d'une main sur le mur quand ma bouche l'amène de plus en plus près de l'extase. Je garde les yeux rivés sur les siens. Je sais que ça l'excite terriblement.

– Bordel, Tess.

Son corps se raidit. Il me dit à quel point c'est bon, combien il m'aime, tandis que la pression grimpe vers sa libération. Je le reçois en totalité, en gémissant quand il remplit ma bouche, et il grogne en se vidant sur ma langue. Je continue à sucer, absorbant chaque goutte de sa semence alors qu'il me caresse doucement la joue avec son pouce.

Je réponds à sa caresse, me délectant de sa tendresse, et il m'aide délicatement à me relever. Dès que je suis debout contre lui, il me prend dans ses bras et me serre contre lui dans un geste d'une intimité qui me bouleverse.

– Excuse-moi d'avoir remué toute cette merde, murmure-t-il dans mes cheveux.

– Chut.

Je n'ai pas envie de repartir sur le sujet déprimant que nous venons de laisser derrière nous.

– Penche-toi sur le lit, Bébé.

Je ne comprends pas tout de suite de quoi il parle. Avant que j'aie le temps de réagir, il pose ses mains sur mes reins et me pousse doucement vers le bord du matelas. Il agrippe mes cuisses et relève ma jupe.

J'ai tellement envie de lui que c'en est douloureux. Une douleur que lui seul peut calmer. Je commence à enlever mes chaussures mais il appuie la paume de ses mains sur mon dos.

– Non, garde-les.

Je gémis quand il écarte ma culotte et glisse un doigt en moi. Il avance d'un pas, ses jambes touchant presque les miennes, sa queue se frottant doucement contre l'arrière de ma cuisse.

– Tu es si douce, Bébé, si chaude.

Il ajoute un deuxième doigt et je grogne en m'appuyant de tout mon poids de mes coudes sur le matelas. Je me tends quand il trouve son rythme, me possédant de ses doigts dans un va-et-vient régulier.

– Tu fais des bruits trop sexy, Tess.

Il vient coller son corps sur le mien et je sens sa queue tendue qui se presse contre moi.

– S'il te plaît, Hardin.

Je n'en peux plus. Je le désire trop. Sans plus attendre, il me pénètre comme lui seul l'a fait et lui seul le fera. Mon désir charnel est très fort, mais ce n'est rien comparé à l'amour que j'éprouve pour lui, un amour débordant, qui consume tout et altère mon jugement. Je sais au plus profond de moi que ce sera toujours lui, et lui seulement.

Plus tard, alors que nous sommes allongés sur le lit, Hardin se plaint.

– Je n'ai pas envie de partir.

Dans un geste qui ne lui ressemble pas du tout, il baisse la tête et l'enfouit dans le creux de mon épaule, en m'enveloppant de ses bras. Son épaisse chevelure vient chatouiller ma peau. Je tente de la dompter, mais c'est tout bonnement impossible.

– Il faut que je les fasse couper.

– Ils me plaisent comme ça.

Je tire doucement sur ses mèches humides.

– Tu ne me le dirais pas si ce n'était pas le cas.

Il a raison, mais c'est difficile d'imaginer une coupe qui ne lui irait pas. Malgré tout, il est vrai que j'adore cette longueur.

– Ton téléphone sonne encore.

Il lève la tête pour me lancer un regard furax.

– Il pourrait y avoir un problème avec mon père. Je fais tout ce que je peux pour ne pas flipper, alors s'il te plaît, réponds.

– S'il y a un problème avec ton père, Landon peut gérer, Tessa.

– Hardin, tu sais combien c'est difficile pour moi de ne pas…

Il se lève pour aller chercher son téléphone sur le bureau.

– Tu vois, c'est ma mère.

Il tient le téléphone de façon à ce que je puisse voir le mot « Trish » affiché sur l'écran. J'aimerais mieux qu'il l'inscrive à « Maman » dans ses contacts, mais il refuse de m'écouter.

Une chose à la fois.

– Réponds. C'est peut-être une urgence.

Je sors du lit en essayant de lui prendre le téléphone des mains.

– Elle va bien. Elle m'a harcelé toute la matinée.

Hardin tient puérilement le téléphone au-dessus de ma tête.

– À quel sujet ?

Je remarque qu'il éteint le portable.

– Rien d'important. Tu sais comme elle peut être casse-pieds.

– Elle n'est pas casse-pieds.

Je prends la défense de Trish. Elle est très gentille et j'adore son sens de l'humour. Ça ne ferait pas de mal à son fils.

– Tu es aussi casse-pieds qu'elle.

Il sourit et tend la main pour repousser mes cheveux. Je lui lance un regard noir.

– Tu es incroyablement charmante aujourd'hui. Sauf quand tu me traites de casse-pieds, bien sûr.

Je ne vais pas me plaindre, mais connaissant notre passé, j'ai bien peur que cette attitude ne dure pas une fois le week-end terminé.

– Tu préférerais que je me conduise comme un connard ?

Il hausse un sourcil interrogateur.

Je souris. J'aime bien quand il est d'humeur taquine. Même si ça ne dure jamais longtemps.

∞

26

Hardin

Comme si l'interminable trajet de retour sous une pluie verglaçante ne suffisait pas, je suis accueilli en rentrant chez moi par le père de Tessa étalé sur mon canapé. Il est boudiné dans mon pantalon de pyjama et mon t-shirt noir. Ils sont beaucoup trop étroits pour lui, et je sens le bagel que Tessa m'a donné ce matin remonter carrément dans ma gorge et menacer de finir sur le sol.

Richard me laisse à peine le temps de passer la porte.

– Tessa va bien ?

– Tu t'es encore servi dans mes affaires ?

Je n'attends pas spécialement de réponse, mais je sais qu'il va m'en fournir une, de toute façon.

– Je n'ai rien d'autre que le t-shirt que tu m'as donné et je n'arrivais pas à faire partir l'odeur.

Il se lève.

– Et Landon, il est où ?

– Dans la cuisine.

Landon nous rejoint dans le séjour, un torchon à la main.

Des gouttes d'eau savonneuse tombent sur le sol.

– Alors, comment elle va ?

– Elle va très bien, putain. Et moi, personne ne me demande comment je vais ?

L'appartement est beaucoup plus propre que je l'avais laissé. Les piles de papiers que je voulais mettre à la poubelle ont disparu, tout comme les moutons de poussière que je m'étais habitué à voir grossir autour du meuble télé.

– Qu'est-ce qui s'est passé, ici, bordel ?

Il n'y a que quelques minutes que je suis arrivé et je suis déjà à bout de patience.

– Tu veux savoir pourquoi on a fait le ménage, c'est...

Je lui coupe la parole.

– Vous avez fait quoi de tout mon bordel ? Est-ce que je vous ai demandé de ranger ?

J'arpente la pièce en me pinçant l'arête du nez. Je prends une grande inspiration pour contrôler ma colère soudaine. Qu'est-ce qui leur a pris de faire le ménage dans mon appart sans me demander mon avis ? Je les regarde tour à tour avant de partir dans ma chambre, furieux. En arrivant à la porte, j'entends Richard s'exclamer :

– Tu parles d'une humeur !

– Ne fais pas attention... c'est parce qu'elle lui manque.

Qu'ils aillent se faire foutre tous les deux ! Je claque la porte aussi violemment que possible.

Landon a raison. Je le sais bien. Je l'ai su dès que j'ai quitté la ville, et elle aussi. Je sentais le moindre de mes muscles et de mes tendons se contracter à mesure que je m'éloignais. À chaque kilomètre, le vide qui se créait en moi devenait plus profond. Un vide qu'elle est la seule à pouvoir combler.

Sur l'autoroute, j'ai insulté tous les connards. Ça m'a permis de tempérer mon humeur, mais pas pour très longtemps. J'aurais dû rester quelques heures de plus à Seattle pour la persuader de prendre la semaine et de rentrer avec moi. Habillée comme elle était, je n'aurais pas dû lui laisser le choix.

Plongé dans mes pensées, je la revois à moitié nue. Sa jupe relevée jusqu'à la taille, elle m'offrait une vue des plus sexy. Tandis que la pénétrais, elle m'a juré qu'elle ne m'oublierait pas pendant les jours à venir, et elle m'a dit combien elle m'aimait. Je suis de plus en plus agité.

Mon besoin est plus fort que jamais. C'est du désir et de l'amour confondus. Non, le besoin que je ressens va bien au-delà du désir. Le lien qui nous unit lorsque nous faisons l'amour est indescriptible. Je l'aime et elle m'aime, point final.

– Salut.

Je l'ai appelée sans même m'en rendre compte.

– Salut. Quelque chose ne va pas ?

– Non.

Je parcours ma chambre du regard. Ma chambre nouvellement rangée.

– Si.

– Qu'est-ce qui ne va pas ? Tu es rentré ?

Ce qui ne va pas ? Tu n'es pas là.

– Ouais, et ton père et ce putain de Landon me tapent sur les nerfs, putain !

Elle laisse échapper un petit rire.

– Ça fait quoi, genre dix minutes environ, que tu es rentré ? Qu'est-ce qu'ils t'ont fait, déjà ?

– Ils ont fait le ménage à fond dans l'appartement. Ils ont déplacé toutes mes affaires, je ne retrouve plus rien.

Je regrette qu'il n'y ait même pas un t-shirt sale ou quelque chose qui traîne, dans lequel je puisse donner un coup de pied.

– Qu'est-ce que tu as perdu ?

J'entends une autre voix derrière elle. Je dois me faire violence pour ne pas demander qui est avec elle.

– Rien de particulier. Ce que je veux dire, c'est que si je cherchais quelque chose, je ne le trouverais pas.

Elle rit.

– Alors, tu es furax parce qu'ils ont fait le ménage dans l'appart et que tu ne trouves pas quelque chose que tu ne cherches pas ?

– En gros.

Je souris. Je me rends bien compte que je me comporte comme un gamin. Elle le sait aussi mais, au lieu de me faire des reproches, elle se marre.

– Tu devrais faire un tour au gymnase.

– Je devrais repartir à Seattle pour te baiser, penchée sur ton lit, encore une fois.

Elle pousse un cri étouffé qui résonne profondément en moi, ne faisant qu'accroître mon désir.

– Euh, ouais.

– C'est qui, avec toi ?

J'ai réussi à tenir environ quarante secondes. Je fais des progrès.

– Kim et Trevor.

– Tu te fous de moi ?

Ce connard de Trevor est toujours là. Il devient encore plus pénible que Zed, et ce n'est pas peu dire.

– *Har*-din...

Elle insiste sur la première syllabe pour me signifier qu'elle est embarrassée et ne veut pas s'expliquer devant eux.

– There-*sa.*

– Je vais dans ma chambre un instant.

Elle s'excuse poliment. Rien que d'entendre sa respiration me rend encore plus impatient.

– Qu'est-ce que ce connard de Trevor fait chez toi ?

J'ai l'air plus dément que je ne voudrais.

– Ce n'est pas chez *moi,* je te rappelle.

– Ouais, enfin c'est là que tu habites et...

Elle me coupe la parole.

– Tu ferais mieux d'aller au gymnase, tu as besoin de te détendre, c'est évident.

J'entends l'inquiétude dans sa voix, et le silence qui suit le confirme.

– S'il te plaît, Hardin.

Je suis incapable de lui dire non.

– Ok. Je te rappelle en rentrant.

Et je raccroche.

Je ne peux pas nier avoir imaginé la putain de tête de gravure de mode de ce putain de Trevor sur le sac noir dans lequel j'ai alterné coups de pied et coups de poing pendant deux heures d'affilée. Mais je ne peux pas dire non plus que ça m'a fait du bien. Je ne sais même pas pourquoi je suis si énervé, si ce n'est que Tessa n'est pas ici et que je ne suis pas là-bas.

Bordel, la semaine va être longue.

En arrivant dans ma voiture, je trouve un texto de Tessa. Je n'avais pas prévu de m'entraîner si longtemps mais, apparemment, j'en avais besoin.

JE FAIS TOUT CE QUE JE PEUX POUR RESTER ÉVEILLÉE, MAIS JE SUIS CREVÉE ;)

Heureusement, l'obscurité dissimule mon sourire idiot provoqué par son sous-entendu nunuche. Elle est tellement attendrissante, sans même le faire exprès.

Un peu plus et je manquais un message de Landon me rappelant qu'il faut que je fasse un ravitaillement. Je n'ai jamais fait les courses… Quand j'habitais à la fraternité, je me contentais de manger les trucs que les autres achetaient.

Mais là, Tessa pourrait ne pas apprécier que je ne nourrisse pas son père, et Landon n'hésiterait pas à moucharder…

Sans comprendre pourquoi, je me retrouve sur le parking de chez Target au lieu de chez Conner, où je vais d'habitude.

Il est clair que Tessa m'influence même quand elle n'est pas là. Elle fréquente les deux magasins, mais elle peut m'expliquer pendant des heures pourquoi Target est le meilleur de tous. Elle fait ça même quand elle *est chez* Conner. Ça me casse les couilles, mais j'ai appris à acquiescer quand il faut pour qu'elle pense que je l'écoute.

Au moment où je balance une boîte de céréales dans mon caddie, des cheveux rouges apparaissent au bout de l'allée. Je reconnais Steph avant qu'elle ne se retourne. Ses cuissardes de pute, noires avec des lacets rouges, la trahissent sans le moindre doute.

Je fais rapidement le tour des options qui s'offrent à moi. Soit je vais vers elle et je lui rappelle quelle *putain de garce...*

Elle se tourne vers moi avant que j'aie le temps de réfléchir à la deuxième option, que j'aurais probablement choisie.

– Hardin ! Attends !

Elle m'interpelle d'une voix forte au moment où je tourne les talons en abandonnant le caddie au milieu de l'allée. Sans l'entraînement intensif que je viens de me taper, je ne vois pas comment je pourrais me contrôler devant Steph. Impossible.

J'entends le bruit lourd de ses bottes sur le sol plastifié, elle me suit malgré mon évidente tentative de l'éviter.

– Écoute-moi !

Elle est sur mes talons, et quand je m'arrête, elle me rentre dedans et tombe par terre.

Je me retourne.

– Qu'est-ce que tu veux, putain ?

Elle se relève vivement en brossant sa robe noire, couverte de poussière après sa chute.

– Je croyais que tu étais à Seattle.

– C'est le cas, mais pas en ce moment.

Je ne sais pas très bien ce qui me prend de lui cacher la vérité, mais il est trop tard pour revenir sur ce que j'ai dit.

– Je sais que tu me détestes.

– C'est la première pensée intelligente que tu as depuis longtemps.

Je l'observe de plus près. Ses yeux verts disparaissent sous les épais traits de crayon noir qui les encerclent. Elle a une mine affreuse.

– Je ne suis pas d'humeur à écouter tes conneries.

– Ce n'est pas nouveau.

Elle sourit.

Je serre les poings.

– Je n'ai rien à te dire et tu sais comment je peux être quand je n'ai pas envie qu'on m'emmerde.

– C'est une menace ?

Je reste silencieux tandis que des images de Tessa à peine consciente me viennent à l'esprit. Il faut que je me barre de là. Je n'agresserais jamais Steph physiquement, mais je saurais quoi lui dire pour la blesser plus profondément que tout ce qu'elle peut imaginer. C'est un de mes nombreux talents.

– Elle n'est pas celle qu'il te faut.

Elle ne manque pas de culot ! C'est plus fort que moi, j'éclate de rire. Quelle garce !

– Tu n'es quand même pas assez stupide pour essayer de discuter de ça avec moi ?

Mais Steph a toujours été très imbue d'elle-même.

– Tu sais que c'est vrai. Elle n'est pas à ta hauteur, et toi non plus pour elle.

Ma colère est en train de se transformer en rage bouillonnante.

– Tu vas vite te lasser de sa pruderie, et tu le sais. C'est probablement déjà le cas.

– Sa pruderie ?

Je ris de plus belle. Elle ne connaît pas la Tessa qui aime se faire baiser devant un miroir et qui se fait jouir elle-même sur mes doigts jusqu'à crier mon nom.

Steph hoche la tête.

– Elle se lassera de ton côté bad boy et finira par épouser un banquier ou un connard du genre. Tu n'es quand même pas assez stupide pour croire que votre histoire va durer ? Tu as vu Noah, cet abruti en cardigan ? C'était une pub pour couple modèle, et tu le sais. Tu ne peux pas rivaliser avec ça.

– Et quoi ? Tu sous-entends que toi et moi, ce serait mieux ?

Ma voix n'est pas aussi assurée que je le voudrais. Elle appuie la où ça fait mal, et je fais ce que je peux pour ne pas flancher.

Elle roule ses petits yeux chafouins.

– Tu n'y es pas du tout. Je sais que tu ne veux pas de moi. Ce n'est pas nouveau. Le truc, c'est que moi, je tiens à toi. Je sais que tu n'as *pas envie* de me croire, et je sais que tu aimerais bien me casser la gueule pour la sale blague que j'ai faite à ta Vierge Marie, mais tout au fond de toi, tu sais que j'ai raison.

Je me mords l'intérieur de la joue en entendant le surnom que mes soi-disant amis donnaient à Tessa dans le temps.

– Au fond de toi, tu sais que ça ne marchera pas. Elle est trop bourge pour toi. Tu es couvert de tatouages, et il ne lui faudra pas longtemps pour avoir honte d'être vue avec toi.

– Elle n'a jamais eu honte d'être vue avec moi.

Je m'avance d'un pas vers cette harpie rousse.

– Tu sais bien que si. Elle me l'a même dit au début où vous sortiez ensemble. Je suis sûre que ça n'a pas changé.

Elle sourit et la lumière se reflète dans l'anneau qui perce son nez. J'ai un mouvement de répulsion en me rappelant que ses mains m'ont caressé et m'ont fait jouir. Je ravale la bile qui remonte dans ma gorge.

– Tu essaies de me manipuler, parce que c'est tout ce que tu sais faire. Mais ça ne marche pas avec moi.

Je la pousse pour passer. Elle part d'une espèce de rire, comme un croassement répugnant.

– Si elle te trouvait à la hauteur, pourquoi est-ce qu'elle a si souvent couru chercher Zed ? Tu sais ce que les gens disaient ?

Je m'arrête net. Je me rappelle la fois où Tessa est rentrée après avoir déjeuné avec Steph. Elle était mal en sortant de chez Applebee où Steph était venue accompagnée de Molly, quand elles avaient laissé entendre qu'une rumeur circulait sur elle et Zed. J'étais tellement enragé que j'avais appelé Molly pour la prévenir de ne pas s'immiscer entre Tessa et moi. Steph n'avait visiblement par reçu le message, alors que c'était elle qui constituait une menace pendant tout ce temps.

– C'est toi qui as fait circuler cette rumeur.

– Non, c'est le coloc de Zed. C'est lui qui l'a entendue gémir son nom tandis que le lit de Zed cognait contre le mur et l'empêchait de dormir. C'est plutôt embêtant, non ?

Le sourire malveillant de Steph fait sauter tous les remparts auxquels j'ai réussi à me raccrocher depuis que Tessa est partie à Seattle.

Tire-toi, maintenant ! Tire-toi, maintenant !

– Zed a quand même dit qu'elle était sympa et étroite, et qu'apparemment elle faisait ce... genre, ce truc avec les hanches ou je ne sais quoi. Oh ! et ce grain de beauté... tu le connais.

Elle tapote son menton de ses ongles noirs. Je craque.

– Ta gueule !

Je me bouche les oreilles.

– Ferme ta gueule, putain !

Je hurle dans l'allée et Steph recule sans cesser de sourire. Elle hausse les épaules.

– Crois-moi ou pas, je m'en fous. Mais tu sais que tu perds ton temps.

Elle disparaît en ricanant, juste au moment où mon poing va s'écraser sur une étagère métallique.

∞

27
Hardin

Des tas de cartons tombent des étagères et vont s'entasser sur le sol. Je donne un nouveau coup dans le montant de métal, laissant derrière moi une épaisse tache rouge. La douleur familière causée par l'éclatement de la chair de mes jointures ne fait qu'amplifier ma poussée d'adrénaline. C'est presque un soulagement de m'autoriser à exprimer ma colère comme je l'ai toujours fait. Je n'ai pas à me censurer. Je n'ai pas à réfléchir à mes actes.

– Hé, qu'est-ce que vous faites ? À l'aide, quelqu'un !

Quand je me retourne brusquement, je tombe face à face avec une femme qui hurle. Elle recule vers le bout de l'allée et c'est là que je remarque la petite fille blonde accrochée à sa jupe. Quand mes yeux croisent ses yeux bleus brillants, ils restent scotchés. Chaque souffle furieux qui m'échappe vole un peu de l'innocence que je perçois dans ce regard. Je finis par rompre l'emprise qu'il opère sur moi pour contempler les dégâts que j'ai causés. Si les flics arrivent avant que je ne me sois tiré de là, je suis foutu.

Avec un dernier regard à la petite fille vêtue d'une robe longue et de chaussures à paillettes, je me précipite vers l'entrée du magasin. Je m'éloigne du chaos et traverse les allées en évitant autant que possible de me faire remarquer.

Je n'arrive pas à penser clairement.

Tessa n'a pas baisé avec Zed.

Non.

Elle n'a pas pu faire ça.

Je le saurais si elle l'avait fait. On me l'aurait dit.

Elle me l'aurait dit. C'est la seule personne que je connais qui ne me ment pas.

Je me précipite dehors, la morsure du froid ne fait pas de cadeau. Je ne quitte pas des yeux ma voiture garée à l'arrière du parking, content d'être dissimulé par l'obscurité de la nuit.

– Putain !

Je hurle en arrivant à ma voiture et donne un coup de pied dans le pare-choc.

– Elle n'a couché qu'avec moi !

Je saute dans ma voiture.

Au moment où je mets la clé dans le contact, deux voitures de police entrent dans le parking avec gyrophares et sirènes. Je sors de mon emplacement lentement pour éviter d'attirer l'attention et je les observe se garer sur le trottoir et se précipiter à l'intérieur comme s'il y avait eu un meurtre.

Dès que je sors du parking, je suis envahi par un sentiment de soulagement. Si je m'étais fait arrêter chez Target, Tessa aurait flippé comme une malade.

Tessa... et Zed.

Je ne suis pas assez stupide pour croire les conneries de Steph à propos de Tessa et Zed. Je sais qu'elle n'a rien fait. Je sais que je suis le seul homme qui l'ait pénétrée, le seul qui l'ait jamais fait jouir. Pas lui.

Ni personne d'autre. Il n'y a que moi.

Je secoue la tête pour me débarrasser de l'image de Zed et Tessa, ses mains sur ses bras à lui tandis qu'il la pénètre.

Bordel, ça ne va pas recommencer !

Je n'arrive pas à penser normalement. Ma vision se brouille. J'aurais dû mettre les mains autour du cou de Steph et... Non, je dois éloigner cette pensée. Elle a obtenu exactement ce qu'elle voulait de moi, et ça me rend encore plus furax. Elle savait exactement ce qu'elle faisait en parlant de Zed. Elle l'a fait exprès pour me faire réagir, me faire craquer, et ça a marché. Elle savait qu'elle dégoupillait une grenade. Mais je ne suis pas une grenade – je devrais être capable de me raisonner.

J'appelle Tessa immédiatement, mais elle ne répond pas. Elle m'a bien dit qu'elle allait dormir, mais son téléphone est toujours sur vibreur et, généralement, elle se réveille au moindre bruit.

– Vas-y, Tess, décroche !

Je lance mon portable sur le siège passager. Il faut que je parte d'ici avant que les flics vérifient les caméras de surveillance du parking et relèvent ma plaque.

L'autoroute est un vrai cauchemar et je n'arrête pas d'essayer de joindre Tessa. Si elle ne me rappelle pas d'ici une heure, j'appelle Christian.

J'aurais dû rester à Seattle une nuit de plus. Putain, j'aurais dû aller m'installer là-bas dès le début. Toutes les putains de raisons qui me retenaient me semblent parfaitement dérisoires à présent. Toutes les craintes que j'avais, et que j'ai toujours, sont entretenues par la distance entre nous.

« *Au fond de toi, tu sais que ça ne marchera pas.* »

« *Il ne lui faudra pas longtemps pour avoir honte d'être vue avec toi.* »

« *Épouser un banquier ou un connard du genre.* »

Je deviens dingue. Je perds littéralement la tête. Tous mes efforts de la semaine ne riment plus à rien. Les deux jours passés avec Tessa ont été réduits à néant par cette sale vipère.

Est-ce que ça vaut le coup ? Est-ce que cet effort constant en vaut la peine ? Est-ce que je vais toujours devoir m'empêcher de faire des conneries ? Et si je poursuis vraiment sur le chemin de cette transformation, est-ce qu'elle m'aimera réellement après, ou bien aura-t-elle l'impression qu'elle a mené à bien une sorte de travail de recherche pour un cours de psycho ?

Après tout ça, est-ce qu'il restera suffisamment de moi pour qu'elle m'aime encore? Est-ce que je serai toujours l'homme dont elle est tombée amoureuse ?

Est-ce qu'elle essaie de me rendre plus comme lui... plus comme Noah ?

« *Tu ne peux pas rivaliser avec ça...* » Steph a raison. Tess n'a jamais eu à s'inquiéter de rien quand elle était avec Noah. Ils étaient bien ensemble. Ils n'avaient pas de problèmes.

Ce n'est pas un taré, comme moi.

Je me souviens de l'époque où je restais assis dans ma chambre à attendre pendant des heures que Steph m'appelle pour me dire qu'elle était rentrée après avoir passé du temps avec lui. Je m'interposais aussi souvent que possible et, étonnamment, ça a marché pour moi. Elle m'a préféré à lui, au mec qu'elle aimait depuis qu'elle était gosse.

L'idée que Tessa puisse dire à Noah qu'elle l'aime me donne la nausée.

« *Ton côté bad boy.* » Ça ne peut pas être ça. J'ai niqué plus d'une fille qui ne cherchaient qu'à faire peur à leur papa, mais Tessa n'en fait pas partie. Elle a accepté bien assez de mes conneries pour me le prouver.

Mes pensées s'emmêlent avec frénésie. Je ne sais plus où j'en suis.

Je n'aurais pas dû écouter un mot de ce que disait cette salope de Steph. Maintenant, je n'arrive plus à me les sortir de la tête. J'essuie le sang de mes jointures éclatées sur mon jean et me gare.

Quand je lève les yeux, je m'aperçois que je suis sur le parking de chez Blind Bob. J'ai fait tout ce chemin sans y penser. Je ne devrais pas entrer... mais c'est plus fort que moi, je pousse la porte.

Et derrière le bar, je vois une vieille connaissance. Carly. Très peu vêtue, et les lèvres rouge vif.

– Tiens, tiens, tiens...

Elle me sourit.

– C'est bon, laisse tomber.

Je grogne en m'asseyant sur un tabouret en face d'elle.

– Pas question.

Elle secoue la tête en balançant sa queue de cheval blonde.

– La dernière fois que je t'ai servi, c'est parti en vrille pour finir en méga-drame et je n'ai ni le temps ni la patience de recommencer.

En effet, j'ai fini tellement déchiré que Carly m'a forcé à passer la nuit sur son canapé, ce qui a bien sûr conduit à un énorme malentendu avec Tessa, qui a eu un accident de voiture le même jour à cause de moi.

– Si je te commande un verre, tu es obligée de me servir, c'est ton boulot.

Je lui montre du doigt la bouteille de whisky sur l'étagère derrière elle.

– Il y a un panneau juste-là qui stipule autre chose.

Elle pause les coudes sur le bar. Je me rassieds sur mon tabouret pour mettre autant d'espace que possible entre nous.

Un petit panneau « NOUS NOUS RÉSERVONS LE DROIT DE REFUSER DE SERVIR LES CLIENTS » est collé sur le mur. J'éclate de rire.

– Mollo sur la glace, je ne veux pas qu'il soit noyé.

Elle lève les yeux au ciel et attrape un verre vide.

Elle verse le liquide sombre dans le verre, et la voix de Steph repasse en boucle dans ma tête. Mais l'alcool est le seul moyen de me débarrasser de ses accusations et de ses mensonges.

La voix de Carly me tire de mon hébétude.

– Elle t'appelle.

Je baisse les yeux et vois sur l'écran la photo de Tessa que j'ai prise ce matin pendant qu'elle dormait encore.

– Bordel !

Instinctivement, je repousse le verre que Carly vient de me servir en renversant son contenu sur le comptoir. Je ne relève pas les injures que Carly profère de sa voix haut perchée et sors du bar aussi vite que j'y suis entré.

Une fois dehors, je glisse le pouce sur l'écran.

– Tess.

– Hardin, tu vas bien ?

Elle a l'air paniquée.

Je pousse un soupir de soulagement en entendant sa voix dans le petit écouteur.

– Je t'ai appelée je ne sais combien de fois.

– Je sais. Je suis désolée. Je dormais. Tu vas bien ? Où es-tu ?

– Au Blind Bob.

Ce n'est pas la peine de lui mentir – elle découvre toujours la vérité, d'une façon ou d'une autre.

– Oh...

– J'ai commandé un verre.

Autant lui dire tout.

– Seulement un ?

– Ouais, et je n'avais même pas eu le temps de le goûter quand tu as appelé.

– Tant mieux. Tu t'en vas, là ?

– Oui, tout de suite.

J'ouvre la portière de ma voiture et je m'assieds sur le siège conducteur. Au bout de quelques secondes, Tessa me demande :

– Pourquoi es-tu venu là ? Ce n'est pas un problème... mais je me demandais juste pourquoi.

– J'ai rencontré Steph.

Elle pousse un petit cri.

– Qu'est-ce qui s'est passé ? Est-ce que... est-ce qu'il s'est passé quelque chose ?

– Je ne lui ai rien fait, si c'est ce que tu veux dire.

Je mets le moteur en marche, mais je ne démarre pas. J'ai envie de parler à Tessa sans être distrait par la conduite.

– Elle m'a dit des saloperies qui m'ont... qui m'ont vraiment fait chier. J'ai pété les plombs chez Target.

– Et ça va ? Attends, je croyais que tu détestais Target ?

– C'est important ?

– Excuse-moi. Je dors à moitié. Comment vas-tu ? Qu'est-ce qu'elle a dit ?

– Elle m'a dit que tu avais baisé avec Zed.

Je n'ai pas envie de lui répéter le reste, les conneries selon lesquelles Tessa et moi ne serions pas faits l'un pour l'autre.

– Quoi ? Tu sais que ce n'est pas vrai. Hardin, je te jure qu'il ne s'est rien passé entre nous que tu ne saches déjà.

Je tape avec le doigt sur le pare-brise en regardant le dessin fait par mes empreintes.

– Elle a dit que son coloc t'a entendue.

– Tu ne la crois pas, hein ? Tu ne peux pas la croire, Hardin, tu me connais. Tu sais que je te l'aurais dit si quelqu'un d'autre m'avait touchée.

Sa voix se brise et ma poitrine se contracte douloureusement.

– Chut...

Je n'aurais pas dû la laisser continuer. J'aurais dû lui dire tout de suite que je savais que ce n'était pas vrai. Mais comme je suis un bâtard égoïste, j'avais besoin qu'elle me le dise.

– Qu'est-ce qu'elle a dit d'autre ?

Elle pleure.

– Des conneries. À propos de Zed et toi. Et elle a joué sur toutes les peurs et les insécurités que j'ai à propos de nous.

– C'est pour ça que tu es allé dans ce bar ?

Il n'y a aucun jugement dans sa voix, seulement une compréhension à laquelle je ne m'attendais pas.

– J'imagine que oui. Elle savait des trucs. Sur ton corps... des trucs que je devrais être le seul à savoir.

Un frisson court le long de ma colonne vertébrale.

– Nous étions colocs. Elle m'a vue me changer plus d'une fois. Sans parler du fait que c'est elle qui m'a déshabillée ce soir-là.

Elle renifle.

Une fois de plus, la colère se répand en moi. L'idée de Tessa incapable de bouger tandis que Steph la déshabille de force...

– Ne pleure pas, s'il te plaît. Je ne supporte pas, surtout quand tu es si loin de moi.

Maintenant que j'entends la douce voix de Tessa, les paroles de Steph apparaissent comme un tissu de mensonges et la fureur qui s'était emparée de moi tout à l'heure se dissipe.

– Parlons d'autre chose pendant que je rentre.

Je passe la marche arrière et mets Tessa sur haut-parleur.

– D'accord...

Elle fredonne quelques secondes en réfléchissant.

– Euh, Kimberly et Christian m'ont invitée à venir avec eux visiter leur club le week-end prochain.

– Tu n'iras pas.

– Laisse-moi finir. Mais comme j'espère bien que tu seras là, et que je savais que tu ne voudrais pas venir, on s'est mis d'accord pour y aller mercredi soir à la place.

– Quel genre de boîte est ouverte le mercredi ? Je viendrai.

– Pourquoi ? Tu n'aimes pas les clubs, je te rappelle.

Je lève les yeux au ciel.

– J'irai avec toi le week-end prochain. Je ne veux pas que tu y ailles mercredi.

– J'irai mercredi. On pourra y retourner ce week-end si tu veux, mais j'ai déjà dit à Kimberly que je viendrai et il n'y a aucune raison pour que je revienne sur mon engagement.

– Je préférerais que tu n'y ailles pas.

Je serre les dents. Je suis déjà sur les nerfs et elle me teste.

– Je peux venir mercredi aussi.

Je fais mon possible pour être arrangeant.

– Tu ne vas pas faire tout ce trajet en voiture mercredi alors que tu viens le week-end prochain.

– Tu ne veux pas qu'on te voie avec moi ?

Les mots m'ont échappé, je n'ai pas pu les arrêter.

– Quoi ?

J'entends sa lampe qui s'allume dans le fond.

– C'est quoi cette histoire? Tu sais bien que ce n'est pas vrai. Ne te laisse pas influencer par Steph. C'est de ça qu'il s'agit, non ?

Je rentre dans le parking de mon immeuble et gare la voiture avant de répondre. Tessa attend mon explication sans rien dire. Finalement je soupire.

– Non. Je ne sais pas.

– Nous devons apprendre à nous battre ensemble, pas l'un contre l'autre. Nous devons nous serrer les coudes.

Elle a raison, putain. Elle a toujours raison.

– Je viendrai mercredi et je resterai jusqu'à dimanche.

– Je ne serai pas très disponible avec les cours et le boulot chez Vance.

– On dirait que tu n'as pas envie que je vienne ?

– Bien sûr que si. Tu le sais très bien.

Je savoure ses paroles. Elle me manque tellement, bordel.

– Tu es rentré, là ?

Juste quand je coupe le contact.

– Oui, je viens d'arriver.

– Tu me manques.

La tristesse dans sa voix m'arrête net.

– Tu me manques aussi, Bébé. Excuse-moi. Je deviens dingue sans toi, Tess.

– Moi aussi.

Elle soupire, et ça me donne envie de m'excuser une nouvelle fois.

– Je suis un crétin de n'être pas venu avec toi à Seattle dès le début.

Des sons étranglés me parviennent dans le haut-parleur.

– Quoi ?

– Tu as bien entendu. Je ne me répéterai pas.

– Très bien.

Elle arrête enfin de tousser quand je monte dans l'ascenseur. Je change de sujet.

– Au fait, qu'est-ce que tu veux que je fasse pour Steph et Dan ?

– Qu'est-ce que tu *peux* faire ?

– Il vaut mieux que tu ne le saches pas.

– Alors, ne fais rien. Laisse tomber.

– Elle va probablement raconter à tout le monde ce qui s'est passé ce soir et continuer à propager la rumeur au sujet de Zed et toi.

– Je ne vis plus là-bas. Je m'en fiche.

C'est ce qu'elle veut me faire croire, mais je sais que ce genre de ragot lui fera du mal, qu'elle le reconnaisse ou non.

– Je t'avoue que je n'ai pas envie de laisser tomber.

– Je ne veux pas que tu t'attires des ennuis à cause d'eux.

– D'accord.

Je sais qu'elle ne sera pas d'accord sur la forme, alors je laisse tomber. Nous raccrochons. Je tourne la clé dans la serrure et, en rentrant, je trouve Richard étalé de tout son long sur le canapé. La voix de Jerry Springer résonne dans tout l'appartement. J'éteins la télé et je file dans ma chambre.

28
Hardin

Je traîne des pieds toute la matinée. Je ne me rappelle même pas être entré dans la salle pour mon premier cours. Je commence à me demander pourquoi j'ai pris la peine de venir.

En passant devant le bâtiment administratif, j'aperçois Nate et Logan debout en bas des marches. Je remonte ma capuche et passe devant eux sans leur adresser la parole. Il faut vraiment que je me tire d'ici, putain.

Tout à coup, sans réfléchir plus que ça, je fais demi-tour et grimpe la volée de marches qui mènent à l'entrée du bâtiment. La secrétaire de mon père m'adresse le sourire le plus faux-cul que j'aie vu depuis un moment.

– Vous désirez ?

– Je viens voir Ken Scott.

– Vous avez rendez-vous ?

Elle sait très bien que non. Elle sait aussi très bien qui je suis.

– Bien sûr que non. Mon père est là ou pas ?

La vitre dépolie de la porte de son bureau ne permet pas de voir s'il est à l'intérieur.

– Il est là, mais il est en audioconférence en ce moment. Si vous voulez bien vous asseoir, je vais…

Je passe devant son bureau et me dirige droit vers la porte. Je tourne la poignée et entre. Mon père tourne la tête et lève un doigt calmement pour me demander de patienter un instant.

En parfait gentleman, je lève les yeux au ciel et m'assieds sur le siège en face de lui.

Au bout d'une minute, il replace le combiné sur sa base et se lève pour me saluer.

– Je ne t'attendais pas.

– Je n'avais pas prévu de venir te voir.

– Il y a un problème ?

Son regard fait l'aller et retour entre la porte fermée et mon visage.

– J'ai une question à te poser.

Je pose les mains sur le bureau en merisier et le regarde. Il est évident qu'il ne s'est pas rasé depuis plusieurs jours, et sa chemise blanche est légèrement froissée aux poignets. Je ne pense pas l'avoir jamais vu avec une chemise froissée depuis mon arrivée aux États-Unis. C'est le genre d'homme à petit-déjeuner en gilet sans manches et pantalon en toile.

– Je t'écoute.

La tension entre nous est palpable, mais pourtant, j'ai du mal à me rappeler la haine féroce que j'ai ressentie pour cet homme à une certaine époque. Je ne sais plus ce que je ressens. Je ne pense pas être capable de lui pardonner complètement un jour, mais nourrir toute cette colère envers lui me prend tout simplement trop d'énergie. Nous n'aurons jamais la même relation que celle qu'il a avec mon demi-frère, mais c'est plutôt sympa de savoir que quand j'ai besoin de lui, il fait en général tout son possible pour m'aider. La plupart du temps, ça ne mène nulle part, mais j'apprécie quand même son effort.

– Est-ce que tu penses que ce serait compliqué de transférer mon dossier au campus de Seattle ?

Il hausse les sourcils.

– Vraiment ?

– Oui. Je ne te demande pas ton opinion, je te demande une réponse.

Je lui fais comprendre clairement que ma décision n'est pas soumise à discussion.

Il me regarde attentivement avant de répondre.

– Eh bien, cela repousserait l'obtention de ton diplôme. Tu aurais plutôt intérêt à rester ici jusqu'à la fin du semestre. D'ici à ce que ta demande de transfert soit enregistrée, et que tu déménages à Seattle, ce serait une grosse perte de temps et beaucoup d'embêtements pour pas grand-chose... sur le plan *logistique,* j'entends.

Je m'enfonce contre le dossier du fauteuil de cuir.

– Tu ne pourrais pas intervenir pour faire accélérer la procédure ?

– Si, mais cela repousserait quand même la date de ta remise de diplôme.

– Donc en gros, ce que tu me dis, c'est que je suis obligé de rester ici.

– Tu n'es pas obligé (Il frotte la barbe naissante sur son menton.) mais c'est plus sensé, pour l'instant. Tu as presque fini.

– Je te rappelle que je n'assisterai pas à cette cérémonie.

– J'avais espéré que tu changerais d'avis.

– Ce n'est pas le cas...

– C'est un jour très important pour toi. Les trois dernières années de ta vie...

– J'en ai rien à foutre. Je ne veux pas y aller. Qu'on m'envoie mon diplôme par la poste, ça m'ira très bien. Je n'irai pas, point final.

Je parcours du regard le mur derrière lui et je m'arrête sur les cadres qui ornent les murs de son bureau. Des cadres blancs qui contiennent les certificats et les diplômes attestant de ses succès. Je constate, à la façon dont il les arbore fièrement, qu'ils ont bien plus d'importance pour lui qu'ils n'en auront jamais pour moi.

– Pourquoi c'est si important pour toi que j'y aille ?

L'hostilité qui plane entre nous s'intensifie, et l'atmosphère s'est alourdie d'un coup. Mais le visage de mon père s'adoucit considérablement à mesure que le silence s'installe.

– Parce que (il prend une profonde inspiration) à une certaine époque, qui a duré assez longtemps, je n'étais pas sûr... de ce que tu allais devenir.

– Ce qui veut dire ?

– Tu es sûr d'avoir le temps de discuter de ça maintenant?

Ses yeux se posent sur mes mains éclatées et mon jean taché de sang. Je sais qu'il veut dire : *Es-tu sûr d'être suffisamment stable mentalement pour discuter de tout ça, là tout de suite ?*

Je savais que j'aurais dû me changer. Je n'étais pas très en forme ce matin. Je suis littéralement tombé du lit et j'ai foncé à la fac.

– Je veux savoir.

Il hoche la tête.

– À une certaine époque, je ne pensais même pas que tu aurais ton bac, tu vois, à cause de tous les problèmes que tu avais en permanence.

Me reviennent à l'esprit des images de bagarres dans les bars, de vols dans les supérettes, de filles à moitié nues en larmes, de voisins qui se plaignaient et d'une mère particulièrement déçue.

– Je sais. Techniquement, j'ai encore des ennuis.

Mon père me lance un regard qui dit qu'il n'est pas vraiment ravi de me voir prendre avec désinvolture ce qui lui a causé des migraines mémorables.

– Ce n'est pas comparable. Plus depuis... que tu la connais.

– C'est elle la cause de la plupart de mes problèmes.

Je me frotte la nuque, conscient que je déconne.

– Je ne dirais pas ça.

Nous restons silencieux un instant, sans savoir quoi dire.

– Je me sens si coupable, Hardin. Si tu n'avais pas réussi au lycée, je ne sais pas ce que j'aurais fait.

– Rien. Tu aurais continué ta petite vie parfaite ici.

Il sursaute comme si je l'avais giflé.

– Ce n'est pas vrai. Je veux ce qu'il y a de mieux pour toi. Je ne l'ai pas toujours montré, j'en suis conscient, mais ton avenir compte beaucoup pour moi.

– C'est pour ça que tu m'as pistonné pour entrer à WCU ?

Nous n'en avons jamais discuté. Mais je sais qu'il a usé de sa position pour me faire entrer dans cette fichue fac. Je n'ai rien foutu au lycée et mes bulletins le prouvent.

– Ça, et le fait que ta mère était dépassée avec toi. J'ai voulu que tu viennes ici pour apprendre à te connaître. Tu n'es plus le garçon que tu étais quand je suis parti.

– Si tu voulais me connaître, tu aurais dû rester avec nous plus longtemps. Et boire moins.

Des bribes de souvenirs, que je me suis tellement efforcé d'oublier, remontent à ma mémoire.

– Mais tu es parti, et je n'ai jamais eu l'occasion d'être un petit garçon, tout simplement.

Ça m'arrivait parfois de me demander ce que ça ferait d'être un enfant heureux dans une famille unie et aimante. Pendant que ma mère travaillait du matin au soir, moi je restais seul dans le salon à fixer les murs miteux pendant des heures. Je me préparais des repas merdiques, à peine mangeables, et je m'imaginais assis à une table avec un tas de gens qui m'aimaient et qui me demandaient si ma journée s'était bien passée. Quand je me bagarrais à l'école, je regrettais parfois que mon père ne soit pas là pour soit me féliciter, soit me flanquer son pied au cul pour avoir cherché des histoires.

Les choses sont devenues plus faciles pour moi quand j'ai grandi. Une fois adolescent, quand j'ai compris que je pouvais faire souffrir les autres, tout est devenu plus facile. J'ai pu me venger de ma mère pour m'avoir laissé seul quand elle travaillait, en l'appelant par son prénom et en lui refusant le simple plaisir d'entendre son enfant unique lui dire « je t'aime ».

J'ai pu me venger de mon père en refusant de lui parler. J'avais un objectif: rendre tout le monde aussi malheureux que moi. De cette façon, au moins, je ne serais pas différent. Je me servais du sexe et du mensonge pour faire souffrir les filles, et ça devenait un jeu. Un jeu qui s'est retourné contre moi quand l'amie de ma mère m'a trop traîné autour. Son mariage à été détruit, ainsi que sa dignité, et ma mère a eu le cœur brisé de voir que son fils de quatorze ans pouvait faire une chose pareille.

Ken a l'air de me suivre, comme s'il savait exactement à quoi je pense.

– Je le sais, et je m'excuse pour toutes les choses que tu as subies à cause de moi.

– Je ne veux plus parler de ça.

Je repousse mon fauteuil et me lève.

Mon père reste assis, et je ne peux pas m'empêcher d'éprouver l'excitation du pouvoir que cela me donne de le dominer comme ça. Je me sens tellement... au-dessus de lui, dans tous les sens du terme. Il est hanté par sa culpabilité et ses regrets, et moi je commence enfin à assumer les miens.

– Il s'est passé tellement de choses que tu ne pourrais pas comprendre. Je voudrais pouvoir t'en parler, mais cela ne changerait rien.

– J'ai dit que je ne voulais plus en parler. J'ai déjà eu une journée merdique, et là ça fait beaucoup. J'ai compris le message, tu regrettes de nous avoir quittés et tout ça. Je passe à autre chose.

Il hoche la tête. Ce n'est pas complètement un mensonge, en fait. Je suis beaucoup plus près d'en avoir fini avec tout ça que je ne l'ai jamais été.

Quand j'arrive à la porte, un truc me revient à l'esprit et je me retourne vers lui.

– Ma mère va se marier. Tu le savais ?

Vu son regard et la façon dont il fronce les sourcils, il est clair qu'il n'en savait rien du tout.

– Avec Mike... Tu sais, le voisin ?

– Oh !

– Dans deux semaines.

– Si vite ?

– Ouais. Ça te pose un problème ?

– Non, non, pas du tout. Je suis juste un peu surpris, c'est tout.

– Ouais, moi aussi.

Je m'appuie contre la porte. Le visage de mon père passe d'une expression renfrognée au soulagement.

– Tu vas y aller ?

– Non.

Ken Scott se met debout et fait le tour de son énorme bureau pour venir se planter devant moi. Je dois admettre que je suis un peu impressionné. Pas par lui, bien sûr, mais par l'émotion que je vois dans ses yeux quand il me dit :

– Tu dois y aller, Hardin. Ça va lui briser le cœur si tu n'y vas pas. Surtout qu'elle sait que tu es venu au mien, quand j'ai épousé Karen.

– Ouais, nous savons tous les deux pourquoi je l'ai fait. Je n'ai pas eu le choix. Et ton mariage n'avait pas lieu à l'autre bout de la planète.

– Ça aurait pu, étant donné qu'on ne se parlait jamais. Il faut que tu y ailles. Tessa est au courant ?

Putain. Je n'avais pas pensé à ça.

– Non, et ce n'est pas la peine de lui en parler. Ni à Landon, qui ne sait pas tenir sa langue.

– Tu as une raison de le cacher à Tessa ?

Son ton n'est pas exempt de critique.

– Ce n'est pas que je veux lui cacher, mais je ne veux pas l'embêter avec ça. Elle n'a même pas de passeport. Elle n'est même jamais sortie de l'État de Washington.

– Tu sais qu'elle va vouloir y aller. Tessa adore l'Angleterre.

– Elle n'y a jamais mis les pieds !

J'ai élevé la voix, mais je prends une profonde inspiration pour essayer de me calmer. Ça me rend dingue, cette façon qu'il a de faire comme si elle était sa propre fille. Comme s'il la connaissait mieux que moi.

– Je ne dirai rien.

Je suis content qu'il n'insiste pas. J'ai assez discuté comme ça et je suis épuisé, putain. Je n'ai pas dormi de la nuit après avoir raccroché avec Tessa. Mes cauchemars sont revenus avec violence, et je me suis forcé à rester éveillé pour ne pas les revivre à nouveau.

– Tu devrais passer voir Karen. Elle m'a demandé de tes nouvelles hier soir.

– Euh, ouais.

Je sors en refermant la porte derrière moi.

∞

29

Tessa

De retour en cours, le garçon que j'ai mis dans la case « futur politicien » se penche vers moi et me murmure à l'oreille :

– Tu as voté pour qui aux élections ?

Je ne me sens pas très à l'aise avec ce nouveau camarade de classe. Trop attirant, déstabilisant avec ses vêtements élégants et sa peau trop bronzée. Il n'a rien à voir avec Hardin, mais il est séduisant et il le sait.

– Pour personne. Je n'avais pas l'âge de voter.

– C'est vrai...

Je n'avais pas vraiment l'intention de lui adresser la parole, mais dans les dernières minutes du cours, notre prof nous a permis de discuter entre nous pendant qu'il répondait à un appel téléphonique. Je pousse un soupir de soulagement quand la sonnerie retentit.

Pendant que nous sortons de la salle, le futur politicien tente en vain de poursuivre notre conversation. Au bout de quelques instants, il capitule et part de son côté.

J'ai été distraite toute la matinée. Je n'ai pas pu m'empêcher de repenser à ce que Steph a balancé à Hardin pour que ça l'énerve autant.

Je sais qu'il me croit au sujet des rumeurs sur Zed et moi, mais ce qu'elle a pu lui dire le contrarie suffisamment pour qu'il ne veuille pas me le répéter. Je déteste cette fille. Je la déteste pour ce qu'elle m'a fait, pour être entrée dans la tête d'Hardin, pour lui avoir fait du mal – en se servant de moi, en quelque sorte. Le temps de me rendre en cours d'histoire de l'art, j'ai inventé une bonne dizaine de scénarios pour l'éliminer.

Je m'assieds à côté de Michael, le garçon aux cheveux bleus qui a un chouette sens de l'humour. Je passe toute l'heure à rigoler à ses blagues. Une bonne échappatoire à mes pensées morbides...

La journée se termine enfin ! Juste au moment de grimper dans ma voiture, mon portable se met à vibrer. Je m'attends à un message d'Hardin, mais ce n'est pas le cas. J'ai trois textos, dont deux qui viennent juste d'arriver.

Je lis d'abord celui de ma mère :

Appelle-moi. Il faut qu'on parle.

Ensuite, celui de Zed. Je prends une grande inspiration avant de le lire.

Je suis à Seattle de jeudi à samedi... Dis-moi quand tu es libre :)

Je me frotte les tempes, heureuse d'avoir gardé le message de Kimberly pour la fin. Rien de ce qu'elle pourrait me dire ne peut être aussi stressant que la perspective de répondre à Zed, ou qu'une conversation avec ma mère.

Tu savais que Don Juan part à Londres le week-end prochain ?

J'ai parlé trop vite.

En Angleterre? Pourquoi est-ce qu'Hardin va en Angleterre? Est-ce qu'il a l'intention d'emménager là-bas après avoir obtenu son diplôme ? Je relis le message.

Le week-end *prochain !* Je ferme les yeux, tout en appuyant mon front contre le volant. Je me retiens de l'appeler pour lui demander pourquoi il ne m'a pas parlé de ce voyage. C'est le moment où jamais pour essayer de ne pas tirer de conclusions trop hâtives avant de lui avoir posé la question.

Il y a une petite chance pour que Kimberly se soit trompée. Ma poitrine se serre à l'idée qu'il veuille encore retourner vivre là-bas. J'essaie de me convaincre que je serai une raison suffisante pour le retenir ici.

∞

30
Hardin

J'ai l'impression de ne pas être venu ici depuis des années. Ça fait une heure que je tourne en rond dans ma voiture, réfléchissant aux différentes conséquences possibles de ma venue. Après avoir dressé mentalement une liste de pour et de contre – chose que d'habitude je ne fais jamais –, je coupe le contact et je sors dans l'air froid de l'après-midi.

Je pars du principe qu'il est chez lui. Si ce n'est pas le cas, je viens de perdre ma journée, ce qui va me foutre encore plus les boules.

L'immeuble se trouve au bout de la rue. Un escalier rouillé mène au deuxième étage, là où se trouve l'appartement. Chaque fois que mes bottes touchent une marche de l'escalier en métal, je dresse mentalement une liste des raisons qui m'ont amené jusqu'ici.

Mon téléphone vibre dans ma poche arrière juste au moment où j'arrive devant l'appartement C. C'est Tessa ou ma mère, et je n'ai aucune envie de leur parler maintenant. Si je parle à Tessa, tous mes plans vont être foutus. Et ma mère va me casser les couilles avec son mariage.

Je frappe à la porte. Quelques secondes plus tard, Zed apparaît sur le seuil, pieds nus, vêtu d'un simple pantalon à cordon. J'observe le tatouage en forme de rouage d'horloge qu'il m'avait montré avant que celui-ci ne s'étende jusqu'à son estomac. Il a dû faire des séances supplémentaires depuis qu'il a essayé de me piquer ma copine, putain.

Zed ne me salue pas. Il se contente de rester sur le seuil en me fixant d'un air méfiant.

– Il faut qu'on parle.

– Est-ce que je dois appeler la police ?

Je m'assieds sur son canapé en cuir rapiécé avant de le fixer du regard.

– Tout dépend si tu coopères ou pas.

Un duvet sombre recouvre sa mâchoire. J'ai l'impression que ça fait des mois que je l'ai croisé devant la maison de la mère de Tessa, alors qu'en réalité ça fait à peine dix jours.

Il soupire et s'adosse contre le mur opposé de son minuscule salon.

– Très bien, alors accouche.

– Tu te doutes que c'est à propos de Tessa.

– J'avais bien compris.

Il fronce les sourcils et croise ses bras tatoués.

– Tu ne pars pas à Seattle.

Il lève un sourcil épais avant de sourire.

– Et pourtant si. J'ai déjà tout planifié.

Putain, c'est quoi son délire ? Pourquoi est-ce qu'il irait à Seattle ? Il me rend la tâche plus difficile qu'elle ne l'est déjà, et je commence à me dire que je suis trop con pour avoir cru que cette conversation puisse se terminer autrement que par mon poing dans sa gueule.

Je prends une profonde respiration pour garder mon calme et m'en tenir au plan A :

– Tu ne vas pas à Seattle.

– Je vais voir des amis.

– Mon cul. Je sais exactement ce que tu vas faire là-bas.

– Au cas où tu te poserais la question, oui, elle m'a invité à venir la voir.

Je me lève au moment même où ces mots franchissent ses lèvres.

– N'insiste pas (j'essaie de faire au mieux), tu n'as aucune raison d'aller la voir. Elle est à moi.

Il lève un sourcil.

– Tu t'entends au moins ? À parler d'elle comme si elle t'appartenait ?

– Je n'en ai rien à foutre, c'est la vérité.

Déjà tendue au départ, l'atmosphère entre nous est devenue carrément bestiale.

Chacun campe sur ses positions, et je n'ai absolument pas l'intention de céder face à lui.

– Si elle est *à toi*, alors pourquoi est-ce que tu n'es pas à Seattle *avec elle* ? insiste-t-il.

– Je passe mon diplôme à la fin du semestre, voilà pourquoi.

Pourquoi est-ce que je perds mon putain de temps à répondre à ses questions ? Je suis venu ici pour parler, pas pour écouter ni « engager un dialogue », comme dirait un de mes profs. Plutôt crever que de le laisser retourner ça contre moi.

– Je ne vois pas le rapport de toute manière. Je t'interdis de la voir quand tu seras sur place.

– C'est à elle d'en décider, tu ne penses pas ?

– Si j'étais de cet avis, je ne serais pas là, pas vrai ?

Je serre les poings, détournant mon regard vers la pile de manuels scientifiques posés sur la table basse.

– Pourquoi tu ne la laisses pas tranquille ? Est-ce que c'est à cause de ce que j'ai fait à...

Il m'interrompt.

– Non. Ça n'a rien à voir. Tout comme toi, je tiens à Tessa.

Mais contrairement à toi, je la traite comme elle le mérite.

– Tu n'en as aucune putain d'idée.

– En fait si, mec. Tu n'imagines pas le nombre de fois où elle est venue pleurer sur mon épaule à cause de toi. Trop souvent. Tu lui fais du mal, et tu le sais.

– D'une, tu ne la connais même pas, et de deux, tu ne crois pas que c'est un peu pathétique de courir après quelqu'un que tu n'auras jamais ? Combien de fois on a eu cette conversation, et à propos de combien de meufs ?

Il me dévisage attentivement, mesurant toute l'ampleur de ma colère. Pourtant, il ne s'attarde pas sur ma remarque.

– Non, ce n'est pas pathétique. (Il s'humecte les lèvres du bout de la langue.) En fait, c'est brillant. J'attendrai dans l'ombre le jour où tu déconneras de nouveau avec Tessa – ce qui est inévitable – et quand ça arrivera, je serai là pour elle.

– T'es qu'un putain de...

Je fais un pas en arrière pour mettre autant d'espace que possible entre lui et moi avant que sa tête ne finisse encastrée dans le mur.

– Qu'est-ce qu'il te faut, alors ? Tu veux qu'elle te dise elle-même qu'elle ne veut pas de toi ? Je croyais qu'elle l'avait déjà fait. Et tu persistes à t'incruster...

– C'est toi qui tapes l'incruste dans mon appartement.

– Putain de merde, Zed ! Pourquoi tu ne me fous pas la paix ? Tu sais très bien ce qu'elle représente pour moi, et tu essaies toujours de te mettre en travers de mon chemin. Trouve-toi un autre jouet. Il y a plein d'autres putes sur le campus.

– De putes ? répète-t-il en ricanant.

– Tu sais très bien que je ne parlais pas de Tessa.

J'essaie de garder mes poings baissés.

– Si elle comptait autant pour toi, tu n'aurais pas fait la moitié des conneries que tu lui as fait subir. Est-ce qu'elle sait que tu t'es tapé Molly pendant que tu lui courais après ?

– Oui, elle le sait. Je le lui ai dit.

– Et ça ne lui a rien fait ?

Sa voix est radicalement différente de la mienne. Il est si calme et posé, alors que je lutte de toutes mes forces pour ne pas l'exploser.

– Elle sait que ça ne signifiait rien pour moi. Et que ça s'est passé bien avant tout ce qui compte aujourd'hui.

Je lui lance un regard noir, essayant de me concentrer à nouveau.

– Mais je ne suis pas venu ici pour te parler de ma relation.

– Ok, alors pourquoi tu es venu, *exactement* ?

Mais quel connard arrogant !

– Pour te dire qu'il est hors de question que tu ailles la voir à Seattle. Je pensais qu'on pourrait en parler de manière *civilisée*.

– Civilisée ? Désolé, mais je trouve difficile à croire que tu sois venu ici avec des intentions *pacifiques*.

D'un air moqueur, il montre la bosse sur son nez.

Je ferme les yeux un moment, je revois son nez cassé et ensanglanté qui cède sous le choc quand je lui éclate la tête contre le revêtement en métal. Le souvenir du bruit augmente d'un cran mon niveau d'adrénaline déjà bien élevé.

– C'est civilisé pour moi ! Je suis venu ici pour parler, pas pour me battre. Dans tous les cas, si tu ne lui fous pas la paix, considère que tu ne me laisses pas d'autre choix.

Je me mets sur mes gardes, les jambes légèrement écartées.

– Que quoi ?

– Hein ?

– D'autre choix *que quoi* ? C'est toujours la même histoire. Tu ne peux pas continuer à m'agresser comme ça indéfiniment sans avoir de problème avec les flics. Et, cette fois-ci, *je compte bien* te poursuivre en justice.

Là, il marque un point. Ce qui me met encore plus hors de moi. Je déteste ne rien pouvoir y faire, sauf le tuer carrément, ce qui n'est pas une option... du moins pour le moment.

Je prends quelques inspirations et tente de relâcher mes muscles. Je dois mettre mon dernier plan en œuvre. Il ne me laisse pas vraiment le choix.

– Ok. Je me disais que nous pourrions arriver à une sorte d'accord.

Il penche la tête de côté de la manière la plus arrogante qui soit.

– Quelle sorte d'accord ? Un autre pari ?

– Tu me pousses vraiment à bout... Dis-moi ce que tu veux pour lui foutre la paix. Dis-le, et c'est à toi.

Zed m'observe en clignant des yeux, comme si une deuxième tête venait de me pousser sur les épaules.

– Allez, vas-y. On a tous un prix.

Ça me fout hors de moi d'en être réduit à négocier avec un connard comme lui, mais je ne vois pas d'autre moyen de m'en débarrasser.

– Laisse-moi la voir une dernière fois. Je serai à Seattle jeudi.

– Non. Hors de question !

Il est complètement con ou quoi ?

– Je ne te demande pas la permission. J'essaie juste de faire en sorte que tu le prennes au mieux.

– Eh bien, ça ne marche pas. Vous deux n'avez aucune raison de passer du temps ensemble. Elle n'est pas libre pour toi – ni pour aucun autre homme – et elle ne le sera jamais.

– Et voilà, ça recommence !

Il lève les yeux au ciel et je me demande ce que Tessa dirait si elle voyait ce côté de sa personnalité. Le seul côté que je connaisse.

Je me mords la langue tandis que Zed fixe le plafond comme s'il choisissait ses paroles avec soin. Tout ça, c'est de la connerie. De la connerie pure et dure. J'ai la tête qui tourne et je commence à me demander combien de temps je vais encore être capable de garder mon calme. Finalement, Zed reporte son regard sur moi avec un petit sourire satisfait.

– Ta voiture, dit-il simplement.

Je reste bouche bée devant autant d'audace. Je ne peux m'empêcher de rire.

– Putain, tu rêves !

Je fais deux pas dans sa direction.

– Il est hors de question que je te donne ma putain de voiture. T'as perdu la boule ou quoi ?

– Désolé, alors. Il semble qu'en fin de compte il n'y ait pas d'accord possible entre nous.

Ses yeux pétillent de malice sous ses cils épais, tandis qu'il passe ses doigts sur sa barbe. Les visions de mon cauchemar me reviennent en tête : lui en train de la pénétrer, de la faire jouir...

Je secoue la tête pour m'en débarrasser. Puis je sors les clés de ma poche et les lance sur la table basse située entre nous. Il en reste béat, puis se penche pour les récupérer.

– T'es sérieux ?

Il étudie les clés, les faisant tourner dans la paume de sa main.

Puis il me les renvoie, mais je ne les attrape pas à temps. Elles atterrissent à quelques centimètres de ma botte.

– Ok, je laisse tomber... Putain. Je ne m'attendais pas à ce que tu me donnes tes clés. Contrairement *à toi,* je ne suis pas un enfoiré.

Je lui lance un regard noir.

– Tu ne me laissais pas vraiment le choix.

– On était amis, avant, tu te souviens ? remarque Zed.

Je garde le silence tandis que nous nous rappelons intérieurement comment c'était avant. Avant que toute cette situation de merde nous sépare, avant que j'en aie quelque chose à branler de quoi que ce soit... avant elle.

Son regard a changé, et tout comme l'atmosphère dans la pièce, ses épaules se sont raidies quand il a posé la question.

– J'ai du mal à me souvenir de cette fameuse époque.

– J'avais trop la gueule de bois pour m'en souvenir.

– Tu sais que c'est faux ! Tu as arrêté de boire après que...

– Je ne suis pas venu ici pour parler du bon vieux temps. Tu as l'intention de nous foutre la paix ou pas ?

Je le regarde. D'une certaine manière, il est différent, plus dur.

Il hausse les épaules.

– Ouais, ok.

Oh ! mais c'était trop facile...

– Je suis sérieux.

– Moi aussi.

– Ça veut dire aucun contact avec elle. Absolument aucun, plus jamais.

– Elle va se poser des questions. Je lui ai envoyé un message tout à l'heure.

Je choisis d'ignorer cette information.

– Dis-lui que tu ne veux plus de son amitié.

– Je ne veux pas lui faire de mal.

– J'en ai rien à foutre. Je veux être certain que tu ne lui cours plus après.

Le calme passager que j'ai ressenti un instant s'est estompé, et je m'énerve à nouveau. Ça me fout littéralement hors de moi que Tessa puisse être attristée de perdre l'amitié de Zed. Je me dirige vers la porte, sachant très bien que je ne supporterai pas de rester cinq minutes de plus dans cet appartement moisi. Je suis fier d'avoir réussi à garder mon calme en me trouvant aussi longtemps dans la même pièce que Zed, surtout après tout ce qu'il a fait pour pourrir ma relation avec Tessa. J'attrape la poignée rouillée de la porte, quand il dit :

– Je ferai ce qu'il faut à partir de maintenant, mais ça ne changera rien à l'issue de cette histoire.

– Tu as raison, ça n'y changera rien.

Je ferme la porte, sachant pertinemment que nous pensons à deux issues totalement opposées. Avant que sa putain de bouche ne puisse prononcer un mot de plus, je sors de l'appartement et dévale l'escalier aussi vite que possible.

Quand je m'engage dans la voie privée de mon père, le soleil se couche à l'horizon et je n'ai toujours pas réussi à joindre Tessa. Mes messages atterrissent directement sur sa boîte vocale. J'ai même appelé Christian deux fois, mais il n'a pas non plus donné signe de vie.

Tessa va être hors d'elle quand elle apprendra que je suis allé voir Zed à son appartement. Je ne pourrai jamais comprendre ce qu'elle ressent pour lui, pas plus que je ne pourrai le tolérer. Après notre *entrevue* de tout à l'heure, j'espère que ce type ne sera plus un problème entre nous. Sauf si elle s'accroche à lui...

Non. Il faut que je me force à ne plus douter d'elle. Je sais que Steph m'a servi un ramassis de conneries, et chacune d'entre elles est passée à travers les petites failles de ma façade de pierre.

Si Zed s'était effectivement déjà tapé Tessa, il aurait profité de notre entrevue de cet après-midi pour me le balancer à la gueule. J'entre dans la maison de mon père sans prendre la peine de frapper à la porte et parcours le rez-de-chaussée à la recherche de Karen ou de Landon. Karen est dans la cuisine, un fouet électrique à la main. Elle se tourne vers moi et m'adresse un sourire chaleureux, mais je ne peux m'empêcher de remarquer son regard troublé et fatigué. Je sens une culpabilité inhabituelle s'emparer de moi au souvenir du pot de fleurs que j'ai cassé par accident dans la serre.

– Salut Hardin. Tu cherches Landon ?

– Je... je ne sais pas vraiment.

Qu'est-ce que je *fous ici* ?

Ma vie doit être bien pathétique pour que, de tous les endroits possibles, j'en sois réduit à trouver refuge chez mon père. Je sais que c'est à cause de tous les souvenirs que j'ai ici avec Tessa.

– Il est à l'étage. Il est en ligne avec Dakota.

Quelque chose dans le ton de la voix de Karen me trouble.

– Est-ce que...

Je ne suis pas vraiment doué pour sociabiliser avec quelqu'un d'autre que Tessa, et je suis vraiment nul pour gérer les émotions des autres.

– Est-ce qu'il a un problème ?

Je me sens complètement con.

– Je pense, oui. Je crois qu'il traverse une période difficile. Il ne m'en a pas parlé, mais il a l'air plutôt contrarié depuis quelque temps.

– Ouais...

Je balance ça alors qu'en fait je n'ai noté absolument aucun changement anormal dans l'humeur de mon demi-frère. D'un autre côté, j'ai été trop occupé à le forcer à jouer les baby-sitters auprès de Richard pour m'apercevoir de quoi que ce soit.

– Quand est-ce qu'il repart pour New York ?

– Dans trois semaines.

Elle essaie de cacher le trouble dans sa voix, mais elle échoue lamentablement.

– Oh.

Plus ça va, et plus je me sens mal à l'aise.

– Bon... bah... je vais y aller...

– Tu veux rester dîner ? me demande-t-elle avec impatience.

– Hum, non. Ça va aller.

Entre la conversation que j'ai eue avec mon père ce matin, celle avec Zed cet après-midi et cet échange bizarre avec Karen, je commence à saturer. Je ne peux pas prendre le risque que Landon aille mal. Je n'aurai pas la force de supporter ses états d'âme. Pas aujourd'hui en tout cas. Il faut déjà que je rentre chez moi retrouver un drogué en sevrage et un putain de lit vide.

∞

31

Tessa

En rentrant de la fac, je trouve Kimberly qui m'attend dans la cuisine. Devant elle, deux verres à vin, un plein, un vide. Le fait que je n'aie pas répondu à son texto a dû lui faire réaliser que je n'étais effectivement pas au courant du départ d'Hardin pour l'Angleterre.

Elle m'offre un sourire compatissant quand je laisse tomber mon sac sur le sol et prends place sur le tabouret à côté d'elle.

– Hé.

Je penche la tête pour lui faire face.

– Hé.

– Tu n'étais pas au courant ?

Aujourd'hui, ses cheveux blonds sont habilement bouclés et coulent parfaitement sur ses épaules. Ses boucles d'oreille noires brillent sous l'éclairage lumineux.

– Non. Il ne m'a rien dit.

Je soupire en attrapant le verre de vin plein devant elle.

Elle rigole et s'empare de la bouteille pour remplir le verre vide initialement prévu pour moi.

– Christian dit qu'Hardin n'a pas encore donné de réponse définitive à Trish. Je n'aurais rien dû te dire avant d'en être sûre, mais je le soupçonnais de ne pas t'avoir mise au courant pour le mariage.

Je me force à avaler la gorgée de vin blanc que j'ai dans la bouche pour ne pas la recracher.

– Le mariage ?

J'avale une autre gorgée avant de reprendre la parole. Une pensée folle germe en moi… Hardin rentre pour se marier ? Ils font des mariages arrangés en Angleterre ?

Je sais bien que non. Suis-je déjà ivre ?

– Sa mère se marie. Elle a appelé Christian ce matin pour nous inviter.

Je penche la tête vers le granit sombre du sol.

– Je n'étais pas au courant.

La mère d'Hardin se marie dans deux semaines, et il ne m'en a pas parlé du tout !

– C'est *pour ça* qu'elle n'arrêtait pas d'appeler !

Kimberly prend une gorgée de vin en me lançant un regard interrogateur.

– Qu'est-ce que je dois faire ? Je fais comme si je n'étais pas au courant ? Hardin et moi communiquions tellement mieux ces derniers temps…

Je sais que ça ne fait qu'une semaine que les choses se sont améliorées entre nous, mais ça a été une période incroyable pour moi. J'ai l'impression que nous avons fait plus de progrès en sept jours qu'au cours des sept derniers mois. On a réussi à discuter sérieusement de problèmes pour lesquels on se serait normalement engueulés. Et voilà. Je suis de nouveau transportée à l'époque où il me cachait des trucs.

Je finis toujours par découvrir ses secrets. Il n'a pas encore compris ou quoi ?

– Tu as envie d'y aller ?

– Je ne pourrais pas y aller même si j'étais invitée.

J'appuie ma main contre ma joue. Kimberly déplace son tabouret de côté et saisit les bords du mien pour le tourner vers elle.

– Je t'ai demandé si tu *voulais* y aller.

– Ce serait chouette, mais je...

– Alors vas-y ! Je suis sûre que la mère d'Hardin aimerait que tu sois là. Christian dit qu'elle t'adore.

Je suis furieuse qu'Hardin ne m'en ait pas parlé, mais les paroles de Kimberly me réconfortent. Moi aussi, j'aime beaucoup Trish.

– Je ne peux pas y aller, je n'ai pas de passeport. Et je ne pourrai jamais me payer un billet d'avion.

– Tu peux te le faire livrer.

– Je ne sais pas...

Les papillons que je sens dans mon ventre à la simple mention de l'Angleterre me donnent envie de me précipiter dans le couloir jusqu'à mon ordinateur pour chercher comment obtenir un passeport. Mais le fait de savoir qu'Hardin m'a volontairement caché ce mariage me cloue sur place.

– Trish adorerait que tu viennes, et Dieu sait que ça pourrait inciter Hardin à s'engager un peu plus dans votre histoire.

Elle sirote son vin. Ses lèvres charnues laissent une marque d'un rouge profond sur le bord du verre.

Je suis sûre qu'il avait de bonnes raisons de me le cacher. Il ne veut sans doute pas que je le colle pendant son voyage. Je sais qu'il est hanté par son passé et, aussi fou que ça puisse paraître, ses démons pourraient bien se balader dans les rues de Londres.

– Hardin ne fonctionne pas de cette façon. Plus je pousse, et plus il tire.

– Dans ce cas...

Elle me tapote doucement le pied avec son talon aiguille à bout rouge.

– Tu dois enfoncer tes talons dans le sol et ne plus te laisser tirer par lui.

J'enregistre ses paroles pour les analyser plus tard, quand elle ne sera plus là à m'observer.

– Hardin n'aime pas les mariages.

– Tout le monde aime les mariages.

– Pas Hardin. Il déteste rien que l'idée.

Elle repose son verre de vin sur le plan de travail en écarquillant les yeux.

– Alors... je veux dire... Je ne trouve même plus mes mots, et ça, ça veut dire beaucoup !

Kimberly éclate de rire. Je ne peux m'empêcher de l'imiter.

– Ouais, tu m'en diras tant !

En dépit de ma déception, le rire de Kimberly est contagieux, et c'est une des choses que j'apprécie chez elle.

Bien entendu, elle peut parfois être extrêmement indiscrète, et je ne suis pas toujours à l'aise avec la façon dont elle parle d'Hardin. Mais son ouverture d'esprit et son honnêteté sont ce que j'aime le plus en elle. Elle est facile à cerner et n'a pas une once de fourberie, contrairement à beaucoup de gens que j'ai pu rencontrer récemment.

– Alors tu vas faire quoi ? Être sa petite amie indéfiniment, et puis c'est tout ?

– C'est exactement ce que j'ai dit !

Peut-être que ça vient du verre de vin que je viens de finir ou bien du fait que cette dernière semaine, j'avais totalement oublié qu'Hardin était hostile à toute sorte d'engagement... je n'en sais rien mais, quoi qu'il en soit, c'est bon de rigoler avec Kim.

– Et les enfants ? Ça ne te pose pas de problème de mettre des enfants au monde en dehors des liens sacrés du mariage ?

– Des enfants ! Il n'en veut absolument pas.

– De mieux en mieux.

Elle lève les yeux au ciel et reprend son verre pour le vider.

– Il dit ça pour l'instant, mais j'espère...

Je laisse mon vœu inachevé. Il aurait l'air trop pathétique, dit à voix haute.

– Ah... je vois.

Je lui suis reconnaissante de changer de sujet pour parler de cette rousse au bureau qui craque pour Trevor. Et lorsqu'elle compare un hypothétique rapport sexuel entre eux au spectacle de deux homards qui se rentrent maladroitement dedans, je me marre de plus belle.

Il est plus de neuf heures quand je rentre dans ma chambre. J'ai fait exprès d'éteindre mon téléphone pour pouvoir passer quelques heures avec Kimberly sans être dérangée. Elle a bien rigolé quand je lui ai dit qu'Hardin prévoyait de venir à Seattle plus tôt. Elle m'a assuré qu'elle savait qu'il n'arriverait pas à rester longtemps loin de moi.

Mes cheveux sont encore humides après la douche, et j'ai pris tout mon temps pour choisir la tenue que je vais mettre pour aller au bureau demain.

Je me rends bien compte que je traîne. Je sais que lorsque je rallumerai mon téléphone, il faudra que je m'occupe d'Hardin. Je vais devoir lui parler – ou non – du mariage. Dans un monde parfait, il me suffirait juste d'aborder le sujet d'une manière nonchalante pour qu'Hardin m'invite aussitôt, m'expliquant qu'il ne m'en a pas parlé avant car il cherchait la meilleure façon de me convaincre de venir. Mais je sais bien que ça ne se passera jamais comme ça, et je suis de plus en plus nerveuse à chaque seconde qui passe. Ça me blesse de savoir qu'il recommence à me cacher des choses. J'aime tellement Hardin. Je voudrais juste qu'il comprenne que quoi que puisse dire Steph – ou qui que ce soit d'autre –, rien ne changera jamais pour moi.

Après une courte hésitation, je sors mon téléphone de mon sac et le rallume. Je dois rappeler ma mère et envoyer un texto à Zed, mais je veux d'abord parler à Hardin.

L'icône message se met à clignoter sur l'écran, les textos défilent les uns après les autres, tous d'Hardin. Je l'appelle avant de prendre le temps de les lire.

Il répond dès la première sonnerie.

– Tessa, c'est quoi ce bordel ?

– Tu as essayé d'appeler ?

– Si j'ai essayé de t'appeler ? Tu te fiches de moi ou quoi ? Ça fait trois heures que j'essaie de te joindre non-stop. J'ai même appelé Christian.

– Quoi ? J'étais juste avec Kim.

– Où ça ?

– Ici, à la maison.

En même temps, je commence à plier mon linge sale et à le mettre dans le panier. Je me rends compte que je vais avoir pas mal de lessive à faire avant d'aller au lit.

– Eh bien, la prochaine fois, tu dois vraiment...

Il laisse échapper un grognement de frustration, mais sa voix s'adoucit lorsqu'il reprend :

– Peut-être que, la prochaine fois, tu pourrais juste m'envoyer un texto ou quelque chose dans le genre si tu comptes éteindre ton téléphone.

Il expire un bon coup, puis ajoute :

– Tu sais bien comment je suis.

J'apprécie son changement d'intonation, tout comme j'apprécie le fait qu'il se soit abstenu de me dire ce qu'il avait prévu de me dire à l'origine. D'ailleurs je préfère ne même pas le savoir. Malheureusement, l'euphorie provoquée par le vin a quasiment disparu. Cette histoire d'Angleterre me pèse à nouveau sur la poitrine.

– Ta journée s'est bien passée ?

J'espère qu'il va saisir cette opportunité pour me parler du mariage.

Il soupire.

– Elle était... comment dire, longue.

– La mienne aussi.

Je ne sais pas quoi lui dire sans me trahir.

– Zed m'a envoyé un texto.

– Ah oui ?

La voix d'Hardin est calme, mais je peux déceler une note de sévérité qui ne manquerait pas de m'intimider en temps normal.

– Oui, cet après-midi. Il dit qu'il vient à Seattle jeudi.

– Et qu'est-ce que tu lui as répondu ?

– Rien pour l'instant.

– Pourquoi tu me dis ça ?

– Parce que je veux que nous soyons honnêtes l'un envers l'autre. Plus de secrets, plus de *cachotteries.*

J'insiste bien sur la dernière partie de la phrase, en espérant que ça va lui faire cracher le morceau.

– Bien... merci de me l'avoir dit. J'apprécie.

Puis il se tait.

Sérieux ?

– Oui, alors... est-ce qu'il y a autre chose dont tu voudrais me parler ?

Je m'accroche encore à l'espoir qu'il ait l'honnêteté de me rendre la pareille.

– Hum, j'ai parlé à mon père aujourd'hui.

– Vraiment ? À quel sujet ?

Dieu merci, je savais qu'il y viendrait.

– De mon transfert au campus de Seattle.

– Vraiment !

Le mot sort de ma bouche plus aigu que je ne l'aurais voulu. J'entends le rire profond d'Hardin résonner à l'autre bout de la ligne.

– Selon lui, ça retarderait l'obtention de mon diplôme. Il pense que c'est une mauvaise idée de déménager aussi tard dans le semestre.

– Oh !

J'ai envie de bouder. J'hésite un moment avant de demander :

– Mais après la remise des diplômes ?

– Ouais, bien sûr.

– Ouais, bien sûr ? C'est tout ? C'est aussi simple ?

Le sourire qui me submerge évince tout le reste. J'aurais voulu qu'il soit là. Je l'aurais attrapé par le t-shirt et embrassé très fort. Il ajoute :

– Je veux dire, pourquoi repousser l'inévitable ?

Je sens le sourire s'effacer de mon visage.

– Tu parles comme si déménager à Seattle était une peine de prison.

Il reste silencieux.

– Hardin ?

– Ce n'est pas comme ça que je le vois. C'est le tout qui m'énerve – tout ce temps gâché, ça me frustre.

– Je comprends.

Ses mots ne sont pas élégants, mais ils signifient que je lui manque. La tête me tourne encore de savoir qu'il va enfin déménager à Seattle pour être avec moi. Ça fait des mois que nous nous disputons à ce sujet, et voilà qu'il se rend sans même un semblant de combat final.

– Alors ce sera Seattle ? Tu en es sûr ?

Je dois lui reposer la question.

– Ouais. Je suis prêt à prendre un nouveau départ quelque part. Autant que ce soit à Seattle.

Dans mon excitation, je serre les bras autour de moi.

– Pas d'Angleterre, alors ?

Je lui donne une dernière chance d'évoquer le mariage.

– Non. Pas d'Angleterre.

J'ai déjà remporté la bataille de Seattle. Je décide donc de ne pas le malmener pour ce soir. Dans tous les cas, j'ai obtenu ce que je voulais : Hardin à Seattle, avec moi.

32

Tessa

Quand le réveil sonne, je me sens totalement crevée. Je n'ai presque pas dormi de la nuit. J'ai passé des heures à tourner et retourner dans mon lit sans arriver à trouver le sommeil. Je ne sais pas si c'est l'excitation de savoir qu'Hardin déménage à Seattle ou la discussion qu'on était sur le point d'avoir à propos de l'Angleterre. Quoi qu'il en soit, je n'ai pas assez dormi. Je ressemble à un zombie. Les marques sombres sous mes yeux ne sont pas aussi faciles à cacher avec de l'anticerne que la pub veut bien nous le faire croire. Mes cheveux sont tellement en pétard qu'on dirait que je me suis coincé le doigt dans une prise électrique. De toute évidence, la joie que j'éprouve à la nouvelle de son déménagement ne suffit pas à éliminer totalement la déception de son mensonge.

J'enfile ma robe Karl Marc John, et j'accepte la proposition de Kimberly de prendre sa voiture pour aller travailler ensemble ce matin. Je m'accorde quelques minutes supplémentaires pour me remettre une couche de mascara pendant qu'elle zigzague entre les différentes files de l'autoroute. Elle me rappelle Hardin, à pester et klaxonner sur quasiment chacune des voitures que nous croisons.

Hardin ne m'a pas précisé s'il avait toujours l'intention de venir à Seattle aujourd'hui. Hier soir, quand je lui ai posé la question juste avant de raccrocher, il m'a répondu qu'il me le dirait ce matin. Il est presque neuf heures et je n'ai toujours pas de nouvelle de lui. Je n'arrive pas à me débarrasser de l'intuition que quelque chose lui prend la tête. Quelque chose qui finira par nous causer des problèmes si ça n'est pas géré à temps. Je sais qu'il est perturbé par ce que lui a dit Steph. Je le vois à la façon qu'il a de douter de tout ce que je peux lui dire.

Il recommence à me mentir, et j'ai peur de là où ça pourrait nous mener.

– Peut-être qu'au lieu d'attendre qu'il vienne te voir, tu devrais, toi, y aller ce week-end, suggère Kimberly entre deux insultes bien senties à un semi-remorque et une mini.

– C'est si évident que ça ?

Je décolle ma joue de la fenêtre glacée.

– Oui, vraiment.

– Désolée d'être aussi déprimante.

Ce n'est pas une mauvaise idée. Landon me manque terriblement, et ce serait bien de revoir mon père.

– Tu l'es. Mais aucun problème ne résiste à un café bien chaud et à un peu de rouge à lèvres !

Je n'ai pas le temps d'acquiescer qu'elle quitte l'autoroute et fait demi-tour en plein milieu d'un carrefour encombré avant de conclure :

– Je connais un endroit sympa pas loin d'ici.

À l'heure du déjeuner, mon blues matinal a disparu, même si Hardin n'a toujours pas donné signe de vie. Je lui ai envoyé deux messages, mais je me suis formellement interdit de l'appeler. Trevor m'attend dans la salle de repos, deux plats de pâtes posés devant lui.

– Ils m'ont livré ma commande en double, du coup je me suis dit que j'allais t'épargner un repas micro-ondes...

Avec un sourire, il fait glisser un paquet de couverts en plastique dans ma direction.

Les pâtes sont aussi savoureuses que le laissait présager leur odeur. Je pousse un gémissement de plaisir dès la première bouchée. J'en rougis de honte.

– C'est bon, hein ?

Il passe son pouce sur le coin de sa bouche pour rattraper une goutte de sauce. Je ne peux m'empêcher de trouver ce geste bizarre chez un homme qui porte un costume.

– Hum...

Je peux à peine répondre parce que je suis trop occupée à m'empiffrer.

Trevor détache soudain son regard bleu profond du mien et change de position sur son siège. Je lui demande :

– Est-ce que tout va bien ?

– Ouais... je... Je voulais te parler d'un truc.

Du coup, je commence à me demander si, en réalité, il n'avait pas une idée derrière la tête en commandant le plat de pâtes.

– Ok.

– Ça va peut-être te paraître un peu bizarre.

Super.

– Vas-y.

– OK... voilà. Carine m'a demandé d'aller au mariage de Krystal avec elle.

Je prends une grosse fourchette de pâtes pour ne pas avoir à répondre tout de suite. Je ne sais pas vraiment pourquoi il me dit ça. Tout comme je ne sais pas ce que je suis censée répondre. Je fais un petit signe de tête, l'engageant à poursuivre, tout en essayant de ne pas rire en repensant à Kimberly en train d'imiter Carine hier.

– Je me demandais s'il y a la moindre raison pour que je lui dise non.

Il fait une pause pour me regarder comme s'il attendait une réponse de ma part.

J'avale d'un air dramatique avant de répondre:

– Je n'en vois aucune.

J'espère que ça va suffire à clore le débat, mais il persiste à continuer :

– Ce que je veux dire par là, c'est... Je sais que tu as des hauts et des bas avec Hardin, et je sais aussi qu'en ce moment tu es plutôt « en bas ». Je voudrais être certain de pouvoir lui donner toute mon affection avant d'accepter sa proposition. Sans risquer d'être... distrait.

Je ne sais pas trop quoi dire, alors je demande tranquillement:

– Est-ce que je suis cette distraction ?

Je me sens tellement mal à l'aise, mais Trevor est si adorable et ses joues ont pris une teinte d'un rouge si profond que j'ai une irrésistible envie de le réconforter.

– Oui, tu l'es depuis que tu es arrivée chez Vance. Je ne dis pas ça dans le mauvais sens du terme. C'est juste que je suis toujours resté à attendre dans l'ombre. Je voulais te mettre au courant de mes intentions avant d'explorer la possibilité d'une relation avec quelqu'un d'autre.

Mon Mr Collins à moi est assis juste en face de moi – une version bien plus agréable à regarder, bien évidemment – et je me sens aussi maladroite et mal à l'aise pour lui que l'était Elizabeth Bennett dans *Orgueil et préjugés*.

– Trevor, je suis désolée, je...

– Ça va aller. Vraiment.

La sincérité de son regard est accablante.

– J'ai compris. Je voulais juste en avoir la confirmation une fois pour toutes.

Il trifouille un peu dans ses pâtes avant d'ajouter:

– J'imagine que les dernières fois n'ont pas vraiment joué en ma faveur.

Il se met à rire doucement, un rire nerveux auquel je me joins bien volontiers.

– Elle a de la chance d'aller au mariage avec toi.

Je n'aurais pas dû le comparer à Mr Collins ; il n'a rien d'odieux ni de violent. Je prends une longue gorgée d'eau, espérant ainsi mettre un terme à la conversation.

– Merci. Peut-être qu'Hardin va arrêter de m'appeler « ce connard de Trevor ».

Je plaque ma main contre ma bouche pour ne pas recracher. J'avale précipitamment avant de répondre :

– Je ne savais pas que tu étais au courant !

Mon rire horrifié emplit la petite pièce.

– Oui, j'avais remarqué.

Les yeux de Trevor pétillent de bonne humeur, et je suis vraiment soulagée que nous puissions rire ensemble comme deux amis, sans équivoque possible. Mon bonheur momentané est coupé net quand le sourire s'efface de son visage. Je suis machinalement son regard en direction de la porte.

– Qu'est-ce que ça sent bon ici !

Je me sens mesquine de ressentir autant de rejet à leur égard, mais je n'y peux rien.

– On devrait y aller, murmure Trevor en examinant la plus petite des deux femmes.

Je le fixe en retour, perplexe, mais je finis par me lever et jeter le plat en plastique dans la poubelle. Le plus grande des deux me lance :

– Tu es éblouissante aujourd'hui, Tessa.

Je n'arrive pas à déchiffrer son expression, mais je suis certaine qu'elle se moque de moi. Je sais qu'aujourd'hui j'ai l'air horrible.

– Hum, merci.

C'est fou ce que le monde est petit, pas vrai ? Est-ce qu'Hardin travaille toujours à Bolthouse ?

Mon sac glisse de mon épaule, j'attrape précipitamment la sangle en cuir avant qu'il n'atteigne le sol.

Elle connaît Hardin ?

– Ouais…

Je me redresse, histoire de montrer que l'évocation de son nom me laisse totalement indifférente.

– Passe-lui le bonjour de ma part, tu veux ?

Elle sourit d'un air suffisant, puis tourne les talons avant de disparaître, suivie de sa partenaire maléfique. Je jette un coup d'œil dans le couloir afin de m'assurer qu'elles ne rôdent pas dans les parages avant de demander à Trevor :

– C'était quoi ce bordel ? Tu savais qu'elles allaient me dire quelque chose ?

– Je n'en étais pas sûr, mais je le suspectais. Je les ai surprises en train de parler de toi.

– Elles disaient quoi ? Elles ne me connaissent même pas.

Il se sent de nouveau mal à l'aise. J'arrive à lire dans les pensées de Trevor plus facilement que dans celles de n'importe qui d'autre.

– Ce n'était pas exactement à propos de toi…

– Elles étaient en train de parler d'Hardin, pas vrai ?

Il hoche la tête, confirmant mes doutes.

– Elles ont dit quoi exactement ?

Trevor réajuste sa cravate.

– Je… je n'ai pas vraiment envie de le répéter. Tu devrais lui poser la question.

Devant la réticence de Trevor, je frissonne soudain à l'idée qu'Hardin ait pu coucher avec l'une de ces deux filles. Peut-être même les deux. Elles ne sont pas beaucoup plus vieilles que moi : vingt-cinq ans maximum. Et je dois avouer qu'elles sont très belles toutes les deux. Vulgaires, mais très belles quand même.

Le chemin de retour vers mon bureau me paraît long, et un sentiment de jalousie commence à me ronger de l'intérieur. Je crois que je vais devenir folle si je n'interroge pas Hardin à propos de cette fille. Je décide de l'appeler dès que j'arrive dans mon bureau. Il faut que je sache s'il vient ce soir, et j'ai besoin d'être réconfortée.

Avant que j'aie pu atteindre le nom d'Hardin dans ma liste de contacts, celui de Zed apparaît sur l'écran. J'hésite un instant, puis je me dis qu'il vaut mieux en finir au plus vite.

– Hey.

Ma voix sonne bizarre – trop excitée, trop fausse.

– Hey, Tessa, comment ça va ?

J'ai le sentiment que ça fait un bail que je n'ai pas entendu sa douce voix, même si ce n'est pas le cas.

– Ça... peut aller.

Je pose mon front contre la surface fraîche de mon bureau.

– On ne dirait pas.

– Ça va, il y a juste pas mal de trucs qui s'accumulent.

– Justement je t'appelle à ce propos. Je sais que j'ai dit que je venais jeudi, mais il y a eu un changement de programme.

– Oh ?

Une vague de soulagement m'envahit. Je laisse échapper un long soupir que j'ignorais avoir contenu jusque-là.

– Ce n'est pas grave. Peut-être la prochaine fois...

– Non, je veux dire que je suis à Seattle en ce moment même.

Au moment où il dit ces mots, mon rythme cardiaque s'accélère en flèche.

– Je suis arrivé la nuit dernière. Le trajet a été horrible. En fait, je suis à seulement quelques pâtés de maison de ton bureau. Je n'ai pas envie de te déranger, mais on pourrait peut-être dîner ensemble quand tu auras fini ta journée ?

– Hum...

Je jette un coup d'œil à ma montre. Il est deux heures et quart, et Hardin n'a toujours pas répondu à mes messages.

– Je ne sais pas vraiment si c'est une bonne idée, Hardin arrive ce soir…

D'abord Trevor, puis Zed. La couche supplémentaire de mascara aurait-elle des vertus magiques ?

– Tu en es certaine ? demande Zed. Je l'ai vu dehors hier… Il était assez tard.

Quoi ?

Hardin et moi avons parlé jusque à peu près onze heures hier soir. Il serait sorti après avoir raccroché ?

– Je ne sais pas.

– Ce n'est qu'un dîner. Après je te laisserai retourner à tes occupations. Ça te ferait du bien de voir un visage familier, non ?

Je me le représente en train de sourire. Ce sourire que j'adore. Je lui demande :

– Une amie m'a amenée au travail en voiture aujourd'hui, du coup je n'ai pas pris la mienne. Tu peux passer me prendre à cinq heures ?

Il accepte avec joie. Quant à moi, je me sens aussi excitée que terrifiée.

∞

33

Tessa

J'essaie de rappeler Hardin à cinq heures moins cinq, mais il ne décroche pas. Où est-ce qu'il a passé la journée ? Est-ce que Zed avait raison quand il m'a assuré qu'Hardin était sorti tard dans la soirée ?

Peut-être est-il en route pour Seattle pour me faire la surprise, mais franchement, quelles en sont les probabilités ? Ma rencontre avec Zed me pèse sur la conscience depuis que j'ai accepté ce dîner. Je sais qu'Hardin déteste notre amitié. Il la déteste tellement qu'elle hante ses nuits, et me voilà en train d'attiser cette haine. Je ne m'embête pas à me remaquiller ni à vérifier l'état de ma coiffure avant de prendre l'ascenseur pour me rendre à la réception. Au passage, j'évite soigneusement le regard critique de Kimberly. Je n'aurais sans doute pas dû la mettre au courant de mes projets. Je suis heureuse de voir le camion de Zed par la fenêtre en verre dépoli, et je ne peux ignorer l'excitation de revoir un visage familier. J'aurais préféré que ce soit celui de Hardin, mais il n'est pas là, Zed si.

Quand je sors de l'immeuble, Zed vient à ma rencontre.

Son sourire s'élargit en me voyant avancer le long du trottoir. Je remarque sa doudoune sombre, une nouveauté. Il porte un jean noir et une chemise grise à manches longues. Il est aussi beau que d'habitude, et moi j'ai l'air d'un zombie.

– Salut. Ça fait un bail !

L'incertitude me gagne, mais la politesse m'oblige à l'embrasser.

Je hoche la tête puis m'arrache à son étreinte.

– Tu as fait bonne route ?

Il soupire.

– Ça a été long. Mais j'ai écouté de la bonne musique tout le long.

Il m'ouvre la portière du siège passager, je m'empresse de m'y engouffrer, fuyant le froid.

– Qu'est-ce qui t'a poussé à venir aujourd'hui plutôt que demain ?

– J'ai juste... changé d'avis. Rien d'important, vraiment.

Son regard passe rapidement du rétroviseur central aux rétroviseurs latéraux.

– C'est un challenge de conduire en ville.

– C'est clair ! Tu sais où tu veux manger ? Je n'ai pas eu le temps d'explorer les lieux, du coup je ne connais pas les bonnes adresses.

Je consulte mon portable, toujours pas de nouvelles d'Hardin. Je fais donc une recherche de restaurant sur une application et, quelques minutes plus tard, Zed et moi optons pour un petit grill mongol.

Je prends du poulet aux légumes et contemple avec émerveillement le chef préparer la nourriture devant nous. C'est la première fois que je me retrouve dans un tel endroit. Zed trouve ça amusant. Nous sommes assis face à face, tout au fond du petit restaurant, et restons tous les deux si silencieux que ça en devient gênant.

– Quelque chose ne va pas ?

Le regard de Zed est doux et rempli d'inquiétude.

– Je ne sais même pas si je fais bien de t'en parler… Tu m'as l'air d'avoir déjà pas mal de problèmes à gérer. J'aimerais surtout que tu passes un bon moment.

– Je vais bien, dis-moi.

Je me prépare mentalement à accuser le coup qu'il semble sur le point de m'asséner.

– Hardin est passé chez moi hier.

– Quoi ?

Je n'arrive pas à cacher ma surprise. Pourquoi Hardin ferait une chose pareille ? Et si c'est vrai, comment ça se fait que Zed est assis là, en un seul morceau et sans la moindre blessure apparente ?

– Il voulait quoi ?

– Me dire de ne plus t'approcher.

Pourtant, Hardin m'a semblé indifférent quand j'ai évoqué le message de Zed la nuit dernière.

– À quelle heure ?

J'espère que ça s'est passé avant notre accord de ne plus rien nous cacher.

– Dans l'après-midi, vers trois heures.

Je pousse un soupir exaspéré. Parfois Hardin dépasse les bornes et la liste de ses conneries grandit d'heure en heure. Je me frotte les tempes. Tout mon appétit a disparu.

– Qu'est-ce qu'il t'a dit exactement ?

– Qu'il se foutait totalement de la manière dont je m'y prendrais, même si ça devait te blesser. Tout ce qu'il voulait, c'était que je te fiche la paix. Il est resté si calme que c'en était flippant.

Il prend un morceau de brocoli avec sa fourchette et le porte à sa bouche.

– Et tu es venu quand même ?

– Comme tu vois.

Leur bataille de mâles m'épuise, surtout que j'essaie de maintenir la paix sans jamais y arriver.

– Pourquoi ?

Ses yeux dorés rencontrent les miens.

– Parce que ses menaces n'ont plus aucun effet sur moi. Il n'a pas à me dicter le choix de mes amis. J'espère que tu ressens la même chose.

Je suis vraiment énervée qu'Hardin ait osé s'incruster chez Zed de cette manière. Et encore plus énervée qu'il ne m'en ait rien dit. Sans compter qu'il a voulu que Zed me fasse du mal en mettant fin à notre amitié. Tout ça en gardant son rôle secret dans cette histoire.

– Moi aussi, ça me met en rogne qu'Hardin essaie de contrôler mes amitiés.

En même temps, ça m'ennuie de voir Zed me jeter un regard triomphant lorsque je prononce ces mots.

– Mais je pense aussi qu'il a de bonnes raisons de ne pas vouloir que nous soyons amis, tu ne penses pas ?

Zed secoue sa tête d'un air amical.

– Oui et non. Je n'ai pas l'intention de te cacher mes sentiments, mais tu sais que je ne te les impose pas. Je t'ai déjà dit que je ne prendrai que ce que tu as à me donner. Et si ce n'est rien de plus que de l'amitié, ça me va aussi.

– Je sais que tu ne m'imposes rien.

J'ai choisi de ne répondre qu'à la moitié de ce qu'il vient de me dire. Zed ne m'impose jamais rien et n'essaie jamais de me forcer à quoi que ce soit, mais je déteste la manière dont il parle d'Hardin.

– Peux-tu en dire autant de lui ?

– Non, je ne le peux pas. Je sais comment il est, mais il est comme ça et c'est tout.

– Tu prends toujours sa défense. Je ne comprends pas.

– Tu n'as pas à comprendre.

– Vraiment ?

– Non.

Je redresse mon dos pour paraître aussi grande que possible.

– Ça ne te dérange pas qu'il soit aussi possessif ? Il choisit tes amis à ta place, il...

– Ça me dérange, mais...

– Tu le laisses faire.

– Et tu as fait tout ce chemin jusqu'à Seattle pour me rappeler qu'Hardin me contraint ?

Zed ouvre la bouche mais la referme aussitôt. Je l'encourage à continuer :

– Quoi ?

– Il estime que tu lui appartiens, et je m'inquiète pour toi. Tu as l'air tellement stressée.

Je soupire en signe de défaite. Je *suis* stressée, trop stressée, mais me battre avec Zed ne va pas résoudre quoi que ce soit. Ça ne fait qu'augmenter ma frustration.

– Je n'ai aucune intention de lui trouver des excuses, mais tu ne sais rien de notre relation. Tu ne sais pas comment il est avec moi. Tu ne le comprends pas comme je peux le comprendre.

Je repousse mon assiette et remarque que le couple assis à la table voisine a reporté son attention sur nous.

– Je n'ai aucune intention de me battre avec toi, Zed. Je suis épuisée et j'étais vraiment contente de passer du temps avec toi.

Il s'adosse à sa chaise.

– Je me conduis comme un con, pas vrai ? Je suis désolé, Tessa. Je mettrais bien ça sur le compte de la route que je viens de faire... mais ce n'est pas une excuse. Je suis désolé.

– Ce n'est rien, je ne voulais pas me montrer désagréable. Je ne sais pas ce qui m'a pris.

Mes règles vont débarquer d'un jour à l'autre. Ça doit être pour ça que je suis autant sur les nerfs.

– Non, non, c'est de ma faute.

Il se penche au-dessus de la table et prend ma main.

L'atmosphère est toujours tendue entre nous, et je ne peux pas m'empêcher de penser à Hardin. D'un autre côté, j'aimerais passer du bon temps. Je décide de changer de sujet.

– Et à part ça, comment tu vas ?

Zed se lance dans des histoires de famille. Il me raconte à quel point il faisait chaud en Floride la dernière fois qu'il y est allé. Notre conversation reprend son cours normal et serein, et la tension entre nous finit par s'évaporer, ce qui me permet de finir mon dîner agréablement.

À la fin du repas, alors que nous nous dirigeons vers la sortie, Zed me demande :

– Tu as d'autres plans pour ce soir ?

– Oui, je vais au club de jazz de Christian. Il vient juste d'ouvrir.

– Christian ?

– Mon chef. J'habite chez lui.

Il plisse le front.

– Tu habites chez ton chef ?

– Oui, mais il est allé à la fac avec le père d'Hardin et c'est un ami de longue date de Ken et Karen.

Il ne m'était encore jamais venu à l'esprit que Zed pouvait ignorer ce genre de détails de ma vie. C'est vrai qu'il est passé me prendre à la fête surprise que Christian avait organisée pour ses fiançailles avec Kimberly, mais il ne sait rien sur mon compte.

– Oh, c'est comme ça que tu as obtenu un stage rémunéré ?

Aïe.

– Oui.

– Eh bien, en tout cas c'est super.

– Merci.

Je regarde par la vitre et sors mon portable de mon sac. Toujours rien.

– Qu'est-ce que tu as prévu d'autre pendant ton séjour à Seattle ? je lui demande tout en essayant de lui indiquer le trajet jusque chez Christian et Kimberly.

J'abandonne au bout de quelques minutes et tape l'adresse sur mon téléphone. L'écran se fige et le téléphone s'éteint à deux reprises avant de bien vouloir coopérer.

– Je ne sais pas trop. Je vais déjà voir ce que font mes amis. On pourrait peut-être se retrouver un peu plus tard ce soir ? Ou avant que je reparte samedi ?

– Ça peut être sympa. Je te dis ça plus tard.

– Quand est-ce qu'Hardin arrive ?

Je ne peux m'empêcher de remarquer le ton légèrement venimeux de sa voix. Je jette encore une fois un coup d'œil à mon téléphone. Par habitude, cette fois-ci.

– Peut-être ce soir, j'en suis pas sûre.

– Vous êtes toujours ensemble ? Je sais que nous avions décidé de ne plus jamais en parler, mais je ne comprends pas très bien.

– Moi non plus. Nous avons mis un peu de distance entre nous ces derniers temps.

– Et ça marche ?

– Oui.

Jusqu'à ces derniers jours, jusqu'à ce qu'Hardin recommence à s'éloigner de moi.

– Tant mieux, alors.

Il faut que je connaisse le fond de sa pensée. Quelque chose le préoccupe, je le vois à son regard.

– Quoi ?

– Rien. Tu ne veux pas savoir.

– Si, je le veux.

Je sais que je vais le regretter, mais ma curiosité l'emporte.

– Je vois bien qu'il ne te laisse aucune liberté. Tu es à Seattle, tu habites chez des amis de sa famille. L'un de ses amis est carrément ton patron. Même à des kilomètres de distance, il te contrôle. Il essaie de t'éloigner du peu d'amis que tu as. Et quand il n'est pas occupé à faire ça, il débarque à Seattle pour te voir. Je n'appelle pas ça laisser de la liberté à quelqu'un.

Jusqu'à présent, je n'avais encore jamais vu les choses sous cet angle. Ce serait pour cette raison qu'Hardin a fait en sorte de saboter ma recherche d'appartement ? Comme ça, si je décidais quand même de vivre à Seattle, je resterais sous la surveillance amicale des amis de sa famille ?

Je secoue la tête pour chasser ces pensées.

– Ça marche entre nous. Je sais que ça peut te sembler bizarre, mais ça marche vraiment. Je sais que...

– Il a essayé de m'acheter pour que je reste loin de toi.

– Quoi ?

– Ouais. Il m'a menacé, et puis il m'a dit de lui donner un prix. Il m'a conseillé de trouver une autre « pute sur le campus » pour jouer avec.

Pute ?

Zed hausse les épaules avec nonchalance.

– Il a dit que personne d'autre ne pourrait jamais t'avoir. Il avait l'air sacrément fier de lui que tu continues à t'afficher à ses côtés après t'avoir avoué qu'il a couché avec Molly alors que vous étiez déjà ensemble.

L'évocation de Hardin et de Molly me fait souffrir – Zed savait très bien que ça me ferait cet effet. Et c'est exactement pour ça qu'il me le ressort.

– C'est une affaire réglée. Je ne veux plus qu'on parle d'Hardin et de Molly.

– Je veux juste que tu saches à qui tu as affaire. Il n'est pas la même personne quand tu n'es pas dans les parages.

– Ce n'est pas une mauvaise chose, je rétorque, sur la défensive. Tu ne le connais pas.

Je suis soulagée quand nous nous engageons sur la bretelle qui mène aux faubourgs de la ville, ce qui signifie que nous serons chez Christian dans moins de cinq minutes. Plus vite ce trajet sera fini, mieux ce sera.

– Toi non plus. Tu passes tout ton temps à te disputer avec lui.

– C'est quoi ton but, là, Zed ?

Je déteste la direction que notre conversation a prise, mais je ne sais pas comment la ramener en territoire neutre.

– Rien. Je me suis juste dit qu'après toutes les situations merdiques dans lesquelles il t'a fourrée, tu finirais par voir la vérité en face.

Une pensée me frappe de plein fouet.

– Est-ce que tu lui as dit que tu venais ici ?

– Non.

– Tu ne te bats pas à la loyale, là.

– Lui non plus. Écoute, je sais que tu le défendras jusqu'à la mort, mais tu ne peux pas me reprocher de désirer ce qu'il possède. Je veux être celui que tu défends, je veux être celui en qui tu crois, même quand tu n'as pas à le faire. Je suis toujours là pour toi quand il ne l'est pas.

Il passe sa main sur sa doudoune et prend une autre respiration.

– Je ne me bats pas à la loyale, mais lui non plus. Il ne l'a jamais été, depuis le tout début. Parfois je me dis que s'il tient autant à toi, c'est parce que moi aussi, j'ai des sentiments pour toi.

C'est exactement la raison pour laquelle Zed et moi ne pourrons jamais être amis. Il est adorable et compréhensif, mais ça ne marchera jamais. Il n'a jamais laissé tomber, et c'est tout à son honneur. Mais dans tous les cas, je ne peux lui donner ce qu'il veut de moi, et je n'ai aucune envie de me sentir obligée d'expliquer ma relation avec Hardin chaque fois que je le vois. Il a toujours été là pour moi, c'est vrai, mais uniquement parce que je l'y ai autorisé.

– Je ne sais pas si j'ai encore quelque chose à t'offrir, même en tant qu'amie.

Zed me regarde avec une expression neutre.

– C'est parce qu'il t'a épuisée.

Je reste silencieuse et regarde les pins qui longent la route. Je n'aime pas la tension que je ressens en ce moment, et je retiens mes larmes en entendant Zed grommeler :

– Je ne voulais pas que la soirée se termine comme ça. Maintenant, je suppose que tu ne voudras plus jamais me revoir.

Je pointe un doigt vers la vitre.

– C'est cette allée.

Un silence tendu et maladroit emplit la cabine du camion jusqu'à ce que la silhouette massive de la maison apparaisse enfin devant nous. Quand je lève de nouveau les yeux sur lui, Zed fixe la maison de Christian, les yeux écarquillés.

– Elle est encore plus grande que l'autre, celle où je suis passé te chercher.

J'essaie de faire retomber la tension en lui parlant de la salle de gym, de la cuisine spacieuse, du fait que Christian puisse contrôler différentes parties de la maison à l'aide de son iPhone.

Soudain, mon cœur bondit dans ma poitrine. La voiture d'Hardin est garée juste derrière l'Audi de Kimberly. Zed la remarque en même temps que moi, mais ça ne semble pas l'affecter. Je sens les couleurs quitter mon visage quand je balance :

– Je ferais mieux de rentrer.

– Encore une fois, Tessa, je suis désolé. S'il te plaît, ne m'en veux pas. Tu as déjà assez de choses à gérer, j'aurais dû tout faire pour que tu ne te sentes pas plus mal.

Il me propose de m'accompagner à l'intérieur pour s'assurer que tout se passe bien, mais je refuse sa proposition.

Je sais qu'Hardin va être furieux – vraiment furieux –, mais je suis la seule responsable de cette situation et c'est à moi d'en assumer la responsabilité.

– Ça va aller.

Je le rassure d'un faux sourire et sors du camion en promettant de lui envoyer un message dès que possible.

Je suis consciente de la lenteur de mes pas qui me rapprochent de la porte, mais je ne fais aucun effort pour aller plus vite. J'essaie de passer en revue ce que je vais devoir dire. J'en suis encore à me demander si je devrais être furieuse contre Hardin ou bien m'excuser auprès de lui d'avoir revu Zed, quand la porte s'ouvre.

Hardin s'approche de moi. Il porte son jean bleu foncé et un t-shirt noir. Je l'ai vu il y a deux jours seulement, et pourtant mon pouls s'accélère et je meurs d'envie de le toucher. Il m'a tellement manqué.

Son visage est dur comme la pierre, et il suit le vieux camion de Zed d'un regard glacé jusqu'à ce que celui-ci soit hors de vue.

– Hardin, je…

– Entre.

– Ne me dis pas ce que…

– Il fait froid dehors. Entre.

Ses yeux sont embrasés. Leur ardeur me retient de le contredire.

Je suis surprise en sentant sa main se poser doucement sur le creux de mon dos, tandis qu'il m'emmène à l'intérieur de la maison. Nous passons dans le salon où Kimberly et Smith jouent aux cartes, puis il me conduit à ma chambre, sans un mot.

Il ferme calmement la porte derrière lui et tourne la clé dans la serrure. Mon cœur manque d'éclater quand il me demande :

– Pourquoi ?

– Hardin, il ne s'est rien passé, je te le jure. Il m'a dit qu'il avait eu un changement de programme... et j'ai été si soulagée parce que je croyais qu'en fin de compte il ne viendrait pas... mais, en fait, il est venu un jour en avance... et il voulait passer me prendre pour dîner...

Je hausse les épaules, en partie pour me forcer à me calmer.

– Je ne savais pas comment refuser.

– Comme d'habitude.

– Je sais que tu es allé le voir à son appartement hier. Pourquoi tu ne m'en as rien dit ?

– Parce que tu n'avais pas à le savoir.

Sa respiration est dure, à peine contrôlée.

– Ce n'est pas à qui décide ce que je dois savoir ou non. Tu ne peux pas continuer à me cacher des choses. Et je suis également au courant du mariage de ta mère !

– Je savais comment tu réagirais.

– N'importe quoi !

Il ne bronche même pas. Les veines de ses bras sont visibles aux rares endroits où sa peau est encore vierge, du bleu clair mélangé à l'encre noire. Il serre fermement les poings.

– Une chose à la fois.

– J'ai bien l'intention de rester amie avec les gens avec lesquels j'ai envie de rester amie – et tu ne vas pas continuer à être sur mon dos et à te comporter comme un gamin.

– Tu m'a dis que tu ne t'approcherais plus de lui.

– Je sais. Je ne l'avais pas compris jusqu'ici, c'est après avoir passé du temps avec lui aujourd'hui que j'ai décidé de ne plus être son amie. Mais c'était ma décision, pas la tienne.

Je le vois tressaillir de surprise à l'annonce de cette nouvelle, mais il reste sombre et renfrogné.

– Pourquoi ce choix ?

Je détourne le regard, un peu honteuse.

– Parce que je sais que c'est un point sensible pour toi, et je ne veux pas te pousser à bout en continuant de le voir. Je sais à quel point cela me ferait du mal si tu continuais à fréquenter Molly... ou n'importe quelle autre fille, d'ailleurs. Mais tu n'as pas à contrôler mes amitiés. Pourtant, je mentirais en affirmant que je ne ressentirais pas la même chose à ta place.

Il croise les bras et lâche brutalement :

– Pourquoi maintenant ? Qu'est-ce qui t'a soudain fait changer d'avis ?

– Rien. Il ne m'a rien fait. C'est juste que je n'aurais pas dû mettre autant de temps à m'en apercevoir. Nous devons être à égalité. Aucun de nous ne peut détenir le pouvoir sur l'autre.

Je vois bien à la lueur dans ses yeux qu'il veut en dire plus, mais il se contente d'un signe de tête.

– Viens là.

Il ouvre ses bras comme il le fait toujours, et je m'empresse de m'y blottir.

– Comment savais-tu que j'étais avec lui ?

Je presse ma joue contre sa poitrine. Son odeur mentholée envahit mes sens, évinçant toute pensée de Zed.

– C'est Kimberly qui me l'a dit.

Je fronce les sourcils.

– Elle ne sait vraiment pas tenir sa langue.

– Tu n'avais pas l'intention de me mettre au courant ?

Il passe le pouce sous mon menton afin de me faire lever la tête.

– Bien sûr que si, mais j'aurais préféré te le dire moi-même.

Je suppose que je dois être reconnaissante à Kimberly de son honnêteté. Ce serait hypocrite de vouloir qu'elle ne soit honnête qu'avec moi, et pas avec Hardin.

– Pourquoi tu n'es pas venu nous retrouver ?

Je suppose que s'il avait su que j'étais avec Zed, c'est exactement ce qu'il aurait fait.

– Parce que tu continuais le cercle vicieux, et je voulais le rompre.

Mon cœur gonfle d'amour devant cette réponse honnête et attentionnée. Il essaie vraiment de s'améliorer, et ça veut tant dire pour moi.

– Je suis quand même furax.

– Je sais.

Je touche sa joue du bout des doigts, et il resserre son étreinte.

– Moi aussi je suis en colère. Tu ne m'as rien dit à propos du mariage. Je veux savoir pourquoi.

– Pas ce soir.

– Si, ce soir. Tu as dit ce que tu avais sur le cœur à propos de Zed, maintenant c'est mon tour.

– *Tessa...*

Ses lèvres se resserrent en un pli sévère.

– *Hardin...*

– Tu es exaspérante.

– Tout comme toi !

Je riposte, tout en le suivant pour m'approcher de lui.

– Je n'ai aucune envie de parler de ce putain de mariage, là tout de suite. Je suis déjà furax et je peux à peine me contrôler. Ne me pousse pas à bout, ok ?

– Très bien.

Je laisse tomber. Pas parce que j'ai peur de ce qu'il va me dire. Mais parce que je viens tout juste de passer deux heures et demie en compagnie de Zed, et que derrière sa colère, Hardin cache son trouble et sa douleur. Et c'est moi qui viens de les lui causer.

∞

34

Tessa

J'ouvre ma commode pour en sortir une culotte et un soutien-gorge assortis.

– Je vais prendre une douche. Kimberly veut partir à huit heures, il est déjà sept heures.

– Tu y vas quand même ?

– Oui. Je te l'ai déjà dit, tu t'en souviens ? C'est bien pour ça que tu es venu : pour que je n'aie pas à y aller toute seule.

– Je ne suis pas venu que pour ça.

Je lève sur lui un sourcil interrogateur, et il précise :

– Je n'ai pas dit que ce n'était pas *une raison de venir*, mais ce n'est pas la seule.

– Tu veux toujours y aller, n'est-ce pas ?

– Non, je n'ai jamais voulu y aller, mais si tu y vas, je t'accompagne.

Je lui lance un grand sourire, mais quand je quitte la pièce, il ne me suit pas. Ce qui me surprend. J'aurais espéré que cette fois-ci, il l'aurait fait. Je ne sais pas où nous en sommes en ce moment. Je sais qu'il est furieux à propos de Zed, et je suis en colère qu'il ait recommencé à me cacher des choses. Mais, par-dessus tout, je suis surexcitée qu'il soit là, et je ne veux pas perdre mon temps à me disputer avec lui.

J'enroule une serviette sur ma tête étant donné que je n'ai pas le temps de me laver les cheveux avant de partir. L'eau chaude relâche une partie de la tension sur mes épaules et mon dos mais ne m'aide pas vraiment à m'éclaircir les idées.

Je dois faire en sorte de me mettre de meilleure humeur dans l'heure qui vient. Hardin va broyer du noir toute la nuit, j'en suis certaine. J'ai envie que nous prenions du bon temps dehors avec Kimberly et Christian. Je ne veux pas de dispute ni de silence embarrassé. Je veux que nous allions de l'avant et que nous soyons de bonne humeur tous les deux. Je n'ai pas encore goûté à l'expérience de la vie nocturne à Seattle depuis que j'ai déménagé, et je veux que ma première fois soit aussi amusante que possible. Ma culpabilité concernant Zed refuse de se calmer, mais mes pensées irrationnelles semblent s'écouler dans la canalisation avec l'eau brûlante et savonneuse. J'en suis soulagée.

Hardin frappe à la porte au moment où je ferme le robinet de la douche. Je m'enveloppe dans une serviette de bain et prends une grande inspiration avant de répondre :

– Je suis prête dans dix minutes. Il faut que j'essaie d'arranger mes cheveux.

Mais quand je regarde dans le miroir, Hardin est là, derrière moi. Il lance un regard oblique au bazar crépu sur ma tête.

– Qu'est-ce qui ne va pas avec tes cheveux ?

– Ils sont en pétard, dis-je en riant. Ça ne prendra pas longtemps.

– Tu as l'intention de mettre *ça* ?

Il regarde la robe noire que j'ai pendue à la barre de la douche pour la défroisser un peu. La dernière fois que je l'ai portée, pendant ce fameux « week-end en famille », cela a conduit à une nuit désastreuse... enfin, à une semaine désastreuse.

– Oui. Kimberly dit qu'il y a un dress code.

– Quel genre de dress code ?

Hardin examine son jean taché et son t-shirt noir. Je hausse les épaules et souris intérieurement, m'imaginant Kimberly en train de persuader Hardin de changer de tenue.

– Hors de question que je me change.

Je hausse de nouveau les épaules. Hardin ne quitte pas des yeux mon reflet dans le miroir, pendant que je me maquille et que je bataille pour arranger mes cheveux avec un fer à lisser. Avec la vapeur de la douche, ils ont frisé épouvantablement. Irrécupérables. Je finis par les tirer en arrière en un chignon bas. Au moins, mon maquillage est vraiment réussi. C'est une bonne compensation pour une journée à cheveux pourris.

Tout en enfilant mes sous-vêtements et ma robe, je lui demande :

– Tu restes jusqu'à dimanche ?

Je veux être certaine que la tension entre nous est sous contrôle et que nous n'allons pas passer la nuit à nous disputer.

– Oui, pourquoi ?

– Je me disais qu'au lieu de passer le vendredi à Seattle, on pourrait rentrer voir Landon et Karen. Ton père, aussi.

– Et le tien ?

– Ah ouais... (J'avais momentanément oublié que mon père habitait chez Hardin.) J'ai vraiment essayé de ne pas penser à cette situation jusqu'à ce que tu m'en dises plus.

– Je ne sais pas si c'est une bonne idée...

– Pourquoi pas ?

Landon me manque tellement.

Hardin se frictionne la nuque.

– Je ne sais pas... Tous ces emmerdes avec Steph et Zed...

– Hardin, je n'ai pas l'intention de revoir Zed. Et à part

si elle se pointe à l'appartement ou chez ton père, je n'ai aucune raison de revoir Steph non plus.

– Je pense pourtant que tu ne devrais pas y aller.

Je soupire en réajustant mon chignon.

– Tu devrais te détendre un peu.

– Me détendre ?

– Oui. Tu ne peux pas tout contrôler.

Il relève la tête.

– Je ne peux pas tout contrôler ? C'est *toi* qui me dis ça ?

Je rigole.

– Je te le dis, c'est tout. Je veux bien accepter de ne pas revoir Zed parce que je sais que ce ne serait pas correct, mais tu n'as pas le droit de m'empêcher de sortir en ville de peur que je tombe sur lui ou sur une fille déplaisante.

– Tu as fini ?

Je le gratifie d'un sourire dédaigneux.

– Avec la dispute ou avec mes cheveux ?

– Tu me fais chier.

Il me rend mon sourire et me donne une tape sur les fesses quand je le contourne pour sortir de la salle de bains. Je suis heureuse qu'il soit d'humeur taquine. Ça s'annonce bien pour la soirée.

Au moment où nous traversons le couloir jusqu'à ma chambre, Christian nous appelle depuis le salon :

– Hardin, t'es encore là ? Tu viens écouter du jazz ? Je sais que c'est pas du heavy metal ou quoi, mais...

Je n'entends pas la fin de sa phrase, je suis trop occupée à rire devant l'imitation improvisée qu'Hardin fait de Christian Vance. Je lui mets une petite tape sur le torse.

– Va le voir. J'arrive tout de suite.

De retour dans ma chambre, je prends mon sac pour vérifier mon portable. Il va bientôt falloir que j'appelle ma mère. Je n'arrête pas de repousser cette corvée, mais elle ne cesse d'appeler.

J'ai également un message de Zed.

S'il te plaît, ne sois pas en colère contre moi pour ce soir. Je ne voulais pas être aussi con. Désolé.

J'efface le message et fourre mon téléphone dans mon sac. À présent, il faut que je mette un terme à mon amitié avec Zed. Je le mène en bateau depuis trop longtemps, et chaque fois que je le quitte, je finis par aggraver la situation en faisant marche arrière. Ce n'est juste ni pour lui ni pour Hardin. Hardin et moi avons déjà assez de problèmes comme ça. En tant que femme, ça m'ennuie qu'Hardin m'interdise de voir Zed, mais je dois me rendre à l'évidence : en continuant de le fréquenter, j'agis comme une sale hypocrite. Je n'aurais jamais voulu qu'Hardin reste ami avec Molly ou qu'il passe du temps seul à seule avec elle. J'en ai la nausée rien que d'y penser. Zed m'a confié ses sentiments de manière très explicite. Ce n'est juste pour personne si je laisse cette situation persister en l'encourageant tacitement. Zed est adorable avec moi, et il a souvent été là pour moi, mais je déteste le sentiment d'avoir toujours à me justifier ou à défendre ma relation.

Heureuse à l'idée de passer une super soirée avec mon homme, je descends les escaliers... et reste surprise en apercevant Hardin dans le salon, les mains dans les cheveux, l'air exaspéré.

– Ça non !

– Un jean taché de sang et un t-shirt sale ne sont pas une tenue appropriée pour le club. Même si tu connais le propriétaire.

– Alors, je ne vais nulle part.

– Ne fais pas l'enfant, et mets-moi cette foutue chemise.

– Si je mets la chemise...

– Et tu n'as pas apporté de vêtements qui ne soient pas pleins de sang ?

– Tu peux mettre ton jean noir, Hardin.

– Très bien, dans ce cas, passe-moi cette putain de chemise.

Hardin saisit la chemise des mains de Christian et lui fait un doigt d'honneur en le suivant dans le couloir.

– Tu devrais peut-être en profiter pour te couper les cheveux, lui crie Christian pour le taquiner.

– Oh, tu ne peux pas arrêter de l'embêter ? Je ne lui en voudrais pas s'il finit par t'en coller une.

– Ouais, ouais...

Christian attire Kim dans ses bras et l'embrasse sur la bouche.

Je me détourne juste au moment où on sonne à la porte.

– Ce doit être Lillian !

Hardin débarque dans le salon au moment où Lillian entre par la porte de devant.

– Pourquoi elle est là ?

Il a enfilé la chemise à boutons noirs qui lui va plutôt très bien.

– Ne sois pas méchant. Elle garde Smith, et c'est ton amie, tu te souviens ?

Ma première impression de Lillian n'était pas bonne, mais j'ai fini par bien l'aimer, même si je ne l'ai pas revue depuis que nous sommes rentrés des vacances de l'enfer...

– Non, pas vraiment.

– Tessa ! Hardin !

Les yeux bleu clair de Lillian pétillent.

Je suis heureuse qu'elle ne porte pas la même robe que moi, comme ça a été le cas la première fois que je l'ai rencontrée au restaurant à Sand Point.

– Salut.

Je lui rends son sourire tandis qu'Hardin hoche la tête avec raideur.

– Tu es magnifique.

– Merci, toi aussi.

Elle est vêtue d'un simple cardigan et d'un pantalon en toile kaki.

– Ok, si vous avez fini, toutes les deux...

– Moi aussi, je suis heureuse de te voir, Hardin.

Lillian lève les yeux au ciel et il se radoucit, la gratifiant d'un demi-sourire.

Pendant ce temps, Kimberly court à travers la salle de séjour, enfilant ses talons et vérifiant son maquillage dans le grand miroir au-dessus du canapé.

– Smith est à l'étage. Nous devrions être rentrés vers minuit.

Hardin grogne.

– Je prends la voiture au cas où on voudrait se barrer plus tôt.

Christian hausse les épaules.

– Comme tu voudras.

Alors que nous nous dirigeons vers la sortie, je regarde avec plus d'attention la chemise qu'a mise Hardin. Elle a un léger imprimé fauve, à peine visible. Il remarque mon regard.

– Pas un mot.

– Je ne dis rien.

Je me mords la lèvre.

Le club de jazz est dans le centre-ville de Seattle. Les rues sont tellement bondées qu'on se croirait un samedi soir, pas un mercredi.

Nous attendons à l'intérieur de la voiture d'Hardin jusqu'à ce qu'une voiture noire s'arrête près de nous et que Kimberly et Christian en sortent. Hardin me serre la cuisse et jette un :

– Enculés de richards !

Avec un sourire éclatant, le videur chauve décroche la corde en velours de son socle d'argent pour nous laisser passer. Kimberly nous fait visiter le club qui est dans la pénombre, nous montrant les diverses caractéristiques de l'endroit, tandis que Christian s'éloigne de son côté.

Des blocs de pierre grise font office de tables autour desquelles ont été disposés des canapés noirs décorés de coussins blancs. La seule touche de couleur provient des bouquets de roses rouges trônant sur chaque table. La douce musique d'ambiance est aussi relaxante que stimulante. Hardin a l'air agacé.

– Stylé.

Sous les lumières feutrées, il est d'une beauté à couper le souffle. La chemise à boutons imprimée de Christian, couplée à son jean noir, réveille ma libido.

– C'est chouette, n'est-ce pas ?

Kimberly se retourne, rayonnante. Hardin la rassure.

– Carrément.

Alors que nous approchons des tables pleines de monde, Hardin passe ses bras autour de mes hanches, m'attirant vers lui tout en marchant.

– Christian est dans la section VIP. Nous l'avons pour nous tout seuls !

Nous nous dirigeons vers l'arrière du club où un rideau de satin révèle un espace plus réduit dans lequel des rideaux noirs remplacent les murs. Quatre canapés forment le périmètre de la pièce au centre de laquelle trône une grande pierre, couverte de bouteilles d'alcool et de petits fours. Je suis si distraite que j'ai failli ne pas voir Max assis sur l'un des canapés, juste en face de Christian.

Super. Max a tendance à m'énerver, et je sais qu'Hardin ne l'aime pas trop non plus. Le bras d'Hardin se raidit autour de moi et il lance à Christian un regard furieux.

En parfaite hôtesse, Kimberly sourit :

– Ravie de te revoir, Max.

Ce dernier esquisse un large sourire.

– Moi de même, ma chère.

Il prend la main de Kim dans la sienne et la porte à ses lèvres.

– Excusez-moi, résonne une voix de femme derrière moi.

Hardin et moi nous écartons pour laisser place à Sasha qui entre en se pavanant dans l'espace réduit. Sa taille intimidante et sa robe blanche quasi inexistante suffisent à retenir l'attention générale.

Hardin soupire. Il est à peu près aussi heureux de la voir que je le suis de voir Max.

– Sasha.

Kimberly tente d'avoir l'air ravie de revoir la jeune femme. En vain.

Kim a du mal à cacher ses émotions, c'est l'un des défauts de sa franchise et de son honnêteté naturelles. Sasha lui lance un sourire chaleureux, puis s'assied sur le canapé à côté de Max. Ses yeux sombres rencontrent les miens, comme s'il me demandait la permission d'être assis à côté de sa maîtresse. Je détourne le regard tandis qu'Hardin me guide vers le canapé situé en face du leur. Kimberly prend place sur les genoux de Christian et se penche pour attraper une bouteille de champagne. Max se tourne vers moi.

– Que penses-tu de l'endroit, Theresa ?

– Hum. (Je bégaie d'entendre mon nom entier.) C'est chouette.

– Est-ce que vous voulez du champagne, tous les deux ?

Hardin répond à ma place à Kimberly.

– Je n'en veux pas, mais Tessa en prendra.

Je m'appuie contre son épaule.

– Si vous ne buvez pas, je ne devrais pas non plus.

– Vas-y, ça ne fait rien. De toute manière, je n'en veux pas.

Je souris à Kim.

– Ça va. Merci quand même.

Hardin fronce les sourcils et se saisit d'un verre plein posé sur la table.

– Tu devrais en prendre, tu as eu une dure journée.

– Tu veux juste que je boive pour que j'arrête de te poser des questions.

– Non. Je veux juste que tu t'amuses. C'est bien ce que tu voulais, non ?

– Je n'ai pas besoin de boire pour m'amuser.

Quand je jette un regard autour de la pièce, je remarque qu'aucun de nos amis ne prête attention à notre conversation.

– Je n'ai jamais dit le contraire. Je te dis juste que ton amie t'offre du champagne qui coûte probablement plus cher que ta tenue et la mienne réunies.

Ses doigts dansent le long de ma nuque.

– Alors, pourquoi ne pas profiter d'un verre ?

– Tu marques un point. (Je me penche un peu plus contre lui et il me tend la flûte de champagne.) Mais juste un seul, alors.

Une demi-heure plus tard, je viens de finir mon deuxième verre et envisage de m'en servir un troisième. Ça m'aiderait sans doute à me sentir plus à l'aise devant Sasha qui parade dans la petite pièce. Elle prétend qu'elle veut juste danser, mais si c'était vraiment le cas, elle irait se déhancher dans la zone publique du club.

Quelle allumeuse !

Je plaque une main devant ma bouche, comme si je venais de lâcher ces mots à voix haute.

– Quoi ?

Je vois qu'Hardin s'ennuie. Profondément. Je le vois à la manière qu'il a de fixer le rideau noir en me caressant machinalement le dos. Pour toute réponse, je secoue silencieusement la tête. Je ne devrais pas juger cette femme alors que je la connais à peine. Tout ce que je sais, c'est qu'elle couche avec un homme marié.

C'est probablement plus qu'il n'en faut. Je ne peux pas m'empêcher de ne pas l'aimer.

– On peut y aller maintenant ?

– Attends encore un peu.

On ne peut pas dire que je m'ennuie, mais je préférerais rester en tête à tête avec Hardin plutôt que de passer mon temps à essayer d'éviter le contact visuel avec Sacha et ses sous-vêtements presque exposés à la vue de tous. Kimberly semble surexcitée.

– Tessa, tu viens danser ?

Je sens Hardin se crisper. Je me rappelle la dernière fois où je suis sortie en boîte de nuit avec Kimberly.

J'ai dansé avec un mec juste pour faire du mal à Hardin bien qu'il ait été à des kilomètres de là. À cette époque, j'avais le cœur tellement brisé, j'étais tellement triste que j'avais du mal à garder les idées claires. Le type en question a fini par m'embrasser et j'ai maltraité Hardin dans ma chambre d'hôtel après qu'il y avait trouvé Trevor. C'est parti d'un énorme quiproquo, mais à bien y réfléchir, cette nuit-là s'est plutôt bien terminée pour moi.

– Je ne sais pas vraiment danser, tu te souviens ?

– Eh bien, fais-nous un lap dance ou un truc dans ce genre ! On dirait que tu es sur le point de t'endormir.

– Ok, un lap dance. Hardin, tu viens ?

Il secoue la tête.

– Ça va aller, on revient vite.

Il n'a pas l'air heureux de voir Kimberly m'emmener loin de lui, mais il ne fait rien pour l'en empêcher. Il essaie de me montrer qu'il peut s'améliorer, et je l'aime pour ça.

– Si tu la perds, n'essaie même pas de revenir !

Kimberly éclate de rire et écarte le rideau avant de m'entraîner dans le club bondé de monde.

∞

35
Hardin

Max se faufile jusqu'à moi pour me demander :

– Où est-ce que tu crois qu'elle a emmené Theresa ?

– Tessa.

Putain, mais comment il sait qu'elle s'appelle Theresa ? Ok, ça peut paraître évident, mais ça ne me plaît pas de l'entendre l'appeler comme ça.

– Tessa. C'est une fille ravissante.

J'attrape une bouteille d'eau posée sur la table et décide de l'ignorer.

Je ne vois pas l'intérêt de parler à ce type. J'aurais dû partir avec Tessa et Kimberly, où qu'elles soient allées. J'essaie de montrer à Tessa que je peux me détendre, et voilà où ça me mène. Je me retrouve assis à côté de ce gars-là dans une boîte, à écouter de la musique de merde. Christian se lève.

– Je reviens dans un instant. Le groupe vient d'arriver.

Il range son téléphone portable dans la poche de son costume et disparaît. Max se lève et le suit, en suggérant à son rencard de s'amuser et de se resservir de champagne.

Ils ne pensent pas sérieusement à me laisser seul ici avec cette fille…

– On dirait qu'il ne reste plus que nous deux.

– Hum...

Je fais glisser le capuchon en plastique d'une bouteille d'eau sur la table en pierre.

– Alors, qu'est-ce que tu penses de cet endroit ? Max dit que le club est bondé toutes les nuits depuis son inauguration.

Je fais mine de ne pas remarquer qu'elle tire sur le bas de sa robe minuscule pour laisser voir sa poitrine, ou plutôt son manque de poitrine.

– Ça ne fait que quelques jours que c'est ouvert, normal que ce soit blindé.

– En tout cas, c'est sympa comme endroit.

Elle décroise les jambes.

Est-ce qu'il est possible d'être désespérée à ce point ? À ce stade, je ne peux même pas dire si elle est en train de m'allumer ou si elle est tellement habituée à faire la pute que c'est devenu un automatisme chez elle.

Elle se penche sur la table entre nous.

– Tu veux danser ? Il y a de la place ici.

Ses ongles longs effleurent ma manche, et j'ai un brusque mouvement de recul.

– Non, mais ça va pas la tête ?

Je me déplace à l'autre bout du canapé. À la même époque l'année dernière, j'aurais embarqué cette grognasse insupportable dans les toilettes et je l'aurais baisée comme un malade. Maintenant, cette seule pensée me donne envie de vomir sur sa robe.

– Quoi ? Je t'ai seulement proposé de danser.

– Peut-être que tu devrais danser avec ton mec marié.

Je tends le bras pour écarter le rideau, dans l'espoir de voir Tessa.

– Ne me juge pas trop vite. Tu ne me connais pas.

– J'en sais suffisamment sur ton compte.

– Ouais, ben moi aussi, je sais des choses sur toi, alors à ta place, je ferais attention.

Je ricane.

–Tiens donc!

Elle plisse les yeux, probablement pour tenter de m'intimider.

–Oui.

–Si tu savais la moindre putain de chose sur moi, tu serais au courant qu'il ne faut pas me menacer.

Elle lève une flûte de champagne et me fait un petit salut.

–Tu es exactement comme ils te décrivent...

C'est le moment que je choisis pour me barrer. Je me fraie un passage à travers les rideaux pour aller trouver Tessa et que nous puissions nous barrer d'ici. *Exactement comme ils te décrivent*? Qui *ils*? Et pour qui elle se prend?

Christian a de la chance que j'aie promis à Tessa de rester agréable. Je fais le tour du club à la recherche de la robe étincelante de Tessa et de la chevelure blonde de Kimberly. Je m'estime heureux de ne pas être dans ce genre d'endroit où tout le monde se déhanche sur une piste: la plupart des clients sont assis à des tables, ce qui simplifie considérablement mes recherches.

Je les trouve enfin debout au bar principal, en train de parler avec Christian, Max et un autre gars. Tessa me tourne le dos, mais je peux voir à sa posture qu'elle est nerveuse. Quelques secondes plus tard, un autre type se joint au groupe.

Plus je m'approche, plus le premier homme me semble familier.

–Te voilà, Hardin!

Kimberly tend le bras pour toucher mon épaule, mais je l'esquive et me dirige vers Tessa. Lorsqu'elle se tourne vers moi, je remarque ses yeux bleu gris attentifs qui dirigent mon regard vers l'invité.

–Hardin, je te présente mon professeur de Religions du monde, le professeur Soto.

C'est une putain de blague? Est-ce que le monde entier va finir par se retrouver à Seattle?

– Jonah.

Il tend la main vers moi pour une poignée de main si inattendue que je ne peux la refuser.

∞

36
Hardin

Le professeur de Tessa sourit, il la reluque de manière plutôt discrète, mais je ne manque pas de le remarquer.

– Ravi de vous revoir.

Tessa a l'air un peu gênée.

– Le professeur Soto vit à Seattle maintenant.

– Pratique.

Tessa me pousse gentiment du coude. J'enroule mon bras autour de sa taille.

Les yeux de Jonah remarquent l'endroit où j'ai placé mon bras puis se posent de nouveau sur son visage. *Elle est prise, connard.*

– Oui, j'ai été muté au campus de Seattle il y a quelques semaines. J'avais postulé voici plusieurs mois, et j'ai finalement été pris. De toute façon, mon groupe était prêt à se déplacer.

Il nous dit ça comme s'il pensait que ça nous intéressait, sérieux ! Christian Jubile.

– Les Reckless Few joueront ici ce soir et tous les autres soirs, si nous réussissons à les en persuader.

Jonah sourit et reporte son attention sur ses bottes.

– Je pense que ça peut se faire.

Il vide son verre d'une traite, puis ajoute :

– Bon, on ferait bien de se préparer.

Christian donne à Soto une tape sur le dos.

– Ouais, ne nous laissez pas vous accaparer.

Le professeur se retourne pour faire un dernier sourire à Tessa avant de se frayer un chemin vers la scène à travers la petite foule.

– Le groupe est incroyable, vous allez voir !

Christian frappe dans les mains avant d'étreindre Kimberly et de l'emmener vers une table devant la scène.

Je les ai déjà entendus, ils n'ont *rien* d'incroyable.

Tessa se tourne vers moi avec un regard gêné.

– Il est gentil. Il a témoigné en ta faveur lorsque tu étais sur le point de te faire expulser, tu te souviens ?

– Non. En fait, je ne me souviens de rien à son sujet. Mis à part le fait qu'il semble vraiment bien t'aimer. Et, comme par hasard, il a déménagé à Seattle pour enseigner dans ton putain de campus.

– Tu as entendu, il a dit qu'il avait postulé il y a des mois... et il ne m'aime pas particulièrement.

– Si.

– Tu penses vraiment que tout le monde m'aime !

Elle ne peut pas être naïve au point de penser que ce gars est bien intentionné.

– Et si on faisait une liste, dans ce cas ? Il y a Zed, ce connard de Trevor, ce putain de serveur... j'oublie quelqu'un ? Ah ! et maintenant on peut rajouter ton prof flippant, qui vient juste de te reluquer comme si tu étais un dessert à déguster.

Je jette un coup d'œil vers la petite estrade sur laquelle ce connard se promène avec une attitude prétentieuse et faussement décontractée.

– Zed est la seule personne valable dans cette liste. Trevor est très gentil, et il n'a jamais pensé à mal. Je ne reverrai probablement plus jamais Robert, et Soto n'est pas un pervers.

Il y a un mot dans cette tirade qui me pose un problème.

– *Probablement?*

– Il est *évident* que je ne le verrai plus. C'est avec toi que je suis, ok?

Elle place une de ses mains dans la mienne, et je me détends. Il faut que je m'assure de brûler ou noyer dans les chiottes le numéro de téléphone de ce putain de serveur, juste au cas où.

– Je continue à penser que ce trouduc est un pervers.

Je désigne de la tête l'abruti avec son blouson en cuir sur la scène. Je devrais peut-être en parler à mon père, histoire de m'en assurer.

Tessa est du genre à s'approcher d'un lion sans prendre de gants – elle est nulle pour juger les gens.

Elle me confirme mes craintes avec un sourire idiot, probablement dû au champagne qu'elle a ingurgité. Et elle est restée avec moi en dépit de tout le merdier dans lequel j'ai pu la fourrer...

– Je pensais que c'était un club de jazz, mais ce groupe est plutôt...

Il est clair que Tessa tente de me faire oublier la liste infinie d'hommes qui n'attendent qu'un mot d'elle.

– Merdique?

Elle me donne une tape sur le bras.

– Non, juste pas vraiment jazz. Ils sonnent plus comme... The Fray, en quelque sorte.

– The Fray? Tu rigoles! N'insulte pas ton groupe préféré, s'il te plaît.

La seule chose dont je me souvienne à propos du groupe de son prof, c'est qu'il craint carrément.

De l'épaule, elle me donne un coup sur le bras.

– Et le tien.

– Pas vraiment.

– Ne fais pas comme si tu ne les aimais pas. Je sais que si.

Elle me serre la main et je secoue la tête. Je ne vais pas avouer pour autant.

Mon regard va et vient du mur aux seins de Tessa pendant qu'on attend que ce groupe de merde s'installe.

– On ne pourrait pas juste partir, là maintenant ?

– Une seule chanson.

Les joues de Tessa sont rouges et ses yeux brillent. Elle se sert un autre verre. Elle passe ses mains sur sa robe, la tirant à la fois vers le haut et vers le bas.

– Je peux au moins m'asseoir ?

Je prends Tessa par la main et l'entraîne jusqu'au bar. Je m'assieds sur le dernier tabouret, le plus proche du mur et le plus éloigné de la foule.

– Qu'est-ce que je vous sers ?

– Un verre de champagne et un verre d'eau.

Tessa vient se mettre entre mes jambes. Je place une main sur le bas de son dos et joue avec les perles de sa robe.

– Nous ne servons le champagne qu'en bouteille, Monsieur.

Le serveur me lance un sourire gêné comme s'il pensait que je n'ai pas les moyens d'acheter une bouteille de son putain de champagne. C'est ce moment que Christian choisit pour arriver.

– Une bouteille, ça ira.

Le barman nous regarde l'un après l'autre. Je me permets de préciser :

– Elle le voudra très frais.

Le gamin acquiesce et détale pour rapporter la bouteille. *Connard.*

– Pas besoin de nous chaperonner.

Tessa me fait les gros yeux, mais je l'ignore.

Il lève les yeux au ciel, en bon crétin.

– C'est sûr que je ne vous chaperonne pas vraiment. Elle est mineure.

– Ouais, ouais, dis-je.

Quelqu'un l'appelle et il me donne une tape dans le dos avant de partir.

Quelques instants plus tard, le barman fait sauter le bouchon d'une bouteille de champagne et verse le liquide pétillant dans un verre pour Tessa. Elle le remercie poliment, et il répond avec un sourire artificiel. Son petit spectacle prétendument cool me tue.

Elle porte le verre à ses lèvres et s'adosse contre ma poitrine.

– C'est si bon.

Juste à ce moment-là, deux hommes passent près de nous et la dévisagent. Je suis sûr qu'elle l'a remarqué. Je le devine à sa manière de s'adosser un peu plus contre moi et de poser sa tête contre mon épaule.

– Tiens, voilà Sasha.

La blonde est en train d'inspecter la salle à la recherche de son mec ou d'un inconnu à se taper.

– On s'en fout, non ?

Je lui attrape gentiment le coude pour qu'elle se tourne vers moi.

– Je ne l'aime pas.

– Personne ne l'aime.

– Toi non plus ?

Elle est folle ou quoi ?

– Pourquoi est-ce que je l'aimerais ?

– Je ne sais pas.

Ses yeux se posent sur ma bouche.

– Parce qu'elle est jolie.

– Et alors ?

– Je ne sais pas... c'est juste que ça me fait bizarre.

– Tu es jalouse, Theresa ?

– Non.

Elle fait la moue.

– Tu ne devrais pas.

J'écarte un peu plus les jambes et l'attire à nouveau contre moi.

– *Ça* n'est pas ce que je veux.

Je pose mes yeux sur sa poitrine presque exposée.

– C'est toi que je veux.

Je trace de mon index le contour de son décolleté, comme si nous n'étions pas dans un club blindé.

– Juste pour mes seins.

Elle murmure le dernier mot.

– Évidemment !

– Je le savais.

Tessa fait comme si elle était offusquée, mais je la vois sourire par-dessus son verre.

– Ouais. Bah maintenant que tu le sais, tu peux me laisser les toucher.

Elle explose, du champagne se répand sur ma chemise et mes cuisses.

– Désolée !

Elle tend la main vers le comptoir pour attraper des serviettes et tamponne cette putain d'horreur de chemise, puis descend la main pour essuyer mon entrejambe.

Je saisis son poignet et lui reprends la serviette.

– C'est une mauvaise idée.

– Oh !

La rougeur de ses joues descend jusqu'à son décolleté.

Un des membres fait la présentation du groupe au micro, et je fais de mon mieux pour contenir mon haut-le-cœur quand commence le massacre. Tessa les regarde avec une attention soutenue tandis qu'ils passent d'une chanson à l'autre, et moi, je fais en sorte que son verre reste rempli.

Je suis content d'être assis. Enfin, de la manière dont je le suis.

Elle se tient debout entre mes jambes, le dos collé contre mon torse, mais je peux voir son visage en me penchant légèrement contre le bar. L'éclairage rouge tamisé de cet endroit, le champagne, et elle qui est juste sublime... Impossible ne pas la regarder sourire et fixer la scène. Je ne peux même pas être jaloux, parce qu'elle est tellement belle.

Comme si elle venait de lire dans mes pensées, elle se retourne et m'offre un sourire enthousiaste. J'aime la voir ainsi, si insouciante... si jeune. Il faut que je fasse en sorte qu'elle soit comme ça plus souvent.

– Ils sont bons, n'est-ce-pas ?

Elle hoche la tête sur la musique au rythme lent mais aux sonorités aiguës.

Je hausse les épaules.

– Non.

Ils ne sont pas mauvais, mais on ne peut pas dire qu'ils sont bons pour autant.

– Mais bien sûrrrr...

Elle laisse traîner le dernier mot et se détourne à nouveau. Quelques instants plus tard, elle commence à se déhancher sur la voix geignarde du chanteur. *Merde.*

Je descends ma main sur la courbe de sa hanche, et elle se met tout contre moi en continuant à se déhancher. Le tempo de la chanson s'accélère, et Tessa fait de même. *Bordel de merde.*

On a déjà fait pas mal de trucs avant... enfin j'ai déjà fait pas mal de trucs avant, mais personne n'a jamais dansé contre moi de cette manière-là. J'ai connu des filles et même des strip-teaseuses qui m'ont fait un lap dance, mais pas comme ça. C'est lent, enivrant et putain de torride. Mon autre main vient rejoindre son autre hanche, et elle se tourne légèrement pour poser son verre sur le comptoir. Les mains à présent libres, elle me lance un sourire coquin avant de reporter de nouveau son regard sur la scène.

D'une main, elle passe ses doigts dans mes cheveux tandis que son autre main se pose sur la mienne.

– Continue.

– Tu es sûr ?

Elle tire sur les racines de mes cheveux.

Difficile à croire que cette fille séduisante qui porte une robe noire ultra-courte, qui remue les hanches et tire sur mes cheveux, est la même qui recrache son champagne quand je parle de toucher sa poitrine. Elle est tellement bandante.

– Oui, putain.

J'expire et m'approche de son oreille.

– Bouge contre moi…

Je saisis sa hanche.

– Plus près.

Exactement ce qu'elle fait. Assis sur le tabouret de bar, je suis à la hauteur parfaite pour qu'elle bouge son cul contre moi en se frottant pile contre mon sexe.

Je scrute les environs. Je veux que personne d'autre ne la regarde danser.

– Tu es tellement sexy. Danser comme ça, en public… pour moi et personne d'autre.

Je jurerais l'entendre gémir à travers la musique et je n'en peux plus. Je la fais pivoter vers moi et je glisse ma main sous sa jupe.

– Hardin.

Elle grogne lorsque je fais glisser sa culotte sur le côté.

– Personne ne prête attention à nous. Et même si c'était le cas, ils ne verraient rien.

Je ne ferais pas ça si je pensais que quelqu'un pouvait nous remarquer.

– Tu as aimé faire ce petit spectacle pour moi, pas vrai ?

Elle ne peut pas dire le contraire, elle est trempée.

Sans répondre, elle pose sa tête sur mon épaule et

tire sur le bas de ma chemise, l'empoignant comme elle empoigne d'habitude nos draps. Je fais des va-et-vient à l'intérieur d'elle, en essayant de me caler sur la mélodie lancinante de la chanson. Presque instantanément, ses jambes se raidissent. Elle gémit, me faisant savoir à quel point je lui donne du plaisir. Elle se penche encore plus vers moi et se met à suçoter la base de mon cou. Elle balance ses hanches contre moi, en rythme avec le va-et-vient de mes doigts dans sa chatte humide. Ses gémissements sont noyés par le bruit de la musique et les voix autour de nous, et ses ongles pourraient bien déchirer la peau de mon ventre.

– Je suis sur le point de...

Je l'incite gentiment :

– Je sais, Bébé. Jouis pour moi. Juste ici, Tessa. Jouis.

Elle hoche la tête en me mordant le tendon du cou, et je sens ma queue se gorger de sang et pousser contre mon jean.

Je dois la soutenir, car elle fait peser tout son poids sur moi lorsqu'elle jouit. C'est essoufflée, toute rouge et rayonnant sous les lumières qu'elle relève la tête. Je porte mes doigts à ma bouche pour en sucer le nectar. Elle me regarde, en feu.

– La voiture ou les toilettes ?

– La voiture.

Elle vide le reste de son champagne. Que Christian règle lui-même cette merde ; je n'ai pas le temps de courir après l'abruti de barman.

Tessa prend ma main et me tire jusqu'à la porte. Elle ne tient pas en place. Et moi, je bande comme c'est pas permis depuis son jeu de séduction au bar.

– Est-ce que c'est... ?

Tessa s'arrête tout net. Des cheveux noirs ébouriffés percent la foule. J'aurais juré que ma parano me joue des tours si elle ne les avait pas aperçus, elle aussi.

– Mais bordel, qu'est-ce qu'il fout là ? Tu lui as dit que tu allais au club ?

J'ai gardé mon calme toute la soirée, tout ça pour qu'elle soit pourrie par un connard.

– Non ! Bien sûr que non !

À voir ses yeux écarquillés, j'en déduis qu'elle est sincère.

Zed nous remarque, et un froncement de sourcils malicieux gagne son visage.

– Qu'est-ce que tu fous là ?

– La même chose que vous.

Il roule des épaules et regarde Tessa. Je me retiens de lui fracasser les dents.

– Comment tu savais qu'elle était là ?

Tessa me tire par le bras, tandis que son regard va et vient entre Zed et moi.

– Je ne le savais pas. Je suis ici pour écouter le groupe.

Un homme nous rejoint. Il a le même teint hâlé que Zed.

– Vous devriez partir.

– Hardin, s'il te plaît.

J'en ai plus que marre de Zed et de ses conneries.

– Hé...

L'homme vient s'interposer entre nous.

– Ils jouent un autre set. Allons les prévenir que nous sommes là.

Tessa paraît surprise.

– Vous connaissez Soto ?

– Ouais, dit l'inconnu.

Je vais finir par croire à cette putain de théorie du complot quand je vois que ces deux mecs se connaissent. Quant à moi, tout ce que je veux, c'est m'éloigner de Zed. Je prends Tessa par le bras et nous nous dirigeons rapidement vers la porte.

Zed lance son plus beau sourire à ma petite amie, du genre « je-suis-un-putain-de-chiot-perdu-et-je-veux-que-tute-sentes-mal-à-cause-de-moi-et-que-tu-m'aimes-parce-que-je-suis-rien-qu'un-connard-pathétique ».

– À une prochaine.

Nous nous retrouvons dehors, dans l'air froid. Tessa me suit de près.

– Je ne savais pas qu'il viendrait ici ! Je le jure.

Je déverrouille la voiture et lui ouvre la portière côté passager.

– Je sais.

Je me retiens pour ne pas retourner à l'intérieur du club.

– Laisse tomber. S'il te plaît. Je n'ai pas envie de gâcher notre soirée.

Je contourne la voiture pour me faufiler à côté d'elle.

– Ok.

– Merci.

Je soupire. Je mets la clé dans le contact et Tessa pose sa main sur ma joue, me forçant à tourner la tête vers elle.

– J'apprécie vraiment que tu aies fait un tel effort ce soir. Je sais que c'est difficile pour toi, mais ça compte beaucoup pour moi.

Je souris contre la paume de sa main tandis qu'elle me sort ces compliments.

– Ok.

– Je le pense. Je t'aime Hardin. Tellement.

Je lui dis combien je l'aime pendant qu'elle traverse la console centrale pour m'enfourcher. Elle défait rapidement mon jean et le descend juste ce qu'il faut...

Sa bouche s'affaire fougueusement contre mon cou. Elle tire sur ma chemise, faisant sauter les deux boutons du haut dans son effort précipité pour accéder à ma poitrine.

Je remonte sa robe pour révéler son corps ferme, tandis qu'elle fouille dans ma poche arrière pour récupérer le préservatif dont je vais très probablement avoir besoin très vite.

– Je ne veux que toi, toujours.

Je saisis ses hanches et l'aide à se soulever. Tandis qu'elle s'empale sur moi, tout me semble plus proche, plus profond, dans l'espace confiné de la voiture. Un sifflement sourd s'échappe de ma bouche quand je l'envahis de manière absolue et possessive. Elle recouvre mes lèvres, avalant mes gémissements, tout en se déhanchant lentement, exactement comme dans le club.

– Putain, c'est tellement bon comme ça !

Je le dis en prenant son cul dans ma main et en la tirant gentiment pour l'obliger à me regarder.

– *Si bon.*

Elle m'attire en elle afin de sentir chaque centimètre de mon membre.

Une de ses mains rejoint mes cheveux tandis que l'autre reste posée à la base de ma gorge. Putain, ce qu'elle est sexy comme ça, quand l'alcool se mêle à l'adrénaline et que tout son être a faim et besoin... besoin de moi, de mon corps, de cette connexion brute et enflammée que nous sommes seuls à partager. Elle ne pourrait jamais retrouver ça avec personne d'autre, et moi non plus. Elle est tout ce dont j'ai besoin, et il est hors de question qu'elle me quitte.

– Putain, je t'aime.

Je lui souffle dans la bouche pendant qu'elle tire mes cheveux et que ses doigts se resserrent sur mon cou. La pression est plutôt légère, et ça me rend complètement dingue.

Je soulève mes hanches pour venir à sa rencontre.

La lente montée du plaisir commence à la base de ma colonne vertébrale, et je sens Tessa se raidir pendant que je continue à l'assister en répondant à chacun de ses coups de hanches.

Il faut qu'elle se mette à la pilule. J'ai besoin de la sentir peau contre peau à nouveau.

– J'ai trop hâte d'être en toi sans capote...

– Continue.

Elle aime quand je lui dis des obscénités.

– Je veux que tu me sentes jouir en toi...

Je suce la peau salée de sa clavicule, me délectant de la fine couche de sueur qui la recouvre.

– Tu vas carrément aimer ça, n'est-ce pas ? Que je te marque de la sorte ?

À cette seule pensée, je dépasse le point de non-retour.

– J'y suis presque...

Et en me tirant une dernière fois brutalement par les cheveux, nous jouissons ensemble, haletants, gémissants, sales, nous-mêmes.

Je l'aide à descendre de mes genoux et ouvre la fenêtre pendant qu'elle réajuste sa robe.

– Qu'est-ce que tu... Non, mais t'es taré de balancer un préservatif usagé par la fenêtre ! Et si Christian le voit ?

Je lui adresse un sourire diabolique.

– Je suis certain que ce n'est pas le seul préservatif qu'il trouvera sur ce parking.

Ses mains tâtonnent ma braguette pour m'aider à me rhabiller afin que je puisse conduire.

– Peut-être pas.

Elle fronce le nez et regarde par la fenêtre lorsque je démarre.

– Ca sent le sexe là-dedans.

Elle rigole. J'approuve d'un signe de tête et l'écoute fredonner sur chaque putain de chanson qui passe à la radio sur le chemin du retour. Je voudrais la charrier, mais je trouve ça trop mignon. Surtout après avoir entendu jouer ce groupe nul à chier.

– Je vais devoir me faire arracher les tympans après cette soirée.

Elle me tire la langue comme une enfant et se met à chanter de plus belle.

En traversant l'allée qui mène à la porte d'entrée, je prends la main de Tessa. Je devine à sa démarche que la plus grande partie du champagne qu'elle a ingurgité a fini par atteindre son foie.

– On fait quoi si c'est fermé à clé ?

– La baby-sitter est là, je te rappelle.

– Ah ouais ! Lillian... Elle est tellement sympa.

Je souris devant son niveau d'ébriété.

– Je ne savais pas que tu l'appréciais tant.

– Si, maintenant que je sais qu'elle ne t'aime pas de la façon dont tu as pu me le faire croire.

Je touche ses lèvres.

– Ne boude pas. Elle te ressemble beaucoup... elle est juste plus énervante.

– Pardon ? Ce n'était pas très sympa de ta part de faire tout pour me rendre jalouse d'elle.

– Ça a marché, pas vrai ?

Lorsque nous entrons dans la maison, Lillian est assise sur le canapé. Je prends le temps de remonter un peu le haut de la robe de Tessa. Elle fait des yeux ronds.

Lillian se lève en nous voyant.

– C'était comment ?

– C'était trop, *trop* cool ! Le groupe était génial !

Tessa glousse. J'informe Lillian :

– Elle est bourrée.

Elle rit.

– Je vois ça. Smith dort. On a presque réussi à avoir une conversation ce soir.

– Super.

Pas envie de parler. Je pousse Tessa vers la chambre. Ma petite amie bourrée adresse un au revoir de la main à Lillian.

– C'était sympa de te voir !

Comme je ne sais pas s'il vaut mieux demander à Lillian de partir maintenant ou d'attendre le retour de Christian, je décide de ne rien dire. En plus, autant que ce soit elle qui s'occupe du mioche au cas où il se réveillerait.

Lorsque nous entrons dans la chambre de Tessa, je ferme la porte derrière nous et elle s'effondre immédiatement sur le lit.

– Est-ce que tu peux me retirer ça ?

Elle indique sa robe.

– Ça me gratte trop.

– Oui, lève-toi.

Je l'aide à enlever sa robe et elle me remercie d'un bisou sur le bout du nez. C'est un geste tout bête, mais qui me prend au dépourvu, et je lui souris.

– Je suis si contente que tu sois là avec moi.

– Vraiment ?

Elle acquiesce et défait le reste des boutons de la chemise de Christian.

Elle la fait glisser le long de mes bras et elle la plie soigneusement avant de la mettre dans le panier à linge. Je ne comprendrai jamais pourquoi elle plie les vêtements sales, mais j'ai fini par m'y habituer.

– Oui, vraiment. Seattle n'est pas aussi fantastique que je l'avais imaginé.

Alors rentre avec moi, bordel.

– Pourquoi ?

– Je ne sais pas. C'est comme ça.

Elle fronce les sourcils, et je m'étonne moi-même de vouloir changer de sujet plutôt que de l'écouter me raconter à quel point elle est malheureuse ici. Ça me rend un peu triste d'entendre ça. Je me dis que je devrais l'emmener se balader quelque part demain dans la journée, histoire de lui remonter le moral.

– Tu pourrais t'installer en Angleterre.

Elle me jette un regard furieux, les joues rouges et les yeux embués par l'excès de champagne.

– Tu ne veux pas m'emmener là-bas pour un mariage, mais tu veux que je m'y installe ?

– On en parlera plus tard.

– Ouais, ouais... toujours plus tard.

Elle revient pour s'asseoir sur le lit mais le rate. Elle roule par terre et éclate de rire.

– Bon sang, Tessa !

Je lui prends la main pour l'aider à se relever, mon cœur bat très fort dans ma poitrine.

– Je vais bien.

Elle rit et s'assied sur le lit, m'entraînant avec elle.

– Tu as trop bu.

– Oui, clairement.

Elle sourit et repousse mes épaules pour m'allonger sur le matelas.

– Tu vas bien ? Tu te sens malade ?

Elle pose sa tête sur ma poitrine.

– Arrête de me materner, je vais bien.

Je me mords la langue plutôt que de répondre à ça.

– Qu'est-ce que tu as envie de faire, pocharde ?

– Te tirer les cheveux.

Elle sourit et tire sa lèvre inférieure entre ses dents. On ne fait pas plus vicieux.

∞

37
Hardin

– Tu n'arrives pas à dormir ?

Christian allume le plafonnier et me rejoint dans la cuisine.

– Tessa avait besoin d'un verre d'eau.

Je pousse la porte du frigo pour le refermer, mais il la retient de la main.

– Kim aussi. Voilà ce que c'est quand on boit trop de champagne.

Les gloussements sans fin de Tessa et sa lubricité insatiable m'ont totalement crevé. Je suis convaincu qu'elle va finir par vomir si elle ne boit pas un peu d'eau.

Des images d'elle cette nuit, allongée sur le lit, les jambes écartées pour m'accueillir tandis que je l'amène jusqu'à l'orgasme en utilisant mes doigts et ma langue, me reviennent à l'esprit par flashes. Elle a été époustouflante ce soir.

– Ouais, Tessa est mal en point.

Je ravale un sourire en la revoyant tomber du lit.

Christian change de sujet.

– Alors... C'est pour le week-end prochain, l'Angleterre ?

– Nan, je n'y vais plus.

– On parle du mariage de ta mère, là.

– Et alors ? Ce n'est pas son premier, et certainement pas son dernier.

Je suis complètement choqué quand il tend le bras et balance la bouteille d'eau hors de ma main.

– Qu'est-ce que tu fous, putain ?

Je me penche pour ramasser la bouteille. Quand je me redresse, Christian me jette un regard assassin.

– Tu n'as pas le droit de parler de ta mère de cette façon.

– Qu'est-ce que ça peut bien te foutre ? Je ne veux pas y aller et je n'irai pas.

– Donne-moi une seule vraie bonne raison.

C'est quoi son putain de problème ?

– Je n'ai pas de raisons à donner à qui que ce soit. Je n'ai aucune envie d'aller à ce mariage stupide. J'ai déjà été embarqué à un mariage cette année, et ça me suffit amplement.

– À ta guise. J'ai déjà envoyé tous les documents pour le passeport de Tessa, je présume donc que tu te passeras très bien d'elle pour son premier voyage en Angleterre.

Je lâche la bouteille au sol. Cette fois-ci, elle peut bien y rester.

– Tu as quoi ?

Je le regarde fixement. Il se fout de moi – c'est sûr.

Il s'appuie contre le plan de table et croise les bras.

– J'ai réglé les frais pour le passeport et j'ai tout envoyé, dès lors que j'ai appris pour le mariage. Il va falloir qu'elle descende en ville pour finaliser le tout et faire sa photo, mais je me suis occupé du reste.

Je sens que je vais péter un plomb.

– Pourquoi tu ferais un truc pareil ? Ce n'est même pas *légal*.

Comme si j'en avais quelque chose à foutre, que ce soit légal ou pas…

– Parce que je savais que tu réagirais en connard buté à propos de tout ça. Je savais aussi qu'elle était ma seule carte à abattre pour de te faire aller là-bas. C'est important pour ta maman. Elle s'inquiétait que tu ne sois pas présent.

– Elle a raison de s'inquiéter. Vous pensez que vous pouvez utiliser Tessa pour m'envoyer de force dans cette putain d'Angleterre ? Je vous emmerde tous les deux, et j'emmerde ma mère.

J'ouvre son frigo pour prendre une autre bouteille d'eau juste pour le faire chier, mais il referme la porte du pied.

– Écoute, je sais que tu as eu une vie de merde, ok ? Ça a été le cas pour moi aussi, donc je peux te comprendre. Mais il est hors de question que tu me parles sur le ton que tu emploies pour parler à tes parents.

– Alors, arrête de te mêler de ma putain de vie comme ils le font tous.

– Je ne me mêle pas de ta vie. Tu sais très bien que Tessa adorerait aller à ce mariage. Et tu sais très bien que tu agirais comme un trou du cul si tu la privais de cette opportunité, tout ça pour tes propres petites raisons égoïstes. Tu ferais mieux d'arrêter d'être furieux contre moi, et de me remercier au contraire de te rendre cette semaine plus facile.

Je le fixe quelques instants en tentant d'assimiler ce qu'il vient de me dire. Il a à moitié raison : je reconnais que je me sens mal de ne pas vouloir aller à ce mariage. Pour la bonne raison que je sais très bien à quel point Tessa adorerait s'y rendre. Elle a déjà assez fait la gueule à ce sujet, et depuis ça me travaille.

– Je vais prendre ton silence pour un merci.

Christian me lance un petit sourire satisfait, et je lève les yeux au ciel.

– Je ne veux pas que ça devienne un problème.

– Quoi ? Le mariage ?

– Ouais. Comment je peux l'emmener à un énième mariage et regarder ses yeux devenir tout attendris et humides, tout ce qui lui rappellera que c'est un truc qu'elle ne connaîtra jamais ?

Christian tapote son menton.

– Ah, je vois. Alors c'est de ça qu'il s'agit ? Tu ne veux pas qu'elle se fasse des idées ?

– Non, elle s'en est déjà fait. L'esprit d'une femme est tout plein d'idées – c'est tout le problème.

– Pourquoi est-ce que ça devrait être un problème ? Tu ne veux pas qu'elle fasse de toi un honnête homme ?

Bien qu'il se foute de ma gueule, je suis content de constater qu'il ne me tient pas rigueur des insultes que je lui ai sorties il y a quelques minutes. C'est pour ça que j'aime bien Christian : il n'est pas aussi susceptible que mon père.

– Parce que ça n'arrivera pas, elle fait partie de ces gourdes qui mettent cette connerie sur le tapis à peine un mois après être sorties avec leur mec. Elle a pratiquement cassé avec moi quand je lui ai dit que je n'avais pas l'intention de l'épouser. Parfois elle est totalement cinglée.

Christian glousse et prend une petite gorgée de l'eau qu'il avait réservée pour Kimberly. Tessa aussi attend que je lui rapporte de l'eau, je dois en finir avec cette conversation. Je me suis déjà trop étendu sur le sujet, j'ai balancé des choses trop personnelles à mon goût.

– Estime-toi heureux que ce soit ce qu'elle désire. Tu n'es pas exactement le genre de garçon super agréable à fréquenter. Et personne ne le sait mieux qu'elle.

J'allais lui demander ce qu'il sait à propos de ma putain de relation, mais je me souviens rapidement qu'il est fiancé à la pire commère de tout Seattle. Non, tout bien considéré, la plus grande commère de tout l'État de Washington... Peut-être même de tous les États-Unis...

– J'ai raison ou pas ?

– Si, mais quand même. Il est ridicule de penser au mariage, surtout qu'elle n'a même pas vingt ans.

– Dit l'homme qui ne la quitte pas d'une semelle en toute circonstance ?

– Enfoiré !

– C'est la vérité.

– Ce qui ne veut pas dire que tu ne sois pas un enfoiré.

– Peut-être bien. Mais je trouve quand même amusant que tu n'aies pas l'intention de l'épouser alors que tu es incapable de contrôler ton humeur ou ton angoisse dès que tu risques de la perdre.

– Et qu'est-ce que c'est censé vouloir dire ?

Je ne pense pas vouloir connaître la réponse à cette question, de toute manière il est trop tard pour ça. Les yeux de Christian rencontrent les miens.

– Ton angoisse... est à son apogée quand tu t'imagines qu'elle pourrait te quitter ou si un autre homme s'intéresse à elle.

– Qui dit que je suis ang...

Mais cette tête de mule m'ignore et continue sur sa lancée :

– Tu sais ce qui aide foutrement bien dans les deux cas ?

– Quoi donc ?

– Une bague.

Il lève sa main à hauteur de visage et touche son doigt nu, là où bientôt il y aura une bague.

– Oh putain, mais c'est pas vrai – toi aussi, elle t'a eu ! Qu'est-ce qu'elle t'a dit, elle t'a payé ou quoi ?

Je ris à cette idée. Et ce n'est pas vraiment tiré par les cheveux, si je considère l'attirance de Tessa pour les joies du mariage.

– Mais non, espèce d'abruti !

Il jette la capsule de la bouteille d'eau dans ma direction.

– C'est la vérité. Imagine que tu sois capable de dire qu'elle est tienne, et que ce soit la pure vérité. Pour le moment, ce ne sont que des paroles en l'air, de la fanfaronnade vide de sens devant n'importe quel homme qui pourrait la désirer – et crois-moi, ils ne s'en priveront pas. Mais si

Tessa devient ta femme, ce sera réel. C'est là où ça devient on ne peut plus satisfaisant, spécialement pour deux hommes hyper paranos comme toi et moi.

J'ai la bouche sèche à la fin de son discours, et je veux me casser au plus vite de cette cuisine trop propre. Les mots jaillissent de ma bouche.

– C'est rien qu'un tas de conneries.

Il s'approche de moi et ouvre un placard.

– Tu as déjà regardé la série *Sex and the City* ?

– Kim la regarde tout le temps. Elle a les DVD.

Christian sort une boîte de cookies du placard. Il est deux heures du matin, Tessa m'attend et moi, je suis là, à parler d'une série de merde.

– Et ?

– Il y a cet épisode où les femmes disent que l'on a seulement deux grands amours dans sa vie...

– Ok... Là, ça devient carrément trop casse-couilles. Tessa m'attend.

– Je sais. Laisse-moi terminer, je serai bref. Je vais résumer ça pour toi de la manière la plus masculine possible.

Il me regarde avec tant d'espoir, quand je me tourne vers lui, que je hoche la tête avec hésitation.

– Elles disaient donc que l'on n'a que deux grands amours dans toute sa vie. Tout ça pour dire que... Eh bien, je ne sais plus très bien où je voulais en venir, mais je sais que Tessa est ton grand amour.

Je me sens perdu.

– Tu m'as dit qu'il y en avait deux ?

– En ce qui te concerne, ton autre amour c'est toi-même. Je pensais que c'était évident.

Je lève un sourcil. Il éclate de rire.

– Et le tien, c'est lequel ? « Grande Bouche » et la maman de Smith ?

– Doucement.

– Désolé, Kimberly et Rose. (Je lève les yeux au ciel.) Ce sont les tiens ? Tu ferais mieux d'espérer que ces nanas de la série aient tort.

– Heu, oui. Ce sont les miens.

Une émotion fugace passe sur son visage, mais disparaît avant que j'aie eu le temps de comprendre ce que c'était.

– Bon, ben maintenant que tu m'as sorti tes conneries, je vais me coucher.

– OK. Je ne sais même pas pourquoi je te parle de tout ça. J'ai trop bu ce soir.

– Ouais… Ok.

Je le laisse seul dans la cuisine. Je ne sais pas de quoi il s'agissait, mais c'était sacrément bizarre de voir Christian Vance être à court d'arguments.

Le temps que je rejoigne la chambre, Tessa s'est endormie de son côté. Elle a les mains posées sous sa joue, et ses genoux sont repliés sur eux-mêmes. J'éteins les lumières et laisse la bouteille d'eau sur la table de chevet avant de m'installer à côté d'elle. Son corps est chaud sous mes mains et je ne peux pas m'empêcher de trembler en sentant la chair de poule recouvrir sa peau au contact de mes doigts. Je suis réconforté de voir que ce contact, même dans son sommeil, éveille quelque chose en elle.

– Hé.

Je l'attire vers moi.

– On va en Angleterre le week-end prochain.

Elle tourne vivement la tête pour regarder derrière elle. La pièce est plongée dans la pénombre, mais la lumière de la lune est suffisante pour percevoir le choc sur son visage.

– Quoi ?

– L'Angleterre. Le week-end prochain. Toi et moi.

– Mais…

– Non. Tu y vas. Et je sais que tu veux y aller, alors n'essaie pas de m'en dissuader.

– Tu n'as pas à...

– Theresa. Laisse tomber.

Je presse ma main contre sa bouche, et elle mordille légèrement la peau de ma paume.

– Est-ce que tu as l'intention d'être une gentille fille et de te tenir tranquille si je retire ma main ?

Je la taquine, repensant à son reproche de tout à l'heure comme quoi je la maternais trop.

Elle incline la tête, et je la libère. Elle se soulève sur son coude et se tourne pour me faire face. Je ne me sens absolument pas de taille à tenir une conversation avec elle quand elle est nue et d'humeur bagarreuse.

– Mais je n'ai pas de passeport.

Je savais qu'elle n'en avait pas terminé.

– C'est en cours. On se chargera du reste demain.

– Mais...

– Theresa...

– Deux fois en une minute ? Oh ! Oh !

– Je ne veux plus te voir à portée d'une coupe de champagne !

Je repousse ses cheveux en bataille et trace la forme de sa lèvre inférieure avec mon pouce.

– Tu ne t'en plaignais pas tout à l'heure quand je te...

Je la réduis au silence en pressant mes lèvres contre les siennes. Je l'aime, putain je l'aime tellement que l'idée de la perdre me terrifie.

Est-ce que je veux la mêler à mon passé de merde ? Elle, mon futur potentiel, ma seule chance d'avoir un jour un avenir décent ?

∞

38

Tessa

Quand je me réveille, Hardin n'est pas dans le lit, et la pièce est trop lumineuse, même lorsque je referme les yeux.

– Quelle heure est-il ?

Ma tête palpite et, même allongée, j'ai l'impression d'être ballotée dans tous les sens.

– Midi.

La voix profonde d'Hardin me parvient à travers la chambre.

– Midi ! J'ai raté mes deux premiers cours !

J'essaie de m'asseoir, mais la tête me tourne. Je me laisse retomber sur le matelas dans un gémissement.

– Ça va aller. Retourne te coucher.

– Non ! Je ne peux pas me permettre de rater encore plus de cours, Hardin. Je viens tout juste de commencer à étudier dans ce campus, et je ne peux pas commencer de cette manière.

Je commence à paniquer. Hardin traverse la pièce pour me rejoindre.

– Je suis sûr que ça va aller.

– Mais j'ai raté le cours magistral, ça me rend malade.

– Pour qui ?

Je sais qu'il se moque de moi.

– Pour mes professeurs, et mes camarades de cours.

– Tessa, je t'aime, mais sois sérieuse. Tes camarades de classe n'en ont rien à foutre que tu sois là ou pas. Je suis sûr qu'ils n'ont même pas remarqué ton absence. Tes professeurs si, parce que tu es une fayotte et qu'ils aiment te voir te pâmer devant eux parce que ça flatte leur ego. Mais tes camarades de classe s'en tapent royalement, et même si ce n'est pas le cas, quelle importance ? Leur opinion ne compte pas.

– Je suppose.

Je ferme les yeux et tente d'envisager les choses de son point de vue. Je déteste arriver en retard, je déteste louper des cours et dormir jusqu'à midi.

– Je ne suis pas une fayotte.

– Comment tu te sens ?

Je sens le matelas s'affaisser sous son poids et quand j'ouvre de nouveau les yeux, il est allongé à côté de moi.

– Cuitée.

Mon crâne est prêt à éclater.

– J'imagine.

Il hoche plusieurs fois la tête très sérieusement.

– Comment va ton cul ?

Il saisit mes fesses dans sa main et je tressaille.

– Nous n'avons pas... Je n'étais pas *si bourrée que ça*... si ?

– Non.

Ses yeux rencontrent les miens.

– Pas encore.

Je déglutis.

– Seulement si tu le veux. Tu es devenue une sacrée chaudasse, j'en ai donc déduit que c'était le prochain truc prévu sur ta liste.

– *Moi, une chaudasse ?*

– C'est juste une suggestion.

Je n'arrive pas à décider ce que je pense de tout ça... et je ne suis très certainement pas en état de poursuivre ou d'alimenter ce genre de conversation.

Mais ma curiosité finit par l'emporter.

– Est-ce que tu as déjà...

Je ne sais pas trop comment poser la question. C'est l'un des rares sujets que nous n'avons jamais abordés. Et le fait qu'il m'ait dit des obscénités à ce propos dans le feu de l'action n'entre pas en ligne de compte.

– Est-ce que tu as déjà fait ça auparavant ?

J'étudie son visage à la recherche d'une réponse.

– En fait, non, je ne l'ai jamais fait.

– Oh !

Je suis trop consciente de ses doigts courant le long de ma peau nue, pile à l'endroit où serait ma culotte si j'en portais une. D'une certaine manière, le fait qu'Hardin n'ait encore jamais eu cette sorte d'expérience me donne envie de franchir le pas.

– Tu penses à quoi ?

De son nez, il appuie sur le mien, et je souris sous l'intensité de son regard.

– J'aime bien le fait que tu n'aies encore... jamais fait ça...

– Pourquoi ?

Il hausse les sourcils et je cache mon visage.

– Je ne sais pas. Ce serait chouette d'être ta première pour quelque chose.

Il se lève sur son coude et me regarde.

– Qu'est-ce que tu veux dire par là ?

– Je veux juste dire que tu as déjà fait une tonne de trucs... tu sais, sur le plan sexuel. Et je ne t'ai apporté aucune nouvelle expérience.

Il me fixe prudemment, comme s'il avait peur de me répondre.

– Ce n'est pas vrai.

– Et pourtant, si.

– C'est des conneries et tu le sais très bien.

– Ne me parle pas sur ce ton, tu crois que je me sens comment quand je pense au nombre de filles avec qui tu as couché ?

Ce n'est pas une chose à laquelle je repense aussi souvent qu'autrefois, mais elle fait toujours aussi mal. Il tressaille et me tire doucement par les deux bras pour m'amener plus près de lui.

– Viens là.

Je me sens soulevée, il me pose sur ses genoux. Son corps à moitié nu est aussi chaud qu'accueillant pour ma nudité.

– Je ne parlais pas dans ce sens-là. Si tu avais déjà été avec quelqu'un d'autre, je ne serais pas là avec toi en ce moment.

Je rejette la tête en arrière pour le regarder.

– Excuse-moi ?

– Tu m'as très bien entendu.

Il embrasse la courbe de mon épaule.

– Ce n'est pas très gentil de me dire ça.

Je suis habituée au fait qu'Hardin me parle sans retenue, mais ces mots me surprennent. Il ne peut pas penser ce qu'il dit.

– Je n'ai jamais prétendu être gentil.

Je change de position sur ses genoux en ignorant le gémissement qui vient du fond de sa gorge.

– Tu es sérieux ?

– Très.

– Donc, tu es en train de me dire que si je n'avais pas été vierge, tu ne serais pas sorti avec moi ?

Ce n'est pas exactement le genre de sujet dont nous avons l'habitude de parler, et je suis nerveuse à l'idée de découvrir où tout ça va nous mener.

Ses yeux se rétrécissent, il étudie l'expression de mon visage.

– C'est exactement ce que je suis en train de te dire. De toute manière, si tu te souviens bien, je ne voulais pas vraiment sortir avec toi.

Il sourit, mais je fronce les sourcils. Je pose mes pieds sur le plancher pour descendre de ses genoux, mais il me retient.

– Arrête de bouder.

Il essaie de presser ses lèvres contre les miennes, mais je détourne vivement la tête.

Je le regarde intensément.

– Dans ce cas, peut-être bien que tu n'aurais *jamais* dû sortir avec moi.

Je me sens totalement à fleur de peau et blessée.

– Peut-être que tu aurais mieux fait de casser après avoir gagné ton pari.

Je fixe ses yeux verts, attendant une explosion. Mais elle ne vient pas. Il éclate de rire, emplissant la pièce de mon son préféré.

– Ne fais pas l'enfant !

Il emprisonne mes poignets dans sa main pour m'empêcher de me glisser hors de ses genoux.

– Le fait de ne pas avoir voulu sortir avec toi au début de notre relation ne veut pas dire que je ne sois pas heureux de sortir avec toi aujourd'hui.

– Ce n'est quand même pas une gentille chose à dire. Et tu viens de m'affirmer que tu ne serais pas avec moi si j'avais déjà connu un autre homme. Donc si j'avais couché avec Noah avant de te rencontrer, tu ne serais pas sorti avec moi ?

Il tressaille à ces mots.

– Non, je ne l'aurais pas fait. Nous ne serions pas dans cette... situation... si tu n'avais pas été vierge.

Il fait attention à ses mots, à présent. Bien.

Il se met sur moi et plaque mes poignets au-dessus de ma tête d'une seule main, m'écartant les cuisses de ses genoux.

– Je n'aurais pas supporté le fait que tu aies été touchée par un autre homme. Je sais que ça semble fou, mais c'est la foutue vérité, que tu veuilles l'entendre ou pas.

Je sens sur mon visage son souffle chaud exhalé par saccades.

L'espace d'un instant, j'oublie pourquoi je lui en veux tellement. Il a été honnête, je dois au moins lui accorder ça, mais c'est un deux poids deux mesures particulièrement désagréable qu'il me décrit là.

– Si tu le dis.

Il bouge les hanches, pressant entre mes cuisses son corps uniquement vêtu d'un boxer.

– Arrête d'être aussi ridicule, tu sais comment je suis.

Je me sens si vulnérable en cet instant, et son comportement de mâle dominant m'excite plus que de raison.

Il continue.

– Et tu sais très bien que tu m'as fait vivre de nouvelles expériences. Je n'ai jamais aimé personne. Pas plus une fille que ma famille...

Ses yeux s'embrument afin de plonger dans ce que je devine être de pénibles souvenirs, mais il revient très vite à l'instant présent et se focalise de nouveau sur moi.

– Et je n'ai jamais vécu avec qui que ce soit. Je n'en ai jamais eu rien à foutre de perdre quelqu'un, avant toi. Mais si je te perdais, je n'y survivrais pas. C'est une nouvelle expérience pour moi.

Ses lèvres frôlent presque les miennes.

– Est-ce que ça te suffit comme « nouvelle expérience » ?

Je hoche la tête et il me sourit. Si je décide de relever la tête d'un centimètre, mes lèvres vont toucher les siennes. Il semble lire dans mes pensées et rejette légèrement la tête en arrière.

– Et ne me balance plus ce pari de merde dans la gueule.

Un soupir perfide s'échappe de ses lèvres tandis que ses yeux s'assombrissent.

– Compris ?

– Bien sûr.

Je lui fais les gros yeux d'un air de défi. Il libère mes poignets et descend sa main le long de mon corps. Il s'arrête au niveau de ma hanche et la presse gentiment.

– T'es une vraie chieuse aujourd'hui.

Je me sens d'humeur relou, j'ai la gueule de bois et des montées d'hormones.

– T'es un connard, donc je suppose qu'on est quittes, je riposte.

Il se mord l'intérieur de la joue et plonge la tête vers moi. Un courant électrique me traverse jusqu'à l'aine alors que ses lèvres chaudes m'embrassent le long de la mâchoire. J'enroule mes jambes autour de sa taille pour l'attirer à moi.

– Je n'ai jamais aimé que toi.

Ses lèvres atteignent la base de mon cou et il place sa main sur l'un de mes seins, soulevant son corps à l'aide de son autre main.

– Je n'aimerai jamais personne d'autre que toi.

Je reste silencieuse. Je ne veux pas gâcher ce moment. J'aime quand il me parle avec sincérité de ses sentiments et, pour la première fois, je vois tout cela sous un jour nouveau. C'est vrai que Steph, Molly et la moitié de ce fichu campus de WCU ont couché avec Hardin. Mais aucune d'entre elles, pas une seule de ces filles, n'est jamais arrivée à l'entendre dire « je t'aime. »

Elles n'ont jamais eu et n'auront jamais le privilège de le découvrir, de le connaître véritablement, comme moi je le connais. Elles sont à mille lieues de se douter à quel point il est merveilleux et incroyablement brillant. Elles ne voient pas ses yeux se fermer ni ses fossettes se creuser lorsqu'il rit. Elles n'auront jamais l'occasion d'entendre des bribes de son passé ni la conviction dans sa voix lorsqu'il jure qu'il m'aime plus que sa vie.

Et je les plains pour ça.

– Je n'ai jamais aimé que toi.

L'amour que j'ai éprouvé pour Noah ne transcendait pas celui que je porte à ma famille. Je le sais à présent. J'aime Hardin de cette manière dévorante et incroyable, et je sais au fond de moi que je ne ressentirai plus jamais une chose pareille.

Je sens la main d'Hardin se diriger vers son boxer. Il le descend et j'utilise mes pieds pour l'aider à s'en débarrasser. Il me pénètre tendrement en poussant un râle.

– Encore.

– Je n'ai jamais aimé que toi.

– Bon Dieu, Tess, je t'aime tant.

Les mots sortent à travers ses dents serrées, telle une confession à vif.

– Je n'aimerai jamais personne d'autre que toi.

Je formule une prière silencieuse pour que nous trouvions un moyen de régler tous nos problèmes, car je sais que ce que je viens de dire est vrai. Ce sera toujours lui. Même si quelque chose devait nous séparer.

Les va-et-vient profonds d'Hardin me remplissent et m'envahissent tandis qu'il mord et suce la peau de mon cou de sa bouche tiède et humide.

– Je te sens, chaque centimètre de toi... Tu es si chaude...

Même en plein milieu de ma transe euphorique, je sens retentir une sirène d'alarme dans ma tête. Le préservatif ! Je la chasse pour me délecter de la sensation des muscles puissants d'Hardin qui bandent sous mes mains que je promène sur ses épaules larges et ses bras tatoués.

– Tu dois en mettre un...

Mes gestes sont en complète opposition avec mes paroles.

Je resserre mes jambes autour de sa taille, l'attirant plus profondément en moi. Mon estomac commence à se serrer de plus en plus fort...

– Je... ne peux pas m'arrêter...

Sa cadence s'accélère, et je sens que je vais me briser en deux s'il se retire maintenant.

– Alors, ne t'arrête pas.

On est tous les deux complètement dingues. On n'a pas les idées claires, mais je ne peux pas m'empêcher de labourer son dos de mes ongles pour l'encourager.

– Putain, Tessa, jouis.

Il me commande comme si je n'avais pas le choix.

Au moment de l'orgasme, j'ai peur de défaillir de plaisir lorsque ses dents frôlent, tiraillent, marquent ma poitrine. Tout en grognant de nouveau mon nom et une énième déclaration d'amour, Hardin arrête ses va-et-vient. Il se retire et jouit sur la peau nue de mon ventre. Je le regarde fascinée se toucher, me marquant de la manière la plus possessive qui soit sans jamais briser le contact visuel.

Il s'effondre sur moi, tremblant et à bout de souffle. Nous restons allongés en silence.

– Tu veux faire quoi ?

Je préférerais rester au lit, mais c'est la première fois qu'Hardin m'offre de m'emmener à Seattle durant la journée, et je ne suis pas sûre que cela se reproduise de sitôt.

– Peu m'importe, vraiment. Peut-être du shopping ?

– Ok.

Il fait un tel effort. Les trucs normaux que font les autres couples sont totalement en dehors de la zone de confort d'Hardin. Je lui souris en me souvenant du jour où il m'a emmenée à la patinoire pour me prouver qu'après tout, il pouvait être un petit ami normal.

On s'était bien amusés, mais je ne veux pas d'un petit ami « normal ». Je veux Hardin, avec son humour cru et son attitude aigrie. Je veux que nous sortions de temps en temps pour des occasions simples, et qu'il me rassure suffisamment sur la nature de notre relation pour que nos bons moments effacent les mauvais.

– Cool.

Il gigote, mal à l'aise.

– Je dois juste me brosser les dents et me coiffer.

– Et peut-être t'habiller.

Il pose la main entre mes cuisses.

– Tu as raison. Je devrais peut-être aller me rincer sous la douche.

Je déglutis, me demandant si Hardin et moi allons remettre ça avant de partir. Franchement, je ne sais pas si nous en sommes capables.

Je me lève du lit avec une grimace de douleur. Je savais que mes règles allaient venir d'un jour à l'autre, mais pourquoi ça devait arriver spécialement maintenant ? Après tout, je suppose que ça joue en ma faveur, étant donné qu'elles seront terminées d'ici à notre départ pour l'Angleterre.

Notre départ pour l'Angleterre... ça ne semble pas réel.

– Qu'est-ce qui se passe ?

– J'ai... c'est le moment de...

– Hum... et c'est quel moment, au juste ?

Il sourit d'un air satisfait, regardant son poignet nu comme s'il y avait une montre. Je grogne.

– Voyez-vous ça ! Une gueule de bois et une attitude sanguinaire !

– Tes blagues sont pourries.

J'enfile son t-shirt et attrape le sourire qu'il me lance en me voyant le porter à nouveau.

– Pourries, hein ? Si tu les trouves aussi pourries, tu veux peut-être me mettre un tampon dans la bouche ?

Je me dépêche de sortir de la chambre tandis qu'il rit encore de ses vannes.

∞

39
Hardin

– Je ne savais même pas que tu étais encore ici. Je croyais que Tessa avait cours aujourd'hui.

Super, l'accueil de Kimberly quand j'entre dans la cuisine !

– Qu'est-ce qu'elle fout encore là, elle ?

– Elle ne se sentait pas bien. Et toi, tu n'es pas supposée être au travail... ou peut-être que rester à la maison est l'un des avantages quand on baise avec son patron ?

– En fait, moi non plus je ne me sens pas bien, imbécile.

Elle jette une serviette en papier roulée en boule dans ma direction, mais me rate.

– Toi et Tessa devriez vraiment apprendre à tenir le champagne.

Elle me fait un doigt d'honneur.

La sonnerie du micro-ondes retentit, et elle en retire un bol en plastique rempli de quelque chose qui a l'odeur et l'apparence de la nourriture pour chats. Puis elle s'attable au plan de travail.

Elle hume l'odeur entre chaque coup de fourchette. Je lève les doigts pour me boucher le nez.

– Ça sent comme de la merde en boîte !

– Où est Tessa ? Elle pourrait peut-être te la faire fermer.

– Je ne compterais pas trop là-dessus.

Je souris. J'en suis en quelque sorte venu à apprécier les railleries de la fiancée de Christian. Elle a la peau dure et elle est suffisamment désagréable pour me fournir tout un tas de munitions.

– Tu ne compterais pas sur quoi ?

Tessa nous rejoint dans la cuisine, vêtue d'un sweatshirt avec un imprimé KMJ, d'une paire de jeans slim et de ces espèces de pantoufles qu'elle appelle chaussures.

– Sur rien.

Je fourre mes mains dans mes poches pour combattre mon envie de dégager le gros cul de Kimberly du tabouret.

Kimberly prend une autre bouchée de sa nourriture pour chats.

– Il dit des âneries, rien de nouveau à ça.

– Allons-y, elle devient ennuyeuse.

Je parle assez fort pour que Kim puisse entendre. Tessa me fait les gros yeux.

– Sois gentil.

Je la prends par la main et l'entraîne hors de la maison.

Je ne sais pas comment amener le truc, donc je me lance sans transition.

– Tu dois prendre la pilule.

J'ai vraiment manqué de prudence ces derniers temps, et maintenant que je l'ai sentie sans préservatif, impossible de faire machine arrière.

– Je sais. J'ai l'intention d'aller chez le médecin, mais c'est dur d'obtenir un rendez-vous avec une assurance d'étudiant.

– Bien sûr.

– Peut-être plus tard dans la semaine. Il faut que je m'en occupe le plus vite possible, tu es imprudent ces derniers temps.

– Moi ? Imprudent ?

Je ricane tout en essayant de ne pas m'affoler.

– C'est toi qui me prends tout le temps au dépourvu. Je ne peux pas avoir les idées claires.

– Oh, s'il te plaît !

Elle repose la tête contre l'appuie-tête en éclatant de rire.

– Hé, si tu veux gâcher ta vie en faisant un gosse, vas-y, mais ne compte pas sur moi pour te suivre dans cette foutue galère.

Je serre sa cuisse et elle fronce les sourcils.

– Quoi ?

– Rien.

– Dis-moi, maintenant.

– Les enfants sont un sujet qu'on ne devait pas aborder, tu te souviens ?

– Je suis d'accord... alors faisons court : bouge-toi le cul pour prendre la pilule, pour qu'on n'ait plus à se soucier des gamins.

– Je trouverai une clinique aujourd'hui, histoire de ne pas compromettre ton avenir.

Je l'ai irritée, mais je ne trouve pas vraiment de façon plus agréable de lui dire qu'elle doit trouver un moyen de contraception si elle veut baiser avec moi plusieurs fois par jour chaque fois que nous sommes près l'un de l'autre. Après avoir passé quelques coups de fil, elle annonce :

– J'ai pris un rendez-vous pour lundi.

– Bien.

Je passe ma main dans mes cheveux avant de la reposer sur sa cuisse.

J'allume la radio et je suis les instructions du GPS de mon téléphone pour rejoindre le centre commercial le plus proche.

Le temps de faire le tour complet du centre commercial, j'en ai déjà ma claque de Seattle. La seule chose que je trouve distrayante ici, c'est Tessa. Même lorsqu'elle est silencieuse, je peux lire dans ses pensées rien qu'aux expressions de son visage.

Je la regarde observer les gens qui se pressent dans le centre commercial.

Elle fronce les sourcils lorsqu'une mère en colère donne une fessée à son enfant au milieu d'une boutique, et je l'éloigne avant que la scène – et sa réaction – ne dégénèrent.

Nous déjeunons dans une petite pizzeria, et Tessa me parle tout au long du repas d'une nouvelle série de livres qu'elle songe à lire. Je sais à quel point elle peut être critique vis-à-vis des romans contemporains, je suis donc surpris et intrigué.

– Il faudra que je les télécharge quand tu me rendras ma tablette. J'ai hâte de récupérer mon bracelet aussi. Et puis la lettre.

Je me force à ne pas céder à la panique et enfourne une part presque entière de pizza. Je ne peux pas lui dire que je l'ai détruite, je lui suis donc particulièrement reconnaissant quand elle change de sujet.

La journée se termine lorsque Tessa s'endort dans la voiture.

Ça lui prend souvent ces derniers temps, et je ne sais pas pourquoi, mais j'aime ça. J'emprunte le long chemin qui mène à la maison, en faisant des détours, comme je l'ai fait la dernière fois.

Je n'ai pas entendu Tessa se lever. Ça me soûle, j'aurais voulu la voir avant qu'elle parte ce matin, surtout qu'elle ne va pas rentrer de la journée. Lorsque je jette un coup d'œil à l'horloge, elle indique presque midi.

Je m'habille en vitesse et quitte la maison pour me rendre aux bureaux des Éditions Vance. Ça me fait bizarre de me dire que je pourrais travailler là-bas avec elle.

Nous ferions la route ensemble chaque matin, et nous rentrerions à la maison ensemble... on pourrait vraiment habiter ensemble de nouveau.

De l'espace, Hardin, elle veut de l'espace. Je me marre. On ne se donne pas beaucoup d'espace, vraiment – seulement trois jours par semaine à tout casser. Tout ce qu'on est en train de réussir à faire, c'est de rendre nos rencontres plus compliquées, avec toute cette distance et ces trajets beaucoup trop longs.

En rentrant dans l'immeuble, je trouve le bureau de Seattle sacrément somptueux. C'est beaucoup plus grand que le bureau de merde dans lequel j'ai travaillé. Ça ne me manque pas de ne plus travailler dans un box plein à craquer, mais il est clair que cet endroit est cool. Christian ne voudrait jamais me laisser travailler de chez moi. C'est Brent, mon patron à Bolthouse, qui avait suggéré que je travaille pour lui depuis mon domicile, afin de « préserver la paix ».

Cette option me convient à merveille, surtout maintenant que Tessa est à Seattle.

Lorsque j'arrive à l'accueil, Kimberly me lance d'un sourire rayonnant derrière son bureau.

– Bonjour. Puis-je vous aider ?

– Où est Tessa ?

– Dans son bureau.

– Qui se trouve...

Je m'appuie contre le mur et attends qu'elle me guide vers Tessa.

– Au fond du couloir. Son nom est inscrit sur la plaque à l'extérieur.

Elle regarde de nouveau l'écran de son ordinateur, une façon bien grossière de me congédier.

Christian la paie à faire quoi au juste ? Dans tous les cas, ça en vaut sûrement la peine car ça lui permet de la baiser régulièrement et de rester dans les parages pendant la journée. Je secoue la tête pour chasser la vision de ces deux-là.

– Merci pour ton aide.

J'ouvre la porte du bureau de Tessa sans prendre la peine de frapper. La pièce est vide. Quelques secondes plus tard, j'entends un cliquetis et je vois son téléphone vibrer sur son bureau. *Où elle est, bordel?*

Je pars à sa recherche. Ça me met hors de moi de savoir que Zed est en ville. Putain, je jure que si...

– Hardin Scott?

Je me retourne et découvre un visage qui ne m'est pas inconnu.

– Hum, salut?

Je sais que je l'ai déjà vue quelque part, mais je ne sais plus où. Ça me revient lorsqu'une autre femme s'approche d'elle. C'est une putain de plaisanterie. L'univers est en train de me jouer une farce de très mauvais goût, et bordel, ça me met hors de moi.

Tabitha me sourit.

– Bien...

Ce que me racontait Tessa à propos de deux collègues pestes prend tout son sens.

Étant donné que, de toute évidence, aucun d'entre nous ne compte perdre son temps en politesses, je lance simplement:

– C'est vous qui emmerdez Tessa, pas vrai?

Si j'avais su que Tabitha avait été mutée au bureau de Seattle, j'aurais tout de suite compris que c'était la salope en question. Elle avait déjà cette sale réputation quand je travaillais pour Christian, je suis persuadé qu'elle n'a pas changé.

– Quoi? Moi?

Elle rejette ses cheveux sur son épaule dans un sourire.

Je la trouve différente... artificielle, vraiment. Sa petite sous-fifre qui marche dans ses pas a le même teint orange...

Faut arrêter les UV, les poufs !

– Arrêtez vos conneries. Je vous interdis de jouer les connasses avec elle sans raison.

– Mais je n'ai rien fait ! Je plaisantais de toute façon.

L'image soudaine d'elle en train de me sucer la bite dans des toilettes publiques me parcourt l'esprit, et j'encaisse la sensation qui accompagne ce souvenir indésirable.

– Je ne plaisante pas. Ne lui adresse même plus la parole.

– Bon sang, t'es toujours aussi agréable, je vois. Je la laisserai tranquille. Ça m'embêterait que tu rapportes ça à Vance et que je me retrouve à la porte comme tu as fait avec Sam...

– C'était pas ma faute.

– Si, ça l'était ! À partir du moment où son mec a découvert ce que vous faisiez... elle s'est mystérieusement fait virer dans la semaine.

Tabitha est une fille facile, et c'était pareil pour Samantha. Elle a commencé à m'intéresser au moment où j'ai appris qui était son petit ami. Mais dès que je me suis retrouvé entre ses jambes, ça a été fini. Je n'ai plus voulu avoir affaire à elle. Ce petit jeu m'a causé plein d'emmerdes et de drames que je préférerais oublier, et je ne voudrais surtout pas mêler Tessa à ces conneries.

– Tu ne sais pas la moitié de ce qui s'est vraiment passé, alors ferme-la ! Laisse Tessa en dehors de ça, et tu pourras conserver ton boulot.

En vérité, j'ai peut-être quelque chose à voir avec le fait que Christian ait viré Samantha, mais le fait qu'elle garde sa place me posait trop de problèmes. Elle était juste en première année de fac, elle travaillait comme pigiste à temps partiel.

– Quand on parle de la princesse...

Tessa entre en riant. Et juste derrière elle, vêtu de l'un de ses petits costumes-cravate, ce connard de Trevor, riant avec elle. Le petit con me remarque en premier et touche le bras de Tessa pour attirer son attention sur moi. Quand elle me voit dans la pièce, son visage s'illumine, son sourire s'élargit et elle se précipite vers moi. Ce n'est qu'en arrivant tout près qu'elle remarque Tabitha debout à mes côtés.

– Au revoir, Tabitha.

Je lui fais un signe d'adieu. Elle chuchote quelque chose à son amie, puis toutes deux quittent la pièce.

– Au revoir, Trevor.

Je sors ça assez doucement pour que seule Tessa puisse l'entendre.

Elle me donne un coup insistant sur le bras, comme elle a l'habitude de le faire.

– Bonjour, Hardin.

Ce connard de Trevor est toujours aussi poli. Il amorce un mouvement sec du bras, hésitant visiblement à m'offrir sa main pour que je la serre. J'espère pour lui qu'il ne va pas se décider à le faire. Je n'ai aucune intention d'accepter sa poignée de main.

– Salut.

Tessa est surexcitée.

– Qu'est-ce que tu fais ici ?

Elle jette un coup d'œil dans le couloir en direction des deux connasses qui viennent juste de partir. Je sais qu'elle se demande : *comment tu les connais et tu leur as dit quoi ?*

– Tabitha ne te posera plus de problèmes.

Elle écarquille les yeux :

– Qu'est-ce que tu as fait ?

Je hausse les épaules.

– Rien. Je lui ai juste dit ce que tu aurais dû lui dire depuis le début : d'aller se faire voir ailleurs.

Tessa adresse un sourire à ce connard de Trevor, et il s'assied à l'une des tables, tout en essayant de ne pas nous regarder. Je trouve sacrément amusant qu'il se sente aussi mal à l'aise.

– Tu as déjà déjeuné ?

Elle secoue la tête.

– Dans ce cas, allons te chercher quelque chose à manger.

Je lance un regard du style va-te-faire-foutre en direction de l'auditeur indiscret. Elle ne remarque rien.

– Le restau d'à côté fait d'excellents tacos.

Il se trouve qu'elle a tort. Les tacos ont un goût de merde, mais elle dévore son plat et la plus grande partie du mien. À la suite de quoi elle rougit et attribue son appétit soudain à ses hormones. Et quand elle menace de me « mettre un tampon au fond de la gorge » si je fais une seule blague à propos de ses règles, je me contente de rire.

– J'ai décidé de rentrer demain pour prendre mes affaires et dire au revoir à tout le monde.

Elle boit un verre d'eau pour faire passer le goût de la sauce épicée qu'elle vient juste de finir.

– Tu penses pas que l'Angleterre le week-end prochain, c'est déjà assez comme voyage ?

– Non. Je veux voir Landon. Il me manque tellement.

Un sentiment de jalousie me frappe sans crier gare, mais je l'écarte de mon esprit. C'est son seul ami, si on ne compte pas cette chieuse de Kimberly.

– Il sera toujours là quand on sera revenus d'Angleterre...

– Hardin, s'il te plaît.

Elle lève les yeux vers moi, mais ne demande pas la permission, comme elle le fait parfois. Cette fois-ci, elle me demande de coopérer et je peux deviner à la lueur dans ses yeux qu'elle ira voir Landon, que je le veuille ou non.

– D'accord, putain.

Je vois mal comment ça pourrait s'arranger. Je la regarde par-dessus la table, et elle me sourit avec fierté. Je ne sais pas si elle est fière d'avoir gagné cette dispute, ou fière que je lui aie cédé. Mais elle est si belle, si détendue.

– Je suis heureuse que tu sois venu aujourd'hui.

Elle me prend la main tandis que nous descendons la rue animée. Pourquoi il y a autant de monde à Seattle ?

– Vraiment ?

Je m'en doutais, mais j'avais un peu peur qu'elle soit furieuse de me voir débarquer sans prévenir. Pas que j'en aie quelque chose à foutre, mais quand même.

– Oui.

Elle lève la tête vers moi en clignant des yeux, s'arrêtant en plein milieu d'un essaim de silhouettes pressées.

Elle se mord la lèvre inférieure en fixant le bitume.

Mais j'ai l'impression que je peux respirer pour la première fois depuis des mois.

– Est-ce que c'est une bonne chose, ou...

– Oui, c'est une bonne chose. J'ai la sensation que pour une fois tout se passe à merveille. Je sais que ça ne fait pas longtemps, mais ça n'a jamais fonctionné aussi bien entre nous. On a seulement eu une poignée de disputes, et on a réussi à communiquer. Je suis fière de nous.

Son commentaire m'amuse, parce qu'on se dispute toujours et on se chamaille constamment. Ce n'est pas seulement une poignée de disputes, mais elle a raison : on a réussi à parler pour s'en sortir. J'aime nos disputes, et je pense qu'elle les aime aussi. On est différents – difficile de trouver deux personnes plus différentes l'une de l'autre – et être tout le temps d'accord avec elle serait juste emmerdant. Je ne pourrais pas vivre sans son besoin constant de me gronder quand je fais une connerie. C'est une sacrée chieuse, mais je ne changerais rien en elle. Sauf son besoin de vivre à Seattle.

– On surestime les vertus du bon fonctionnement d'un couple, Bébé.

Pour appuyer mes paroles, je la soulève par les cuisses, enroule ses jambes autour de ma taille et la plaque contre le mur avant de l'embrasser en plein milieu de l'une des rues les plus bondées de Seattle.

∞

40
Tessa

– C'est encore loin ?

Hardin se plaint, affalé sur le siège passager.

– Moins de cinq minutes, on vient tout juste de dépasser Conner.

Il est parfaitement conscient que nous sommes presque arrivés à l'appartement, c'est juste qu'il ne peut pas s'empêcher de se plaindre. Hardin a conduit la plus grande partie du chemin, jusqu'à ce que j'arrive à le persuader de me laisser sa place au volant pour la fin du voyage. Ses yeux se fermaient presque, et je sentais qu'il avait besoin d'une pause. J'ai constaté que j'avais raison quand il a étendu le bras par-dessus la console centrale qu'il m'a agrippée pendant que je conduisais et qu'il s'est endormi presque instantanément.

– Landon est toujours là-bas, n'est-ce pas ? Tu lui as parlé ?

Je suis super excitée à l'idée de revoir mon meilleur ami. Il y a trop longtemps que je ne l'ai pas vu. Il me manque, lui, ses gentils mots pleins de sagesse et son sourire qui ne semble jamais vouloir s'effacer de son visage.

– Pour la millième fois, ouais.

Bien qu'il se refuse à l'admettre, il est resté inquiet durant tout le trajet. Il fait genre que c'est dû au trajet, mais j'ai le sentiment que sa frustration apparente cache quelque chose d'autre. Je ne suis pas certaine de vouloir découvrir ce que c'est. En arrivant dans le parking de l'immeuble que j'ai autrefois considéré comme ma maison, mon estomac se serre et ma nervosité commence à remonter à la surface.

– Tout ira bien.

Les mots rassurants qu'Hardin m'adresse alors que nous passons la porte d'entrée ne manquent pas de me surprendre.

Le petit ascenseur me paraît si étranger tandis que nous nous élevons vers les étages. C'est comme si bien plus de trois semaines avaient passé. Hardin garde sa main dans la mienne jusqu'à ce que nous ayons atteint la porte. Enfin il tourne la clé dans la serrure.

Landon bondit du canapé et traverse la pièce à grandes enjambées avec le plus large sourire que je lui ai vu en sept mois d'amitié. Il enroule les bras autour de mon dos et m'étreint en guise de bienvenue. Je me retrouve à sangloter contre la poitrine de mon ami.

Je ne sais pas vraiment pourquoi je pleure autant. C'est juste que Landon m'a terriblement manqué, et je suis émue devant sa réaction chaleureuse. J'entends la voix de mon père, un peu à l'écart.

– Est-ce que ça peut être le tour du vieil homme maintenant ?

Landon reste à mes côtés quand je vais enlacer mon père, le sourire plus éclatant et plus aimant que jamais. En jetant un regard à mon père, je réalise qu'il devait être au courant de ma visite. On dirait qu'il porte les vêtements de Landon, et qu'ils sont trop étroits pour son gabarit. Je remarque également qu'il est rasé de près.

– Où est passée ta barbe ?

Il pousse un grand cri de joie et resserre son étreinte.

– Plus de barbe pour moi.

– Comment s'est passé le voyage ? demande Landon, fourrant ses mains dans les poches de son pantalon Navy coloré.

– Merdique.

– Bien.

Landon et mon père éclatent de rire. Hardin a l'air contrarié et moi, je suis juste heureuse d'être de retour à la maison... auprès de mon meilleur ami et du membre de ma famille dont je suis la plus proche.

Ce qui me rappelle qu'il faut que je téléphone à ma mère, chose que je ne cesse de remettre à plus tard.

– Je vais mettre ta valise dans la chambre.

Hardin nous laisse tous les trois à nos retrouvailles.

Je le regarde disparaître dans la chambre que nous avons partagée dans le passé. Il a les épaules affaissées et j'aimerais le suivre, mais je me retiens de le faire.

– Tu m'as tellement manqué, Tessie. Comment est-ce qu'on te traite à Seattle ?

C'est étrange de voir mon père ainsi, avec l'une des chemises de Landon et un pantalon de costume, sans un seul poil sur le visage. On dirait un autre homme. Les poches sous ses yeux sont un peu plus enflées pourtant, et ses mains tremblent légèrement le long de son corps.

– Ça va, je commence à m'y habituer.

Il sourit.

– Ça fait plaisir à entendre.

Tandis que mon père prend place sur le bord du canapé, Landon s'approche de moi en lui tournant le dos, comme s'il voulait garder notre conversation privée.

– J'ai l'impression que ça fait des mois que tu es partie.

Lui aussi a l'air fatigué... peut-être à force de rester dans l'appartement avec mon père ? Je ne sais pas, mais j'ai envie d'en avoir le cœur net.

– En effet, on dirait que le temps ne s'écoule pas comme ailleurs, à Seattle. Comment *ça va,* ici ? J'ai l'impression que nous en avons à peine parlé.

C'est vrai. Je n'ai pas appelé Landon aussi souvent que j'aurais dû le faire, et lui-même a dû être vraiment occupé avec son dernier semestre à Washington Central. Si je trouve déjà que trois semaines, c'est dur à supporter, comment je pourrai encaisser qu'il s'installe à New York pour toujours ?

– Je me doutais que tu allais être occupée. Tout va bien.

Ses yeux se détournent précipitamment, et je soupire. Pourquoi ai-je cette sensation de passer à côté de quelque chose d'évident ?

– Tu es sûr ?

Je regarde successivement mon meilleur ami et mon père, découvrant soudain l'expression épuisée de Landon.

– Ouais, on en parlera plus tard. Maintenant, parle-moi de Seattle !

La faible lueur dans ses yeux s'intensifie jusqu'à un pétillement de bonheur. Ce bonheur qui m'a tant manqué.

– Ça va...

Devant le manque d'enthousiasme dans ma voix, il plisse le front.

– Non, vraiment, ça va. Bien mieux maintenant qu'Hardin vient me rendre visite plus souvent.

– Tu parles d'espace, hein ? Vous avez une drôle de manière de rompre, tous les deux.

Je lève les yeux au ciel en signe d'acquiescement.

– Ça a été super de l'avoir là-bas. Je ne sais toujours pas où j'en suis, mais Seattle ressemble beaucoup plus au Seattle de mes rêves quand Hardin est à mes côtés.

– Je suis heureux de l'entendre.

Le regard de Landon se détourne vers Hardin quand celui-ci entre et vient se placer à côté de moi.

Promenant mon regard autour de moi, je lance aux trois hommes :

– Cet endroit est en bien meilleur état que j'aurais imaginé !

Je me souviens de la toute première fois où j'ai franchi le seuil de l'appart avec Hardin. Je me rappelle être instantanément tombée amoureuse du charme désuet de l'endroit : le mur dénudé en briques était vraiment ravissant, et j'ai été plus qu'impressionnée par le vaste rayonnage de livres recouvrant la totalité du mur opposé. Le dallage en béton ajoutait à la personnalité de l'appartement, unique et beau. Je ne pouvais croire au fait qu'Hardin ait choisi l'endroit le plus parfait qui puisse nous convenir à tous les deux. Ce n'était pas le moins du monde extravagant, mais c'était si beau et si bien pensé. Je me rappelle à quel point il était nerveux à l'idée que je puisse ne pas aimer l'endroit. Quoique j'étais nerveuse aussi. Je pensais qu'il était fou de vouloir emménager si vite avec moi avec notre relation faite de hauts et de bas – et maintenant je sais que mes appréhensions étaient tout à fait justifiées. Hardin avait utilisé cet appartement comme un piège. Il se disait que ça me pousserait à rester avec lui lorsque j'aurai découvert l'histoire du pari qu'il avait passé avec sa bande d'amis.

D'une certaine manière, on peut dire que ça a marché. Même si je n'aime pas particulièrement cette période de notre passé, je n'y changerais rien.

Malgré les souvenirs de nos premiers jours heureux ici, pour certaines raisons, je ne peux toujours pas me débarrasser du frisson troublant au creux de l'estomac. Maintenant, j'ai l'impression d'être une étrangère ici. Le mur en briques que je trouvais autrefois si adorable a été trop souvent taché de coups sanglants, les livres sur les étagères ont été témoins de trop de disputes, les pages ont essuyé trop de larmes à la suite de nos combats sans fin, et l'image d'Hardin effondré à genoux devant moi est si forte qu'elle est pratiquement imprimée dans le sol. Cet endroit n'est plus pour moi le trésor qu'il a été, et ces murs portent à présent des souvenirs de tristesse et de trahison. Pas seulement la trahison d'Hardin, mais également celle de Steph.

– Qu'est-ce qui ne va pas ?

Hardin a repéré mon expression mélancolique.

– Rien, je vais bien.

Je veux chasser les souvenirs désagréables de mon esprit. Ils m'arrachent à ces instants de joie que me procure l'idée de retrouver Landon et mon père après ces semaines de solitude à Seattle.

– Je n'en crois pas un mot.

Mais Hardin n'insiste pas et va dans la cuisine. Au bout de quelques secondes, sa voix nous parvient dans le salon.

– Il y a rien à bouffer ici ?

– Ah ! ça recommence. Ça a été si calme pourtant.

Mon père regarde Landon, et ils partent tous deux d'un rire complice.

Je suis si reconnaissante à Landon de l'avoir dans ma vie, et si reconnaissante d'avoir ce qui ressemble à une relation naissante avec mon père, même si j'ai l'impression qu'Hardin et Landon semblent mieux le connaître que moi-même.

– Je reviens dans une minute.

Je veux quitter ce pull oppressant. Il fait trop chaud dans l'appartement, et je sens que mes poumons ont besoin d'un souffle d'air frais. J'ai besoin de relire la lettre d'Hardin ; c'est la chose que je préfère au monde. C'est plus qu'un simple objet pour moi.

Elle exprime son amour mieux que sa bouche ne pourrait le faire. Je l'ai lue et relue si souvent que j'ai fini par l'apprendre par cœur, mais j'ai besoin de la toucher à nouveau. Une fois que je tiendrai les pages entre mes mains, toute l'angoisse que je ressens sera remplacée par ses mots attentionnés. Je pourrai alors respirer à nouveau et profiter de mon week-end.

Je fouille le sommet de la commode ainsi que chaque tiroir avant de commencer à inspecter le bureau. Mes doigts cherchent entre les piles de trombones et de stylos, en vain.

Mais où il l'a mise ?

Je trouve ma liseuse ainsi que le bracelet posé sur mon journal, mais aucune trace de la lettre. Après avoir posé le bracelet sur le bureau, je me dirige vers le placard et cherche dans la boîte à chaussures vide qu'Hardin utilise pour stocker ses fichiers de travail pendant la semaine. Je soulève le couvercle pour constater qu'elle est vide, à l'exception d'un unique morceau de papier, qui, malheureusement, n'est pas la lettre en question. *Qu'est-ce que c'est, d'ailleurs ?*

La page est entièrement noircie par l'écriture d'Hardin, et si je n'étais pas si préoccupée du sort de ma lettre, je m'arrêterais pour la lire. C'est vraiment étrange que ce papier soit là par hasard. Je note mentalement de revenir lire ces gribouillis avant de refermer la boîte et la remettre à sa place.

Je me dis que je n'ai peut-être pas suffisamment bien cherché dans le tiroir, et reviens vers la commode. Et si Hardin avait jeté la lettre ?

Non, il n'aurait jamais fait ça. Il sait à quel point j'y tiens. Il n'aurait jamais fait une chose pareille. Une fois de plus, je prends mon journal, le retourne à l'envers et le secoue en espérant en faire tomber la lettre. Je commence à paniquer, jusqu'à ce qu'une lueur blanche attire mon attention. C'est un lambeau de papier qui tournoie dans l'air entre mon journal et le plancher. Je me penche et le saisis juste à l'instant où il atterrit sur le sol.

Je reconnais immédiatement les mots – ils sont comme gravés dans mon esprit.

C'est seulement la moitié d'une phrase, presque trop petite pour que je puisse la lire, mais les mots à l'encre ont bien été tracés par la main d'Hardin. Mon estomac se serre tandis que je fixe le morceau de papier. Et puis l'évidence finit par me frapper. Je comprends qu'en fait, il l'a vraiment détruite. Je commence à pleurer en lâchant le lambeau de papier qui glisse de mes doigts et tombe au sol de nouveau. Mon cœur vient de se briser en un instant, et je commence à me demander ce qu'un cœur peut bien encore endurer.

∞

41
Hardin

– Tu peux partir.

Je libère Landon de ses obligations de baby-sitter.

– Je ne pars pas, elle vient juste d'arriver !

Je devine que Landon est l'une des raisons principales – si ce n'est la seule – pour laquelle elle voulait revenir dans ce putain d'endroit.

– Bien.

Puis je baisse la voix et demande calmement :

– Il était comment pendant mon absence ?

– Il allait bien. Ses tremblements ont diminué et il n'a pas vomi depuis hier matin.

– Putain de junkie.

Je passe mes mains dans mes cheveux.

– Merde.

– Calme-toi, tout va s'arranger.

J'ignore ses paroles de sagesse et le laisse dans la cuisine pour aller retrouver Tessa. En atteignant la porte de la chambre, j'entends un sanglot étouffé venant de l'intérieur. Je m'élance et la trouve qui fixe le sol, les deux mains sur la bouche, les yeux bleus injectés de sang et inondés de larmes. Un pas de plus, et je comprends ce qu'elle est en train de fixer. Merde.

Merde.

– Tess ?

Je n'ai pas encore eu l'occasion de trouver le moyen de réparer ma connerie : avoir déchiré cette foutue lettre. Pourtant, ce n'est pas l'envie qui m'en a manqué. Je comptais retrouver les morceaux restants et les recoller… ou du moins dire à Tessa ce que j'avais fait avant qu'elle le découvre par elle-même. Trop tard maintenant.

– Tess, je suis désolé !

– Pourquoi as-tu…

Elle sanglote, incapable de terminer sa phrase. Mon cœur se serre. Pendant un bref instant, je me persuade que je souffre encore plus qu'elle.

– J'étais comme un fou quand tu m'as quitté…

Je m'approche d'elle. Mais elle s'éloigne de moi. Je ne peux pas lui en vouloir.

– Je n'avais pas les idées claires, et la lettre se trouvait là, sur le lit, à l'endroit où tu l'avais laissée.

Elle se contente de me fixer sans me répondre.

– Je suis tellement désolé, je te le jure !

Elle s'étrangle, s'essuyant furieusement les joues.

– Je… J'ai besoin d'une minute, ok ?

Ses yeux se ferment, et quelques larmes s'échappent sous ses cils battants.

J'aimerais pouvoir lui accorder une minute, comme elle me l'a demandé. Mais, égoïstement, j'ai peur qu'elle ne se laisse submerger par sa souffrance et qu'en fin de compte elle ne veuille plus me voir.

– Je n'ai pas l'intention de quitter cette chambre.

Bien qu'elle ait les deux mains plaquées contre sa bouche, je l'entends pousser un cri étouffé, qui me fait l'effet d'un coup de poignard.

– S'il te plaît.

Je savais qu'elle serait blessée en découvrant que j'ai déchiré cette lettre, mais je ne m'attendais pas à ce qu'elle le soit à ce point.

– Non, je ne pars pas.

Je refuse de la laisser ici toute seule, à continuer de pleurer sur mes erreurs, une fois de plus. Combien de fois ça s'est déjà produit dans cet appartement ?

Elle détourne le regard et va s'asseoir au pied du lit, ses mains tremblantes ramenées sur ses genoux pliés, les yeux mi-clos, ses lèvres frémissant dans son effort pour se calmer. Je ne prête pas attention à sa main qui repousse ma poitrine lorsque je tombe à genoux devant elle pour la prendre dans mes bras.

Après quelques vains efforts pour me repousser, elle finit par abandonner et me laisse la réconforter.

– Je suis désolé, Bébé.

Je ne sais pas si j'ai jamais été aussi sincère en prononçant ces paroles.

– J'aimais cette lettre. Elle avait tellement d'importance pour moi.

– Je sais. Je suis tellement désolé.

Je n'essaie même pas de me défendre, parce que je suis un putain d'imbécile. Je sais à quel point ce truc comptait pour elle. Je la repousse gentiment par les épaules, puis prends ses joues pleines de larmes entre mes mains.

– Je ne sais pas quoi te dire, sauf que je suis désolé.

Elle se décide enfin à parler.

– Je ne vais pas dire que ça va, parce que ça ne va pas...

Ses yeux sont injectés de sang et gonflés d'avoir pleuré.

– Je sais.

Je baisse la tête, libérant son visage de mon étreinte.

Quelques instants plus tard, je sens ses doigts appuyer sous mon menton. Elle me relève la tête pour me forcer à la regarder, tout comme je le fais d'habitude.

– Je suis bouleversée... anéantie, vraiment. Mais je ne peux rien y faire. Je n'ai pas l'intention de rester assise ici à pleurer tout le week-end, et je ne veux certainement pas que tu ressasses et te tortures l'esprit à ce sujet.

Elle fait de son mieux en prétendant que ça ne la perturbe pas tant que ça.

– Je me rachèterai, d'une manière ou d'une autre.

N'obtenant aucune réponse de sa part, j'insiste un peu.

– Ok ?

Elle s'essuie les yeux, laissant une traînée de maquillage sur le bout de ses doigts. Son silence me met mal à l'aise. Je préférerais qu'elle me crie dessus plutôt que la voir pleurer ainsi.

– Tess, parle-moi, s'il te plaît. Est-ce que tu veux que je te ramène à Seattle ?

Même si elle me dit oui, je n'ai aucune intention de le faire, mais cette proposition m'a échappé avant d'avoir eu le temps d'y réfléchir.

– Non. Ça va aller.

Dans un soupir, elle se lève et me contourne pour sortir de la chambre. Je me relève pour la suivre. Elle referme la porte de la salle de bains et je reviens dans la chambre pour prendre sa trousse de toilette.

Je la connais, elle voudra réparer ce désastre noir sous ses yeux.

Je frappe à la porte de la salle de bains, elle l'ouvre juste assez pour que lui je fasse passer la trousse.

– Merci.

J'ai déjà gâché son week-end, alors qu'il vient tout juste de commencer.

À l'autre bout du couloir, Landon crie :

– Ma mère et ton père aimeraient que tu viennes à la maison avec Tessa demain.

– Et ?

– Je te le dis, c'est tout. Tessa manque à ma mère.

– Eh bien, ta mère pourra la voir une autre fois.

Puis je réalise que ça pourrait lui changer les idées.

– Tu sais quoi ? Ok. Je l'amènerai demain.

Mon demi-frère penche la tête.

– Elle pleure ?

– Elle... ça ne te regarde pas vraiment, sérieux.

– Ça ne fait même pas vingt minutes que vous êtes rentrés, et elle est déjà enfermée dans la salle de bains.

– Ce n'est pas le moment de me casser les couilles, Landon. Je suis déjà sur le point d'exploser, alors la dernière chose à faire, c'est de foutre ton nez dans ce qui ne te regarde pas, putain.

Il se contente de lever les yeux au ciel, comme fait Tessa.

– Si je comprends bien, j'ai juste le droit de m'impliquer quand il s'agit de te rendre un service ?

C'est quoi son putain de problème ? Et pourquoi est-ce que je continue à l'appeler mon « demi-frère » ?

– Va te faire foutre !

– Elle est déjà probablement accablée de chagrin, alors stoppons ça avant qu'elle sorte de cette salle de bains.

– Ok, alors arrête de me dire des conneries.

Avant même qu'il puisse répondre, la porte de la salle de bains s'ouvre et Tessa sort dans le couloir, l'air inquiet. Elle semble s'être remise de ses émotions, mais elle a l'air épuisée.

– Qu'est-ce qui se passe ?

– Rien. Landon va commander des pizzas, et on va tous passer le reste de la nuit comme une seule grande et heureuse famille. (Je jette un bref regard en direction de Landon.) Pas vrai ?

– Carrément.

Je sais qu'il le fait pour Tessa. Je regrette les jours où Landon ne faisait pas le malin avec moi. Ils étaient rares, mais il est devenu de plus en plus gonflé ces derniers mois. Ou c'est moi qui suis devenu plus faible... je n'en sais foutrement rien, mais j'aime pas la tournure que tout ça prend.

Tessa lâche un léger soupir. J'ai besoin de la voir sourire, de savoir qu'elle peut surmonter ça. Alors je dis :

– Je t'emmène chez mon père demain. Peut-être que Karen pourra partager quelques recettes ou des conneries de ce genre avec toi ?

Ses yeux s'illuminent et elle se met enfin à sourire.

– Des recettes ou des « conneries » ?

Elle se mord le coin de la lèvre inférieure pour s'empêcher de sourire encore plus. La pression dans ma poitrine s'estompe.

– Ouais, ou des conneries.

Je lui rends son sourire et l'emmène dans le salon, où nous nous apprêtons à passer une nuit de torture à distraire Richard et Landon.

Richard est affalé sur le canapé. Landon est dans le fauteuil. Et Tessa et moi sommes assis par terre.

– Est-ce que tu peux me passer une autre part ?

C'est la troisième fois que Richard m'emmerde en dix minutes. Je regarde Tessa et Landon, qui, bien entendu, sont totalement absorbés par l'histoire d'amour par e-mails interposés entre Meg Ryan et Tom Hanks. Si le film était tourné aujourd'hui, ils auraient baisé après le premier e-mail au lieu d'attendre la dernière scène pour ne rien faire d'autre que s'embrasser. Putain, ils auraient été sur une de ces applications de rencontre, peut-être même qu'ils n'auraient jamais connu que leurs pseudos. Si ce n'est pas déprimant, ça ?

– Voilà.

Je grogne en faisant glisser le carton de pizza vers Richard. Il m'interrompt toutes les dix minutes pour avoir un peu plus de cette fichue pizza, comme si ce n'était pas suffisant de prendre toute la place sur le canapé.

– Cette dernière partie ne manquait jamais de faire pleurer ta mère.

La main de Richard vient étreindre l'épaule de Tessa. Je me retiens de foncer pour m'interposer entre eux. Si elle avait la moindre idée des agissements de son père cette dernière semaine, si elle l'avait vu vomir et se tordre en convulsions sous l'effet du sevrage, elle repousserait sa main elle-même et irait se désinfecter l'épaule.

– Vraiment ?

Tess lève la tête vers son père, les yeux brillants.

– Oui. Je me souviens que vous le regardiez chaque fois qu'il passait. Vers la période des vacances, bien entendu.

– Est-ce que...

Je décide de ravaler mon venin avant qu'il ne sorte de ma bouche.

– Quoi ?

– Est-ce que... hum, ce chien est censé se trouver là ?

Ma question n'a aucun sens, mais Tessa, fidèle à elle-même, se lance dans une grande tirade portant sur la dernière scène du film, selon laquelle le chien – Barkley ou Brinkley – est essentiel au succès du film.

Bla-bla-bla...

L'explication de Tessa est interrompue net par des coups frappés à la porte. Landon s'apprête à aller répondre. Je me lève avant lui et le bouscule.

– J'y vais.

C'est chez moi, après tout.

Je ne m'embête pas à regarder par l'œil de bœuf, mais quand la porte s'ouvre, je regrette de ne pas l'avoir fait. Un mec à la gueule de camé et à l'odeur nauséabonde se dresse devant moi.

– Il est où?

Je sors sur le palier en refermant la porte derrière moi. *Hors de question* que Tessa soit dérangée par ce merdeux.

– Qu'est-ce que tu fous là, bordel ?

– Je suis venu voir mon pote, c'est tout.

Les dents de Chad sont encore plus marron qu'avant. Une barbe disséminée lui envahit le visage. Il a beau n'avoir que la trentaine, il a l'air d'en avoir cinquante. La montre que mon père m'a offerte pend à son poignet sale.

– Il ne sortira pas, et personne ne te donnera quoi que ce soit. Alors, je te conseille de faire demi-tour avant que l'idée ne me vienne de t'éclater la gueule contre la rampe.

Je désigne la barre en métal devant l'extincteur du couloir.

– Ensuite, pendant que tu seras en train de te vider de ton sang, j'appellerai la police et te ferai coffrer pour violation de propriété privée et détention de stupéfiants. Je sais que ce putain de connard a de la drogue sur lui.

Il me fixe du regard et je fais un pas dans sa direction.

– À ta place, je ne mettrais pas ma putain de patience à l'épreuve. Pas ce soir.

Sa bouche s'ouvre au moment où la porte de l'appartement s'ouvre derrière moi. Putain de merde.

– Qu'est-ce qui se passe ?

C'est Tessa qui se tient là, devant nous. Je la repousse instinctivement, et elle me repose la question.

– Rien, Chad ici présent était justement en train de se barrer.

Je reporte mon attention sur lui. Que Dieu lui vienne en aide si jamais il…

Les yeux de Tessa se focalisent sur l'objet brillant qui pend à son poignet maigre.

– Est-ce que c'est ta montre ?

– Quoi ? Non…

Je commence à mentir, mais elle sait déjà. Elle n'est pas assez stupide pour penser que c'est une coïncidence si ce connard de drogué porte exactement la même montre ultra-chère que moi.

– Hardin...

Elle me regarde, furieuse.

– Alors quoi, tu fréquentes ce mec, c'est ça ?

Elle croise les bras pour mettre un peu plus de distance entre nous.

– Non !

J'ai crié à moitié. Comment elle peut tirer ce genre de conclusion ?

Je suis partagé entre l'envie d'appeler son père, me défendre ou inventer un autre mensonge.

Je jette à Chad un dernier avertissement.

– C'est personne. Il était en train de partir.

Cette fois-ci, il me prend au sérieux et s'éloigne dans le couloir. Je suppose qu'il n'y a que Landon à ne plus être intimidé par moi. Après tout, je n'ai peut-être pas perdu tout mon tranchant.

– Qui est là ?

Richard nous rejoint dans l'entrée.

– Cet homme... Chad.

Tessa lui répond sur un ton clairement inquisiteur.

– Oh...

Richard pâlit et me regarde d'un air désespéré.

– Je dois savoir ce qui se passe.

Tessa commence à s'énerver. Je n'aurais pas dû accepter qu'elle revienne ici. Je l'ai vu sur son visage au moment où elle a le mis le pied dans ce foutu endroit.

– Landon !

Tessa appelle son meilleur ami et moi, je regarde son père. Landon va tout lui raconter. Il ne lui mentira pas. Il n'est pas comme moi qui lui ai menti tant de fois. Je dois l'admettre.

– Ton père lui devait de l'argent, et je lui ai donné cette montre en guise de paiement.

Le souffle coupé, elle se tourne vers Richard.

– Pourquoi tu lui devais de l'argent ? C'est un cadeau du père d'Hardin !

Ok… je ne m'attendais pas à cette réaction. Elle est plus concentrée sur cette montre à la con que sur la partie « ton-père-doit-de-l'argent-à-ce-gars ».

– Je suis désolé, Tessie. Je n'avais pas d'argent, et Hardin…

Avant que je réalise ce qu'elle est en train de faire, elle est déjà à mi-chemin vers l'ascenseur.

Putain de merde !

En panique, je la poursuis, mais elle se faufile dans la cage d'acier juste avant que j'arrive à la rattraper. En général, ces portes bougent avec une lenteur insupportable. Mais il suffit que Tessa s'échappe pour qu'elles se ferment instantanément.

– Putain de merde, Tessa !

Je donne un coup de poing contre la paroi de métal.

Lorsque je jette un coup d'œil derrière moi dans le couloir, je vois Landon et Richard, tous deux immobiles, le regard vide.Merci pour votre aide, bande de connards !

Je me dirige rapidement vers la cage d'escalier et dévale les marches quatre à quatre pour arriver en bas avant elle. En atteignant le hall, je regarde autour de moi pour trouver Tessa. Ne la voyant pas, je commence de nouveau à paniquer.

Chad a peut-être amené des amis… ils pourraient lui faire du mal…

Puis l'ascenseur s'ouvre dans un ding sonore, et Tessa en sort, arborant l'expression la plus déterminée qu'on puisse imaginer. C'est là qu'elle m'aperçoit.

– Non, mais ça va pas la tête ?

Je crie si fort que le son de ma voix résonne dans le hall tout entier.

– Il va rendre cette putain de montre, Hardin !

Elle se dirige vers les portes vitrées d'un pas déterminé.

Lui passant un bras autour de la taille, je la tire en arrière contre ma poitrine.

– Lâche-moi !

Elle me griffe les bras, mais je ne lâche pas prise.

– Hors de question que tu lui coures après. Qu'est-ce qui te prend ?

Elle persiste à se débattre.

– Si tu n'arrêtes pas de te débattre, je vais te prendre par la peau du cul pour te ramener à l'appartement. Maintenant, écoute-moi.

– Il ne peut pas garder cette montre, Hardin ! Ton père te l'a donnée, et ça veut dire beaucoup, autant pour lui que pour toi...

– Cette putain de montre ne signifiait rien pour moi.

– Si, tu ne l'admettras jamais, mais c'est le cas. Je le sais.

Ses yeux s'emplissent à nouveau de larmes. Putain, ce week-end est parti pour être à chier.

– Ce n'est pas vrai...

Est-ce que c'est le cas ?

Ses mains s'immobilisent et elle se calme. Avec une légère pression dans le dos, je la pousse doucement vers l'ascenseur, la laissant tout à son chagrin maintenant qu'elle en a terminé avec sa course-poursuite du trafiquant de drogue.

– C'est pas juste qu'il ait pris cette montre, juste à cause d'un stupide troc de mon père. Comment peut-on boire autant, jusqu'à devoir de l'argent à quelqu'un ?

– Il ne s'agit pas d'alcool, Tess.

Je l'observe pencher la tête de côté et regarder n'importe où, juste pour ne pas avoir à croiser mon regard.

– Hardin, je connais mon père et son problème d'alcool. Ne lui cherche pas d'excuses.

Sa poitrine remonte et redescend à un rythme fiévreux.

– Tessa, Tessa, tu dois te calmer.

– Alors, dis-moi ce qui se passe, Hardin !

Je ne sais quoi ajouter de plus. Je suis désolé, désolé de ne pas avoir pu la protéger de son connard de père, tout comme je n'ai pas pu protéger ma mère de la déchéance du mien. Du coup, je fais quelque chose qui ne me ressemble pas. Je sors la vérité brute, de but en blanc.

– Il ne s'agit pas d'alcool, mais de drogue.

Au début, Tessa semble ne pas réagir du tout. Mais au bout d'une seconde, son corps commence à trembler.

– Non, il ne se... il ne se drogue pas.

Elle entre rapidement dans l'ascenseur et frappe du poing sur le bouton de notre étage. Je me précipite derrière elle, mais alors que les portes se referment sur nous, elle garde obstinément les yeux perdus dans le vague.

∞

42
Tessa

Quand Hardin et moi rentrons dans l'appartement, j'ai l'impression que l'atmosphère est devenue étrange et oppressante. Landon nous attend dans le salon.

– Est-ce que tout va bien ?

– Ouais.

Je me dis qu'il est plus simple de mentir.

Je suis gênée, blessée, fâchée et épuisée. Nous sommes ici depuis quelques heures à peine, et j'ai déjà envie de repartir à Seattle. Mes regrets d'être partie ont disparu quelque part entre l'ascenseur et la porte de l'appartement. Mon père me suit dans la cuisine.

– Tessie, je ne voulais pas que tout cela arrive.

J'ai besoin d'un verre d'eau. Ma tête commence à tourner.

– Je ne veux pas en parler.

Le lavabo grince quand j'ouvre le robinet, et j'attends patiemment que mon verre d'eau se remplisse.

– Je pensais que nous pourrions au moins...

– S'il te plaît.

Je me retourne de manière à lui faire face. Je n'ai aucune envie de parler. Je ne veux pas entendre l'horrible vérité, et encore moins un mensonge bien intentionné. Tout ce que je veux, c'est retourner au moment où j'osais tout juste croire que je pourrais commencer à développer une relation avec le père que je n'ai jamais eu étant enfant. Je sais qu'Hardin n'a aucune raison de mentir à propos de mon père, mais peut-être qu'il se trompe, d'une manière ou d'une autre.

– Tessie...

Hardin fait une apparition soudaine dans la pièce.

– Elle a dit qu'elle ne voulait pas en parler.

Il entre dans la cuisine et se met entre mon père et moi. Cette fois-ci, je lui suis reconnaissante de son intrusion, mais les mouvements rapides de sa poitrine m'inquiètent quelque peu.

Mon père soupire en signe de défaite, et me laisse seule avec lui.

– Merci.

Je m'affaisse contre le comptoir et remplis mon verre une nouvelle fois.

Hardin prend un air grave. Décidément, il ne fait rien pour tenter de cacher son inquiétude. Il presse ses doigts contre ses tempes et s'appuie contre le comptoir opposé.

– Je n'aurais pas dû te laisser venir ici. Je savais que ça finirait par arriver.

– Je vais bien.

– C'est ce que tu dis toujours.

– Parce que je n'ai pas le choix. Autrement, je ne serai pas préparée à affronter le prochain désastre qui me tombera dessus.

Le flux d'adrénaline qui parcourait mon corps il y a quelques minutes a disparu, emportant avec lui l'espoir de passer un week-end entier sans heurts. Je ne regrette pas d'être venue, parce que Landon m'a terriblement manqué. Sans compter que je voulais reprendre ma liseuse, ma lettre et mon bracelet. J'ai toujours aussi mal en repensant à cette lettre. Ça n'est peut-être pas très rationnel d'accorder autant d'importance à un objet, et pourtant c'est le cas.

C'était la première fois qu'Hardin s'ouvrait autant à moi – plus de cachotteries, plus de secrets sur son passé, il avait enfin joué cartes sur table – et ça, sans que j'aie eu à le pousser à le faire.

La pensée qu'il s'est décidé à l'écrire, et le souvenir de sa main tremblante quand il m'a tendu la lettre, resteront toujours gravés dans mon esprit. Je ne suis pas vraiment en colère contre lui. J'aurais voulu qu'il ne la détruise pas, mais je la connais par cœur. C'est moi qui ai laissé la lettre ici, me doutant d'une manière ou d'une autre qu'il y avait une chance pour qu'il la détruise. Il faut que je fasse une croix dessus.

Ce petit morceau ne pourra jamais résumer toute l'émotion contenue dans les mots qu'il avait griffonnés sur la page. Hardin me fixe.

– Ça me soûle que ça se passe comme ça.

– Ce n'est pas de ta faute.

– Bien sûr que si.

Il passe sa main dans ses cheveux d'un geste exaspéré.

– C'est moi qui ai déchiré cette putain de lettre. Je t'ai ramenée ici tout en pensant que je pourrais te préserver des sales histoires de ton père. Je croyais que ce connard de Chad était parti pour de bon quand je lui ai donné la montre pour rembourser sa dette.

Il est toujours aussi énervé et j'ai envie de le prendre dans mes bras. Il a sacrifié quelque chose qui lui appartenait. Même s'il affirme ne pas être attaché à cet objet, il y a renoncé pour essayer de sortir mon père du trou qu'il s'est lui-même creusé. Bon Dieu, je l'aime.

– Je te suis très reconnaissante de t'avoir dans ma vie.

Il redresse les épaules et lève la tête pour me regarder.

– Tu parles, je n'apporte que des putains de catastrophes.

– Je suis tout aussi responsable.

J'aimerais qu'il ait une meilleure image de lui-même.

Si seulement il pouvait se voir comme moi je le vois.

– L'univers y est pour beaucoup, aussi.

Je fixe le mur en silence, des milliers de pensées affluent dans mon cerveau en ébullition.

– Tu es complètement tarée d'avoir couru derrière lui.

Ce n'était effectivement pas très malin. Mais quelque part, je savais qu'il me poursuivrait dans ma tentative ridicule de rattraper Chad afin de lui reprendre la montre. Qu'est-ce qui m'est passé par la tête de faire un truc pareil ?

Je pensais que la montre représentait une chance de tout recommencer depuis le début entre Hardin et son père.

Hardin affirmait qu'il haïssait cette montre, et il refusait de la porter. Il la trouvait trop clinquante.

Pourtant, je l'ai souvent surpris à la fixer dans son étui. Une fois, je l'ai même vu qui la tenait dans la paume de sa main comme si elle avait eu le pouvoir de le guérir. J'avais pu lire des sentiments contradictoires sur son visage lorsqu'il l'avait replacée avec négligence dans l'étui noir surdimensionné.

– J'ai tiré le meilleur parti possible de ma montée d'adrénaline !

J'avais eu un mauvais pressentiment la première fois que ce type était passé prendre mon père à l'appartement, mais je n'aurais jamais imaginé ce qui se tramait. Je n'aurais jamais pensé à une histoire de dealer payé en montres…

C'est donc à lui qu'Hardin faisait référence quand il m'a dit qu'il s'en « occuperait sans que j'aie à m'en soucier ».

– Je ne me préoccupe pas vraiment de ton adrénaline. De toute évidence, ça empêche l'oxygène d'arriver à ton cerveau !

Hardin a l'air énervé, les yeux rivés sur le réfrigérateur à côté de moi.

– On lance le prochain film ?

Mon père nous appelle depuis le salon. Je jette un regard affolé à Hardin, et il ouvre la bouche pour répondre à ma place.

– Une minute.

Puis il baisse les yeux vers moi. Il m'écrase de toute sa taille.

– Tu n'es pas obligée d'y aller et de te forcer à entretenir leur conversation à la con si tu n'en as pas envie. Je les défie tous les deux d'oser te le reprocher.

Je n'ai pas la moindre envie de regarder un film avec mon père, mais je ne veux pas envenimer la situation, tout comme je ne veux pas voir Landon partir trop tôt.

– Tu es en plein déni, et je peux le comprendre. Mais à un moment ou à un autre, il va falloir que tu te décides à faire face à la situation.

Ses paroles sont rudes, mais son regard est plein de compassion. Je sens la chaleur de ses doigts descendre le long mes deux bras.

– Je verrai ça plus tard. Pour le moment...

– Je te rejoins dans une minute.

Il passe sa tête dans le salon.

– Ok, tu peux préparer du pop-corn ?

Je lui rends son sourire, faisant de mon mieux pour le persuader que mon cœur n'est pas en train d'exploser dans ma poitrine.

– N'en fais pas trop...

Un sourire espiègle relève les coins de sa bouche tandis qu'il me pousse hors de la cuisine.

– Vas-y.

Quand j'entre dans le salon faiblement éclairé, mon père est assis à sa place habituelle sur le canapé et Landon se tient debout, appuyé contre le mur de briques sombres. Mon père a les mains posées sur ses genoux. Il enlève les peaux mortes de ses ongles, une habitude que j'avais moi-même étant enfant et que ma mère m'a forcée à abandonner. Maintenant, je sais de qui je tiens ça.

Je suis parcourue d'un frisson quand mon père cesse de fixer ses genoux pour lever sur moi ses yeux sombres. Est-ce un effet de l'éclairage ou mon esprit qui me joue des tours ? Quoi qu'il en soit, les yeux de mon père ont l'air presque noirs, ce qui me donne la nausée. Est-ce qu'il se drogue vraiment ? Et si c'est bien le cas, quelle sorte de drogue et en quelle quantité ? Ma connaissance se limite aux quelques épisodes d'*Interventions*, que j'ai vus avec Hardin. Je me rappelle que je ne pouvais m'empêcher d'avoir un mouvement de recul ou de fermer les yeux quand l'un des toxicomanes s'enfonçait une aiguille sous la peau ou fumait le liquide mousseux contenu dans une cuillère. Je ne pouvais pas supporter de les voir se détruire ni détruire tous ceux qui les entouraient. Hardin, lui, ne ressentait pas une once de pitié pour ces « foutus junkies ».

Mon père est-il vraiment l'un d'entre eux ?

– Je comprendrais si tu voulais partir...

La voix de mon père ne colle pas avec la lueur qui hante le fond de ses pupilles. Elle est ténue, faible et cassée. Je sens comme une douleur dans ma poitrine.

– Non, ça va aller.

Je me force à déglutir et m'assieds sur le sol en attendant qu'Hardin vienne se joindre à nous.

J'entends le son étouffé des grains de maïs qui éclatent, soudain l'odeur du pop-corn frais embaume l'appartement.

– Je te dirai tout ce que tu veux savoir à propos de...

Je rassure mon père avec un sourire.

– Ça va aller, vraiment.

Où est passé Hardin ?

D'interminables minutes s'écoulent avant qu'il n'entre dans la pièce à grandes enjambées, un paquet de pop-corn dans une main et mon verre d'eau dans l'autre. Il s'assied sur le sol à côté de moi sans un mot et place le paquet sur mes genoux.

– C'est un peu cramé, mais encore mangeable.

Il reporte directement les yeux sur l'écran de télévision, et je sais qu'il met de côté toutes les remarques qu'il aurait envie de faire. Je presse sa main pour l'en remercier. Je ne pense pas qu'il soit capable d'en endurer davantage pour ce soir.

Le pop-corn est délicieux, il a un goût de beurre. Hardin râle quand j'en propose à Landon et à mon père. Je suppose que c'est pour ça qu'ils refusent.

– Qu'est-ce qu'on regarde comme connerie, maintenant ?

Je ne rate pas cette occasion pour imposer un film qu'il n'aurait jamais accepté de voir en d'autres circonstances.

Nuits Blanches à Seattle.

Il lève les yeux au ciel.

– *Vraiment* ? Ce n'est pas genre une vieille version de ce qu'on vient juste de regarder ?

– C'est un chouette film.

– Bien sûr.

Il tourne son regard vers moi, mais détourne les yeux plus vite que d'habitude tout en essuyant la graisse de ses doigts sur sa chemise. Je grimace et note intérieurement qu'il va falloir que je la fasse tremper plus longtemps que d'habitude avant de la mettre au lavage.

– Quelque chose ne va pas ? Ce film n'est pas si mauvais que ça.

Mon père est en train de finir les restes de pizza, et Landon a pris place sur le fauteuil inclinable.

– Si.

Je me dispense de commenter son comportement étrange, tout le monde est déjà suffisamment sur les nerfs après les événements de ce soir.

Le film me distrait de mes idées noires, et je me surprends à rire avec Landon et mon père. Hardin regarde fixement l'écran, les épaules à nouveau raides et l'esprit à des années-lumière d'ici. J'ai désespérément envie de lui demander ce qui ne va pas afin de pouvoir lui venir en aide, mais je sais qu'il vaut mieux le laisser tranquille pour le moment. Je me contente de me pelotonner contre sa poitrine, les genoux repliés sous moi et un bras entourant son torse maigre. Je suis étonnée quand il m'attire vers lui et dépose un doux baiser dans mes cheveux.

Je prends quelques instants pour le contempler et m'imprégner de sa beauté. Il me rend dingue, tout comme je le rends dingue aussi, et son attitude calme de ce soir en est une preuve de plus. Peu m'importe qu'elle soit forcée, au moins il *essaie*. C'est ce qui me réconforte et qui m'apporte la certitude stable et solide que même en plein milieu de la tempête, il sera toujours mon ancre. Avant, j'avais peur qu'il me tire vers le bas. À présent, même si c'était le cas, je m'en ficherais totalement.

Des coups sourds frappés à la porte me font vaciller sur les genoux d'Hardin. Dans mon état de semi-somnolence, je me suis retrouvée dans cette position sans m'en apercevoir. Il relâche son étreinte afin de me remettre gentiment sur pied et de pouvoir se lever à son tour. J'étudie son visage à la recherche d'un sentiment de colère ou de choc, mais à la place, j'y trouve de l'inquiétude...

– Ne bouge pas d'ici.

J'acquiesce d'un signe de tête. Je n'ai aucune envie de me trouver une fois de plus face à Chad.

– On devrait appeler la police, sinon il n'arrêtera pas de revenir.

Je sens la panique me gagner de nouveau, mais quand je jette un coup d'œil à mon père et à Landon pour jauger leur réaction face à l'arrivée de l'intrus, je remarque qu'ils se sont tous les deux assoupis.

L'écran télé affiche le menu VOD. Nous avons dû tous nous assoupir sans nous en rendre compte.

Je me relève sur mes genoux quand Hardin atteint la porte.

Et si Chad n'était pas revenu seul ? S'il essayait de faire du mal à Hardin ? Je me lève et me dirige vers le canapé pour réveiller mon père.

Je me suis à peine rendu compte du tapotement lourd des talons aiguilles contre le sol dur si bien que je reste totalement bouche bée quand, tournant la tête, je tombe nez à nez avec ma mère dans toute sa gloire : robe rouge cintrée, cheveux bouclés, lèvres recouvertes d'une épaisse couche de rouge.

Un profond froncement de sourcils se dessine sur son beau visage, et ses yeux s'assombrissent lorsque son regard rencontre le mien.

– Qu'est-ce que tu...

Je jette un coup d'œil à Hardin. Il est calme... On dirait même qu'il *attend* quelque chose...

Il la laisse passer devant lui comme une furie et marcher d'un pas raide dans ma direction. Je commence à comprendre ce qui se trame. Je fixe Hardin.

– C'est toi qui l'as appelée ?

Il détourne le regard. Comment a t-il pu oser faire ça ? Il est pourtant très bien placé pour savoir comment est ma mère.

– Tu ne réponds pas à mes appels, Theresa. Et maintenant, j'apprends que ton père est là, dans cet appartement ! Et qu'il se drogue !

De ses mains aux ongles manucurés d'un rouge pétant, elle agrippe le bras de mon père et tire le pauvre homme encore endormi, d'un coup sec, hors du canapé. Il tombe par terre.

– Debout Richard !

Je ne peux m'empêcher d'avoir un mouvement de recul.

Mon père s'appuie sur la paume de ses mains pour se

mettre précipitamment en position assise, puis secoue la tête. Ses yeux sortent littéralement de leurs orbites quand il reconnaît la femme devant lui. Il se lève précipitamment.

– Carol ?

Sa voix est encore plus ténue que la mienne.

– Comment oses-tu ?

Elle pointe un doigt dans sa direction, et il recule hors de sa portée. Malheureusement ses jambes heurtent le canapé, le faisant basculer en arrière. Il a l'air terrifié, et je ne peux lui en vouloir.

Landon s'agite sur sa chaise. L'expression de son visage ressemble en tout point à celle de mon père, à la fois confuse et terrifiée.

Ma mère semble réaliser tout à coup que je suis dans la pièce.

– Theresa, va dans ta chambre.

– Quoi ? Pas question !

Pourquoi a-t-il fallu qu'Hardin l'appelle ? Tout se serait très bien passé. J'aurais probablement trouvé un moyen de prendre mes distances avec mon père.

– Elle n'est plus une enfant, Carol.

Ma mère gonfle les joues, elle prend une grande inspiration, et je sais exactement ce qui va suivre.

– Ne t'avise pas de parler d'elle comme si tu la connaissais ! Comme si tu avais le moindre droit sur elle !

– J'essaie de rattraper le temps perdu...

Mon père s'en sort plutôt bien pour un homme qui vient de se faire réveiller par une ex-femme hors d'elle qui lui hurle au visage. Je ne sais que penser de la scène qui se joue devant moi. Il y a quelque chose dans la voix de mon père, dans sa tonalité, qui transparaît à chaque pas qu'il fait en direction de ma mère, un regain de confiance qui me semble presque familier. Seulement, je n'arrive pas à mettre le doigt dessus.

– Le temps perdu ! Je t'en donnerais, moi, du temps perdu ! Et maintenant, j'apprends que tu te drogues ?

– C'est fini, tout ça !

J'aimerais me réfugier derrière Hardin mais, à cet instant précis, j'ignore de quel côté il se trouve exactement. Landon a les yeux rivés sur moi, alors qu'Hardin les porte successivement sur mon père et ma mère. Landon me fait un signe de l'autre bout de la pièce, me demandant si je veux partir.

Je secoue la tête, déclinant silencieusement son offre. J'espère juste que mon regard traduit à quel point je lui suis reconnaissante. Ma mère semble se radoucir.

– Fini fini ?

– Oui, fini ! Écoute, je ne suis pas parfait, d'accord ?

Il passe une main sur ses cheveux coupés court, et j'en reste pétrifiée sur place. Le geste est si familier que c'en est troublant.

– Pas parfait ! Ha ! Ha !

Ma mère rit de ses dents blanches qui luisent dans la lumière tamisée de la pièce.

Je veux allumer la lumière, mais je n'arrive pas à bouger. Je ne sais que penser ni ressentir en entendant mes parents se hurler dessus au beau milieu du salon.

Je suis persuadée que cet appartement est maudit. Il l'est forcément.

– Pas parfait, ça me va très bien. Se droguer et entraîner ta fille sur le même chemin, comment appelles-tu ça, c'est déplorable.

– Je ne l'entraîne sur aucun chemin ! Je fais de mon mieux pour réparer ce que je lui ai fait subir... et ce que je t'ai fait subir, à toi !

– Non ! C'est faux ! Tu n'es revenu que pour la déstabiliser encore plus ! Elle s'est déjà assez gâché la vie comme ça !

– Elle n'a pas gâché sa vie.

C'est Hardin qui l'a interrompue. Ma mère lui envoie un regard meurtrier avant de reporter son attention sur mon père.

– Tout ça, c'est de ta faute, Richard Young ! Sans toi, Theresa ne serait pas dans cette relation malsaine avec ce garçon !

Elle agite la main en direction d'Hardin. Je savais que ce n'était qu'une question de temps avant qu'elle ne mette Hardin sur le tapis.

– Elle n'a jamais eu d'exemple masculin devant les yeux pour lui montrer comment un homme doit traiter une femme. C'est pour cette raison qu'elle s'est installée ici avec lui ! À vivre dans le péché, en dehors du mariage. Dieu seul sait ce qu'il fabrique ! Si ça se trouve, il se drogue avec toi !

Je recule, le sang se met à bouillir dans mes veines et le besoin pressant de défendre Hardin refait surface.

– Je t'interdis de mêler Hardin à tout ça ! Il s'est occupé de mon père pendant tout ce temps, il l'a sauvé de la rue en l'hébergeant ici !

Je me hais de choisir ces mots, j'ai l'impression d'entendre parler ma mère. Hardin traverse la pièce et vient se mettre à mes côtés. Je sais qu'il va me dire de rester en dehors de tout ça. Mon père confirme.

– C'est vrai, Carol. C'est un homme bien, et il l'aime plus qu'aucun homme ne saurait aimer une femme.

Ma mère serre les poings et ses joues parfaitement recouvertes de blush prennent une teinte rouge profond.

– Ne t'avise pas de le défendre ! Tout ça (elle agite son poing serré dans l'air épais), c'est de sa faute ! Elle devrait être à Seattle, à construire sa vie, à se chercher un homme convenable...

Je n'entends presque plus rien à cause du sang qui frappe contre mes tympans. Au milieu de tout ça, je me sens terriblement mal vis-à-vis de Landon, qui s'est obligeamment retiré dans la chambre pour nous laisser entre nous, ainsi que vis-à-vis d'Hardin, que ma mère utilise une fois de plus comme un punching-ball.

– Elle *vit* à Seattle ! Elle est juste venue rendre visite à son père. Je vous l'ai dit au téléphone.

La voix de Hardin se fait entendre à travers le chaos. Je sens qu'il a du mal à la contrôler, ce qui me donne la chair de poule.

– Ne va pas croire que nous sommes soudainement devenus amis sous prétexte que tu m'as appelée.

Hardin me tire en arrière et je le fixe, médusée. Je ne m'étais pas rendu compte que j'avais fait un pas dans sa direction jusqu'à ce qu'il m'arrête. Mon père secoue la tête en signe de désapprobation.

– Toujours en train de juger, comme d'habitude. Tu ne changeras jamais. Toujours la même femme depuis des années.

Je lui suis reconnaissante de prendre la défense d'Hardin.

– En train de juger ? Est-ce que tu es au courant que ce garçon, celui que tu es en train de défendre, a frayé son chemin entre les cuisses de ta fille pour gagner l'argent d'un pari qu'il a passé avec ses copains ?

La voix de ma mère est froide – suffisante, même. La pièce se vide de son oxygène, et je suffoque à la recherche d'une bouffée d'air.

– C'est vrai ! Il s'est vanté de sa conquête sur tout le campus. Alors, ne t'avise pas de le défendre devant moi.

Mon père a les yeux écarquillés. Je vois l'orage se préparer au fond de ses prunelles tandis qu'il regarde Hardin.

– Quoi ? Est-ce que c'est vrai ?

Mon père semble également avoir du mal à respirer. Je décide d'intervenir.

– Ça n'a pas d'importance. On a dépassé tout ça.

– Tu vois, elle s'est trouvé quelqu'un qui te ressemble en tout point. Prions qu'il ne la mette pas enceinte pour la laisser tomber le moment venu.

Je ne peux plus en écouter davantage. Je ne peux pas laisser Hardin se faire traîner dans la boue par mes deux parents. C'est un désastre.

– Et je ne parle pas du fait qu'il y a tout juste trois semaines, un homme l'a déposée inconsciente chez moi à cause de – elle pointe un doigt en direction d'Hardin – *ses* amis ! C'est tout juste s'ils n'ont pas abusé d'elle !

Le souvenir de cette nuit-là me fait de la peine, mais c'est la façon dont ma mère accuse Hardin qui me dérange le plus. Ce qui s'est passé cette nuit-là n'est pas de sa faute, et elle le sait très bien.

Mon père fulmine.

– Sale fils de pute ! Tu t'es bien foutu de moi ! Je pensais juste que tu avais une mauvaise réputation, des tatouages, et que tu te donnais un genre ! Ça ne me posait pas de problème. Je suis pareil. Mais tu t'es *servi* de ma fille !

Mon père se précipite vers Hardin, et je m'interpose entre eux.

Avant que les mots n'atteignent mon cerveau, je m'exclame :

– Arrêtez tous les deux ! Si vous voulez vous battre au sujet de votre passé, c'est votre problème, mais je vous interdis de mêler Hardin à tout ça ! Il t'a appelée pour une raison, et toi, tu le mets plus bas que terre, tout ça parce que tu es en colère. C'est sa maison, ici, pas la vôtre. Barrez-vous d'ici tous les deux !

Mes yeux me brûlent comme s'ils me suppliaient de libérer de chaudes larmes, mais je m'y refuse.

Mes parents s'arrêtent soudain. Ils me regardent, puis se dévisagent entre eux.

– Arrêtez vos conneries ou partez. On sera dans la chambre.

Je passe mes doigts autour de ceux d'Hardin, et j'essaie de le tirer derrière moi.

Il hésite un moment avant de me précéder et me guider le long du couloir, tout en agrippant ma main.

Sa poigne est serrée, presque insupportable, mais je reste calme. Je suis encore choquée par l'arrivée tonitruante de ma mère, alors, qu'on me serre trop fort la main est le cadet de mes soucis.

Je pousse la porte derrière moi juste à temps pour étouffer les cris de mes parents à l'autre bout du couloir.

Et, soudain, j'ai de nouveau neuf ans et je traverse en courant la cour arrière de la maison de ma mère, jusqu'à mon refuge, la petite serre. J'entends toujours les cris, malgré tous les efforts de Noah pour parler fort afin de recouvrir les bruits déplaisants.

Je coupe net avec mes souvenirs et reporte mon attention sur Hardin :

– J'aurais préféré que tu ne l'appelles pas.

Landon est assis sur le bureau et met un point d'honneur à nous éviter du regard.

– Tu avais besoin d'elle. Tu étais en plein déni.

– Elle n'a fait qu'empirer les choses.

– J'essayais de t'aider.

Je vois, à la lueur dans ses yeux, qu'il pensait vraiment que ça pourrait marcher.

– Je sais.

J'aurais préféré qu'il m'en parle avant, mais je sais qu'il pensait bien agir. Hardin secoue la tête et se laisse tomber lourdement sur le lit.

– J'aurais eu tort dans les deux cas.

Puis, me fixant avec une angoisse profonde, il ajoute :

– Tu sais qu'on nous jettera constamment toute cette merde à la figure ? Tu le sais, ça ?

Il est en train de lâcher prise. Je le sais aussi sûrement que deux et deux font quatre.

– Non, ce n'est pas vrai.

Il y a au moins un fond de vérité dans mes paroles en ce sens que, une fois que toutes les personnes de notre entourage auront découvert la vérité à propos du pari, ils finiront immanquablement par s'y faire. Je frissonne à l'idée que Kimberly et Christian le découvrent un jour, mais à part eux, tout le monde sans exception est au courant de l'humiliante vérité.

– Si, c'est vrai, et tu le sais ! Jamais on nous laissera tranquilles avec ça, chaque fois qu'on se retrouve quelque part, il y a un connard pour nous jeter cette merde à la figure et te rappeler quel salaud je suis !

Avant que je puisse l'arrêter, il frappe le bureau du poing. Le bois part en éclats et Landon saute sur ses pieds. Je saisis à pleines mains un pan de sa chemise noire, l'empêchant de donner un autre coup à la surface en bois déjà cassée.

– Ne fais pas ça ! S'il te plaît, ne la laisse pas t'atteindre !

Il tente de se débattre, mais je ne relâche pas mon emprise. Cette fois-ci, je m'empare de ses deux manches et il se retourne, écumant de rage.

– T'en a pas marre de ces conneries ? T'en a pas ras-le-bol de ces disputes à répétition ? Si tu me laissais tomber, ta vie serait bien plus facile !

Les mots d'Hardin sont lâchés haut et fort, et chaque syllabe me blesse au plus profond de moi.

Il agit toujours comme ça. Il choisit toujours l'autodestruction. Cette fois-ci, j'ai bien intention de l'en empêcher.

– Arrête ça ! Je ne veux pas d'une relation facile et sans amour.

J'emprisonne son visage entre mes mains et le force à me regarder.

– Écoutez-moi, tous les deux...

Landon vient de nous interrompre. Hardin ne le regarde pas. Il persiste à me fixer de son regard furieux. Mon meilleur ami, le demi-frère d'Hardin, traverse la chambre pour se placer à seulement quelques pas de nous.

– Vous n'allez pas recommencer ! Hardin, tu ne peux pas laisser les gens se mettre dans ta tête comme ça. L'opinion de Tessa est la seule qui compte. Laisse-la être la seule voix que tu écoutes.

C'est comme si les cercles noirs autour des yeux d'Hardin se rétractaient à vue d'œil en entendant les propos de Landon.

– Quant à toi, Tess... tu n'as pas à te sentir coupable ni à essayer de convaincre Hardin que tu veux rester auprès de lui. Le fait que tu restes envers et contre tout devrait être une preuve suffisante.

Landon vient de marquer un point, mais je ne suis pas certaine qu'Hardin s'en aperçoive à travers sa colère et sa peine.

– Tessa a besoin que tu la réconfortes sans plus attendre. Ses parents sont en train de se crier dessus juste à côté, alors arrête de tout ramener à toi – contente-toi d'être là pour elle.

Quelque chose dans ses mots semble produire un déclic dans la tête d'Hardin et il acquiesce, penchant la tête pour presser son front contre le mien. Sa respiration saccadée ralentit à chaque inspiration.

– Je suis désolé...

– Je vais rentrer chez moi maintenant. (Landon détourne les yeux, visiblement gêné à l'idée d'assister à une scène aussi intime entre Hardin et moi.) Je dirai à ma mère que vous êtes dans le coin.

Je m'éloigne d'Hardin et enroule mes bras autour du cou de Landon.

– Merci pour tout. Je suis si heureuse que tu aies été là.

Il me serre fort et, cette fois-ci, Hardin ne fait rien pour abréger notre étreinte. Lorsque je m'éloigne de lui, Landon quitte la pièce. Je reporte mon attention sur Hardin.

– À propos de ce qu'a dit Landon, quand il a affirmé que tu devrais être la seule voix dans ma tête... c'est ce que je veux.

Il lève à nouveau les yeux vers moi d'un air éperdu.

– Steph, Zed, et maintenant, ton père et ta mère...

– On finira par trouver un moyen de s'en sortir, je te le promets.

La voix de ma mère se fait entendre à travers la porte.

– Theresa !

Je me suis trop focalisée sur Hardin pour remarquer que les cris dans le salon se sont dissipés.

– Theresa, je vais entrer.

La porte s'ouvre au moment où elle prononce le dernier mot, et je me réfugie derrière Hardin. On dirait que le même schéma se reproduit sempiternellement.

– Il faut qu'on parle.

Elle me fixe, puis fixe Hardin avec la même intensité. Hardin tourne la tête et me regarde à la recherche d'un signe d'approbation, le sourcil levé.

– Je ne pense pas qu'il y ait grand-chose à dire.

– Il y a beaucoup à dire. Je suis navrée pour mon comportement de ce soir. J'ai perdu la tête quand j'ai vu ton père ici, après toutes ces années. S'il te plaît, laisse-moi le temps de t'expliquer.

Ces propos semblent étranges, venant de ma mère. Hardin fait un pas de côté, m'exposant à sa vue.

– Je vais aller nettoyer ça.

Il lève sa main abîmée et sort de la chambre avant que je puisse l'arrêter.

– Assieds-toi, nous avons beaucoup de choses à nous dire.

Ma mère lisse sa robe de ses mains et passe les épaisses vagues blondes de ses cheveux sur le côté avant de s'asseoir sur le bord du lit.

43
Hardin

L'eau froide du robinet coule sur ma chair à vif. J'observe les remous de l'eau tachée de sang dans le creux du lavabo.

Encore ? Ça recommence encore, toute cette merde ? Évidemment que ça recommence, ce n'était qu'une question de temps.

Je laisse la porte de la salle de bains ouverte, de manière à pouvoir atteindre facilement la chambre de l'autre côté du couloir si j'entends hurler. Je n'ai aucune putain d'idée de la raison qui m'a poussé à appeler cette salope. *Je ne devrais pas parler d'elle comme ça... Au moins, je ne le dis pas devant Tessa.* Je savais que Tessa était sur le point de flancher à tout moment, et pour je ne sais quelle raison stupide, je me suis dit que sa mère pourrait peut-être lui être d'une certaine aide.

C'est précisément pour ça que je n'aide jamais les gens. Je suis excellent pour foutre la merde, mais je ne suis pas un sauveur.

Mon regard capte un mouvement vif dans le miroir, et je lève les yeux pour apercevoir le reflet de Richard derrière moi.

Il s'appuie contre la porte en me fixant avec circonspection.

– Qu'est-ce qu'il y a ? Tu es venu pour tenter de me poignarder, ou un truc dans le genre ?

Il soupire et passe les mains sur son visage rasé de près.

– Pas cette fois, non.

Je pouffe, souhaitant presque qu'il tente de s'en prendre à moi. Je suis certainement assez remonté pour une bagarre ou deux.

– Pourquoi est-ce que vous ne m'avez rien dit ?

Putain, il est sérieux ?

– Pourquoi est-ce que je t'en aurais parlé ? Et tu n'es certainement pas assez con pour te figurer que Tessa parlerait de cette histoire de merde à son père.

Je ferme le robinet et attrape une serviette que je presse contre mes articulations. Elles ne saignent presque plus. À partir de maintenant, je vais devoir apprendre à changer de main pour frapper. J'utiliserai la main droite.

– Je ne sais pas... je me suis senti pris de court. Je pensais que vous deux étiez juste deux opposés qui s'attirent, mais maintenant...

– Je ne te demande pas la permission.

Je le contourne et me hâte dans le couloir. Je saisis le paquet de pop-corn cramé qui est resté par terre.

Laisse-la être la seule voix dans ta tête. La phrase de Landon résonne comme un écho. J'aurais aimé que ça soit aussi simple, peut-être qu'un jour ça finira par le devenir... Je l'espère foutrement.

Richard secoue la tête.

– Je sais que tu n'en as pas besoin. Je veux juste comprendre tout ce merdier. Je me sens dans l'obligation de te botter le cul.

Je préfère l'ignorer.

– Carol ressemblait énormément à Tessa, lorsqu'elle était jeune.

J'esquisse un mouvement de recul, laissant presque échapper le paquet entre mes doigts.

– Non, ce n'est pas vrai.

Il n'est pas question que ce soit vrai. Honnêtement, au début j'avais tendance à penser que Tessa ressemblait à cette bonne femme hargneuse et coincée du cul, mais à présent que je la connais, je sais que rien n'est plus éloigné de la vérité.

C'est sûr qu'avec une mère pareille, Tessa essaie de toutes ses forces de paraître parfaite, mais à part ça, elle n'a rien de commun avec elle.

– Il est vrai qu'elle n'a jamais été aussi adorable, mais elle n'a pas toujours été aussi...

Il laisse sa phrase en suspens et prend une bouteille d'eau dans le frigo. Je finis la phrase pour lui :

– Salope ?

Ses yeux se portent vers le couloir, comme s'il avait peur qu'elle apparaisse et recommence à lui prendre la tête.

– Elle était tellement souriante. Tous les hommes la désiraient, mais elle était à moi.

Il arbore un large sourire à l'évocation de ce souvenir. Je n'ai pas signé pour cette merde. Je ne suis pas un putain de psy. La mère de Tessa est chaude comme la braise, mais elle a toujours ce balai coincé dans le cul que quelqu'un devrait lui enlever, ou peut-être le contraire...

– Ok, je vois pas où tu veux en venir.

– À l'époque, elle avait tant d'ambition et de compassion. La grand-mère de Tessa était exactement comme Carol, si ce n'est pire. (Il rit à cette pensée, mais ça me hérisse de dégoût plus qu'autre chose.) Ses parents me détestaient. Je veux dire, me *haïssaient*. Et ils ne l'ont jamais caché. Ils voulaient la voir épouser un avocat – n'importe qui, pourvu que ce ne soit pas moi. Je les détestais tout autant, paix à leur âme.

Aussi con que ça puisse paraître, je suis heureux que les grands-parents de Tessa ne soient pas là pour me juger.

– Eh bien, il est évident que vous n'auriez jamais dû vous marier.

Je referme le couvercle de la poubelle où je viens de jeter le paquet de pop-corn, et pose mes coudes sur le plan de travail. J'ai une envie folle de botter le cul de Richard et de le renvoyer dans la rue, mais il fait presque partie des meubles de cet appartement maintenant. Il est comme un vieux canapé qui pue le rat mort et qui grince toujours quand on s'assied dessus.

Son visage semble se décomposer quand il dit doucement :

– Nous ne nous sommes pas mariés.

J'incline légèrement la tête en signe de confusion.

Quoi ? Mais Tessa m'a dit…

– Tessa ne le sait pas. Personne n'est au courant. On ne s'est jamais mariés légalement. Il y a eu une fête pour faire plaisir à ses parents, mais nous n'avons jamais rempli les papiers. Je ne voulais pas.

– Pourquoi ?

Peut-être que la vraie question est : « Pourquoi est-ce que je m'intéresse à toutes ces conneries ? » Il y a quelques minutes, j'étais en train de m'imaginer éclater la tête de Richard contre le placo. À présent, je me retrouve à échanger des ragots comme une putain d'adolescente.

Je ferais mieux d'écouter à la porte de ma chambre pour m'assurer que la mère de Tessa ne lui bourre pas le crâne avec ses idées de merde pour essayer de faire en sorte qu'elle me quitte.

– Parce que je n'étais pas fait pour le mariage. (Il se gratte la tête.) Ou du moins, c'est ce que je pensais. Nous faisions tout comme si nous étions mariés. Elle a pris mon nom de famille. Je ne sais pas vraiment comment elle s'est débrouillée. Je pense qu'elle s'est dit qu'en faisant ça, je finirais par céder ou quelque chose de ce genre, mais personne n'a jamais su les sacrifices qu'elle a dû faire à cause de mon égoïsme.

Je me demande comment Tessa réagirait si elle l'apprenait... elle qui est tellement obsédée par l'idée du mariage. Est-ce que ça la libérerait, ou est-ce qu'au contraire ça ne ferait que nourrir encore plus son envie ?

– Plus les années passaient, plus elle se lassait de mon comportement. On n'arrêtait pas de s'engueuler. Et laisse-moi te dire que cette femme est impitoyable. C'est au moment où elle s'est résignée que j'ai compris que tout était fini entre nous. J'ai vu la flamme diminuer lentement au fil des années.

En regardant ses yeux, je peux voir qu'il a quitté cette pièce pour se replonger dans le passé.

– Chaque soir, elles s'installaient à table pour dîner. Tessie et elle, toutes deux bien vêtues, des épingles à cheveux plein la tête. Tout ça pour me voir tituber dans le salon et me plaindre du plat de lasagnes brûlées. La moitié du temps, je m'évanouissais avant que la fourchette n'atteigne ma bouche, et chaque soirée se terminait en dispute... je ne me souviens même pas de la moitié.

Je m'imagine Tessa très jeune, toute bien habillée pour se mettre à table, attendant avec impatience de voir son père après une longue journée, tout ça pour qu'il l'anéantisse. J'ai soudain envie de me jeter sur l'homme et de l'étrangler.

– Je ne veux pas entendre un mot de plus.

– J'ai presque terminé.

Je peux voir l'embarras sur son visage.

– Je veux juste que tu saches que Carol n'a pas toujours été comme ça. C'est moi qui ai fait d'elle ce qu'elle est à présent. C'est moi qui ai fabriqué la femme aigrie et colérique qu'elle est aujourd'hui. Tu ne voudrais pas que l'histoire se répète, n'est-ce pas ?

∞

44
Tessa

Ma mère et moi restons assises en silence. Mon cerveau bouillonne et mon cœur martèle dans ma poitrine. Je la regarde tirer sur une boucle de son épaisse chevelure blonde.

– Pourquoi tu as laissé ton père venir ici ? Après tout ce temps. Je peux comprendre que tu veuilles le voir plus souvent depuis que tu l'as retrouvé, mais pas que tu l'autorises à emménager chez toi.

– Je ne l'ai pas autorisé. Et je ne vis plus ici. Hardin l'héberge par gentillesse, cette gentillesse même que tu as interprétée de façon erronée et que tu lui as jetée à la figure.

Je ne cache pas mon dégoût de la façon dont elle s'est comportée avec lui.

Ma mère, comme tout le monde, se méprendra toujours au sujet d'Hardin et de la raison pour laquelle je l'aime. Mais je m'en fiche. Je n'ai pas besoin qu'ils comprennent.

– Il t'a appelée parce qu'il pensait sans doute que tu serais là pour moi.

Ma mère fixe le sol de ses yeux bleus, l'air sombre.

– Pourquoi est-ce que tu te mets tout le monde à dos pour défendre ce garçon, après tout ce qu'il t'a fait. Et il t'en a tellement fait baver, Teresa.

– Il mérite que je le défende, maman. Voilà pourquoi.

– Mais...

– *Il le mérite.* Je ne veux pas poursuivre cette discussion avec toi. Je te l'ai déjà dit, si tu ne peux pas l'accepter, alors je ne peux pas continuer à avoir de bonnes relations avec toi. C'est Hardin et moi ou rien du tout, que ça te plaise ou non.

– Il fut un temps où je pensais ça de ton père.

Je m'efforce de ne pas broncher lorsqu'elle lève la main pour lisser ma coiffure.

– Hardin n'a rien de commun avec mon père.

Un rire léger s'échappe de ses lèvres maquillées.

– Oh que si ! Ils se ressemblent à bien des égards.

– Si c'est pour me dire ce genre de chose, tu peux partir.

– Calme-toi.

Elle recommence son rituel de lissage de cheveux. Ce geste condescendant m'irrite et me réconforte à la fois, ravivant des souvenirs agréables.

– Je vais te raconter une histoire.

J'avoue être intriguée par ses mots, bien que sceptique sur ses intentions. Elle ne m'a jamais rien raconté sur mon père lorsque j'étais petite. Ça promet d'être intéressant.

– Rien de ce que tu pourras me dire ne me fera changer d'avis à propos d'Hardin.

Les coins de sa bouche se retroussent légèrement, et elle déclare :

– Ton père et moi ne nous sommes jamais mariés.

Quoi ?

Je me redresse, puis m'assieds en tailleur sur le lit. *Qu'est-ce qu'elle veut dire par là ?* Mais bien sûr que si, j'ai vu les photos. La robe en dentelle de ma mère était exquise, même si son ventre était légèrement rebondi et le costume de mon père pas très bien taillé, il tombait même comme un sac à patates. J'adorais regarder ces albums, et j'admirais la rougeur sur les joues de ma mère pendant que mon père la regardait comme si elle est la seule personne au monde. Je me souviens de la scène épouvantable le jour où ma mère m'a surprise en train de regarder les photos. Après ça, elle les cachées et je ne les ai plus jamais revues.

– C'est la vérité.

Je vois bien que cette révélation est humiliante pour elle. Les mains tremblantes, elle ajoute :

– Il y a bien eu une fête de mariage, mais ton père n'a jamais voulu signer les papiers. Je savais que si je n'étais pas tombée enceinte de toi, il m'aurait quittée depuis longtemps. Ce sont tes grands-parents qui lui ont imposé ce mariage. Vois-tu, ton père et moi avions du mal à nous entendre, ne serait-ce que pour une journée. C'était excitant au début, même exaltant (ses yeux bleus semblent perdus dans ses souvenirs) mais comme tu finiras par t'en rendre compte toi-même, il y a une limite à ce qu'on peut endurer. De nuit en nuit et au fil des années, j'ai prié Dieu tous les soirs pour qu'il change. Pour moi, et pour toi. Je priais pour qu'un jour il passe la porte avec un bouquet de roses à la main au lieu de son haleine chargée d'alcool.

Elle se penche en arrière et croise les bras sur sa poitrine. Des bracelets au-dessus de ses moyens pendent à ses poignets, comme un hommage à son besoin excessif de toujours paraître élégante.

La confession de ma mère m'a laissée sans voix. Elle n'a jamais aimé les discussions à cœur ouvert, surtout à propos de mon père. La compassion que je me découvre soudain à l'égard de cette femme si froide me met les larmes aux yeux.

– Chaque femme espère être celle qui va changer son homme, mais la vérité est simple : c'est un faux espoir. Je ne veux pas que tu marches dans mes pas.

J'en ai la nausée.

– C'est pour ça que je t'ai élevée de telle sorte que tu puisses quitter cette petite ville et faire ta propre vie.

Je tente de me défendre:

– Je ne suis pas...

Mais elle lève la main pour me faire taire.

– Nous avons eu nos bons jours aussi, Theresa. Ton père était drôle et charmant. (Elle sourit.) Il s'efforçait tant bien que mal de devenir ce que je voulais qu'il soit, mais sa vraie nature revenait toujours au galop. Il se sentait frustré par la vie que nous avions partagée pendant toutes ces années. Il s'est tourné vers l'alcool, et ça n'a plus jamais été pareil. Je sais que tu t'en souviens.

Sa voix est angoissée, c'est la première fois que je la vois vulnérable. Je l'entends dans sa voix, je le vois à la manière dont ses yeux brillent. Mais elle se reprend rapidement. Ma mère n'a jamais apprécié la faiblesse.

Je me rappelle les cris, les assiettes qui se brisent, et je sens mon estomac se nouer. Ma mère interrompt ce silence pesant.

– Peux-tu sincèrement me regarder dans les yeux et m'affirmer que tu as un avenir avec ce garçon ?

Je suis incapable de répondre à ça. Je sais quel avenir je veux avec Hardin. Mais la question est de savoir s'il voudra bien me l'offrir ou non.

– Je n'ai pas toujours été comme ça, Theresa.

Elle s'essuie les yeux de ses deux index.

– J'aimais la vie, j'étais toujours enthousiaste... et regarde-moi maintenant. Tu peux penser que je suis une mauvaise personne parce que je veux t'épargner mon sort, mais je fais juste ce qui est nécessaire pour t'empêcher de répéter mes erreurs...

J'ai du mal à imaginer ma mère jeune, heureuse et se réjouissant de chaque nouveau jour qui passe. Je pourrais compter sur les doigts d'une seule main les fois où j'ai entendu cette femme rire ces cinq dernières années.

– Ce n'est pas pareil, maman.

Je me force à prononcer ces mots.

– Theresa, tu ne peux pas nier les similitudes.

– Il y en a, oui. Mais je refuse de croire que l'histoire se répète. Hardin a déjà tellement changé.

– Si tu dois le changer, pourquoi t'embêter ?

Sa voix est calme à présent, et elle balaie du regard la chambre qui fut la mienne.

– Je ne l'ai pas changé, il s'est changé tout seul. C'est toujours le même homme. Toutes les choses que j'aimais en lui sont toujours présentes. Seulement il a appris à appréhender les choses de manière différente pour devenir une meilleure version de lui-même.

– J'ai vu sa main en sang.

Je hausse des épaules.

– Il a son caractère.

Un sacré mauvais caractère, mais je ne vais pas l'encourager à le démonter encore plus. Elle doit comprendre que je suis de son côté, et qu'à partir de maintenant, pour l'atteindre, elle devra d'abord passer par moi.

– Tout comme ton père.

Je me lève.

– Jamais Hardin ne me ferait du mal intentionnellement. Il n'est pas parfait, maman, mais toi non plus. Et moi non plus.

Je croise les bras et soutiens son regard, surprise par ma propre assurance.

– Ce n'est pas seulement son caractère... Rappelle-toi ce qu'il t'a fait. Il t'a humiliée et tu as dû changer de campus.

Je ne me sens pas l'énergie de la contredire, principalement parce qu'il y a beaucoup de vrai dans ce qu'elle dit. J'ai toujours voulu m'installer à Seattle, et ma malheureuse expérience de cette première année à l'université m'a donné le coup de pouce nécessaire.

– Il est recouvert de tatouages... même s'il a retiré ces horribles piercings.

Elle grimace de dégoût.

– Tu n'es pas parfaite non plus. Tu caches les cicatrices sur ton cou avec ton collier de perles, tout comme Hardin cache les siennes avec ses tatouages.

Ma mère me jette un coup d'œil rapide et je devine que j'ai enfin trouvé un moyen de l'atteindre.

– Je suis désolée pour ce que mon père t'a fait subir, vraiment. Mais Hardin n'est pas mon père.

Je m'assieds à côté d'elle et j'ose poser ma main sur la sienne. Celle-ci est froide, mais à ma grande surprise, elle ne la retire pas.

J'ajoute aussi gentiment que possible :

– Et je ne suis pas toi.

– Tu le seras si tu ne t'éloignes pas de lui autant que possible.

Je retire ma main et prends une profonde inspiration pour garder mon sang-froid.

– Je ne te demande pas d'approuver notre relation, mais tu dois la respecter. Si tu n'en es pas capable, alors *toi et moi,* nous ne pourrons jamais avoir de bonnes relations.

Elle secoue lentement la tête. Je sais qu'elle s'attendait à ce que je me range de son côté, à ce que je reconnaisse que ça ne marchera jamais entre Hardin et moi. Mais elle avait tort.

– Tu ne peux pas me lancer ce genre de menace.

– Si, je peux. J'ai besoin d'un maximum de soutien, et je suis plus qu'épuisée de me battre contre le monde entier.

– Si tu sens que tu es seule à te battre, il serait peut-être temps de changer de camp.

Elle lève un sourcil accusateur. Je me lève à nouveau.

– Je ne me bats pas seule. Arrête avec ça. Stop.

Je fais de mon mieux pour me montrer patiente avec elle, mais je sens ma détermination s'essouffler. La nuit est longue.

– Je ne l'apprécierai jamais.

– Je ne te demande pas de l'apprécier. Je te demande juste de ne pas ébruiter nos affaires auprès de qui que ce soit, notamment de mon père. Tu as eu vraiment tort de lui parler du pari, d'autant plus que c'était parfaitement injustifié.

– Ton père a le droit de savoir ce qu'il t'a fait subir.

Elle ne capte rien ! Elle n'a toujours pas compris. Je sens que ma tête est sur le point d'exploser. La tension s'accumule dans mon cou.

– Hardin fait tout son possible pour moi, mais jusqu'à présent il n'a pas su faire mieux.

Elle ne dit pas un mot. Elle ne me regarde même pas.

– Alors, c'est ça ? Tu vas choisir la deuxième option ?

Elle me regarde silencieusement. Je sens les rouages de son esprit se mettre en branle derrière ses yeux lourdement fardés. Ses joues ont perdu leur couleur, malgré le blush qu'elle a étalé sur ses pommettes avant de venir. Finalement, elle marmonne :

– J'essaierai de respecter votre relation. Promis.

– Merci.

Je ne sais pas vraiment pas quoi penser de cette... Je ne suis pas suffisamment naïve pour croire à ses promesses avant d'en avoir eu la preuve, mais je me sens soulagée d'un poids.

– Quels sont tes projets concernant ton père ?

Nous nous levons toutes les deux. Elle me dépasse largement avec ses talons de dix centimètres.

– Je ne sais pas.

J'ai été trop occupée au sujet d'Hardin pour me concentrer sur mon père.

– Tu devrais lui dire de partir. Il embrume ton esprit avec ses mensonges.

Je riposte :

– Il n'a rien fait de tel.

Chaque fois que j'ai l'impression d'avoir fait un pas en avant avec elle, elle me repousse à terre avec ses talons aiguilles.

– Mais si ! Des inconnus viennent ici pour lui extorquer de l'argent ! Hardin m'a tout raconté.

Mais pourquoi a-t-il fait une chose pareille ?

– Je ne vais pas le jeter dehors. Je ne suis pas chez moi, et il n'a nulle part où aller.

Ma mère ferme les yeux, et pour la dixième fois ces vingt dernières minutes, elle secoue la tête en signe de désapprobation.

– Tu dois arrêter d'essayer de sauver les gens, Theresa. Tu vas y passer ta vie entière, et au final, tu te seras perdue en chemin.

– Tessa ?

La voix d'Hardin retentit à l'extérieur de la chambre. Il ouvre la porte avant que je puisse répondre, et ses yeux cherchent immédiatement des signes de détresse sur mon visage.

– Tout va bien ?

– Ouais.

Je me rapproche de lui mais évite de le prendre dans mes bras, par égard pour ma mère. La pauvre femme a déjà été traînée à travers vingt ans de souvenirs.

– J'étais sur le point de partir.

Le visage renfrogné, ma mère réajuste les plis de sa robe. Elle la lisse jusqu'à l'ourlet, avant de recommencer l'opération.

– Bien.

Du regard, j'implore Hardin de se taire. Il lève les yeux au ciel, mais garde le silence pendant que ma mère sort dans le couloir à grands pas. Le bruit de ses talons me donne la migraine.

Je prends la main d'Hardin et le suis en silence. Mon père tente de lancer une discussion avec ma mère.

– Tu n'avais pas de manteau ?

Aussi perplexe que moi, elle bafouille et se tourne vers moi.

– Je t'appellerai demain… Tu me répondras cette fois ?

C'est une question et non un ordre, ce qui est déjà un progrès en soi. J'acquiesce.

Elle ne me dit pas au revoir. Je savais qu'elle ne le ferait pas.

– Cette femme me rend carrément dingue.

Les mains de mon père battent l'air en signe d'exaspération. Hardin a l'air exténué.

– On va se coucher. Si quelqu'un d'autre frappe à cette satanée porte, ne réponds pas.

Je suis plus qu'épuisée. J'arrive à peine à tenir sur mes jambes.

– Qu'est-ce qu'elle t'a dit ?

Hardin enlève son pull et le lance dans ma direction. Je décèle une lueur de doute pendant qu'il attend que je le ramasse.

Malgré les taches de sang sur le tissu noir, je suis heureuse de retirer ma propre chemise et mon soutien-gorge pour enfiler son pull. Je respire son odeur familière, elle m'aide à me calmer les nerfs.

– Plus qu'elle ne m'en a jamais dit de toute sa vie.

Mon esprit est encore sous le choc.

– Est-ce qu'elle t'a dit quelque chose qui t'a fait changer d'avis ?

Il me regarde, les yeux emplis de panique et de peur. J'ai le sentiment que mon père a eu une discussion semblable avec lui, je me demande si mon père entretient la même rancune envers ma mère qu'elle envers lui, ou bien s'il admet sa culpabilité pour tous les problèmes qu'ils ont eus dans leur vie.

– Non.

Je fais glisser mon pantalon sur mes jambes et le pose sur la chaise.

– Tu es sûre ? Tu n'as pas peur que nous soyons en train de répéter leurs...

– Non, nous ne répétons pas leurs erreurs. Nous ne sommes pas comme eux.

Je le stoppe net. Je veux que personne d'autre ne s'immisce dans sa tête, du moins ce soir.

Hardin ne semble pas convaincu.

– Qu'est-ce que tu veux que je fasse de ton père ? Tu veux que je le foute dehors ?

Il s'assied sur le matelas en s'adossant contre la tête du lit pendant que je ramasse son jean et ses chaussettes sales par terre.

Il cale ses bras derrière la tête, dévoilant ainsi son corps bronzé et tatoué.

– Non, ne le mets pas dehors. S'il te plaît.

Je me glisse dans le lit et il me fait asseoir sur lui.

– Je ne ferai rien. Du moins, pas ce soir.

Je le regarde, à la recherche d'un sourire, mais n'en trouve aucun.

– Je me sens tellement déboussolée.

– Je peux t'aider dans ce cas.

Il soulève son bassin et je suis propulsée en avant, ce qui m'oblige à me servir de mes mains pour me stabiliser contre son torse nu.

Je lui fais les gros yeux.

– Ben voyons. Tous les problèmes ressemblent à des clous quand on a un marteau pour outil de prédilection.

Il me sourit d'un air vicieux.

– Dois-je comprendre que t'as besoin de te faire crucifier ?

Avant que je puisse l'envoyer paître, lui et sa mauvaise plaisanterie, il saisit mon menton de ses longs doigts cassés et je me retrouve à bouger mes hanches et à me frotter contre lui. Je suis vaguement consciente que j'ai mes règles, mais je sais que ce n'est pas un problème pour Hardin.

– Tu as besoin de sommeil, Bébé. Ça serait une connerie de te baiser là tout de suite.

J'affiche sans vergogne mon air maussade.

– Je ne suis pas d'accord.

Je glisse la main vers son bas-ventre.

– Oh non ! N'y pense même pas.

Il m'arrête.

J'ai besoin de me distraire, et Hardin est un parfait sujet de distraction.

– C'est toi qui as commencé.

Ma voix est désespérée.

– Je sais, et j'en suis désolé. Je t'emmènerai en voiture demain.

Ses doigts glissent sous le pull et commencent à tracer des formes imaginaires sur la peau de mon dos.

– Et si tu es bien sage, je te prendrai en levrette sur le bureau quand on sera chez mon père. Exactement comme tu aimes.

Ma respiration se fait haletante, je lui donne un petit coup espiègle et il rit. L'entendre rire est presque aussi distrayant que coucher avec lui. Presque.

– D'ailleurs, on devrait faire attention avec ton père dans le coin. Il serait capable de croire que je t'ai tuée en voyant le sang sur les draps.

Il se mord l'intérieur de la joue.

– Ne commence pas.

Je ne suis pas d'humeur à écouter ses blagues pourraves au sujet des règles.

– Ah ! Bébé, sois pas chiante.

Il me pince les fesses et je glapis, glissant un peu plus sur ses genoux.

– Laisse couler.

– Tu me l'as déjà faite, celle-là.

Je lui souris en retour.

– Eh bien, désolé pour mon manque d'originalité. J'aime recycler mes blagues environ une fois par mois.

Je grogne et essaie de rouler sur moi-même pour me dérober à lui, mais il m'arrête de son bras et frotte son nez contre mon cou.

– Tu es dégoûtant.

– Ouais, comme une vieille serviette pleine de sang.

Il rit et colle ses lèvres contre les miennes.

– En parlant de serviettes pleines de sang, laisse-moi voir ta main.

Je passe la main dans mon dos et lui saisis gentiment le poignet. C'est son index qui est le plus le mal en point. Une entaille importante lui parcourt toute la phalange du milieu.

– Tu devrais faire examiner ça, si ça ne commence pas à cicatriser demain.

– Ça va.

– Ce doigt-là aussi.

Je fais courir le bout de mon index sur la peau mutilée de son annulaire.

– Arrête de me dorloter, femme, et va dormir.

J'acquiesce d'un mouvement de tête et sombre dans le sommeil tandis qu'il peste de nouveau contre mon père qui mange ses Frosties.

∞

45
Tessa

Je traîne au lit pendant deux heures, attendant patiemment qu'Hardin se réveille, puis je finis par en avoir assez. Je prends une douche, m'habille, nettoie la cuisine et prends deux Ibuprofène pour me débarrasser de mes crampes et de mon mal de tête. Puis je retourne dans la chambre pour réveiller Hardin.

Je lui secoue gentiment le bras en murmurant son nom. Ça ne marche pas.

– Hardin, réveille-toi.

Je saisis fermement son épaule, mais je tressaille quand s'impose à moi le souvenir de ma mère s'agrippant au corps de mon père endormi jusqu'à le faire tomber du canapé.

Toute la matinée, j'ai essayé d'éviter de penser à la poignante leçon d'histoire que m'a donnée ma mère hier. Mon père dort encore. J'imagine que sa brève visite l'a également lessivé.

– Non.

Hardin grogne.

– Si tu ne te lèves pas, j'irai chez ton père toute seule.

J'enfile mes ballerines KMJ. Hardin roule sur le ventre en maugréant et se soulève sur les coudes. Il a encore les paupières fermées quand il tourne la tête vers moi.

– C'est hors de question.

Je savais qu'il n'apprécierait pas l'idée, c'est précisément pour ça que j'ai utilisé ce prétexte pour le tirer hors du lit.

– Alors lève-toi. Je me suis déjà douchée, et tout.

Je suis angoissée à l'idée d'aller chez Ken et Karen. J'ai l'impression de ne pas avoir vu cette femme adorable depuis une éternité, avec son tablier aux motifs de fraises qu'elle ne quitte presque jamais.

– Merde.

J'étouffe un rire devant son expression paresseuse. Moi aussi, je suis fatiguée. Je suis vidée physiquement et émotionnellement, mais l'idée de quitter cet appartement pour la journée me donne un gros regain d'énergie.

– D'abord, viens ici.

Il ouvre un œil et me tend les bras. Au moment où je le rejoins au lit, il s'affaisse sur moi de tout son poids, m'entourant de sa chaleur. Il fait exprès de frotter son membre en érection contre moi, jouant des hanches pour se blottir confortablement entre mes cuisses. Le contact de son érection matinale éveille en moi une douloureuse montée de désir.

– Salut.

Il est tout à fait éveillé à présent, et je ne peux m'empêcher de rire. Il roule des hanches de nouveau, mais cette fois j'essaie de me libérer. Il rit avec moi, mais me réduit presque aussitôt au silence en plaquant sa bouche contre la mienne. Sa langue vient doucement lécher la mienne, dont la tendre caresse contraste avec les mouvements brutaux de ses hanches.

– T'as mis un bouchon ?

Ses mains sont posées sur ma poitrine, où je sens mon cœur battre à toute vitesse.

– Oui.

Je me contente de grimacer en l'entendant prononcer ce terme hideux auquel j'ai fini par m'habituer.

Il se retire, ses yeux me dévisagent lentement. Il passe sa langue sur sa lèvre inférieure pour l'humidifier.

Le bruit des placards de cuisine que l'on ouvre et referme parvient jusqu'à nous depuis l'autre bout du couloir, suivi d'un énorme rot, puis de la chute de casseroles sur le sol.

Hardin lève les yeux au ciel.

– Putain, c'est charmant.

Il reporte son regard sur moi.

– Eh bien, j'avais prévu de te baiser avant de partir, mais ça paraît compromis...

Il se dégage, emportant la couverture avec lui.

Sa voix maussade me parvient à travers la porte :

– Je prends une douche rapide.

Je termine de faire le lit quand Hardin revient cinq minutes plus tard. Il ne porte rien de plus sur lui qu'une serviette blanche autour de la taille. Je m'efforce de détourner le regard de son magnifique corps tatoué vers son visage tandis qu'il se dirige vers la commode et en sort un t-shirt noir. Il l'enfile puis met un boxer.

– Ç'a été un putain de désastre la nuit dernière.

Il boutonne son jean en fixant sa main contusionnée. Je soupire, tentant d'éviter tout sujet de conversation qui pourrait impliquer mes parents.

– Ouais.

– Allons-y.

Il attrape ses clés et son téléphone sur la commode, et les fourre dans ses poches. Il repousse ses cheveux humides de son front en ouvrant la porte de la chambre.

Où est passé le Hardin joueur d'il y a quelques minutes ? Si sa mauvaise humeur continue de s'accentuer de cette manière, cette journée risque d'être aussi mauvaise que celle d'hier.

Sans un mot, je franchis la porte derrière lui et le suis dans le couloir. La porte de la salle de bains est fermée.

On entend couler l'eau à l'intérieur. Je ne veux pas attendre que mon père sorte de la douche, mais je n'ai aucune envie de sortir sans m'assurer qu'il n'a besoin de rien.

Qu'est-ce qu'il fait dans cet appartement quand il est tout seul? Est-ce qu'il pense à la drogue toute la journée? Est-ce qu'il ramène des gens?

Je chasse cette deuxième pensée de ma tête. Hardin l'aurait découvert si mon père avait amené du monde ici. Et aussi sûr que deux et deux font quatre, mon père ne serait plus là si c'était le cas.

Pendant tout le trajet, Hardin reste très calme. Il se concentre sur la route, une main posée sur ma cuisse. C'est ma seule garantie que cette journée ne sera pas totalement pourrie.

Arrivé sur place, Hardin, comme à son habitude, entre sans frapper. Une odeur de sirop d'érable remplit la maison, et nous suivons l'odeur jusqu'à la cuisine. Nous trouvons Karen en pleine conversation. Elle est debout devant le four, une spatule à la main, tandis que l'autre s'agite dans les airs pour appuyer ses propos. Une jeune femme que je ne connais pas est assise au bar. Ses longs cheveux bruns sont la seule chose que je peux voir d'elle jusqu'à ce qu'elle tourne son tabouret vers nous quand Karen finit par remarquer notre arrivée.

– Tessa, Hardin!

Karen crie presque de joie. Elle pose la spatule sur le comptoir et se précipite pour m'embrasser.

– Ça fait tellement longtemps.

Son accueil chaleureux est exactement ce dont j'avais besoin après les événements de la nuit dernière. Mais pas Hardin, visiblement.

– Cela fait seulement trois semaines, Karen.

Son sourire s'atténue quelque peu et elle place une mèche de cheveux derrière son oreille.

Je jette un regard à tous les ingrédients étalés dans la cuisine. Je tente de détourner son attention de l'attitude peu cordiale de son beau-fils.

– Tu fais quoi ?

– Des cookies, des cupcakes, des muffins au sirop d'érable !

Hardin se réfugie dans un coin, l'air maussade.

Choisissant de l'ignorer, je porte de nouveau mon attention sur la jeune femme, ne sachant si je dois me présenter. Karen le remarque.

– Oh ! je suis navrée, j'aurais dû vous présenter avant toute chose. Voici Sophia. Ses parents vivent à quelques pas d'ici.

Sophia me sourit en me tendant la main.

– Enchantée.

Elle est belle, extrêmement belle.

Ses yeux pétillent derrière son sourire chaleureux. Elle est plus âgée que moi, mais elle ne doit pas avoir plus de vingt-cinq ans.

– Je suis Tessa, l'amie de Landon.

Hardin tousse derrière moi, manifestement pas d'accord que je me sois présentée ainsi. Je suppose que Sophia connaît Landon, et puisque Hardin et moi sommes... eh bien, ce matin, il me semble plus facile de m'introduire de cette façon.

– Je n'ai pas encore rencontré Landon.

La voix de Sophia est douce et agréable, et je me prends aussitôt d'affection pour elle.

– Oh ?

Je pensais qu'elle le connaissait, puisque ses parents vivent dans le coin.

– Sophia est diplômée de l'Institut culinaire américain de New York.

– Je rendais visite à mes parents, et je suis venue voir Karen... pour lui acheter du sirop.

Elle sourit, en regardant la quantité impressionnante de gourmandises au sirop d'érable en évidence dans la cuisine. Mon homme rumine derrière moi.

– Et voici Hardin.

Elle lui lance un sourire.

– Ravie de te rencontrer.

– Ouais.

Je lui offre un haussement d'épaules et un sourire compatissant, puis me tourne vers Karen :

– Où est Landon ?

Ses yeux font un aller retour rapide entre Hardin et moi, avant qu'elle ne réponde :

– Il est à l'étage... Il ne se sent pas très bien.

Mon estomac se retourne sur lui-même. Quelque chose se passe avec mon meilleur ami, je le sais. Hardin se précipite.

– Je monte.

– Attends, moi j'y vais.

Si quelque chose ne va pas chez Landon, la dernière chose dont il ait besoin, c'est qu'Hardin vienne l'embêter.

– Non. *Je* vais y aller. Prends-toi des gâteaux au sirop ou un truc dans le genre.

Il bougonne en montant les marches deux par deux, ne me laissant aucune chance de protester.

Karen et Sophia le regardent partir.

– Hardin est le fils de Ken.

Malgré son comportement pitoyable d'aujourd'hui, elle sourit avec fierté en évoquant son nom. Sophia hoche la tête en guise d'acquiescement.

– Il est adorable.

Nous éclatons de rire toutes les trois.

∞

46

Hardin

Heureusement pour nous deux, Landon n'est pas en train de se branler quand j'ouvre la porte de sa chambre.

Comme je m'y attendais, il est assis dans le fauteuil inclinable contre le mur, un manuel sur ses genoux.

– Qu'est-ce que tu fais là ?

Sa voix est rauque. Je prends la liberté de m'asseoir sur le bord de son lit.

– Tu savais qu'on allait venir.

– Je veux dire dans ma chambre.

Je choisis de ne pas répondre à sa question. En fait, je ne sais pas pourquoi je suis dans sa chambre. Je sais juste que je n'avais aucune envie de rester en bas avec trois femmes hystéros.

– T'as une sale gueule.

– Merci.

– Qu'est-ce qui ne va pas ? Pourquoi tu restes ici à te morfondre ?

Sa chambre d'ordinaire parfaitement rangée est plutôt en désordre. Pas selon mes standards de rangement, mais plutôt selon les siens et ceux de Tessa.

– Je ne me morfonds pas.

– Tu peux me le dire si quelque chose ne va pas. Je suis super bon pour… tu sais… être là pour les gens.

J'espère lui tirer un sourire avec ma blague. Il ferme le live d'un coup sec et me regarde avec attention.

– Pourquoi est-ce que je te le dirais ? Pour que tu te moques de moi ?

– Je ferais quand-même pas ça.

En fait, si. Je m'étais préparé à ce qu'il me sorte une connerie du style « j'ai eu une mauvaise note ». Du coup, j'aurais pu passer mes nerfs sur lui. Mais à présent que je le vois devant moi, l'air tout pitoyable et malheureux, je n'ai soudain plus trop envie de me moquer de lui.

– Dis-moi, peut-être que je peux t'aider.

Pourquoi je viens de dire ça ? Je n'en ai pas la moindre putain d'idée. On sait très bien tous les deux que je suis une merde quand il s'agit d'aider quelqu'un. Il n'y a qu'à voir le putain de désastre de la nuit dernière. Les paroles de Richard m'ont rongé toute la matinée.

– M'aider ?

Landon en reste bouche bée. De toute évidence, mon offre le laisse perplexe.

– Oh, allez, ne me force pas à te tirer les vers du nez.

Je me rejette en arrière sur son lit, et commence à examiner les pales du ventilateur au plafond. J'aimerais que ce soit déjà l'été pour pouvoir me délecter de la sensation de fraîcheur qu'il m'aurait procurée.

Je l'entends poser son livre avec un léger gloussement.

– Dakota et moi avons rompu.

Je m'assieds précipitamment.

– Quoi ?

C'est la dernière chose que je m'attendais à entendre de sa bouche.

– Ouais… on a essayé d'arranger les choses…

Il fronce les sourcils, et ses yeux s'emplissent de larmes.

S'il se met à pleurer, je me casse de là.

– Oh...

– Je pense qu'elle voulait que ça se termine depuis pas mal de temps.

Je le regarde de nouveau, essayant de ne pas trop me focaliser sur son air attristé. Il ressemble à un chiot, particulièrement à ce moment précis. Je n'aime pas les chiots, excepté, peut-être celui-là... Je ressens soudain une violente bouffée d'animosité envers la fille aux cheveux bouclés.

– Qu'est-ce qui te fait dire ça ?

Il hausse les épaules.

– Je sais pas. Elle ne m'a pas précisément dit qu'elle voulait rompre... c'est juste qu'elle est si occupée ces derniers temps, et elle ne répond jamais à mes appels. Plus le moment de déménager à New York se rapproche, plus elle s'éloigne de moi.

– Elle se tape sûrement un autre mec.

J'ai lancé ça violemment. Il a un mouvement de recul.

– Non, elle n'est pas comme ça.

Je n'aurais sans doute pas dû dire ça.

– Désolé.

– Elle n'est pas du tout ce genre de fille.

Pas plus que Tessa, et pourtant je l'ai fait se tordre de désir et gémir mon nom alors qu'elle sortait encore avec Noah... même si je garde cette information pour moi dans l'intérêt de tous.

– Ok.

– Je sors avec elle depuis si longtemps que je ne me rappelle même plus comment c'était avant elle.

Sa voix est si calme et si triste que j'en ai le cœur serré. C'est un sentiment étrange.

– Je sais ce que tu veux dire par là.

La vie avant Tessa n'est rien que des souvenirs flous et obscurs.

– Ouais, mais au moins vous ne saurez jamais comment c'est après.

– Comment tu peux en être aussi certain ?

Je suis conscient que je m'éloigne du sujet, mais je dois connaître la réponse.

– Je ne vois vraiment pas ce qui pourrait vous séparer... rien n'a pu le faire jusqu'ici !

Il sort ça comme si c'était la chose la plus évidente au monde.

Peut-être que ça l'est pour lui. J'aurais voulu que ce soit aussi évident pour moi.

– Et maintenant quoi ? Tu comptes toujours aller à New York ? Tu es censé partir dans quoi... deux semaines ?

– Ouais, je ne sais pas. J'ai travaillé dur pour aller à NYU, et je me suis déjà inscrit aux cours d'été et tout ça. Je pense juste que ce serait un gâchis de ne pas y aller. Je ne sais pas quoi faire.

– Tu ne devrais pas y aller, ça serait vraiment bizarre.

– C'est une grande ville : on ne se croisera jamais. Et en plus, on restera amis.

– Bien sûr, toujours cette histoire d'« amis ».

Je ne peux pas m'empêcher de lever les yeux au ciel.

– Pourquoi tu n'en as pas parlé à Tessa ?

Elle va en avoir le cœur brisé.

– Elle a déjà assez de soucis comme ça. Je ne veux pas qu'elle s'inquiète pour moi.

– Tu veux que je le lui cache, c'est ça ?

Je peux dire, à son expression coupable, qu'il le souhaite en effet.

– Juste pour le moment, le temps qu'elle souffle un peu. Elle a été trop stressée ces derniers temps, et j'ai peur qu'un de ces jours il y ait une goutte d'eau qui fasse déborder le vase.

Ça m'énerve un peu qu'il se préoccupe autant de ma copine, mais je fais un effort et décide de ne rien dire.

Je pousse un gémissement :

– Elle va me tuer pour ça, tu le sais.

Mais moi non plus je n'ai aucune envie de la mettre au courant. Il a raison : elle a dû traverser pas mal de choses désagréables, et je suis responsable de quatre-vingt-dix pour cent d'entre elles.

– Il y a autre chose…

– Bien sûr qu'il y a autre chose.

– C'est ma mère, elle…

Mais il est réduit au silence par un léger coup frappé à la porte. La voix de Tessa nous parvient à travers la cloison de bois.

– Entre.

Landon me lance un regard suppliant pour me faire promettre de garder sa rupture secrète.

Tessa entre en portant un plat et l'odeur d'érable avec elle.

– Karen voulait que vous goûtiez à ça.

Elle pose le plateau sur le bureau et me jette un regard, puis se tourne vers Landon avec un sourire.

– Essaie d'abord les cupcakes. Sophia nous a appris à faire le glaçage… regarde les petites fleurs. (Elle pointe son petit doigt sur la croûte brune) Elle est tellement adorable.

– Qui ça ?

Landon lève un sourcil.

– Sophia. Elle vient tout juste de partir chez ses parents, en bas de la rue. Ta mère est devenue totalement dingue quand elle lui a appris des tonnes d'astuces culinaires.

Tessa sourit et porte un gâteau à sa bouche.

– Je savais qu'elle allait aimer cette fille. J'ai tout de suite senti qu'elles allaient toutes les trois se sauter dessus dans la cuisine, c'est pour ça qu'il fallait que je me tire.

– Oh !

Landon hausse les épaules et attrape un cupcake. Tessa me tend l'assiette avec appréhension et je décline son offre en secouant la tête. Ses épaules s'affaissent, mais elle ne dit rien.

– Je vais en prendre un aussi.

J'ai été un connard toute la matinée. Ma requête la rassure. Elle se ragaillardit et m'en donne un. Les soi-disant fleurs ressemblent à des boules de morve jaune.

– Je suis sûr que c'est toi qui as fait le glaçage du mien...

Je la taquine en l'attirant par le poignet pour qu'elle s'asseye sur mes genoux.

– Je me suis entraînée sur celui-ci !

Elle se défend en levant le menton d'un air provocateur. Je remarque qu'elle est troublée par mon soudain changement d'attitude. En réalité, je le suis aussi.

– Bien sûr, Bébé.

Je lui adresse un large sourire et elle m'envoie un petit bout de glaçage jaune sur ma chemise.

– Je ne suis pas cuistot, ok ?

Je regarde Landon qui fixe le sol, la bouche pleine de cupcake. Je passe mon doigt sur ma chemise pour enlever le glaçage et avant que Tessa ait pu m'arrêter, j'essuie mon doigt sur son nez, le recouvrant de l'affreuse substance jaune.

– Hardin !

Elle tente de l'enlever, mais je rassemble ses mains dans les miennes, et les pâtisseries tombent au sol.

– Oh, allez les gars ! s'indigne Landon en secouant la tête. C'est déjà le bordel dans ma chambre !

Préférant l'ignorer, je recommence à lécher le glaçage sur le nez plissé de Tessa.

– Je vais t'aider à la ranger !

Elle rit tandis que ma langue court sur sa joue.

– Tu sais quoi ? Je regrette l'époque où tu n'osais même pas lui tenir la main en ma présence.

Il se penche pour ramasser les morceaux de gâteau écrasés sur le sol.

Je ne regrette très certainement pas ces jours-là, et j'espère que Tessa non plus.

– Est-ce que les gâteaux à l'érable t'ont plu ?

Karen m'interroge en retirant le jambon du four et en le faisant glisser sur une planche à découper.

Je hausse les épaules et m'assieds à table.

– Ils n'étaient pas mauvais.

Tessa me lance un regard depuis son siège, et je me corrige.

– Ils étaient bons.

Je reçois un sourire de ma copine en récompense. J'ai enfin commencé à réaliser que les plus petites choses suffisent à la contenter. C'est super bizarre, mais ça marche, alors j'agis en conséquence.

Mon père se tourne vers moi.

– Comment ça s'annonce pour ta remise de diplôme ?

Il lève son verre d'eau et en prend une petite gorgée. Il a l'air de se porter bien mieux que lorsque je l'ai vu dans son bureau la semaine dernière.

– Bien, j'ai fait ce qu'il fallait. Je n'y vais pas, tu te souviens ?

Je sais qu'il s'en souvient. Il espérait juste que j'aie changé d'avis.

– Qu'est-ce que tu veux dire par là ?

Tessa m'interrompt et Karen lève les yeux du jambon.

Putain de merde.

– Je ne vais pas à la remise des diplômes, je vais me le faire envoyer par mail.

Ça va encore se transformer en un truc du genre « je-piétine-Hardin-pour-le-faire-changer-d'avis ».

– Pourquoi ?

Mon gros con de père a planifié son coup, j'en suis certain.

– Je veux pas.

Je regarde Landon à la recherche d'un appui, mais il évite mon regard. Voilà pour notre lien de merde de tout à l'heure. Il est clair qu'il est revenu dans l'équipe de Tessa.

– Ne m'embête pas avec ça maintenant.

Je parle assez fort pour que tout le monde entende et qu'il n'y ait plus le moindre doute sur la finalité de ma décision.

– On en parlera plus tard.

Bien sûr, Tess, bien sûr.

Karen s'approche avec le jambon sur un plateau de service, elle le présente avec fierté.

Je suppose qu'elle a de quoi être fière, car en effet ça sent assez bon. Je me demande si elle a trouvé un moyen de mettre du sirop d'érable ici aussi.

Mon père décide de continuer ses questions.

– Ta mère m'a dit que tu avais décidé de te rendre en Angleterre.

Il ne semble pas gêné d'aborder le sujet devant Karen. Je suppose qu'ils sont ensemble depuis assez longtemps pour que ça ne lui paraisse pas bizarre que mon père parle de ma mère.

– Oui.

Je lui réponds par monosyllabes et prends une bouchée de jambon pour signifier que j'en ai terminé avec ces discussions de table.

– Tu y vas aussi, n'est-ce pas, Tessa ?

– Oui, il faut juste que j'obtienne mon passeport à temps, mais j'y vais.

Le sourire sur son visage fait descendre mon irritation d'un cran.

– Ce sera une expérience incroyable pour toi. Je sais que tu m'as dit à quel point tu aimes l'Angleterre. Pourtant, je suis navré de ruiner tes attentes, mais le Londres moderne ne ressemble pas vraiment au Londres de tes romans.

Il lui fait un grand sourire, et elle rit.

– Merci pour l'avertissement, je suis au courant que je ne vais pas voir le brouillard dépeint par Charles Dickens.

Tessa s'accorde si bien avec mon père et sa nouvelle famille, bien mieux que moi en tout cas. Si ce n'était pas pour elle, je ne leur adresserais même pas la parole.

– Il faut qu'Hardin t'emmène à Chawton. C'est à moins de deux heures de Hampstead, où vit Trish.

J'avais déjà prévu de l'emmener là-bas, merci.

– Ce serait merveilleux.

Tessa se tourne vers moi. Sa main glisse sous la table et elle serre ma cuisse. Elle veut que je sois de bonne compagnie durant ce dîner, mais mon père rend les choses difficiles.

– J'ai beaucoup entendu parler de Hampstead.

– Ça a beaucoup changé ces dernières années. Ce n'est plus le petit village tranquille où j'ai vécu. Les prix de l'immobilier sont montés en flèche.

Comme si elle en avait quelque chose à foutre de l'immobilier dans ma ville natale.

– Il y a plein d'endroits à voir, combien de temps prévoyez-vous de rester ?

– Trois jours.

Je n'ai pas l'intention de l'emmener ailleurs qu'à Chawton. Je planifie minutieusement de la garder enfermée pour que son week-end ne soit pas gâché par l'un de mes fantômes.

– Je me disais une chose... J'ai appelé à plusieurs endroits ce matin, et j'ai trouvé une institution vraiment agréable pour ton père.

La main de Tessa lâche sa fourchette qui tombe avec fracas dans son assiette. Landon, Karen et mon père la regardent, attendant une réponse de sa part.

Je romps le silence pour qu'elle n'ait pas à le faire.

– Quoi ?

– J'ai trouvé un très bon établissement. Ils proposent un programme de convalescence de trois mois...

À côté de moi, j'entends Tessa étouffer un sanglot. Le son est si ténu que personne d'autre ne peut l'entendre, mais il résonne en moi avec force.

Comment il ose remuer tout ce merdier à table devant tout le monde !

– Le meilleur de tout Washington, mais nous pouvons aussi regarder ailleurs, si tu préfères.

Sa voix est douce et je n'y perçois pas une once de jugement, mais les joues de Tessa sont rouges d'embarras, et je meurs d'envie d'arracher la putain de tête de mon père !

– C'est pas le moment de l'emmerder avec ça.

Tessa tressaille légèrement devant le ton rude de ma voix.

– Ça va, Hardin.

Ses yeux supplient les miens.

– Je suis juste un peu prise au dépourvu.

– Non, Tessa, ça ne va pas.

Je me tourne vers Ken.

– D'abord, comment tu sais que le père de Tessa est un junkie ?

Tessa tressaille de nouveau. Je pourrais casser toutes les assiettes de cette maison pour punir mon père d'avoir mis ça sur le tapis.

Landon et moi en avons parlé la nuit dernière, et nous avons tous deux pensé qu'il serait bon de parler avec Tessa d'un plan de désintoxication. Il est très dur pour les drogués de s'en sortir par eux-mêmes.

– Si c'était le cas, tu le saurais, pas vrai ?

Les mots sont sortis de ma bouche avant même que je n'aie eu le temps de les peser.

Mes paroles n'ont pas l'effet escompté sur mon père, qui repousse simplement ma remarque par un bref silence. Quand je regarde à nouveau sa femme, je lis de la tristesse dans ses yeux.

– En tant qu'ancien alcoolique, oui, *je le saurais* en effet.

J'essaie de me reprendre.

– Combien ça coûte ?

Je gagne assez d'argent pour subvenir à mes besoins ainsi qu'à ceux de Tessa, mais une cure de désintox ? C'est super cher.

– Je m'en charge, répond calmement mon père.

– Ça, non.

J'essaie de me lever de table, mais Tessa me retient par le bras avec force. Je me rassieds.

– Tu ne vas pas payer pour ça.

– Hardin, ça me ferait vraiment plaisir.

– Vous devriez peut-être en parler dans l'autre pièce, suggère Landon.

Tessa relâche son emprise de mon bras, et mon père se met sur ses pieds en même temps que moi. Tessa garde les yeux baissés sur son assiette tandis que nous nous dirigeons vers le salon.

Je plaque mon père contre le mur. Je deviens fou, enragé – je sens que ma colère prend le contrôle sur moi. Il me repousse avec plus de forces que je ne l'aurais imaginé.

– Pourquoi t'es pas venu m'en parler avant de lui sortir tout ça en pleine gueule devant *tout le monde* !

Je lui hurle dessus en serrant les poings.

– Je pense que Tessa doit avoir son mot à dire dans cette histoire, et je savais que tu refuserais mon offre.

Sa voix est calme, contrairement à la mienne. Je suis fou de rage, le sang bout dans mes veines. Je me souviens des nombreuses fois où j'ai pété les plombs pendant des dîners de famille à la résidence de Scott. Ça pourrait tout aussi bien devenir une fichue tradition.

– Eh ben, tu as sacrément raison, je refuse. Je refuse que tu nous jettes ton argent en pleine gueule. On n'en n'a pas besoin.

– Ce n'est pas mon intention. Je veux juste vous aider autant que possible.

– Comment est-ce qu'envoyer son putain de père en cure de désintox pourrait nous aider en quoi que ce soit ?

Il soupire.

– Parce que s'il va bien, elle ira bien. Et elle est la seule à pouvoir t'aider. Je le sais, et toi aussi.

Je laisse échapper une profonde expiration, sans même tenter de me défendre, parce que cette fois-ci, il a raison. J'ai juste besoin de quelques minutes pour me calmer, et reprendre mes esprits.

∞

47

Tessa

Je suis soulagée de voir que ni Hardin ni Ken ne reviennent de leur discussion avec le nez en sang ou un œil au beurre noir.

Lorsque Ken s'assied à table et place sa serviette sur ses genoux, il dit :

– Pardonnez-moi encore d'avoir abordé cette conversation à table. C'était inapproprié.

– Il n'y a pas de problème, vraiment. J'apprécie énormément votre offre.

Je l'apprécie, en effet, mais je me dis que je ne peux pas l'accepter.

Hardin me souffle un mot à l'oreille.

– On en reparlera plus tard.

Je fais un signe de tête en guise d'acquiescement et Karen se lève pour débarrasser la table. Je n'ai presque pas touché à mon repas. La mention du… problème de mon père m'a totalement coupé l'appétit.

Hardin tire ma chaise vers lui.

– Prends au moins un dessert.

Mais j'ai de nouveau des crampes. L'Ibuprofène ne fait plus effet, et mon mal de tête est revenu plus fort que jamais.

– Je vais essayer.

Karen apporte un plateau avec une montagne de gâteaux en tout genre, et je tends le bras pour en attraper un. Hardin saisit un cupcake, examinant le parfait glaçage en forme de fleur à son sommet.

– C'est moi qui ai fait celui-ci.

Il me sourit en secouant la tête. Je regarde ma montre.

– Quel dommage que nous devions partir.

J'essaie de ne pas penser à celle qu'il a donnée pour payer la dette de mon père au dealer de drogue.

Est-ce qu'une cure de désintoxication serait la meilleure solution pour mon père ? Est-ce qu'il accepterait l'offre, de toute façon ?

– C'est toi qui es partie vivre à Seattle.

Hardin grogne.

– Je veux dire, maintenant.

– Oh non... on ne reste pas ici.

– J'aimerais bien, moi.

– Tessa, on rentre à la maison... à mon appartement, là où se trouve ton père.

Je me renfrogne. C'est exactement la raison pour laquelle je n'ai pas envie de rentrer. J'ai besoin d'un moment pour souffler et réfléchir, et cette maison semble être l'endroit idéal pour ça. Même avec la proposition de Ken pour le centre de désintoxication. J'ai toujours considéré cet endroit comme une sorte de sanctuaire.

– Ok...

Hardin soupire en signe de défaite.

– Très bien, nous restons.

Je savais bien que j'allais finir par avoir le dernier mot.

La fin de notre repas n'est pas aussi embarrassante que tout à l'heure. Landon est calme, trop calme, et je suis vraiment tentée de lui demander ce qui ne va pas après avoir aidé Karen à nettoyer la cuisine.

– Ça m'a manqué de ne pas t'avoir ici.

Karen ferme le lave-vaisselle et se tourne vers moi, tout en s'essuyant les mains sur une serviette.

– Ça m'a tellement manqué de ne pas être ici.

Je m'appuie contre le comptoir.

– Je suis heureuse de te l'entendre dire. Tu es comme une fille pour moi. Je veux que tu le saches.

Sa lèvre inférieure se met à trembler, et je vois ses yeux briller dans la lumière crue de la cuisine.

– Est-ce que tout va bien ?

– Oui. Désolée, je suis à fleur de peau ces derniers temps.

Sans plus de formalités, elle se ressaisit, et la voilà arborant de nouveau un sourire rassurant.

– Tu es prête à te mettre au lit ?

Hardin nous rejoint dans la cuisine, en prenant au passage un autre gâteau. Je sais bien qu'il les aime plus qu'il ne veut l'admettre.

– Vas-y.

Elle dépose un baiser affectueux sur ma joue, puis Hardin passe son bras autour de moi, me traînant presque de force hors de la cuisine.

Je soupire tandis que nous montons l'escalier. Quelque chose ne tourne pas rond.

– Je m'inquiète pour elle, et pour Landon.

– Je suis sûr qu'ils vont bien.

La chambre de Landon est fermée, et aucune lumière ne filtre sous la porte.

Il dort.

En entrant dans la chambre d'Hardin, j'ai l'impression que tout me souhaite la bienvenue, depuis la fenêtre en saillie jusqu'au bureau neuf et sa chaise qui remplacent ceux qu'Hardin a détruits la dernière fois qu'il est venu ici. Je suis revenue depuis ce jour-là, mais je n'y avais pas vraiment prêté attention. À présent, je veux m'imprégner des moindres détails.

– Quoi ?

La voix d'Hardin m'arrache à mes pensées.

Je regarde la chambre, en repensant à la première fois où je me suis retrouvée ici avec lui.

– Je suis juste plongée dans mes souvenirs.

Il sourit pendant que je retire mes chaussures KMJ.

– Plongée dans tes souvenirs, hein ?

En un instant, il a enlevé son t-shirt noir et me l'a jeté à la figure, éveillant en moi d'autres souvenirs.

– Tu veux m'en faire profiter ?

Son jean est le suivant sur la liste. Il le retire d'un rapide mouvement de jambes, l'abandonnant sur le sol en un tas informe.

– Alors ?

J'admire son torse tatoué tandis qu'il lève ses bras et étend son corps longiligne.

– J'étais en train de repenser à la première fois que je me suis retrouvée ici avec toi.

Il se trouve que c'était également la première fois qu'Hardin a dormi ici.

– Eh bien ?

– Rien de spécial.

Je hausse les épaules puis me déshabille devant ses yeux. Je plie mon jean et ma chemise avant d'enfiler son t-shirt noir.

– Enlève ton soutif.

Hardin me fixe de ses yeux d'un vert profond.

J'enlève mon soutien-gorge et le rejoins dans le lit.

– Maintenant, dis-moi à quoi tu pensais.

Une fois que je suis en sécurité à ses côtés, aussi près que possible de lui, il m'attire par la taille et pose une main sur ma hanche. Ses doigts passent sur les coutures de ma culotte, et je sens aussitôt un frisson en bas de ma colonne vertébrale, qui s'étend à mon corps tout entier.

– Je repensais au moment où Landon m'a appelée cette nuit-là.

Je le regarde, jaugeant son expression.

– Tu as foutu un sacré bordel.

Je fronce les sourcils au souvenir de la vaisselle en porcelaine brisée en centaines de morceaux éparpillés sur le plancher.

– C'est vrai.

Il emprisonne une boucle de mes cheveux dans sa main libre (celle qui ne trace pas de cercles sur ma peau nue). Il l'enroule lentement autour de ses doigts sans me quitter des yeux.

– J'étais terrifiée. Pas par toi, mais par ce que tu allais dire.

Il fronce les sourcils.

– J'ai confirmé tes peurs, pas vrai ?

– Je suppose, en effet. Mais tu t'es rattrapé.

Il rigole, tout en détachant ses yeux des miens.

– Ouais, mais juste pour dire encore plus de conneries le lendemain.

Je sais où il veut en venir. Je tente de m'asseoir, mais la paume de sa main appuie sur ma hanche et me maintient en place.

Il reprend, avant que je ne puisse répondre.

– À l'époque, je t'aimais déjà.

– Vraiment ?

Il fait un signe de tête, resserrant son emprise sur ma hanche.

– Oui, vraiment.

– Comment le savais-tu ?

Hardin m'a déjà dit que c'est précisément cette nuit-là qu'il a su qu'il m'aimait, mais il ne s'est jamais étendu sur la question. J'espère qu'à présent il va le faire.

– Je l'ai su, c'est tout. Et au fait, je sais ce que tu es en train de faire.

Il m'offre son sourire le plus éclatant.

– Quoi donc ?

Je mets la main sur son estomac, recouvrant ainsi le papillon de nuit tatoué à cet endroit.

– Tu fais ta fouineuse.

Il attrape la boucle de cheveux avec laquelle il joue depuis tout à l'heure, et tire dessus d'un geste espiègle.

– Je croyais que c'était moi la tireuse de cheveux, ici !

Je ris sottement à ma déclaration pitoyablement sentimentale, et il se joint à moi.

– Tu l'es.

Il retire sa main de mes cheveux, le temps de rassembler ma masse de boucles blondes mal coiffées. Il les tire en arrière, me forçant à le regarder.

– Ça faisait trop longtemps.

Il baisse la tête, m'enjoignant gentiment de m'asseoir, et passe son nez le long de mon menton et de mon décolleté.

– J'ai envie de toi depuis que tu m'as allumé ce matin.

Pour preuve, il appuie son membre dur entre mes cuisses.

La chaleur de son souffle sur ma peau est à la limite du supportable. Je me tords de désir sous son regard intense.

– On va arranger ça, pas vrai ?

Il me tire les cheveux en arrière, puis en avant, me forçant gentiment à acquiescer de la tête. J'ai envie de le contredire et de lui dire qu'en fait, c'est lui qui m'a chauffée ce matin, mais je décide de me taire. J'aime la tournure que prennent les choses. Hardin libère mes cheveux et ma hanche sans ajouter un mot, et se met sur ses genoux. Il retire mon t-shirt de ses mains froides, exposant mes seins nus à son regard. Ses doigts s'emparent avidement de ma poitrine tandis qu'il enfonce sa langue dans ma bouche. Je m'enflamme instantanément. Tout le stress des vingt-quatre dernières heures disparaît aussitôt. Hardin remplit tous mes sens.

– Assieds-toi.

Je m'exécute, m'affaissant jusqu'à ce que mes épaules se retrouvent à mi-hauteur de l'énorme tête de lit couleur ardoise.

Le boxer d'Hardin est baissé, et il lève les genoux l'un après l'autre pour l'enlever.

– Un peu plus bas, Bébé.

J'ajuste ma position et il hoche la tête d'un air satisfait. Toujours à genoux, il vient se mettre en face de moi. Ma langue glisse hors de ma bouche, pressée de goûter à sa peau. Ma mâchoire se relâche quand Hardin empoigne son membre en érection, je le regarde avec adoration l'amener vers mes lèvres en se caressant doucement. J'ouvre la bouche et laisse Hardin glisser son pouce sur ma lèvre inférieure. Une fraction de seconde plus tard, son doigt est... remplacé. Il s'enfonce doucement, savourant chaque centimètre de son membre qui glisse sur ma langue.

– Putain.

Je lève les yeux et rencontre son regard brûlant.

D'une main, il saisit le sommet de la tête de lit pour se stabiliser tandis qu'il commence ses mouvements de va-et-vient.

Il halète et passe mes mains autour de ses fesses pour que je l'attire à moi.

Ma bouche l'enveloppe et je l'aspire lentement, appréciant le moment tout autant que lui. La douceur de soie de sa chair contre ma langue, sa respiration saccadée, sa voix basse prononçant mon nom, me disant à quel point je suis bonne, à quel point il aime ma bouche, font brûler mon corps tout entier de désir.

Il continue ses mouvements de va-et-vient, encore et encore.

– C'est tellement bon. Regarde-moi.

Je le contemple mordre sa lèvre inférieure. Il touche plusieurs fois le fond de ma gorge, et je remarque la façon dont les muscles de son ventre se contractent et se relâchent, laissant présager la suite.

Comme s'il lisait dans mes pensées, il grogne :

– Putain, je vais jouir.

À présent, ses mouvements s'accélèrent et deviennent plus puissants. Je serre les cuisses pour relâcher la pression et suce plus fort. Je suis étonnée quand il se retire de ma bouche et jouit sur ma poitrine nue.

En gémissant mon nom de nouveau, il se penche en avant, épuisé, le front appuyé contre la tête de lit. J'attends patiemment qu'il reprenne son souffle et s'asseye à mes côtés.

Il tend la main et je le regarde avec horreur la passer sur le sperme qui a giclé sur ma peau.

– C'est à moi tout ça…

Il me lance un sourire espiègle avant de déposer un léger baiser sur ma bouche ouverte.

– Je…

Je regarde fixement ma poitrine poisseuse.

– T'aimes ça ?

Il sourit, et je ne nie pas.

– Ça te va bien.

Je peux dire, à la manière qu'il a de regarder ma peau luisante, qu'il le pense réellement.

– T'es sale.

C'est tout ce que je trouve à répliquer.

– Ah oui ? Mais toi aussi !

Il fait un signe de tête en direction de ma poitrine, puis me prend par les hanches pour m'extirper du lit.

Je pousse un petit cri aigu et il plaque une main contre ma bouche.

– Chut, on ne veut pas de public pendant que je te baise sur le bureau, pas vrai ?

∞

48
Hardin

L'odeur du café emplit mes narines, et je cherche Tessa de la main, sachant qu'elle est tout près. Comme mes recherches ne donnent rien, j'ouvre les yeux et aperçois deux tasses de café sur le chevet, et Tessa en train de faire son sac.

– Quelle heure il est ?

– Presque midi.

– Merde, j'ai dormi la moitié de la journée.

– J'ai déjà tout préparé. Le déjeuner sera bientôt prêt.

Elle s'est déjà douchée et habillée. Elle porte encore un de ces satanés jeans Karl Marc John, le modèle moulant.

– Cool.

Je sors du lit et me baisse pour ramasser mon pantalon par terre... Seulement, il n'est plus là.

– Tiens.

Tessa me tend le jean, plié, bien entendu.

– Est-ce que ça va ?

Elle doit sentir mon hostilité.

– Ça va.

– Hardin ?

Je savais qu'elle ferait ça. Putain.

– Je vais bien. Le week-end est passé trop vite, c'est tout.

Son sourire suffit à faire fondre ma mauvaise humeur.

– Oui, c'est vrai...

Je déteste que nous vivions loin l'un de l'autre. Merde, je supporte vraiment pas.

– Il faut juste qu'on tienne jusqu'à jeudi.

Je change de sujet :

– Qu'est-ce que Karen a préparé à déjeuner ? Rien qui implique du sirop d'érable, j'espère.

Elle rit.

– Non, pas de sirop.

Nous entrons dans la salle à manger en même temps que Karen qui porte un plateau de sandwichs. Landon est installé à table, à broyer du noir. Tessa s'assied à côté de lui et je la regarde lui demander s'il va bien.

– Ça va, je suis juste un peu ailleurs.

Je n'aurais jamais cru qu'il puisse lui mentir un jour, à elle.

– Tu es sûr, parce que tu te comportes de manière tellement...

– Tessa...

Il lève le bras, je jure que si jamais il ose mettre sa main sur la sienne...

– Je vais bien.

Il sourit en laissant retomber son bras sur la table. Je prends rapidement la main de Tessa dans la mienne et la pose sur ma cuisse.

Les discussions ennuyeuses vont et viennent autour de la table. Je n'y participe pas. Bien trop vite arrive le moment de raccompagner Tessa à Seattle. Ça me rappelle une fois de plus à quel point j'ai été con de ne pas avoir déménagé là-bas en même temps qu'elle.

– Je te reverrai encore avant que tu partes, n'est-ce pas ?

Les yeux de Tessa s'emplissent de larmes pendant que Landon l'étreint pour lui dire au revoir. Je détourne le regard.

– Ouais, bien sûr. Peut-être que je monterai là-bas te rendre visite une fois que tu seras rentrée de ton entrevue avec la reine ?

J'apprécie son effort. Mais c'est moi qui vais payer les pots cassés quand elle va découvrir que Dakota et lui ont cassé, et que je le lui avais caché.

Dix minutes plus tard, je suis quasiment en train de traîner Tessa par la peau des fesses hors de la maison. Karen dit des mots d'amour à Tessa, ce qui me semble foutrement bizarre.

Au bout de quinze minutes de route, Tessa me demande :

– Est-ce que je suis horrible de me sentir plus à l'aise avec ta famille qu'avec la mienne ?

– Oui.

Elle me lance un regard furieux, et je lève les yeux au ciel devant sa prétendue colère.

– Nos deux familles sont détraquées.

Elle acquiesce d'un signe de tête, se réfugiant de nouveau dans son silence.

Plus la voiture s'approche de Seattle, plus je sens l'angoisse me parcourir la poitrine. Je ne veux pas passer la semaine entière loin d'elle. Quatre jours loin de Tessa me semblent une putain d'éternité.

Dès que je serai rentré, j'ai l'intention d'aller direct à la salle de sport.

∞

49

Tessa

Le lundi matin, j'arrive à mon rendez-vous avec une demi-heure d'avance et je m'assieds dans une des chaises à carreaux bleus de la salle d'attente. Celle-ci est presque pleine, remplie d'enfants qui pleurent et de femmes qui toussent. J'essaie de m'occuper en feuilletant un magazine, mais le seul qui soit disponible est un journal parental, truffé de pubs pour des couches et des astuces « révolutionnaires » pour l'allaitement.

– Young ? Theresa Young ?

Une femme âgée appelle mon nom en levant les yeux d'une écritoire à pince. Je me lève rapidement, en esquivant un bambin qui sillonne le plancher avec un camion miniature. Il le fait rouler sur ma chaussure et rigole. Sa mère me sourit.

– Vous en êtes à combien de mois ?

Son regard se dirige vers mon ventre, et je place instinctivement une main dessus.

Je laisse échapper un rire embarrassé.

– Oh ! Je ne suis pas...

– Je suis désolée ! J'ai juste supposé... vous ne semblez pas... j'ai juste pensé...

Je suis soulagée de la voir aussi embarrassée que moi. Demander à une femme à quel stade elle en est de sa grossesse ne se termine jamais bien, surtout quand elle n'est pas enceinte. La femme rit.

– Maintenant au moins, vous saurez que lorsqu'on devient mère... les barrières disparaissent !

Je m'interdis de penser à ça.

Je n'ai pas le temps de réfléchir à l'avenir et au fait que si je veux faire ma vie avec Hardin, je ne serai jamais mère.

Jamais je n'aurai un adorable bambin qui fera rouler un camion miniature sur mes chaussures ou qui grimpera sur mes genoux. Je me retourne pour le regarder une dernière fois avant de quitter la pièce.

Je souris poliment et avance vers l'infirmière, qui me tend aussitôt un petit récipient et me dit de passer aux toilettes à l'autre bout du couloir pour effectuer le test de grossesse.

En dépit de mes règles, cette idée me rend nerveuse. J'essaie de me calmer. Hardin et moi avons été tellement imprudents récemment, et la dernière chose dont nous avons besoin est une grossesse imprévue. Ça le mettrait hors de lui. Avoir un bébé maintenant m'empêcherait d'accomplir tout ce que je veux faire de ma vie.

Lorsque je tends la tasse pleine à l'infirmière, elle me conduit dans une pièce vide et enroule une manchette de tension artérielle autour de mon bras.

– Décroisez les jambes, mademoiselle.

Après avoir pris ma température, la femme disparaît et, quelques minutes plus tard, j'entends frapper à la porte. Je vois entrer un homme élégant aux cheveux grisonnants. Il enlève des lunettes à verre épais et me tend la main.

– Docteur West. Je suis ravi de vous rencontrer, Theresa.

J'avais espéré que le médecin soit une femme, mais cet homme me paraît plutôt agréable. J'aurais quand même préféré qu'il soit moins attirant. Ça m'aurait rendu les choses moins embarrassantes durant cette expérience déjà assez inconfortable comme ça.

Le docteur West pose beaucoup de questions, dont la plupart sont tout à fait terrifiantes. Je me retrouve obligé de lui dire qu'Hardin et moi avons eu des rapports non protégés, plus d'une fois, et je me fais violence pour continuer à le regarder dans les yeux. À mi-parcours, l'infirmière revient poser un morceau de papier sur le bureau. Le docteur y jette un coup d'œil et je retiens mon souffle jusqu'à ce qu'il prenne la parole.

Il m'adresse un sourire chaleureux.

– Bon, vous n'êtes pas enceinte, nous pouvons donc commencer.

Et je relâche cette profonde respiration que j'ignorais avoir contenue jusqu'ici.

Il énumère plusieurs options, dont certaines m'étaient totalement inconnues jusque-là. Nous choisissons l'injection.

– Je dois d'abord procéder à un bref examen pelvien, ça ira ?

J'acquiesce de la tête et ravale ma nervosité. J'ignore pourquoi je suis aussi embarrassée. C'est juste un médecin et je suis une adulte. J'aurais dû prévoir ce rendez-vous après mes règles. Je n'avais pas pensé à l'examen en lui-même quand j'ai pris rendez-vous. Je voulais juste qu'Hardin me lâche un peu.

Le docteur West réapparaît, l'air préoccupé.

– Avez-vous déjà passé un examen pelvien ?

– Non, je ne crois pas.

Je sais bien que je n'en ai jamais fait, mais la dernière partie de ma réponse était un rajout à mettre sur le compte de ma nervosité. Mon regard se tourne vers l'écran devant lui, et il déplace la sonde autour de mon bas-ventre.

– Hum…

Mon malaise grandit. Est-ce que le résultat du test était faux, se pourrait-il qu'il y ait tout de même un bébé là-dedans ? Je commence à paniquer. Je suis trop jeune et je n'ai pas fini mes études, et puis Hardin et moi sommes dans une telle situation incertaine, et…

– Je suis un peu préoccupé par la taille de votre col de l'utérus. Rien d'inquiétant pour le moment, mais j'aimerais vous faire passer un examen complémentaire.

– Rien d'inquiétant ?

J'ai la bouche sèche et l'estomac noué. Mes mains commencent à transpirer.

– Qu'est-ce que ça signifie ?

– Rien pour l'instant… je n'en suis pas sûr.

Je me redresse et fais redescendre ma blouse.

– Qu'est-ce que ça pourrait signifier ?

Il remonte ses lunettes sur son nez.

– Dans le pire des cas, il se peut que vous soyez stérile, mais sans examen complémentaire, il n'y a aucun moyen de le savoir. Je ne vois pas de kystes, et c'est déjà un bon signe.

Il fait un geste vers l'écran.

Mon cœur chute sur le sol froid et carrelé.

– Quels… quels sont les risques ?

Je n'arrive plus à entendre ma propre voix ni mes propres pensées.

– Je ne saurais le dire. Ce n'est pas un diagnostic, Mademoiselle Young. J'ai juste mentionné le pire des scénarios possibles. N'y pensez plus tant que nous n'aurons pas fait l'examen. J'aimerais que nous nous occupions de votre injection, que nous fassions quelques prises de sang pour des tests et que nous fixions un prochain rendez-vous.

Puis il ajoute :

– C'est d'accord ?

J'acquiesce, incapable de parler. Je sens une tension le long de ma colonne vertébrale. Seul le martèlement de mon cœur résonne dans la pièce silencieuse.

– Ça arrive tout le temps. Ne vous tracassez pas. Nous allons éclaircir ça. Je suis sûr que ce n'est rien.

Puis il quitte la pièce, me laissant seule face à la cruauté âpre de la situation.

Il n'en est pas sûr, rien n'est certain. Il semble d'ailleurs plutôt blasé – alors pourquoi est-ce que je ne peux pas me débarrasser de cette angoisse qui me ronge ?

Le contraceptif m'est administré par injection par l'infirmière qui s'est soudain métamorphosée en maman poule, parlant de ses petits-enfants et de leur amour pour ses cookies faits maison. Je reste plutôt calme, essayant juste de rester polie. J'ai la nausée.

Elle me briefe minutieusement sur mon nouveau contraceptif, ses avantages et inconvénients. Je suis ravie de ne plus avoir de règles, et je suis légèrement contrariée par la prise de poids, mais me dis que c'est un *deal* honnête.

Puisque j'ai mes règles, l'injection est effective dès maintenant, mais je devrai attendre trois jours avant d'avoir des rapports non protégés, juste pour être sûre.

Elle me rappelle que ça ne me protègera pas des MST, juste de la grossesse.

Après avoir fixé la date du check-up tant redouté, je me rends directement en ville prendre une photo pour mon passeport et en finir avec la paperasse. Bien sûr, tout a déjà été réglé par Christian. Ça me hérisse de voir tout l'argent que les gens dépensent pour moi sans compter.

On dirait que chaque personne que je croise dans la rue est enceinte, ou en train de porter un enfant dans ses bras... Je n'aurais pas dû essayer d'obtenir plus d'informations auprès du médecin. Maintenant, je vais être parano jusqu'au check-up, qui a évidemment été fixé dans trois semaines.

Trois semaines à me rendre malade, à faire une fixation à propos du risque de ne jamais pouvoir tomber enceinte. J'ignore pourquoi cette nouvelle m'accable autant. Je pensais m'être faite à l'idée de ne pas avoir d'enfants. Je ne peux pas en parler à Hardin pour l'instant, du moins pas tant que je n'en aurai pas la certitude. Même si, au final, ça ne changera rien à ses projets.

De retour à la voiture, j'envoie un texto à Hardin pour lui dire que mon rendez-vous s'est bien passé et que je rentre chez Christian et Kimberly. Au moment où j'arrive, je suis convaincue que je vais passer la semaine à éviter le sujet. Je n'ai aucune raison de m'inquiéter étant donné que le docteur m'a certifié que rien n'était défini à ce stade. Le creux dans ma poitrine m'affirme le contraire, mais je dois l'ignorer et aller de l'avant pour l'instant. Je pars en Angleterre. Pour la première fois de ma vie, je vais voyager en dehors de l'État de Washington, et je pourrais difficilement être plus excitée. Nerveuse mais excitée.

∞

50
Hardin

Tessa semble prête à s'évanouir à tout moment. Un stylo entre les dents, elle vérifie encore une fois sa liste. Apparemment, ses tendances psychotiques sont revenues au grand galop à la perspective du voyage.

– Tu es sûre de ne rien avoir oublié ?

– Quoi ?

Elle prend un air exaspéré et vérifie le contenu de son sac à main pour la dixième fois depuis que nous sommes arrivés à l'aéroport.

– Si on n'embarque pas maintenant, on va rater notre vol à tous les coups !

– Je sais.

Elle est tarée. Adorable, mais complètement givrée.

– Tu es certain de vouloir laisser ta voiture ici ?

– Oui. C'est pour ça qu'il y a des *parkings*, tu sais : pour les voitures.

Je montre du doigt le panneau « Stationnement longue durée » affiché au-dessus de nos têtes.

Tessa me fixe d'un regard vide.

– Donne-moi juste ton sac.

Il est bien trop lourd pour elle. Elle a dû fourrer la moitié de ce qu'elle possède dedans.

– Dans ce cas, je vais tirer la valise.

– Pas la peine, je m'en occupe. Détends-toi, d'accord ? Ça va aller.

Je me souviendrai toujours de sa frénésie de ce matin. À plier et replier, emballer et remballer nos vêtements jusqu'à ce qu'ils s'emboîtent parfaitement à l'intérieur de la valise. J'ai gardé mon calme, parce que je sais à quel point ce voyage la déstabilise. Elle est plus chiante que jamais. Mais je ne peux m'empêcher de me sentir excité à l'idée de l'emmener à l'étranger pour la première fois, à la perspective de voir ses yeux s'élargir à la vue des nuages que nous traverserons. Pour cette seule et unique raison, je me suis même assuré de lui obtenir une place à côté du hublot.

– Prête ?

Les portes automatiques s'ouvrent comme pour nous saluer.

– Non.

Elle sourit nerveusement, et je la prends par la main, l'emmenant à travers l'aéroport blindé de monde.

Je me penche vers Tessa pour lui murmurer à l'oreille :

– Tu vas pas t'évanouir, j'espère ?

Elle est d'une pâleur inquiétante, et ses petites mains tremblent sur ses genoux. Je les prends dans les miennes et les serre pour la rassurer. Elle m'adresse un sourire, ce qui change agréablement de son air renfrogné qui ne l'a pas quittée depuis que nous avons passé les contrôles de sécurité.

L'agent lui faisait de l'œil. Je l'ai bien vu à la manière stupide dont son putain de visage s'est éclairé quand Tessa lui a souri. Moi aussi, je réagis comme ça. J'avais tous les droits de lui dire d'aller se faire foutre, mais forcément, elle n'était pas d'accord. Elle s'est renfrognée et m'a poussé quand j'ai fait un doigt d'honneur à ce connard.

– Dieu merci, ce garçon était myope.

Son attitude n'a fait qu'empirer quand je lui ai demandé de refermer son cardigan. Le vieux à côté de moi n'est qu'un foutu pervers. Tessa a de la chance d'être assise à côté du hublot. Du coup, je peux faire rempart pour que ce connard ne puisse pas la reluquer. Têtue comme elle est, elle a refusé d'obéir, laissant sa poitrine exposée à la vue de tous. Je lui accorde que sa chemise n'est pas si décolletée que ça, mais quand elle se penche, on a une jolie vue.

Elle n'a pas voulu tenir compte de mes protestations, proclamant que je n'ai pas le droit de la contrôler. Pourtant, j'essaie juste de faire en sorte que les mecs ne puissent pas se rincer l'œil sur ses courbes.

– Non, ça va.

On devrait décoller d'un moment à l'autre.

Je jette un coup d'œil à l'hôtesse de l'air qui se fraie un chemin dans la cabine, vérifiant pour la troisième fois que les compartiments à bagages sont bien fermés.

Putain, ils sont tous fermés. Grouillez-vous de décoller avant que je ne sois obligé d'évacuer Tessa de cet avion.

En fait, ce ne serait pas une si mauvaise idée...

– C'est ta dernière chance de sauter de l'avion. Les billets ne sont pas remboursés, mais j'ajouterai ça sur ta note.

Je passe une mèche de ses cheveux derrière son oreille tandis qu'elle m'adresse le sourire le plus flippé que j'aie pu voir de toute ma vie.

Elle est toujours en colère contre moi, mais sa nervosité l'oblige à s'adoucir un peu.

– Hardin, gémit-elle doucement en posant sa tête contre le hublot, les paupières closes.

Je déteste la voir si nerveuse. Ça me stresse, et je suis déjà assez nerveux comme ça à cause de ce foutu voyage. Je me penche vers elle et baisse le store du hublot, en espérant que ça puisse aider.

– Il y en a encore pour longtemps ?

J'aboie avec impatience à l'intention de l'hôtesse lorsqu'elle passe dans notre rangée.

Ses yeux passent de Tessa à moi, et elle lève un sourcil arrogant.

– Quelques minutes.

Elle esquisse un sourire forcé pour rester professionnelle. L'homme assis à côté de moi gigote d'une façon qui m'incommode, et je me dis que j'aurais dû acheter un billet de plus pour ne pas avoir à être assis près d'un connard insupportable. Il empeste le tabac.

Tessa me serre la main, et ses yeux à présent grands ouverts me supplient silencieusement de ne pas faire de scandale. Je prends une profonde inspiration et ferme les yeux pour souligner le côté dramatique de la situation.

– Bien.

Je tourne la tête, et l'hôtesse poursuit son chemin dans l'allée.

– Merci.

Au lieu de poser de nouveau sa tête contre le hublot, elle la pose doucement contre mon bras.

Je donne une petite tape sur sa cuisse pour qu'elle se lève et que je puisse ainsi passer mon bras autour d'elle. Elle enfonce son nez dans mon bras et pousse un soupir de satisfaction quand je resserre doucement mon étreinte. J'aime ce petit bruit.

L'avion commence à avancer lentement sur la piste de décollage, et Tessa ferme les yeux.

À peine dans les airs, elle lève le store et regarde avec émerveillement le paysage qui rétrécit rapidement devant ses yeux.

– C'est incroyable !

Son visage a repris toutes ses couleurs. Elle est rouge d'excitation, ce qui est extrêmement contagieux. J'essaie de ne pas sourire, mais c'est impossible quand je l'entends brailler à quel point tout « a l'air si petit ».

– Tu vois, c'était pas si terrible que ça. L'avion ne s'est pas encore écrasé.

En réponse, des toux et des murmures désapprobateurs emplissent la cabine presque silencieuse, mais je m'en fous. Tessa comprend mon humour, au moins la plupart du temps. Elle me fiche un petit coup espiègle dans la poitrine.

Trois heures plus tard, elle recommence à s'agiter. Nous avons regardé le programme de merde sponsorisé par les compagnies aériennes, et relu deux fois le journal offert, nous accordant tous deux à penser qu'une cage à chiens déguisée en meuble télé ne vaut très certainement pas deux mille dollars.

– Le trajet va être long.

– Plus que six heures.

Ses doigts tracent le symbole du tatouage en forme de cœur infini sur mon poignet.

– Fais une sieste.

– Je ne peux pas.

– Pourquoi pas ?

Elle lève les yeux vers moi.

– Que crois-tu que mon père fait en ce moment ? Je veux dire : je sais que Landon l'a surveillé la dernière fois où tu as dû partir, mais cette fois-ci, on s'en va pour trois jours entiers.

Merde.

– Il ira bien.

– Je suis heureuse que nous ayons décliné l'offre de ton père.

Putain de merde.

– Pourquoi ?

– Le centre de désintoxication est un endroit bien trop cher.

– Et ?

– Je suis gênée que ton père dépense tout cet argent pour moi. Ce n'est pas son problème, et nous ne sommes même pas sûrs que mon père se...

– Il se drogue, Tessa. (Elle ne veut toujours pas l'admettre, mais elle sait que c'est la vérité.) Et mon père peut très bien payer pour ce traitement.

Dès que nous aurons atterri, je dois appeler Landon pour lui demander comment s'est passée « l'intervention ». J'espère que son sac à merde de père a accepté la proposition, mais je me sens coupable que Tessa n'ait pas été mise au courant de notre plan. J'ai passé des heures à frapper des pieds et des poings le sac de sport de la salle de gym, en réfléchissant à toute cette merde. À la fin, la solution m'est apparue très clairement. Soit Richard bouge son cul pour entrer en cure de désintox aux frais de mon père, soit il sort pour de bon de la vie de Tessa. Je n'ai aucune envie que son problème de drogue soit un fardeau pour elle. Je lui cause déjà assez de problèmes comme ça, et si quelqu'un doit la stresser, c'est moi. J'ai envoyé Landon dire à ce junkie qu'il n'avait que deux solutions : la cure ou Tessa. Je me suis dit que, contrairement à moi, les choses ne risquaient pas de prendre une tournure violente si Landon s'en chargeait.

Même si ça me ronge que ce soit mon père qui aide Tessa, puisque c'est lui qui paie, je n'ai pas pu me permettre de décliner son offre. J'aurais bien voulu, mais c'est impossible.

– Je ne sais pas. Il faut que j'y réfléchisse.

– Eh bien...

– Qu'est-ce que tu as fait ?

Ses yeux se rétrécissent et elle s'écarte de moi. Elle ne peut pas aller bien loin, coincée à mes côtés jusqu'à ce que l'avion atterrisse.

– On en parlera plus tard.

Ces compagnies aériennes devraient vraiment faire des sièges plus larges. Si l'accoudoir entre Tessa et moi n'était pas relevé, je serais déjà assis sur les genoux du mec à côté de moi.

Ses yeux s'élargissent.

– Tu l'as *envoyé* là-bas, c'est ça ?

– Je n'ai envoyé ton père nulle part.

C'est la vérité. Je ne sais même pas s'il a accepté d'y aller ou pas.

– Tu as pourtant essayé, pas vrai ?

– Peut-être... Tu es fâchée ?

Elle m'ignore.

– Theresa...

Ma voix trop forte produit sur elle l'effet escompté. Ses yeux s'ouvrent grand, et elle se tourne vers moi.

– Je ne suis pas fâchée. Je suis prise au dépourvu et j'essaie de comprendre ce que je ressens, ok ?

– Ok.

Elle le prend bien mieux que je ne l'aurais pensé.

– Je déteste quand tu me caches des choses. J'ai l'impression que tout le monde me ment... Je ne suis pas une enfant. Je suis capable de supporter plus que vous ne pensez, non ?

Je me retiens de dire la première chose qui me passe par la tête. Je deviens de plus en plus fort à ce petit jeu.

– Mais ça ne veut pas dire que je vais cesser de te protéger des merdes qui pourraient nous arriver.

Son regard s'adoucit, et elle hoche la tête.

– Je comprends, mais j'ai besoin d'être au courant de tout ce qui touche à toi, Landon ou mon père. De toute manière, je finis toujours par tout découvrir. Pourquoi esquiver l'inévitable ?

– Ok. À partir de maintenant, je ne te cacherai plus rien.

Je ne précise pas que rien de ce que j'ai pu lui cacher par le passé n'entre en compte. Je m'engage seulement à essayer de ne plus lui mentir à partir de *ce moment*.

Une émotion que je n'arrive pas à comprendre passe furtivement sur son visage. Je suis presque sûr que c'est de la culpabilité.

– Sauf s'il y a quelque chose que je ferais mieux de ne pas savoir.

Ok...

– De quel genre de choses on parle ?

– De choses que toi aussi, tu ferais mieux de ne pas savoir. Comme, par exemple, le fait que mon gynécologue soit un homme.

Quoi ?

Que le gynécologue de Tessa puisse être un homme ne m'a jamais traversé l'esprit.

– Tu vois, tu aurais préféré ne pas le savoir, pas vrai ?

Elle n'essaie même pas de cacher son sourire de petite péteuse devant mon évidente jalousie.

– Tu te trouveras un autre médecin.

Elle secoue lentement la tête, signifiant qu'elle n'a aucune intention de faire une chose pareille.

– Sois heureuse que les WC soient trop petits ici pour que je puisse te baiser à l'intérieur.

Sa poitrine remonte précipitamment et elle resserre immédiatement les cuisses. J'aime la voir réagir ainsi quand je lui dis des saletés. C'est toujours aussi instantané. Pratique, il fallait que je change de sujet pour la détourner de notre conversation.

– Je t'aurais plaquée contre la porte et je te t'aurais baisée contre le mur.

Ma main remonte le long de ses cuisses.

– Je t'aurais couvert la bouche de mes lèvres pour étouffer tes gémissements.

Elle déglutit.

– Ça serait si bon d'avoir tes jambes autour de ma taille, et tes doigts qui me tirent les cheveux.

Elle écarquille les yeux, les pupilles dilatées, et putain, j'aurais bien voulu que ces toilettes ne soient pas aussi foutrement petites. Franchement, je ne peux même pas étirer mon bras dans cet espace étroit.

J'ai payé plus de mille dollars pour un aller-retour, et vous pensez que je pourrais au moins baiser ma copine dans les toilettes pendant ce putain de vol ?

– Si tu crois que serrer les jambes va suffire à te cacher...

Je baisse sa tablette afin de glisser ma main à la jointure de ses cuisses.

Elle semble être sur le point de jouir, rien qu'à écouter mes paroles.

– Le reste du vol risque d'être inconfortable pour toi, avec ta culotte mouillée et tout le reste.

Je dépose un baiser sous son oreille, l'excitant un peu plus avec ma langue, et l'homme à côté de moi se met à tousser.

– Un problème ?

Je me fous royalement de savoir s'il a entendu ou non un traître mot de ce que je viens de dire.

Il secoue vivement la tête et reporte son attention sur sa liseuse. Je me penche pour avoir un aperçu du premier paragraphe de la page faiblement éclairée. Je déchiffre le mot « Holden » et me mets à rire. Il n'y a qu'un homme d'âge mûr ou un hipster barbu, pour apprécier *L'attrape-cœurs*. Qu'est-ce qu'il y a de si intéressant à lire à propos d'un ado déglingué ? Rien.

– Dois-je continuer ?

Tessa halète à présent.

– Non.

Elle relève sa tablette et la verrouille, mettant ainsi fin à la rigolade.

– Plus que cinq heures.

Je lui fais un grand sourire. J'essaie de ne pas me focaliser sur mon érection à l'idée qu'elle doit être inondée en ce moment même.

– T'es un connard, murmure-t-elle, arborant ce sourire que j'aime tant.

– Et tu m'aimes.

Heathrow n'est pas aussi horrible que dans mes souvenirs. Nous avons rapidement récupéré nos bagages. Tessa est restée calme la majeure partie du temps, et sa main dans la mienne m'assurait qu'elle n'était pas trop fâchée à propos du centre de désintox. La voiture de location nous attendait, et je me suis amusé à regarder Tessa se diriger d'emblée vers le mauvais côté du véhicule.

Le temps que nous arrivions à Hampstead, elle s'était endormie. Elle a bien essayé de rester éveillée pour profiter du paysage à travers la vitre, mais elle n'a pas réussi à garder les yeux ouverts. La vieille ville ne semble pas avoir changé depuis la dernière fois que je suis venu. En même temps, je suis venu ici il y a à peine quelques mois. Pour une raison obscure, je me disais qu'au moment où je franchirais le panneau officiel souhaitant la bienvenue à Hampstead, accompagné de Tessa sur le siège passager, le village ne serait plus vraiment pareil, d'une façon ou d'une autre.

Je dépasse les lieux historiques et les attractions touristiques, et nous arrivons enfin dans la partie résidentielle de la ville. Contrairement à la croyance populaire, tout le monde à Hampstead ne vit pas dans un manoir classé monument historique. J'en ai la preuve en arrivant dans l'allée en graviers de ma mère. La vieille maison semble sur le point de s'écrouler d'un jour à l'autre, et je me réjouis à la vue du panneau « vendu » planté dans la pelouse. La maison de son futur mari, située juste à côté, fait deux fois la taille de ce trou à rats, et semble en bien meilleur état.

Je tire Tessa de son profond sommeil :

– Tessa.

À peine quelques secondes après que mes phares ont éclairé ses fenêtres, ma mère apparaît sur le seuil de la porte d'entrée. Elle pousse la porte grillagée et dévale les petites marches comme une folle. Tessa ouvre les yeux et fixe ma mère qui tire à présent sur la portière du côté passager pour arriver jusqu'à elle. Qu'est-ce qu'ils ont tous à autant l'apprécier ?

– Tessa ! Hardin !

Je sors les bagages du coffre, laissant les femmes échanger leurs étreintes de bienvenue.

– Je suis si heureuse que vous soyez venus !

Ma mère essuie une larme au coin de l'œil.

Le week-end promet d'être long.

– Nous aussi !

Tessa se laisse entraîner par ma mère à l'intérieur.

– Vous m'excuserez de ne pas vous avoir préparé un accueil à l'anglaise, mais je n'aime pas le thé. En revanche, j'ai fait du café. Je sais que vous aimez ça tous les deux.

Tessa rigole et la remercie. Ma mère garde ses distances avec moi, essayant de toute évidence de ne pas me provoquer le week-end de son mariage. Les deux femmes disparaissent dans la cuisine, et je monte à l'étage pour me débarrasser de mes bagages dans ma vieille chambre. Leur rire remplit la maison, et j'essaie de me convaincre qu'aucune catastrophe ne viendra perturber cette parenthèse. Tout ira bien.

La pièce est vide, mis à part mon vieux lit à deux places et une commode. Le papier peint a été retiré, laissant voir une affreuse traînée de colle sur les murs. De toute évidence, ma mère est en train de préparer l'endroit pour de nouveaux occupants, mais ça me fait tout drôle de voir ma chambre dans cet état.

∞

51

Tessa

– Je n'arrive toujours pas à croire que vous soyez venus tous les deux.

Trish me tend une tasse de café – noir, exactement comme je l'aime – et je souris devant sa délicatesse.

C'est une belle femme, aux yeux brillants et au sourire éclatant. Elle porte un survêtement bleu foncé.

– Je suis tellement heureuse que nous ayons pu venir !

Je jette un coup d'œil à l'horloge sur le four : il est déjà vingt-deux heures. Le long vol et le décalage horaire m'ont chamboulée.

– Moi aussi. Si ce n'était pas pour toi, je sais qu'il ne serait pas venu.

Elle pose sa main sur la mienne. Ne sachant quoi répondre, je me contente de lui sourire. Elle remarque mon embarras et change de sujet.

– Comment s'est passé le vol ? Est-ce qu'Hardin s'est bien tenu ?

Son rire est aimable, et je n'ai pas le cœur à lui dire que son fils s'est comporté en véritable tyran tout au long des procédures de vérification avant l'embarquement et pendant la moitié du vol.

– Oui, oui, très bien.

Je prends une petite gorgée du café brûlant au moment où Hardin nous rejoint dans la cuisine. La maison est vieille et exiguë. Trop de murs cloisonnent l'espace. Les seules décorations sont des cartons de déménagement empilés dans les coins. Pourtant, je me sens étrangement à l'aise dans la maison où Hardin a passé son enfance. Je remarque qu'il ne partage pas la même impression, à en juger par son regard lorsqu'il se penche sous la voûte qui mène à la cuisine. Ces murs renferment trop de souvenirs pour lui, et mes impressions au sujet de cet endroit commencent aussitôt à s'atténuer.

– Qu'est-ce qui est arrivé au papier peint ?

– J'avais commencé à le retirer pour mettre un coup de peinture avant la mise en vente, mais les nouveaux propriétaires ont prévu de détruire la maison de toute façon. Ils veulent en construire une toute nouvelle.

– Bien, de toute façon, c'est une maison de merde.

Il se retourne vers moi.

– Tu es fatiguée ?

– Je vais bien.

J'apprécie l'humeur de Trish et sa compagnie chaleureuse. Je suis épuisée, mais j'aurai tout le temps pour dormir plus tard. Il est encore assez tôt.

– Je vis chez Mike, juste à côté. J'ai pensé que vous ne voudriez pas séjourner là-bas.

– Évidemment que non.

Trish ignore complètement les provocations de son fils.

– De toute façon, j'ai des projets pour elle demain, alors j'espère que tu trouveras de quoi t'occuper.

Il me faut un moment pour me rendre compte qu'elle parle de moi.

– Quelle sorte de projets ?

Hardin ne semble pas approuver cette idée.

– Juste des choses que l'on fait avant un mariage. Je nous ai pris un rendez-vous dans un spa en ville, et ensuite j'aimerais qu'elle m'accompagne pour le dernier essayage de ma robe de mariée.

– Je suis flattée.

– Combien de temps ça va vous prendre ?

– Juste l'après-midi. C'est juste si tu veux m'accompagner, Tessa. Tu n'es pas obligée, j'ai juste pensé que ce serait sympa de passer un peu de temps ensemble pendant ton séjour ici.

– J'en serais ravie.

Je lui souris. Hardin ne bronche pas. Heureusement pour lui, car il aurait perdu.

– Je suis contente. Mon amie Susan nous rejoindra pour le déjeuner. Elle meurt d'envie de te rencontrer. Elle entend parler de toi depuis si longtemps qu'elle a du mal à croire que tu existes !

Hardin s'étrangle avec son café et interrompt le discours enjoué de sa mère.

– Susan Kingsley ?

Il regarde Trish, les épaules raides et la voix chancelante.

– Oui... Enfin, son nom n'est plus Kingsley, elle s'est remariée.

Le regard de Trish me fait comprendre que je débarque dans une conversion privée qui ne me regarde pas. Hardin nous laisse seules dans la cuisine.

– Bon, je vais me coucher dans la maison d'à côté. Si tu as besoin de quoi que ce soit, fais-le moi savoir.

L'excitation de sa voix s'est évanouie. Elle a l'air vidée. Trish se penche vers moi et dépose un baiser rapide sur ma joue avant de sortir.

Je reste seule dans la cuisine encore quelques minutes. Je finis mon café, ce qui n'est pas très malin car je dois aller dormir. Je rince la tasse dans l'évier avant de monter les escaliers pour retrouver Hardin. Le couloir à l'étage est vide. Du papier peint déchiré pend sur un des murs, et je ne peux m'empêcher de comparer la magnifique maison de Ken à celle-ci.

– Hardin ?

Je l'appelle. Toutes les portes sont fermées et je me sens mal à l'aise de les ouvrir sans savoir ce qui se trouve de l'autre côté.

– Deuxième porte.

Je suis sa voix le long du couloir. La poignée de la porte est coincée, et je dois m'aider de mon pied pour faire céder le bois.

Hardin est assis sur le bord du lit, la tête dans les mains. Il lève la tête vers moi quand j'avance vers lui.

– Qu'est-ce qui ne va pas ?

Je passe mes doigts dans ses cheveux en bataille.

– Je n'aurais pas dû te faire venir.

– Pourquoi ?

Je m'assieds sur le lit à côté de lui, en gardant une distance de quelques centimètres entre nous deux.

– Parce que... c'est juste que je n'aurais pas dû.

Il se laisse tomber contre le matelas et se couvre le visage avec son bras de sorte que je ne puisse pas lire son expression.

– Hardin...

– Je suis fatigué, Tessa, va te coucher.

Sa voix est étouffée par son bras. C'est sa façon de couper court définitivement à toute conversation.

– Tu ne vas pas te changer ?

J'insiste, car je ne veux pas aller au lit sans son t-shirt.

– Non.

Il roule sur le ventre et tend le bras pour éteindre la lumière.

∞

52

Tessa

Lorsque mon réveil sonne à neuf heures, je dois me traîner hors du lit. J'ai à peine dormi. Je me suis retournée dans tous les sens toute la nuit. La dernière fois que j'ai regardé le réveil, il était trois heures du matin.

Hardin dort les bras croisés sur le ventre. Il ne m'a pas serrée contre lui cette nuit, pas une seule fois. Le seul contact que nous ayons eu, c'est lorsque ses mains ont tâtonné à ma recherche pour s'assurer que j'étais toujours là. Puis il les a ramenées sur son torse. Son changement d'humeur ne me surprend pas tant que ça. Je sais qu'il n'avait pas envie de venir, mais je ne comprends pas qu'il puisse être aussi angoissé ni qu'il refuse d'aborder le sujet. J'aimerais lui demander comment il a pu envisager de s'installer ici avec moi, s'il ne peut même pas supporter de me voir ici un week-end.

Je passe ma main sur son front, repoussant sa masse de cheveux, et effleure le léger duvet qui assombrit la ligne de son menton. Ses paupières frémissent. Je me retire brusquement et me lève. Je ne veux pas le réveiller, son sommeil n'a pas été particulièrement paisible non plus. J'aimerais savoir ce qui le hante. J'aurais préféré qu'il ne se renferme pas aussi vite. Il m'a tout révélé dans sa lettre

– qu'il a ensuite déchirée – et même si la plupart des choses abordées concernaient de terribles erreurs qu'il avait pu commettre, je les ai affrontées et je suis allée de l'avant.

Rien de ce qu'il a pu faire par le passé ne peut causer de tort à notre avenir. C'est ce qu'il doit comprendre. Sinon, ça ne pourra jamais fonctionner.

La salle de bains n'est pas difficile à trouver, et j'attends patiemment que l'eau brunâtre devienne transparente. La douche est bruyante et la pression de l'eau très forte, presque douloureuse, mais ça fait des miracles sur la tension accumulée dans mon dos et dans les muscles de mes épaules.

J'enfile un jean et un débardeur couleur crème. J'hésite avant de mettre un pull Karl Marc John avec une impression florale en dentelle. Il n'a pas de boutons, ce qui signifie qu'Hardin ne peut pas me forcer à le fermer. Ça va, il a de la chance que je ne porte pas le débardeur seul. C'est le printemps, et le temps est agréable ici, dans le centre de Londres.

Trish ne m'a pas précisé l'heure de notre petite virée, alors je descends me préparer un café. Une heure plus tard, je retourne en haut pour prendre ma tablette afin de pouvoir lire un peu. Hardin dort toujours sur le dos. L'angoisse se lit sur ses traits. Je quitte rapidement la pièce sans le déranger, et retrouve mon chemin vers la table de la cuisine. Quelques heures plus tard, je suis soulagée de voir arriver Trish par la porte de derrière. Ses cheveux bruns sont tirés en arrière, comme les miens, en un chignon bas, et elle porte un survêtement.

Je jette un coup d'œil une dernière fois à l'étroite cage d'escalier, en espérant voir dévaler un Hardin souriant pour m'embrasser et me dire au revoir. Mais rien. J'attrape mon sac à main avant de suivre Trish par la porte de derrière.

∞

53
Hardin

Quand j'ouvre les yeux, Tessa n'est plus dans le lit. Je n'ai aucune idée de l'heure qu'il est, mais le soleil trop éclatant qui entre par les fenêtres me force à me réveiller. J'ai très mal dormi. Tessa n'a pas arrêté de se retourner dans son sommeil. Je suis resté éveillé presque toute la nuit, tentant de garder mes distances. Je dois absolument me ressaisir avant de lui gâcher son week-end, mais je n'arrive pas à chasser ma parano. Pas après que ma mère a eu le culot d'inviter Susan Kingsley à déjeuner avec elle et Tessa.

Je me brosse les dents et passe un peu d'eau dans mes cheveux sans même me préoccuper de me changer. Tessa a déjà pris sa douche. Sa trousse de toilette est soigneusement rangée dans le meuble qui est normalement vide.

En entrant dans la cuisine, je trouve la cafetière encore chaude et à moitié pleine. Un mug rincé est posé sur le comptoir. Tessa et ma mère sont sûrement déjà parties. J'aurais dû ouvrir ma gueule et l'empêcher d'y aller. Pourquoi je ne l'ai pas fait ? Cette journée peut prendre deux tournures : soit Susan décide d'être une vraie salope et de mener la vie dure à Tessa, soit elle décide de se la fermer, auquel cas tout pourrait bien se passer.

Qu'est-ce que je vais pouvoir foutre toute la journée pendant que ma mère et Tessa se pavanent en ville ?

Je pourrais aller les retrouver, mais ma mère serait probablement furax. Et, après tout, elle se marie demain. J'ai promis à Tess que je ferais de mon mieux pour bien me conduire ce week-end, et même si j'ai déjà rompu ma promesse, ce n'est pas la peine que j'aggrave la situation.

∞

54

Tessa

– Tes cheveux sont si beaux !

Trish me caresse la tête de sa main fraîchement manucurée. Je souris en me regardant dans le miroir placé derrière notre table.

– Merci, je n'y fais plus trop attention.

La femme du spa a eu l'air choquée en apprenant que je ne m'étais encore jamais teint les cheveux. Au bout de quelques minutes, elle a réussi à me persuader de les obscurcir légèrement, mais seulement aux racines. Au final, j'ai obtenu un très léger dégradé de brun qui se termine par mon blond naturel sur les pointes. La différence est à peine visible, et l'effet est bien plus naturel que ce à quoi je me serais attendue. La couleur n'est pas permanente et ne restera qu'un mois. Je n'étais pas prête pour une couleur définitive, mais plus je me regarde dans le miroir, plus ce que j'y vois me plaît.

La femme a également fait des miracles avec mes sourcils. Elle les a taillés en un arc-de-cercle parfait, et mes ongles de mains et de pieds sont vernis d'un rouge profond.

J'ai décliné l'offre de Trish quand elle m'a proposé une épilation brésilienne à la cire. J'avais dans l'idée de m'en offrir une, mais je trouve ça bizarre de le faire avec la mère d'Hardin. Je peux continuer à me raser pour le moment.

Lorsque nous retournons à la voiture, Trish me taquine au sujet de mes chaussures, tout comme le fait son fils, et je me retiens de la vanner sur ses survêtements.

Tout le long du trajet, je regarde par la vitre, m'imprégnant de chaque maison, de chaque bâtisse, de chaque magasin, de chaque passant dans les rues. Nous arrivons dans un petit parking couvert situé entre deux bâtiments.

– On y est.

Le bâtiment de briques, presque entièrement recouvert de mousse, réveille le Landon à l'intérieur de moi, tandis que des images du *Hobbit* me viennent à l'esprit. S'il était ici, Landon penserait exactement à la même chose que moi et on se mettrait à rigoler ensemble, tandis qu'Hardin serait occupé à démontrer que les adaptations cinématographiques sont une calamité et que la vision de Tolkien n'a pas du tout été respectée. Landon se défendrait, comme toujours, en affirmant qu'Hardin apprécie secrètement les films, ce à quoi Hardin lui répondrait par un doigt d'honneur.

Je me retrouve à rêver égoïstement d'un monde où Hardin, Landon et moi-même pourrions vivre ensemble. Un monde où Landon et Dakota s'installeraient à Seattle, peut-être dans le même immeuble qu'Hardin et moi. Un monde où les seules personnes qui se soucient de moi ne soient pas obligées de partir à l'autre bout du pays.

Trish m'indique des tables en métal alignées sur une terrasse.

– Il fait plutôt chaud aujourd'hui, est-ce que ça te ferait plaisir de manger dehors ?

– Ça me va.

Je la suis jusqu'à une table au bout de la rangée. La serveuse nous apporte un pichet d'eau et place deux verres devant nous. Même l'eau me semble meilleure en Angleterre.

Le pichet est rempli de glaçons et de rondelles de citrons parfaitement découpées.

Trish regarde en direction du trottoir.

– Il y a une personne qui doit nous rejoindre... Elle devrait arriver d'une minute à... La voilà !

Je me retourne pour voir une grande brune qui se dépêche de l'autre côté de la rue en nous faisant de grands signes de la main. Sa jupe longue et ses talons hauts l'empêchent de progresser aussi rapidement qu'elle semble essayer de le faire.

– Susan !

Le visage de Trish s'illumine devant l'entrée maladroite de la femme.

– Trish, comment vas-tu, ma chérie ?

Susan se penche pour embrasser Trish sur les deux joues, puis se tourne vers moi avant de recommencer l'opération.

Je lui réponds par un sourire gêné, je me sens particulièrement maladroite. Je ne suis pas habituée à ce genre de démonstration et je ne sais pas du tout si je dois lui rendre la pareille.

Les yeux bleu foncé de la femme contrastent avec sa peau pâle et ses cheveux bruns. Elle s'écarte avant que j'aie pu décider de faire quoi que ce soit.

– Vous devez être Theresa, on m'a dit tant de merveilleuses choses à votre sujet !

Elle me surprend en prenant mes mains dans les siennes. Elle les serre doucement et m'adresse un sourire éclatant avant de s'asseoir sur la chaise placée à côté de moi.

– Ravie de faire votre connaissance.

Je ne sais quoi penser d'elle. Je n'ai pas du tout aimé la réaction d'Hardin lorsqu'il a entendu son nom hier soir, d'autant qu'elle semble tout à fait charmante. Tout ça me déstabilise.

Elle se retourne pour accrocher son sac sur le dossier de sa chaise.

– Vous m'attendez depuis longtemps ?

– Non, nous venons tout juste d'arriver. Nous avons passé la matinée entière au spa.

– Je vois ça, vous sentez toutes les deux comme un bouquet de fleurs.

Son accent est élégant et beaucoup plus marqué que celui d'Hardin et Trish.

Malgré la mauvaise humeur d'Hardin hier soir, je suis en train de tomber amoureuse de l'Angleterre, et en particulier de cette ville. J'ai effectué des recherches avant de venir ici, mais les photos sur Internet ne rendent pas hommage à la beauté désuète des lieux.

Je contemple les alentours avec admiration, et suis étonnée de constater combien une chose aussi simple qu'une rue pavée bordée de petits cafés et de magasins peut être à ce point envoûtante.

– Est-ce que tu te sens prête pour ton dernier essayage ?

Je continue à m'imprégner des alentours, écoutant d'une oreille distraite la conversation entre les deux femmes. Mon attention est attirée par la librairie située dans la vieille bâtisse, de l'autre côté de la rue. Je n'ose même pas imaginer tous les livres qu'elle contient.

– Bien entendu, et si cette fois-ci n'est toujours pas la bonne, je vais être obligée de poursuivre la propriétaire du magasin en justice !

Je reporte mon attention sur les deux femmes, j'attendrai qu'Hardin m'emmène visiter les lieux pour continuer à m'extasier sur l'architecture de la ville !

– Eh bien, étant donné que je *suis* la propriétaire de l'endroit en question, il se pourrait que cela me pose un problème.

Le rire de Susan est absolument charmant. Je dois me souvenir que je dois me méfier d'elle. Mon imagination commence à vagabonder tandis que je la scrute. Est-ce qu'Hardin la connaît intimement ? Il a avoué avoir eu des relations sexuelles avec des femmes plus âgées – un certain nombre d'entre elles – mais je ne lui ai jamais permis d'entrer dans les détails. Est-ce que Susan, avec ses grands yeux bleus et ses longs cheveux bruns, en fait partie ? Je frissonne à cette pensée. J'espère bien que non.

Je me force à oublier ma jalousie et à me délecter de l'appétissant sandwich que la serveuse vient de m'apporter.

– Alors, Theresa, et si tu nous parlais un peu de toi ?

– Appelez-moi Tessa. Je suis en train de terminer ma première année à Washington Central et je viens de déménager à Seattle.

Je jette un regard à Trish qui, pour une raison qui m'échappe, vient de se renfrogner. Hardin ne doit pas lui avoir parlé de mon déménagement, ou peut-être qu'il l'a fait et qu'elle est en colère parce qu'il n'est pas parti avec moi.

– J'ai entendu dire que Seattle est une ville tout à fait charmante. Je ne suis jamais allée aux États-Unis. Mais mon mari m'a promis de m'y emmener cet été.

– Vous devriez vraiment y aller... c'est très joli.

Quelle idiote ! Je suis assise dans un village sorti tout droit d'un roman, et je suis là à dire que l'Amérique, c'est « joli ». Susan détestera sûrement. Je suis si nerveuse que mes mains tremblent légèrement quand je prends mon téléphone dans mon sac pour envoyer un texto à Hardin. TU ME MANQUES, tout simplement.

Pendant le reste du déjeuner, nous parlons du mariage et je ne peux pas m'empêcher d'apprécier Susan. Elle vient de se marier pour la deuxième fois l'été dernier, elle a préparé son mariage elle-même. Elle n'a pas d'enfants, seulement une nièce et un neveu.

Elle est propriétaire de la boutique de mariage où Trish a commandé sa robe. C'est l'une des cinq boutiques spécialisées situées dans les quartiers nord de Londres.

Son mari dirige trois des pubs les plus populaires du coin, tous situés dans un rayon de cinq kilomètres.

La boutique de mariage de Susan est située à quelques blocs seulement du restaurant. Nous décidons donc de nous y rendre à pied. Il fait chaud aujourd'hui, le soleil brille dans un grand ciel bleu. Même l'air semble plus frais qu'à Washington.

Hardin n'a toujours pas répondu à mon texto. À vrai dire, je savais qu'il ne le ferait pas.

– Champagne ?

La boutique n'est pas très grande, mais parfaitement décorée dans les tons noir et blanc, d'une manière aussi désuète que charmante.

– Oh ! non merci.

Trish accepte son offre en promettant qu'elle n'en prendra qu'un verre. Je suis sur le point de rétorquer qu'elle peut se faire plaisir et boire autant qu'elle veut, mais je ne n'ai pas assez confiance en moi pour prendre le volant en Angleterre. Je me sens déjà assez bizarre sur le siège passager.

Je ne peux que constater à quel point Trish et Hardin sont différents l'un de l'autre. Elle est si pétillante, si vive, tandis qu'Hardin est tellement... Hardin. Je sais qu'ils n'ont pas une super relation, mais je me plais à penser que notre visite pourrait changer les choses.

Trish tire le rideau de la cabine d'essayage.

– Je reviens dans un instant, fais comme chez toi.

Je m'assieds sur le canapé blanc. Je ne tarde pas à l'entendre pester contre Susan qui vient de la pincer avec la fermeture Éclair. Peut-être bien qu'elle et Hardin se ressemblent plus qu'il n'y paraît, en fin de compte.

– Excusez-moi.

Une voix me tire de mes pensées, je découvre les yeux bleus d'une jeune femme qui a l'air d'être à ses derniers mois de grossesse.

– Pardonnez-moi, mais avez-vous vu Susan ?

– Elle est là-dedans.

– Merci. Si elle vous demande, pouvez-vous lui dire que je suis arrivée à deux heures ?

Elle travaille sûrement ici. Mes yeux s'attardent sur le badge accroché à sa chemise blanche à manches longues. Il porte l'inscription « NATALIE ».

Je jette un coup d'œil à l'horloge. Il est deux heures cinq.

– Comptez sur moi, votre secret sera bien gardé.

Le rideau s'ouvre, et Trish apparaît dans sa robe de mariée. Elle est splendide.

– Waouh !

Natalie et moi avons parlé d'une même voix. Trish s'avance. Elle essuie ses larmes après s'être regardée dans le miroir en pied. Natalie sourit.

– Elle fait ça à chaque essayage !

Je regarde ses yeux remplis de larmes, sachant pertinemment que les miens le sont également. Elle pose la main sur son ventre.

– Elle est si belle. Mike est un homme chanceux.

Son attention tout entière est portée vers son reflet dans le miroir, et je ne peux l'en blâmer.

– Vous connaissez Trish ?

– Oui.

Je me tourne pour faire face à Natalie.

– Je suis...

Il serait vraiment temps qu'Hardin et moi ayons une discussion sur la manière de se présenter par ici.

– Je sors avec son fils.

Trish a pâli et ses yeux font des allers-retours rapides entre Natalie et moi. J'ai l'impression de ne pas tout saisir. Puis je me tourne de nouveau vers Natalie, observant le bleu profond de ses yeux, ses cheveux bruns, sa peau pâle.

Natalie...

Oh merde ! Natalie. La Natalie qui pèse sur la conscience d'Hardin, ou du moins le peu de conscience qu'il possède.

Natalie qu'Hardin a malmenée avant de la jeter comme un vieux mouchoir usagé.

– Vous êtes… Natalie.

Elle hoche la tête sans me quitter des yeux, tandis que Trish s'approche de nous.

– En effet.

Je peux voir à l'expression de son visage qu'elle ne sait pas vraiment ce que je connais exactement à son propos. Et qu'elle sait encore moins quoi penser de tout ça.

– Vous êtes… Tessa.

Je sens qu'elle est en train de rassembler ses esprits.

– Je suis…

Je n'ai pas la moindre idée de ce que je suis censée dire. Hardin m'a affirmé qu'à présent elle était heureuse, qu'elle lui a pardonné et a recommencé une nouvelle vie. Je sens un énorme élan pour cette jeune femme.

– Je suis désolée.

Susan attrape le bras de Trish et l'entraîne doucement à l'écart. Trish tourne la tête et nous jette un dernier regard avant de disparaître derrière une porte, avec sa robe et tout le reste.

– Désolée pour quoi ?

Les yeux de Natalie brillent sous la lumière crue. Je n'arrive pas à imaginer cette fille, celle qui se tient juste devant moi, avec mon Hardin. Elle est si simple et si belle, si différente de toutes les autres filles que j'ai pu rencontrer, qui appartiennent au passé de Hardin.

Je laisse échapper un rire nerveux.

– Je ne sais pas…

Pourquoi est-ce que je m'excuse, *exactement ?* Je me demande.

– Pour ce que… pour ce qu'il t'a fait.

– Tu es *au courant ?*

– Oui…

Je ressens le besoin de m'expliquer.

– Et Hardin… il est différent, maintenant. Il regrette profondément ce qu'il t'a fait subir.

– Je l'ai croisé récemment. Il était… Je ne sais pas… totalement *vide* quand je l'ai rencontré dans la rue. Est-ce qu'il va mieux à présent ?

Il n'y a pas la moindre trace de jugement dans ses yeux bleus et brumeux.

– Oui, il va vraiment mieux.

Lorsqu'elle lève la main, je vois une alliance en or briller à son annulaire. Je suis vraiment heureuse que sa vie ait bien tourné.

– Il a fait des choses terribles, mais c'était important pour lui de savoir que tu lui as pardonné… Je te remercie d'avoir trouvé la force de le faire.

Pour dire la vérité, je ne suis pas certaine qu'Hardin l'ait regretté autant qu'il l'aurait dû, mais le pardon de Natalie a fissuré quelques-unes des briques qu'il a élevées entre lui et le reste du monde, et je sais que ça lui a apporté un peu de paix.

– Tu dois vraiment l'aimer.

– Je l'aime. Je l'aime tellement.

Mes yeux rencontrent les siens. Aussi bizarre que ça puisse paraître, je me sens totalement connectée à cette femme. Et je ressens fortement l'immense pouvoir de cette connexion. Je peux imaginer à quel point il a dû lui faire du mal, à quel point il a dû l'humilier. Elle a été non seulement rejetée par Hardin mais aussi par sa propre famille. J'étais exactement dans la même situation qu'elle, au début, jusqu'à ce qu'il tombe amoureux de moi. Et c'est bien toute la différence avec cette adorable femme qui est enceinte aujourd'hui. Il m'aime, alors qu'elle, il n'a jamais été capable de l'aimer.

Je ne peux m'ôter de l'esprit l'abjecte pensée que s'il l'avait effectivement aimée, je ne serais pas avec lui à présent. Égoïstement, je suis heureuse qu'il n'ait pas eu pour elle les sentiments qu'il éprouve à mon égard.

– Est-ce qu'il te traite bien ?

– La plupart du temps...

J'ébauche un sourire en sortant cette réponse terrible, avant de conclure avec plus d'aplomb :

– Il essaie, en tout cas.

– Eh bien c'est tout ce que je souhaite.

– Qu'est-ce que tu veux dire par là ?

– J'ai prié encore et encore pour qu'Hardin finisse par trouver le salut. Et je pense qu'il l'a enfin trouvé.

Son sourire s'élargit et elle touche de nouveau son ventre.

– Tout le monde mérite une seconde chance, même le pire des pécheurs, tu ne penses pas ?

Je ne peux que l'admirer. Je ne sais pas si j'aurais été capable d'envoyer ainsi des ondes positives à Hardin s'il m'avait fait subir la même chose qu'à elle, sans même me présenter un soupçon d'excuse. J'aurais probablement souhaité sa mort imminente, et pourtant la voilà, cette femme pleine de compassion qui ne lui veut que du bien.

– Si...

– Tu dois penser que je suis folle. Mais s'il n'y avait pas eu Hardin, je n'aurais jamais rencontré mon Elijah, et je ne serais pas sur le point de donner naissance à notre premier fils.

Un frisson parcourt mon épine dorsale à la pensée qui vient de me traverser. Hardin n'était qu'une étape dans la vie de Natalie, une marche à franchir. Je ne veux pas qu'Hardin soit une étape dans la mienne, qu'il ne soit rien d'autre qu'un souvenir pénible, quelqu'un à qui je me sente forcée de pardonner. Je veux qu'Hardin soit mon Elijah, mon *happy end*.

La tristesse surpasse mes craintes quand elle prend ma main pour la poser sur son ventre, arrondi comme le mien ne le sera sûrement jamais. Je contemple son alliance en or, chose que je ne porterai probablement jamais. J'esquisse un mouvement de recul en sentant le bébé bouger à l'intérieur du ventre de sa mère, et Natalie éclate de rire.

– Le petit bonhomme est bien occupé, là-dedans. J'aimerais bien qu'il sorte enfin.

– Quand arrives-tu à terme ?

– Il y a deux jours. C'est un petit têtu, ce garçon-là. Je suis venue travailler pour rester debout. J'espère que ça le décidera à venir se joindre à nous.

Elle parle avec tant de tendresse de son enfant. Connaîtrai-je ça un jour ? Connaîtrai-je un jour cette rougeur sur les joues et cette tendresse dans la voix ? Sentirai-je un jour mon bébé bouger dans mon ventre ? Mais à quoi bon m'apitoyer sur moi-même ? Pour le moment, rien n'est encore certain.

Rien n'est encore certain concernant le diagnostic du Docteur West, mais tu peux être sûre qu'Hardin ne voudra jamais te faire d'enfants.

– Est-ce que tout va bien ?

La voix de Natalie me tire de mes pensées.

– Oui, désolée, j'étais en train de rêvasser.

Je conclus mon mensonge en retirant doucement ma main de son ventre.

– Je suis vraiment heureuse d'avoir pu te rencontrer pendant ton séjour en ville...

Trish revient de l'arrière-boutique, accompagnée de Susan qui porte un bouquet et un voile de mariée dans la main.

Je jette un coup d'œil à ma montre. Il est deux heures et demie. Pendant que je parlais à Natalie, Trish a eu le temps de vider son verre, et ses joues se sont légèrement empourprées. J'embrasse Natalie avant de sortir de la boutique.

– Fais attention à toi, et encore toutes mes félicitations.

– Toi aussi, Tessa.

Je porte la robe de Trish dans mes bras. Cette dernière me suit, quelques pas derrière moi.

– Si c'est trop lourd, je peux aller chercher la voiture. Je n'ai bu qu'un seul verre, je peux très bien conduire.

– Ça va aller.

En vrai, je suis terrifiée à l'idée de conduire sa voiture.

∞

55
Hardin

J'ai fait le tour de la maison plus d'une centaine de fois. Là, je pète les plombs et Tessa ne répond à aucun de mes appels. *Où sont-elles, bordel ?*

Je regarde mon téléphone : il est trois heures passées. Combien de temps cette connerie de spa peut bien durer ?

Une décharge d'adrénaline me traverse le corps lorsque j'entends le bruit d'une voiture qui roule sur l'allée de graviers. Je vais à la fenêtre et constate que c'est celle de ma mère. Tessa sort en premier, se dirige vers l'arrière et retire un énorme sac blanc du coffre. Il y a quelque chose de changé en elle.

– Je l'ai !

Je descends les marches en vitesse et lui prends la foutue robe des mains.

Ses cheveux... Qu'est-ce qu'elle a fait à ses cheveux ?

– Je vais à côté, récupérer Mike !

– Merde, mais qu'est-ce que t'as fait à tes cheveux ?

Tessa fronce les sourcils et je vois l'éclat de ses yeux se ternir soudainement.

Merde.

– Je demande juste... C'est joli.

C'est vraiment joli. Elle est toujours si belle.

– J'ai fait une couleur... Tu n'aimes pas ?

Elle me suit dans la maison. Je balance le sac sur le canapé.

– Attention ! C'est la robe de mariée de ta mère !

Ses cheveux semblent plus brillants que d'habitude et ses sourcils sont différents. Les femmes font trop de trucs de merde pour impressionner des hommes qui remarquent à peine la différence.

– Ça ne me pose aucun problème, j'ai juste été surpris.

Ce n'est pas si différent de la coupe qu'elle avait lorsqu'elle a quitté la maison, c'est juste un peu plus sombre vers le haut, mais c'est quasiment la même chose.

– Tant mieux, parce que ce sont mes cheveux et je fais ce que je veux avec.

Elle croise les bras sur sa poitrine, et j'éclate de rire.

– Quoi ?

Elle ne plaisante pas.

– Rien. Je trouve juste très amusant ton comportement de femme autoritaire, c'est tout.

– Eh bien, je suis contente que ça t'amuse parce que c'est ainsi.

– Ok.

Je saisis la manche de son pull et l'attire à moi, ignorant son décolleté bien visible pourtant. J'ai comme l'impression que ce n'est pas le bon moment de soulever la question.

– Je suis sérieuse, arrête avec tes conneries d'homme des cavernes.

Un léger sourire brise son air renfrogné tandis qu'elle s'appuie sur ma poitrine.

– Ok, calme-toi. Mais merde, qu'est-ce que ma mère a bien pu te faire ?

Je presse mes lèvres contre son front, soulagé de n'avoir entendu parler ni de Susan ni de Natalie. Je préférerais franchement qu'elle m'engueule parce que j'ai critiqué ses cheveux plutôt qu'à cause de mon passé.

– Rien. Tu as été grossier à propos de mes cheveux, et je me suis dit que c'était le bon moment pour t'annoncer que les choses vont changer.

Elle se mord la joue pour retenir un sourire. Elle me taquine et me teste, et bordel, je trouve ça adorable.

– D'accord, d'accord, plus d'homme des cavernes.

Je lève les yeux au ciel, et elle se dégage de mon étreinte.

– Je suis sérieux, j'ai compris.

– Tu m'as manqué aujourd'hui.

– Vraiment ?

J'ai envie de l'entendre me confirmer ça.

Après tout, on ne lui a pas parlé de mon passé. Tout va pour le mieux. Ce week-end va bien se passer.

– Oui, tout particulièrement pendant le massage. Les mains d'Eduardo étaient encore plus grosses que les tiennes.

Ses gloussements se changent en cris lorsque je la soulève par-dessus mon épaule et que je me dirige vers l'escalier. Je sais parfaitement qu'elle ne s'est pas fait masser par un homme ; si ça avait été le cas, je suis persuadé qu'elle ne me l'aurait pas dit en rigolant juste après.

C'est bien la preuve que je peux me calmer avec mes conneries d'homme des cavernes. À moins, bien entendu, qu'il y ait une menace réelle. C'est de Tessa qu'on parle et il y a toujours quelqu'un qui essaie de me la piquer.

La porte de derrière s'ouvre en grinçant, et ma mère nous appelle à travers la maison au moment exact où je suis au milieu de l'escalier. Je pousse un grognement et Tessa gigote, me suppliant de la reposer par terre. Je m'exécute, mais seulement parce qu'elle m'a manqué toute la journée et que ma mère va se montrer extrêmement désagréable si je suis trop démonstratif vis-à-vis de Tessa devant le voisin.

– Nous descendons !

– En fait non, nous ne descendons pas.

Je lui dépose un baiser au coin de la bouche, et elle sourit.

– Parle pour toi.

Elle me fait une mimique avec ses nouveaux sourcils et je lui donne une fessée au moment où elle dévale l'escalier.

Je me sens soulagé d'un grand poids. Je me suis comporté comme un putain d'imbécile la nuit dernière, sans raison valable. Ma mère n'aurait jamais présenté Tessa à Natalie, pas volontairement en tout cas. Je me suis inquiété pour rien.

– Qu'aimeriez-vous manger pour le dîner tous les deux ? Je pensais qu'on pourrait aller chez Zara tous les quatre.

Ma mère se tourne vers son futur mari dès que nous entrons dans le salon. Tessa acquiesce d'un hochement de tête, même si elle n'a aucune idée de ce qu'est Zara.

– Je déteste Zara. C'est trop bondé et Tessa n'aimera rien là-bas.

Tessa pourrait manger n'importe quoi pour ne pas contrarier ses hôtes, mais je sais qu'elle n'aimerait pas goûter pour la première fois de sa vie du foie dans une situation qui la contraindrait à sourire et à prétendre que c'est la meilleure chose qu'elle ait jamais mangé.

– Au Blues Kitchen, alors ?

Honnêtement, je n'ai pas envie d'aller où que ce soit.

– Trop bruyant.

Je pose mes coudes sur le comptoir et commence à gratter les bords, à l'endroit où le Formica commence à s'user.

– Bien, alors tu décides et tu nous tiens au courant.

Ma mère perd patience face à moi, mais je suis venu, non ? Je hoche la tête après avoir jeté un coup d'œil à l'horloge. Il n'est que cinq heures, nous avons une bonne heure devant nous.

– Pour l'instant, je monte à l'étage.

– Nous devons partir dans dix minutes, tu sais à quel point il est difficile de se garer par ici.

Génial. Je sors en trombe du salon, j'entends Tessa me suivre de près.

– Hé.

Elle m'attrape par la manche au moment où j'atteins l'entrée. Je me retourne pour lui faire face.

– Quoi ?

– Qu'est-ce que tu as ? S'il y a quelque chose qui te dérange, dis-le moi et on va arranger ça.

– Comment s'est passé ton déjeuner aujourd'hui ?

Elle ne l'a pas évoqué, mais je ne peux m'empêcher de demander. Elle comprend tout de suite à quoi je fais allusion.

– Oh...

Elle baisse les yeux, et je passe mon pouce sous son menton pour la forcer à me regarder.

– C'était sympa.

– De quoi vous avez parlé ?

Ce n'est apparemment pas aussi atroce que je l'avais redouté, mais je décèle une pointe d'hésitation dans sa voix.

– Je l'ai rencontrée... Natalie. Je l'ai rencontrée.

Mon sang se glace dans mes veines.

– Et ?

– Elle est ravissante.

J'attends qu'elle se renfrogne ou cède à la colère, mais rien de tout cela ne se produit.

– « Ravissante » ?

– Oui, elle est si gentille... et très enceinte.

Tessa sourit.

– Et Susan ?

– Susan est très drôle et gentille aussi.

Mais... Susan me déteste après ce que j'ai fait à sa nièce.

– Tout s'est bien passé, alors ?

– Oui, Hardin. Tu m'as manqué, mais ma journée s'est bien passée.

Elle tend la main vers moi pour saisir ma chemise et m'attirer à elle. Elle est si belle dans l'éclairage tamisé de l'entrée.

– Tout va bien, ne t'inquiète pas.

Je pose ma tête sur la sienne, et elle enroule ses bras fermement autour de ma taille.

Elle me réconforte ? Tessa me réconforte, m'assurant que tout ira pour le mieux, après s'être retrouvée face à face avec la fille que j'ai quasiment détruite. Elle dit que tout ira pour le mieux... *Vraiment, tout va aller vraiment pour le mieux ?*

– Je ne veux pas aller dîner avec eux.

J'ai juste envie d'emmener Tessa en haut et de me perdre en elle, d'oublier toute cette merde qui m'a torturé l'esprit toute la journée, de chasser tous ces démons et ces souvenirs et de me concentrer sur elle. Je veux que sa voix soit la seule à résonner dans ma tête, et il n'y a qu'en la pénétrant que ça pourra marcher.

– On doit y aller. C'est le week-end du mariage de ta mère. On n'est pas obligés de rester longtemps.

Elle se hausse sur la pointe des pieds pour m'embrasser la joue, puis ses lèvres glissent jusqu'à ma mâchoire.

– Allez, viens !

Tessa me prend la main pour me ramener dans le salon, mais au moment où nous rejoignons ma mère et Mike, je lâche sa main.

Je soupire.

– Eh bien, allons manger.

Le dîner se révèle aussi insipide que ce à quoi je m'attendais. Ma mère s'occupe de Tessa, la bassinant au sujet du mariage et de sa petite liste d'invités. Seul un cousin éloigné de mère sera présent, étant donné que ses deux parents sont morts depuis des années. Mike reste silencieux durant le repas, tout comme moi, sauf qu'il ne semble pas s'ennuyer. Il contemple ma mère avec une expression qui me donne envie de lui en mettre une. C'est écœurant, mais réconfortant en quelque sorte. Il est évident qu'il l'aime, donc j'imagine que c'est pas si mal.

– Tu es ma seule chance de devenir grand-mère, Tessa.

Tessa s'étrangle avec son verre d'eau, et je lui donne quelques tapes dans le dos. Elle tousse encore à quelques reprises avant de s'excuser, mais lorsqu'elle se reprend, ses yeux sont grands ouverts et elle semble gênée. Elle a réagi de manière excessive, mais je suis persuadé que c'est la déclaration grossière et hors de propos de ma mère qui l'a prise au dépourvu.

Sentant ma colère, ma mère dit :

– Je plaisante, je sais que tu es encore jeune.

Jeune ? Ça ne change rien que nous soyons jeunes ou non, elle n'a pas besoin de bourrer le crâne de Tessa avec ce genre de conneries. Nous nous sommes déjà mis d'accord : pas d'enfants. Ça ne changera rien que ma mère fasse en sorte que Tessa se sente coupable – ça risque juste de provoquer une autre dispute. Le mariage et les enfants est notre principal sujet d'engueulade. Je ne veux rien de tout ça, ni maintenant ni jamais. Je veux Tessa, tous les jours pour le reste de l'éternité, mais il est hors de question que je l'épouse. Je repense parfois à l'avertissement lancé par Richard l'autre nuit, mais je finis toujours par me forcer à repousser cette idée.

Après le dîner, ma mère embrasse Mike pour lui souhaiter une bonne nuit, et il rentre chez lui dans la maison voisine. Elle respecte cette tradition stupide selon laquelle le fiancé n'a pas le droit de voir sa fiancée la veille de leur nuit de noces. Je pense qu'elle a oublié que ce n'est pas son premier rodéo. Ces superstitions débiles ne s'appliquent pas la deuxième fois.

Je meurs d'impatience à l'idée de dormir avec Tessa dans mon lit d'ado, mais je suis gêné par la présence de ma mère dans la maison. Cet endroit merdique n'a pas d'isolation sonore du tout. J'arrive à entendre ma mère chaque fois qu'elle se retourne sur son matelas grinçant, dans la chambre d'à côté.

– J'aurais dû réserver un hôtel.

Je geins pendant que Tessa se déshabille. J'aurais préféré qu'elle dorme en parka afin de ne pas être tourmenté la nuit entière par son corps à moitié nu. Elle enfile mon t-shirt, et je ne peux m'empêcher de contempler la courbe de sa poitrine sous le tissu, tout comme sa chute de reins.

– Viens ici, Bébé.

Je lui ouvre mes bras et elle pose sa tête contre ma poitrine. J'ai envie de lui dire à quel point je suis fier qu'elle ait aussi bien géré la situation avec Natalie, mais je n'arrive pas à trouver les bons mots. Je pense qu'elle sait ; elle doit savoir à quel point j'étais terrifié que quelque chose puisse se mettre entre nous.

Elle s'endort en quelques minutes, s'agrippant à moi, et les mots s'échappent librement alors que je fais courir mes doigts dans ses cheveux.

– Tu es tout pour moi.

Je me réveille en sueur. Tessa est toujours serrée contre moi, et je peux à peine respirer tellement il fait lourd. Il fait trop chaud dans cette maison. Ma mère a dû allumer le putain de chauffage. On n'a pas besoin de chauffer, c'est le printemps.

Je me libère de l'étreinte de Tessa et dégage ses cheveux pleins de sueur de son front avant d'aller en bas vérifier le thermostat.

À moitié endormi, je me dirige vers la cuisine, mais ce que je vois me stoppe net. Je me frotte les yeux pour tenter d'effacer l'image distordue qui s'offre à moi.

Mais c'est toujours là... *Ils* sont toujours là, je peux cligner des yeux autant de fois que je veux, je sais qu'ils ne disparaîtront pas.

Ma mère est assise sur le comptoir, les jambes écartées. Un homme se tient entre ses cuisses, les bras enroulés autour de sa taille. Ma mère a enfoui ses mains dans sa chevelure blonde. La bouche de l'homme est collée à celle de ma mère, ou bien c'est celle de ma mère qui est collée à la sienne – j'en sais foutrement rien –, mais ce que je sais, c'est que cet homme n'est pas Mike.

C'est ce putain de Christian Vance.

∞

56
Hardin

Qu'est-ce qui se passe, bordel ? Pour une des rares fois de ma vie, je me trouve totalement incapable de parler. Les mains de ma mère quittent les cheveux de Vance pour caresser sa joue, et elle appuie sa bouche un peu plus fort contre celle de l'homme.

Je viens certainement d'émettre un bruit – probablement un hoquet de surprise, je n'en ai aucune putain d'idée – parce que les yeux de ma mère s'ouvrent soudain, et elle repousse aussitôt l'épaule de Vance. Il se retourne brusquement vers moi, ses yeux s'élargissent et il s'éloigne rapidement du comptoir.

Mais qu'est-ce qui se passe ici, bordel de merde ?

– Hardin, je peux tout...

Vance commence, mais je lève la main pour le faire taire, le temps que ma bouche et mon cerveau fonctionnent en même temps.

– Comment...

J'essaie de faire une phrase, mais les mots tourbillonnent dans mon esprit refusant de se connecter entre eux.

– Comment... ?

Mes pieds me portent d'eux-mêmes en arrière. J'ai envie de repartir aussi vite que possible mais, en même temps, j'ai besoin qu'on m'apporte une explication.

Je les regarde l'un après l'autre, essayant de juxtaposer les deux personnes devant moi avec celles que je pensais connaître. Mais j'ai beau essayer, je n'y arrive absolument pas. Rien ne semble avoir de sens.

Mes talons cognent la première marche d'escalier, et ma mère fait un pas dans ma direction.

– Ce n'est pas…

À mon soulagement, je sens un sentiment de colère familier prendre le pas sur le choc, repoussant ainsi la vulnérabilité que j'ai pu ressentir il y a quelques secondes. Je sais comment gérer ce sentiment. Alors que je ne sais pas trop comment gérer le choc ou le silence stupéfait.

Avant même de me rendre compte de ce que je suis en train de faire, je m'avance vers eux. Ma mère recule, se tenant à distance, tandis que Vance se met devant elle. Quoi ?

– Putain, mais qu'est-ce qui ne tourne pas rond chez toi ? Tu te maries demain !

Je me tourne ensuite vers mon ancien patron, fulminant de rage.

– Et toi ? Tu es fiancé, putain ! Et tu étais sur le point de baiser ma mère dans cette putain de cuisine !

Je donne un coup de poing sur le comptoir déjà endommagé. Le son du bois qui explose ne fait qu'exciter davantage ma soif de violence.

– Hardin !

– Ne me crie pas dessus, putain !

J'entends un bruit de pas au-dessus de ma tête. Nos hurlements ont dû réveiller Tessa, et je sais qu'elle est en train de me chercher en ce moment même.

– Je t'interdis de parler à ta mère sur ce ton.

Vance parle tranquillement, mais je sens clairement une menace dans sa voix.

– T'as pas à me dire ce que je dois faire ou non. T'es rien ici, bordel, mais t'es qui, putain ?

Mes ongles s'enfoncent dans la paume de mes mains, et je sens ma colère monter, gagner en puissance, prête à exploser d'un instant à l'autre.

– Je suis...

Ma mère le retient par l'épaule et le repousse en arrière.

– Christian, ne fais pas ça.

– Hardin ?

J'entends la voix de Tessa depuis l'escalier. À peine une seconde plus tard, elle est dans la cuisine.

Elle regarde autour d'elle et remarque le visiteur inattendu. Puis elle reporte son attention sur moi.

– Est-ce que tout va bien ?

Elle chuchote presque en me rejoignant, glissant sa petite main dans la mienne.

– Tout va bien, vraiment ! Tout va super bien !

Je retire ma main de son étreinte et ajoute avec un geste éloquent :

– Sauf que tu voudras peut-être informer ton amie Kimberly que son fiancé adoré se tape ma mère.

Les yeux de Tessa sortent de leurs orbites, mais elle reste silencieuse. Elle aurait mieux fait de rester à l'étage, mais si j'avais été à sa place, je serais descendu aussi.

– Où est ta chère Kimberly ? Elle t'attend à l'hôtel en compagnie de ton fils ?

Je n'aime pas Kimberly, elle est insupportable et elle fourre son nez partout, mais elle aime Christian, et il me semblait jusqu'ici qu'il l'aimait aussi. De toute évidence, je me trompais sur toute la ligne. Il n'en a rien à foutre d'elle ou de leur futur mariage. Si c'était le cas, rien de ce qui vient de se produire ne serait jamais arrivé.

Ma mère tente de désamorcer la situation.

– Hardin, nous devons tous essayer de nous calmer.

Elle a lâché l'épaule de Vance.

– Nous calmer ? Elle n'est pas croyable. Tu te maries

demain, et je te retrouve au beau milieu de la nuit, affalée comme une pute sur le comptoir de la cuisine.

À peine ces mots sont-ils sortis de ma bouche que Christian bondit sur moi et me jette au sol. Dans la collision, ma tête tape contre le sol en tommettes de la cuisine.

– Christian !

Il m'immobilise de tout le poids de son corps, mais je réussis à libérer ma main de son emprise. Il m'envoie un coup de poing sur le nez, et je sens un flot d'adrénaline me submerger tandis que le monde entier se teinte de rouge.

∞

57
Tessa

Je suis en train de rêver ? S'il vous plaît, dites-moi que c'est un cauchemar... ce qui se passe ne peut pas être réel.

Christian est sur Hardin. Je n'ai jamais rien entendu de si horrible que le poing de Christian qui s'écrase contre le nez de mon petit ami. Ce son se répercute dans mes oreilles, me vrillant les tympans, et mon cœur fait une chute de dix mètres. Levant le poing, Hardin décoche un coup tout aussi violent dans la mâchoire de Christian, qui se retrouve obligé de lâcher prise.

En quelques secondes, Hardin reprend le dessus et s'agrippe à ses épaules pour le maintenir plaqué au sol. Je suis incapable de compter le nombre de coups qu'ils échangent, tout comme je suis incapable de dire qui a le dessus.

– Arrête-les.

Chaque parcelle de mon corps me pousse à m'interposer entre eux, sachant pertinemment qu'en me voyant, Hardin arrêtera immédiatement de se battre. Mais une infime partie de moi-même a peur qu'il soit trop en colère, trop hors de lui pour pouvoir se contrôler, et qu'il puisse accidentellement faire une chose qu'il pourrait regretter par la suite.

– Hardin !

Trish saisit l'épaule libre de Hardin, tentant de le calmer, mais ce geste passe totalement inaperçu des deux hommes.

Pour ajouter à la pagaille, la porte arrière s'ouvre à la volée, et Mike apparaît sur le seuil, totalement paniqué. Oh mon Dieu !

– Trish ? Qu'est-ce que...

Il cligne des yeux derrière le verre épais de ses lunettes tout en contemplant la scène devant lui. Moins d'une seconde plus tard, il se jette dans la mêlée, empoignant par-derrière les deux bras d'Hardin.

Mike soulève aisément Hardin et l'envoie contre le mur. Christian bondit sur ses pieds, et Trish le repousse contre le mur opposé. Hardin fulmine et tremble de tous ses membres. Sa respiration est si saccadée que j'ai peur que ses poumons soient sur le point d'éclater. Sans trop savoir pourquoi, je me précipite vers lui.

– Mais qu'est-ce qui se passe ici ?

Tout est allé si vite : la terreur dans les yeux de Trish, les méchantes contusions sur le visage de Christian, la traînée de sang rouge foncé coulant du nez de Hardin... c'est trop pour moi.

– *Demande-leur !*

Hardin hurle en faisant de grands signes en direction d'une Trish terrifiée et d'un Christian bouillonnant de rage, tandis que de petites gouttes de sang dégoulinent le long de son torse.

– Hardin, montons à l'étage !

Je veux saisir sa main, tentant de refouler mes propres émotions. Je tremble et je sens de chaudes larmes couler sur mes joues. Mais il ne s'agit pas de moi.

– Non ! Dites-leur ! Dites-leur ce que vous étiez en train de faire !

Hardin tente de nouveau de se jeter sur Christian, mais Mike s'interpose aussitôt entre les deux hommes. Je ferme les yeux et prie pour qu'Hardin ne décide pas de se jeter sur Mike.

Je me retrouve à nouveau dans ma vieille chambre de dortoir, entre Hardin et Noah, tandis qu'Hardin me force à avouer mon infidélité au garçon avec lequel j'ai passé la moitié de ma vie.

La vision du visage qui s'offre à moi est bien plus déchirante que ne l'était celle de Noah.

L'expression de Mike est un mélange de prise de conscience, de confusion et de douleur.

Hardin, s'il te plaît, ne fais pas ça...

Je le supplie tacitement de ne pas embarrasser cet homme. C'est à Trish de l'annoncer. Elle doit le faire en privé, à sa manière. Cette manière-là n'est pas la bonne.

– Allez-vous faire foutre !

Hardin donne un coup de poing sur le comptoir et le casse en deux.

– Je suis sûr que Mike ne verra pas d'objection à vous laisser utiliser les locaux demain. Vu tout l'argent qu'il a probablement dû claquer pour cette putain de plaisanterie de mariage.

Un profond frisson me traverse et je garde les yeux rivés au sol. On ne peut pas l'arrêter quand il est dans cet état et, de toute façon, personne n'a envie d'essayer. Tout le monde reste silencieux pendant qu'Hardin continue sa tirade :

– Quel joli couple vous faites, tous les deux. La fiancée, ex-femme d'un alcoolique, et son loyal et fidèle meilleur ami. Désolé, Mike, mais tu arrives cinq minutes trop tard pour assister au spectacle. Tu as raté la partie où ta fiancée avait sa langue au fond de sa gorge.

Christian tente à nouveau de se jeter sur Hardin, mais Trish s'interpose. Hardin et Christian en sont réduits à se regarder en chiens de faïence. Je suis en train de découvrir une facette de Christian que je ne connaissais pas. Il n'est ni espiègle ni plein d'esprit, et la colère semble émaner de tout son être par grosses vagues. Il ne reste aucune trace du Christian qui enlace Kimberly par la taille en lui affirmant à quel point elle est belle.

– Espèce d'irrespectueux petit...

– Irrespectueux, *moi ?* C'est toi qui me vantes sans arrêt les vertus du mariage, ce qui ne t'empêche pas d'avoir une liaison avec ma mère !

Mon esprit n'arrive pas à saisir la logique de la chose. Christian et Trish ? Trish et Christian ? Tout ça n'a aucun sens. Ils sont amis depuis de nombreuses années, et Hardin m'a raconté que Christian s'est occupé de Trish et de lui quand Ken est parti. Mais de là à avoir une liaison ?

Je n'aurais jamais cru que Trish soit ce genre de femme, et Christian m'a toujours paru tellement amoureux de Kimberly. Kimberly... mon cœur se serre rien qu'à évoquer son nom. Elle l'aime tellement. Elle est en plein milieu de ses préparatifs de mariage avec l'homme de ses rêves. À présent, il ne fait plus aucun doute qu'elle ne sait rien de lui. Elle va être totalement effondrée en apprenant la nouvelle. Elle s'est construit une vie avec Christian et son fils. Peu importe ce qu'il m'en coûtera, il est hors de question qu'Hardin soit celui qui lui annoncera la nouvelle.

Je ne le laisserai pas l'humilier et se moquer d'elle tout comme il vient de le faire avec Mike.

– Ce n'est pas ce que tu crois !

Christian fulmine tout autant qu'Hardin. Ses yeux verts brûlent de rage, et il est clair qu'il rêve de lui tordre le cou.

Mike garde le silence, les yeux rivés sur sa fiancée ses joues baignées de larmes.

– Je suis désolée, ce n'était pas censé arriver, je ne sais pas ce que...

Je détourne les yeux en entendant la voix de Trish se casser en un sanglot à vous fendre l'âme. Mike secoue la tête, ne voulant rien entendre. Puis il traverse silencieusement la pièce et sort en claquant la porte derrière lui. Trish tombe à genoux, ses mains couvrant son visage pour étouffer ses sanglots. Christian voûte les épaules, toute colère momentanément envolée, puis s'agenouille à ses côtés pour la prendre dans ses bras. À côté de moi, j'entends la respiration d'Hardin qui s'accélère à nouveau, tandis qu'il serre les poings de rage. Je me mets devant lui et porte mes mains à ses joues. Mon estomac se retourne à la vue du sang qui dégouline à présent sur son menton. Ses lèvres sont rouges...

Il regarde par-dessus mon épaule sa mère qui se trouve toujours dans les bras de Christian. Ces deux-là semblent avoir oublié notre présence. Ou bien peut-être qu'ils s'en fichent. Je ne sais plus quoi penser.

– Hardin, s'il te plaît.

Il finit par tourner son regard vers moi, et je vois la culpabilité grandir au fond de ses yeux.

– S'il te plaît, montons.

Il me fixe, et je me force à soutenir son regard jusqu'à ce que sa colère finisse par disparaître.

– Emmène-moi loin d'ici. Je ne veux plus les voir.

Je passe un bras autour de sa taille et le pousse gentiment hors de la cuisine. Quand nous arrivons devant l'escalier, Hardin s'arrête.

– Non, je veux me barrer de cette maison.

– Ok. Je prends tes affaires. Attends-moi dans la voiture.

– Non, si tu sors d'ici...

Il n'a pas besoin de terminer sa phrase. Je sais exactement ce qui va se passer si je laisse Hardin seul en compagnie de sa mère et de Christian.

– Monte avec moi, je ne serai pas longue.

Je fais de mon mieux pour garder mon calme, pour être forte à sa place, et pour l'instant ça a l'air de marcher.

Il me suit à l'étage, puis le long du couloir jusqu'à la petite chambre. Je rassemble à la hâte nos affaires dans nos sacs, sans prendre le temps de les plier correctement. Je sursaute en étouffant un cri perçant quand Hardin renverse la commode. Elle s'écrase contre le plancher dans un bruit sourd. Hardin s'agenouille et commence à vider le premier tiroir. Il le secoue avant de le rejeter et de recommencer l'opération avec le suivant. Il va finir par tout détruire si je ne le sors pas d'ici très vite.

Au moment où il lance le dernier tiroir contre le mur, je l'enlace de mes bras.

– Viens avec moi dans la salle de bains.

Je l'emmène le long du couloir et ferme la porte derrière nous. Je saisis une serviette, ouvre le robinet et lui demande de s'asseoir sur le siège des toilettes. Son silence me glace, je ne veux pas le provoquer.

Il ne dit pas un mot, ne tressaille même pas quand je porte la serviette chaude à sa joue et que je la passe sous son nez, là où le sang s'est accumulé. Puis je renouvelle l'opération sur ses lèvres et sur son menton.

– Rien de cassé.

Sa lèvre inférieure est enflée, mais elle ne saigne plus. Mon esprit tourne à vive allure, parasité par la vision des deux hommes en train de se battre.

Il persiste à ne pas me répondre.

Après avoir retiré la majeure partie du sang, je rince la serviette tachée et la laisse dans le lavabo.

– Reste ici, je vais prendre nos bagages.

Je me dépêche de revenir dans la chambre pour rassembler nos bagages et ouvrir la valise. Hardin est pieds nus et ne porte que son short de sport. Quant à moi, je n'ai que son t-shirt sur moi. Je n'ai pas eu le temps de penser à m'habiller. Lorsque j'ai entendu crier, je ne me suis même pas rendu compte que j'étais à moitié nue en me précipitant à l'étage inférieur. Je ne savais pas à quoi m'attendre en dévalant les escaliers, mais Christian et Trish faisant l'amour n'était pas un scénario que j'aurais pu anticiper.

Hardin reste calme quand je l'aide à enfiler un t-shirt et que je mets des chaussettes à ses pieds nus. J'enfile un pull et une paire de baskets, sans prêter attention à ma tenue. Je me rince de nouveau les mains dans la salle de bains, en essayant d'enlever le sang sous mes ongles.

Nous atteignons les escaliers en silence, et Hardin me prend les sacs des mains.

Il laisse échapper un gémissement de douleur en passant la courroie de mon sac sur son épaule.

En quittant la maison, j'entends les sanglots de Trish et la voix basse de Christian qui la réconforte.

Lorsque nous atteignons la voiture, Hardin se tourne pour faire face à la maison, et je vois un frisson secouer ses épaules.

– Je peux conduire.

Je prends les clés, mais Hardin me les arrache des mains.

– Non, c'est moi qui conduis.

Je n'essaie pas de m'y opposer. J'aimerais savoir où il nous emmène, mais je décide de ne pas lui poser de questions pour le moment. Son comportement est à peine cohérent. Je mets ma main sur la sienne et, à mon grand soulagement, il ne la repousse pas.

Les minutes semblent passer comme des heures tandis que nous roulons en silence dans le village.

Je regarde par la fenêtre et reconnais la rue familière de cet après-midi, celle où se trouve la boutique de mariage de Susan. Comment Trish a pu faire une chose pareille ?

La voix d'Hardin me ramène à la réalité :

– Tout ça c'est vraiment trop taré.

– Moi non plus, je ne comprends pas.

– Ma vie est tout le temps comme ça. Tout le monde est totalement cinglé autour de moi.

– Je sais.

Je ne suis absolument pas d'accord avec lui, mais ce n'est pas le moment de le lui faire remarquer. Hardin ralentit l'allure en arrivant sur le petit parking d'un motel.

– Nous resterons ici cette nuit. Nous partirons demain matin. Je ne sais absolument pas comment ça va se passer pour ton travail ou pour ton logement lorsque nous serons revenus aux États-Unis.

J'étais si occupée à me préoccuper d'Hardin et à ressasser la bagarre dans la cuisine que j'en ai oublié que l'homme qui roulait au sol avec Hardin n'était pas seulement mon patron, mais également l'homme chez qui j'habite.

– Tu viens ?

En guise de réponse, je sors de la voiture et le suis en silence jusqu'au motel.

∞

58

Tessa

L'homme derrière le comptoir donne la clé de notre chambre à Hardin avec un sourire que ce dernier ne lui rend pas. Je fais de mon mieux pour compenser la mauvaise humeur d'Hardin, mais mon sourire paraît aussi forcé que pitoyable, et le réceptionniste s'empresse de détourner le regard.

Nous traversons la réception en silence jusqu'à notre chambre. Le couloir est aussi long qu'étroit, des peintures religieuses sont accrochées le long des murs couleur crème. L'un des tableaux représente un ange agenouillé au-dessus d'une Vierge. Un autre, deux amoureux en train de s'embrasser. Je ne peux m'empêcher de frissonner lorsque, sur le dernier tableau, mes yeux rencontrent le regard noir de Lucifer en personne, juste à droite de notre chambre. Je reste là, incapable de faire le moindre mouvement, à regarder cette peinture les yeux vides, puis je me dépêche de suivre Hardin dans la chambre. Je tourne l'interrupteur, illuminant la chambre vide. Il jette mon sac sur un fauteuil installé dans un coin et laisse tomber la valise à côté de la porte.

– Je vais prendre une douche.

Puis, sans un regard en arrière, il entre dans la salle de bains et ferme la porte derrière lui. J'ai envie de le suivre, mais je me retrouve face à un dilemme. Je ne veux pas le mettre encore plus en colère qu'il n'est déjà, mais je veux être certaine qu'il va bien.

Je commence par retirer mes chaussures, puis mon jean, et enfin le t-shirt d'Hardin. Je me décide enfin à entrer dans la salle de bains, entièrement nue. Il ne se retourne pas quand je pousse la porte.

Les volutes de buée ont déjà envahi la petite pièce, recouvrant le corps nu d'Hardin d'un nuage de vapeur. Je me dirige vers lui à tâtons, guidée par l'encre noire de ses tatouages qui émergent de la buée. J'enjambe la pile de vêtements jetés en vrac, et m'approche en restant à une trentaine de centimètres de lui.

– Je n'ai pas besoin que tu...

– Je sais.

Je sais qu'il est en colère, blessé, et qu'il commence à se retrancher derrière le mur que j'ai eu tant de mal à démolir. Il avait commencé à si bien gérer sa colère que je pourrais tuer Trish et Christian pour avoir ainsi détruit tous ses efforts. Je chasse ces idées noires, surprise de la tournure amère qu'ont prise mes pensées.

Sans un mot de plus, il tire le rideau de douche et entre sous l'eau qui tombe en cascade. Je prends une grande respiration, rassemblant chaque once de confiance que j'arrive à trouver en moi, et le suis sous la douche. L'eau est tellement bouillante que c'en est presque insupportable, et je me cache derrière Hardin pour éviter son contact. Il doit remarquer ma gêne car il ajuste la température de l'eau pour qu'elle soit supportable.

Je verse le contenu de la petite bouteille de savon liquide sur un gant de toilette et l'amène précautionneusement contre le dos d'Hardin. Il tressaille et tente de se soustraire à moi en faisant un pas en avant, mais je persiste en me rapprochant plus près encore.

– Tu n'es pas obligé de me parler, mais je sais qu'en ce moment tu as besoin que je sois auprès de toi.

Ma voix est à peine plus forte qu'un chuchotement, perdue entre la respiration profonde d'Hardin et le bruit de l'eau qui coule.

Silencieux et immobile, il ne fait pas un seul mouvement pendant que je passe le gant sur les lettres gravées à même sa peau. Sur mon tatouage.

Hardin se retourne pour me faire face, me laissant à présent laver son torse, et ses yeux étudient chaque caresse du gant. Je sens la colère émaner de son être, se mêler aux nuages de vapeur chaude, tandis qu'il me transperce de son regard brûlant. Il me regarde comme s'il était sur le point d'exploser. En un clin d'œil, ses mains se retrouvent de part et d'autre de mon visage, se refermant autour de mon cou. Sa bouche se presse désespérément contre la mienne, et ma bouche s'ouvre involontairement sous son contact brutal.

Son contact n'a rien de gentil ni de doux. Ma langue rencontre la sienne, et je prends sa lèvre inférieure entre mes dents, la tirant doucement en évitant sa blessure. Il pousse un grognement et me plaque contre les carreaux humides.

Je m'entends pousser un gémissement plaintif quand ses lèvres quittent les miennes, mais il rétablit rapidement le contact en couvrant mon cou et ma poitrine de baisers brutaux. Puis il prend mes seins et les caresse entre ses mains blessées, tandis que sa bouche continue de lécher, sucer et mordre. Je rejette ma tête en arrière contre le carrelage, en plantant mes doigts dans ses cheveux, les tirant comme il aime.

Sans prévenir, il se baisse un peu plus, et se retrouve à genoux sous l'eau ruisselante. L'espace d'un instant, quelque chose de vague me revient à l'esprit.

Mais il me touche de nouveau, et je suis incapable de m'en souvenir.

∞

59
Hardin

Les doigts de Tessa s'emmêlent dans mes cheveux, attirant ma bouche contre sa peau rougie et déjà enflée de désir. La toucher, la goûter comme ça chasse tout le reste de mon esprit torturé.

Elle pousse des gémissements quand ma langue passe sur elle, et elle tire par saccades la racine de mes cheveux. Ses hanches se soulèvent du carrelage, à la rencontre de mes lèvres, en demandant toujours plus.

Je me lève sur mes pieds et lui soulève une jambe qu'elle passe autour de ma taille, bientôt suivie par la deuxième. Elle gémit quand je la soulève et que j'entre doucement en elle.

– Putaiiiiin...

Je fais traîner le mot, et ma voix n'est presque plus qu'un sifflement tandis que je suis écrasé par la sensation chaude et humide d'être en elle sans avoir de capote entre nous. Ses yeux se révulsent quand je m'introduis plus profondément, me retirant et la pénétrant de nouveau. Je lutte contre l'envie de la défoncer, de la baiser si profond que je pourrais arriver à tout oublier. À la place, je bouge lentement, mais j'autorise ma bouche et mes mains à être brutaux contre sa chair. Ses bras se raidissent contre mes épaules quand mes lèvres se referment sur sa peau, juste au-dessus de sa poitrine rebondie. Je sens le goût du sang sous ma langue, et je me retire juste à temps pour voir la légère marque rose laissée dans mon sillage.

Tessa me lacère le dos de ses ongles et je la plaque plus fort contre le carrelage. J'enfonce mes doigts dans la chair de ses cuisses, marquant sa peau, et je m'introduis en elle, répétant son nom encore et encore. Elle enroule ses jambes autour de ma taille, tandis que je pars en d'incessants va-et-vient, nous amenant tous deux vers notre libération.

– Hardin.

Sa respiration est saccadée tandis que je la sens jouir tout autour de moi.

Je me rends compte que je peux jouir en elle sans avoir à m'inquiéter des conséquences, ce qui m'amène à franchir le point de non-retour.

J'éjacule en elle en criant son nom.

– Je t'aime.

Je presse mes lèvres contre sa tempe puis appuie mon front contre le sien afin de reprendre mon souffle.

– Je t'aime.

Je reste en elle, me délectant de la sensation de nos deux chairs nues pressées l'une contre l'autre.

Je sens l'eau devenir de moins en moins chaude sur mon dos. Nous n'avons plus qu'une dizaine de minutes d'eau chaude. La perspective d'une douche froide au beau milieu de la nuit ne me plaît pas, et je l'aide à se remettre sur ses pieds avec prudence. En me retirant d'elle, j'observe sans scrupules l'effet de mon orgasme entre ses jambes.

Je veux la remercier, lui dire à quel point je l'aime et à quel point sa présence m'a aidé à me sortir des ténèbres. Pas seulement cette nuit, mais depuis le tout premier jour où elle m'a pris au dépourvu en m'embrassant dans ma vieille chambre de la fraternité. Mais je n'arrive pas à trouver les mots.

Je ferme le robinet d'eau chaude et reste à fixer le mur. Je pousse un soupir de soulagement en sentant le contact du gant de toilette sur mon dos, ce qui signifie qu'elle vient de reprendre ce qu'elle avait commencé il y a quelques minutes à peine.

Je me retourne pour lui faire face, et reste silencieux pendant qu'elle porte le gant de toilette à mon cou. Je sens toujours ma colère bouillonner en moi, cachée sous la surface, mais elle m'aide à la surpasser d'une manière dont elle seule connaît le secret.

∞

60
Tessa

– Ma mère est complétement tarée.

En entendant Hardin parler de nouveau, je ne peux m'empêcher d'avoir un mouvement de recul, mais je reprends vite mes esprits et recommence à le laver tandis qu'il continue :

– Je veux dire : on dirait une de ces situations de merde sorties tout droit d'un roman de Tolstoï.

Je passe en revue les œuvres de Tolstoï, avant de m'arrêter sur *La sonate à Kreutzer*. Je tremble malgré la chaleur de la douche.

– *Kreutzer ?*

Je lui pose cette question en espérant m'être trompée, ou que lui et moi avons interprété de manière différente cette histoire lugubre.

– Oui, bien sûr.

– Je ne sais pas si je comparerais cette... situation à une histoire aussi morbide.

C'est une histoire sanguinaire, pleine de jalousie et de rage, et j'espère que l'histoire à laquelle nous venons d'assister dans la vraie vie aura une fin plus heureuse.

– Pas complètement, mais un peu.

Je me remémore l'histoire, en essayant de trouver le rapport avec la mère d'Hardin, mais tout ce qui me vient en tête est lié à Hardin et à son rapport au mariage. Ce qui me fait frissonner une fois de plus.

– Je n'ai jamais prévu de me marier et ce n'est toujours pas dans mes plans, donc non, je n'ai pas changé d'avis.

Je rejette la sensation de douleur qui envahit ma poitrine et me focalise sur lui.

– Ok.

Je passe le gant le long d'un de ses bras, puis l'autre. Quand je lève les yeux, je remarque qu'il a fermé les siens.

– Et nous, on vivra l'histoire de qui, à ton avis ?

– Je ne sais pas.

Plus que tout au monde, j'aimerais connaître la réponse à cette question.

– Moi non plus.

Il ajoute du gel douche sur le gant de toilette et commence à me frotter la poitrine.

– On ne pourrait pas écrire notre propre histoire ?

Je plonge mon regard dans ses yeux troublés.

– Je ne pense pas. Tu sais que ça ne peut se finir que de deux façons.

Je sais qu'il est blessé et en colère, mais je n'ai aucune envie que les erreurs de Trish viennent perturber notre relation. Pourtant, je lis au fond des yeux verts d'Hardin qu'il fait le rapprochement entre elle et moi.

J'essaie de faire prendre une autre tournure à notre conversation.

– Qu'est-ce qui t'embête le plus dans toute cette histoire ? Que le mariage soit pour demain... je veux dire, pour aujourd'hui.

Je corrige ma phrase. Il est presque quatre heures du matin, et le mariage est supposé – ou était supposé – commencer à deux heures cet après-midi. Que s'est-il passé après que nous avons quitté la maison ? Est-ce que Mike est revenu pour parler à Trish, ou bien Christian et Trish ont-ils fini ce qu'ils ont commencé ?

– J'en sais rien. J'en ai pas grand-chose à foutre de ce mariage. Je crois que je me dis juste que c'est deux putains d'hypocrites.

– Je suis désolée.

– C'est ma mère qui va être désolée. C'est elle qui a vendu sa putain de maison et qui a trompé son fiancé la nuit avant son foutu mariage.

Son toucher devient plus brutal au fur et à mesure qu'il laisse sortir sa colère.

Je garde mon calme, mais reprends le gant et le pose sur le support situé derrière moi.

– Et Christian, quel espèce de connard pour coucher avec l'ex-femme de son meilleur ami ! Mon père et lui se connaissent depuis qu'ils sont gosses.

La voix d'Hardin est amère – même menaçante.

– Je devrais appeler mon père pour lui demander s'il est au courant de quel genre de salope hypocrite...

Je lui recouvre la bouche de ma main avant qu'il ne puisse terminer de prononcer ses paroles acerbes. Puis je lui rappelle doucement :

– C'est quand même ta mère.

Je sais qu'il est en colère, mais ce n'est pas une raison pour la traiter de tous les noms.

Je retire ma main pour qu'il puisse de nouveau parler.

– J'en ai rien à foutre. Et j'en ai rien à foutre de Christian. Et le plus marrant, c'est que tout ça va lui retomber dessus, parce que quand j'aurai tout balancé à Kimberly et que tu auras quitté ton boulot, c'est lui qui sera totalement baisé.

Hardin a l'air si fier de lui en me sortant cette déclaration, comme si c'était la meilleure des revanches possibles.

– Tu ne vas *pas* raconter ça à Kimberly. Si Christian ne le lui dit pas lui-même, alors c'est moi qui le ferai, mais il est hors de question que tu l'embarrasses à ce sujet. Je comprends que tu sois furieux contre eux, mais Kimberly n'y est pour rien et je ne veux pas que tu lui fasses du mal.

– D'accord. Mais je veux que tu démissionnes.

Avec un soupir, je tente de prendre le flacon de shampoing des mains d'Hardin, mais il le tient hors de ma portée.

– Je suis sérieux. Je ne veux plus que tu travailles pour lui.

Je comprends sa colère, mais ce n'est pas le moment de parler de mon travail.

– On en reparlera plus tard.

L'eau devient de plus en plus froide, mais j'aimerais avoir le temps de me laver les cheveux.

– Non !

J'essaie de garder mon calme et d'être aussi gentille que possible avec lui, mais il ne me rend pas les choses faciles.

– Ce n'est pas aussi simple, je ne peux pas quitter mon stage comme ça. Je dois d'abord en informer l'université, remplir une tonne de paperasses et donner une explication solide sur les raisons de mon départ. Il faudra aussi que je m'inscrive à des cours supplémentaires, et puisque le délai pour la demande de bourse est dépassé, je vais devoir payer de ma poche. Je ne peux pas partir aussi facilement. Je vais essayer de trouver une solution, mais s'il te plaît, j'ai besoin d'un peu de temps.

Je renonce à me laver les cheveux.

– Tessa, j'en ai vraiment plus que rien à foutre que tu doives remplir une tonne de papiers. Il s'agit de ma famille.

Un sentiment de culpabilité s'empare aussitôt de moi.

Il a raison, non ?

Honnêtement, je n'en ai aucune idée, mais je ne peux m'empêcher de me sentir coupable à la vue de sa lèvre fendue et de son nez contusionné.

– Je sais, je suis désolée. Tout ce que je demande, c'est que tu me laisses le temps de trouver un autre stage.

Pourquoi est-ce que je le lui demande ? Je corrige aussitôt :

– C'est tout ce que je *dis*… je dis que j'ai besoin de temps. Comme c'est parti… je vais déjà être obligée de me trouver une chambre d'hôtel,

Je me sens submergée par l'angoissante perspective de me retrouver sans domicile, sans travail et une fois de plus sans amis.

– De toute manière, tu seras incapable de te trouver un autre stage, en tout cas pas un stage rémunéré.

– Je ne sais pas ce que je vais faire, mais j'ai besoin de temps. Je ne sais plus où j'en suis.

Je sors de la douche pour prendre une serviette.

– Tu n'as pas beaucoup de temps pour t'occuper de tout ça. Tu devrais plutôt t'installer dans le centre de Washington avec moi.

Ses mots me stoppent net. J'en ai la nausée rien que d'y penser.

– Il est hors de question que j'y retourne, surtout pas après ce qui s'est passé le week-end dernier. Ce n'est pas négociable.

J'enroule une serviette autour de mon corps mouillé et sors de la salle de bains. En panique, je prends mon téléphone et vois que j'ai manqué cinq appels et deux textos. Tous de Christian. Il demande à chaque fois qu'Hardin le rappelle immédiatement.

– Christian n'a pas arrêté d'appeler.

Il sort de la salle de bains, une serviette autour de la taille.

– Et ?

– Et s'il était arrivé quelque chose à ta mère ? Tu ne veux pas appeler pour être sûr qu'elle va bien ? Ou alors je…

– Non. Qu'ils aillent se faire foutre tous les deux !

– Hardin. Je pense vraiment que…

– Non.

– Je leur ai déjà envoyé un message pour savoir si ta mère va bien.

Il grimace.

– Évidemment que t'as fait ça !

– Je sais que tu es en colère, mais s'il te plaît, arrête de passer tes nerfs sur moi. J'essaie vraiment d'être là pour toi, mais il faut que tu arrêtes de me donner des ordres. Tout ça, ce n'est pas de ma faute.

– Je suis désolé.

Il passe ses mains sur ses cheveux mouillés.

– Je te propose d'éteindre nos portables et d'aller dormir un peu.

Sa voix s'est calmée et son regard s'est beaucoup adouci.

– Je changerai nos billets d'avion dès mon réveil. Je suis incapable de me concentrer pour le moment.

Il s'assied un moment sur le bord du lit, avant de s'allonger.

– Je peux le faire.

– Merci. J'aurais bien voulu t'enlever quelque part loin, très loin d'ici.

Mes doigts s'arrêtent sur le clavier, attendant la suite. Mais rien ne vient, et après quelques instants, je n'entends plus rien d'autre que ses légers ronflements. J'accède au site de la compagnie aérienne quand mon téléphone se met à vibrer sur la table. Le nom de Christian s'affiche sur l'écran. J'ignore l'appel, mais quand le téléphone sonne une deuxième fois, j'attrape la clé et sors dans le couloir.

– Allô.

– Tessa ? Comment va-t-il ?

– Il… Il va bien. Son nez est gonflé, sa lèvre est fendue, et il a quelques bleus et blessures.

Je ne cache pas le ton hostile de ma voix.

– Merde.

– Je ne voulais pas que ça en arrive là, moi non plus.

Je réponds à mon patron en essayant de ne pas prêter attention aux peintures hideuses devant mes yeux.

– Je dois lui parler. Je sais qu'il est désorienté et furieux, mais je dois lui expliquer certaines choses.

– Il ne veut pas vous parler et, honnêtement, je le comprends. Il avait confiance en vous, et vous savez très bien que la confiance n'est pas une chose qu'il accorde facilement. Vous êtes fiancé à une femme adorable, et Trish était censée se marier demain.

– Elle a toujours l'intention de se marier.

– Quoi ?

Je descends le long du couloir. Je m'arrête devant la peinture apaisante de l'ange accroupi, mais plus je le regarde, plus il a l'air lugubre. Un deuxième ange se tient derrière le premier. Son corps est translucide, et il tient un poignard à double tranchant dans la main. La jeune fille aux cheveux bruns a les yeux tournés vers lui, un sourire sinistre dessiné sur le visage, comme si elle attendait qu'il attaque l'ange agenouillé. Le deuxième ange a les traits tordus, déformés. Il se prépare à poignarder le premier. Je détourne le regard et me concentre sur la voix à l'autre bout de la ligne.

– Le mariage n'a pas été annulé. Mike aime Trish, et elle l'aime aussi. Ils vont se marier demain malgré mon erreur.

Les mots résonnent comme s'ils avaient du mal à sortir.

J'ai tant de questions à lui poser, mais je ne peux pas. C'est mon patron, et il a une histoire avec la mère d'Hardin. Tout ça ne me regarde pas.

– Je sais ce que tu dois penser de moi, Tessa, mais peut-être que vous pourriez comprendre si vous vouliez bien me laisser une chance de m'expliquer.

– Hardin veut que je change nos billets d'avion pour partir dans la matinée.

– Il ne peut pas partir sans dire au revoir à sa mère.

Ça va la tuer.

– Je ne pense pas que ça soit dans l'intérêt de chacun de lui permettre de se retrouver dans la même pièce qu'elle.

Je fais demi-tour pour revenir dans la chambre, mais m'arrête juste devant la porte.

– Je comprends que tu veuilles le protéger et je suis vraiment heureux de voir avec quel acharnement tu te montres loyale envers lui, mais Trish a déjà eu une vie suffisamment difficile comme ça et il est temps pour elle d'être un peu heureuse. Je ne m'attends pas à ce qu'il se montre au mariage, mais s'il te plaît, fais au moins en sorte qu'il vienne lui dire au revoir. Dieu seul sait quand il reviendra en Angleterre.

– Je ne sais pas.

Je fais courir mes doigts le long du cadre en bronze de la peinture représentant Lucifer.

– Je vais voir ce que je peux faire, mais je ne vous promets rien. Je n'ai pas envie de le forcer à faire quoi que ce soit.

– Je comprends. Merci.

Le soulagement dans sa voix est évident. Avant de raccrocher, je demande :

– Christian ?

– Oui, Tessa ?

– Est-ce que vous allez le dire à Kimberly ?

Je retiens mon souffle en attendant qu'il réponde à ma question plus qu'inappropriée.

– Bien entendu. Je l'aime plus que…

– Ok.

J'essaie de comprendre, mais la seule image qui me vienne à l'esprit est le visage souriant de Kimberly dans leur cuisine, la tête rejetée en arrière dans un éclat de rire tandis que Christian la regarde, les yeux brillants d'admiration, comme si elle était la seule femme au monde. Regarde-t-il Trish de la même manière ?

– Merci. N'hésite pas à me dire si tu as besoin de quoi que ce soit. Encore une fois, je suis désolé pour ce que tu as vu tout à l'heure. J'espère seulement n'être pas totalement descendu dans ton estime.

Après avoir dit ça, il raccroche.

Je jette un dernier coup d'œil à la peinture représentant le monstre hideux sur le mur avant de rentrer dans la chambre.

∞

61
Hardin

– Où es-tu ?

Sa voix emplie de colère résonne dans le couloir, jusque dans la cuisine. J'entends claquer la porte d'entrée et je bondis de ma chaise, tout en saisissant mon livre. Dans ma précipitation, je donne un coup de coude à la bouteille posée sur la table, qui tombe au sol et éclate en mille morceaux. Le liquide brunâtre se répand partout, et je me dépêche de cacher les dégâts avant qu'il ne me trouve et ne découvre ce que j'ai fait.

– Trish ! Je sais que tu es là !

À présent, sa voix est plus proche. Ma petite main prend une serviette sur la cuisinière et la jette au sol pour couvrir ma bêtise.

– Où est ta mère ?

J'ai un mouvement de recul devant le ton de sa voix.

– Elle... elle n'est pas là.

– Bordel, mais qu'est-ce que t'as foutu ?

Je ne voulais pas faire de bêtises. Je savais que ça allait le mettre en colère.

– Cette bouteille de scotch était plus vieille que toi.

Je lève les yeux sur son visage rouge de colère, il titube.

– T'as cassé ma putain de bouteille.

La voix de mon père est lente. Elle est toujours comme ça quand il rentre tard à la maison.

Je recule en faisant des petits pas. Je sais que j'ai une chance de m'échapper si j'arrive à atteindre les escaliers. Il est trop ivre pour me suivre. La dernière fois qu'il a essayé, il est tombé.

– Qu'est-ce que c'est que ça ?

Son regard furibond se pose sur mon livre.

Je le presse contre mon torse. Non. Pas lui !

– Viens ici, mon garçon.

– S'il te plaît, fais pas ça.

Miss Johnson dit que je lis très bien, mieux que tous mes autres camarades de CM1.

– Tu viens de détruire ma bouteille, il va bien falloir que je détruise quelque chose qui t'appartient.

Je recule tandis qu'il déchire le livre en deux, puis en retire chaque page. Je me couvre les oreilles en regardant Gatsby et Daisy danser dans les airs en un tourbillon blanc. Je ne dois pas me conduire comme un bébé, je ne dois pas pleurer. Ce n'est qu'un livre. Mes yeux me brûlent, mais je ne suis pas un bébé, donc je ne dois pas pleurer.

– T'es comme lui, tu sais. Avec tes stupides putains de livres à la con.

Comme qui ? Comme Gatsby ? Il ne lit pas autant que moi.

– Elle croit que je suis idiot.

Il s'accroche au dossier de la chaise pour ne pas tomber.

– Je sais ce qu'elle a fait.

Tout à coup, son visage devient impassible, et j'ai l'impression que mon papa va se mettre à pleurer.

– Nettoie-moi ce bazar !

Il donne un coup de pied à la reliure du livre avant de me laisser seul dans la cuisine.

– Hardin ! Réveille-toi !

Une voix m'appelle depuis la cuisine de ma mère.

– Hardin, ce n'est qu'un rêve. S'il te plaît, réveille-toi.

Quand j'ouvre les yeux, je rencontre un regard inquiet et un plafond que je ne reconnais pas au-dessus de ma tête. Au bout d'un petit moment, je réalise que je ne me trouve pas dans la cuisine de ma mère. Il n'y a pas de bouteille de scotch renversée ni de roman déchiré.

– Je suis navrée de t'avoir laissé tout seul ici. Je suis allée prendre mon petit déjeuner. Je ne pensais pas...

Sa voix se brise en un sanglot, et elle enroule les bras autour de mon dos couvert de sueur.

– Chut, je vais bien.

Je cligne plusieurs fois des yeux.

– Tu veux en parler ?

– Non, vraiment pas. Je ne m'en souviens même pas.

Le rêve est devenu flou, s'estompant à chaque caresse de sa main sur ma peau nue, entre mes omoplates.

Je la laisse me serrer dans ses bras quelques minutes avant de me soustraire à son étreinte.

– Je t'ai apporté le petit déjeuner. Désolée...

Elle m'adresse un sourire timide, en me montrant ma manche couverte de morve.

Je ne peux m'empêcher de rire, et le souvenir de mon cauchemar s'évanouit totalement.

– Y a eu des trucs pires que ça sur ce pull.

Je me souviens de ce moment où elle m'avait branlé dans l'appartement alors que je portais ce pull, et de la grosse tache que j'avais laissée dessus.

Ses joues s'empourprent, et je tends la main vers le plat de nourriture posé à côté d'elle.

Elle a empilé différentes sortes de petits pains, de fruits, de fromage, et même un petit paquet de céréales.

– J'ai dû me battre contre une vieille femme pour récupérer tout ça.

Elle m'adresse un large sourire en désignant le paquet de la tête.

– T'as pas fait un truc pareil ?

– Je l'aurais fait.

Mon humeur s'est nettement améliorée depuis que nous sommes arrivés ici au beau milieu de la nuit.

– Tu as changé les billets d'avion ?

Je lui pose cette question en piochant dans le paquet de céréales sans me préoccuper du bol qu'elle a apporté sur le plateau.

– J'avais l'intention de t'en parler.

Elle n'a pas échangé nos billets.

– J'ai parlé à Christian cette nuit... je veux dire, ce matin.

– Quoi ? Pourquoi ? Je t'ai pourtant dit...

Je me lève en posant brutalement le paquet de céréales sur le plateau.

– Je sais ce que tu m'as dit, mais laisse-moi parler.

– Très bien.

Je me rassieds sur le lit, attendant ses explications.

– Il m'a dit qu'il était vraiment désolé, et qu'il voulait tout t'expliquer. Je comprendrais que tu n'aies aucune envie de l'écouter. Si tu refuses de parler à Christian ou à ta mère, je me connecte tout de suite pour changer les billets. Je voulais juste te donner le choix d'abord. Je sais que tu l'apprécies...

Ses yeux se brouillent de larmes à nouveau.

– Tu veux que j'échange nos billets ?

– Oui.

Elle fronce les sourcils et se penche pour prendre mon ordinateur portable sur la table de nuit à côté du lit. Après avoir hésité un instant, je lui demande :

– Qu'est-ce qu'il t'a dit d'autre ?

Ça n'a aucune espèce d'importance, mais je suis curieux.

– Le mariage a toujours lieu.

Putain c'est quoi ce bordel ?

– Il m'a aussi dit qu'il allait tout raconter à Kimberly.

La lèvre inférieure de Tessa commence à trembler quand elle évoque le nom de son amie trahie.

– Mike est complètement con, alors. Peut-être bien qu'il mérite de rester avec ma mère, après tout.

– Je ne sais pas ce qui s'est passé pour qu'il le fasse aussi vite, mais on dirait bien qu'il lui a pardonné.

Tessa fait une pause et me regarde comme si elle était en train d'évaluer mon humeur.

– Christian m'a demandé de faire en sorte que tu fasses au moins tes adieux à ta mère avant notre départ. Il sait que tu n'iras pas au mariage, mais il voudrait que tu lui dises au revoir.

– Putain, non. C'est hors de question. Je m'habille et on se casse direct de ce trou à rats.

Je désigne la chambre du motel qui m'a quand même coûté une blinde.

– Ok. Je comprends que tu ne veuilles pas dire au revoir à ta mère.

Elle hausse les épaules et met ses cheveux en bataille derrière ses oreilles.

– C'est vrai ?

– Oui.

– Je sais que parfois je me montre dure avec toi, mais sur ce coup-là, je suis de ton côté. Ta réaction est tout à fait justifiée.

– Ok.

Je croyais qu'elle allait insister, ou même me forcer à aller au mariage.

– J'ai trop hâte de rentrer.

Je me frotte les tempes du bout des doigts.

– Ouais, moi aussi.

Putain, où est-ce qu'elle va habiter ? Après ce qui s'est passé, elle ne peut pas juste revenir vivre chez Christian, mais elle ne veut pas non plus vivre chez moi. Je ne sais pas ce qu'elle va faire, je sais juste que j'ai envie de défoncer la tête de ce connard.

J'aurais voulu lui trouver un job avec moi chez Bolthouse, mais c'est impossible. Elle n'est pas étudiante en deuxième année, et il est difficile de trouver un stage rémunéré dans une maison d'édition, même en étant diplômé. Elle n'a aucune chance de trouver un autre stage, surtout à Seattle, pas avant d'avoir avancé dans ses études.

Je lui reprends l'ordinateur portable pour finaliser notre changement de vol. Déjà, je n'aurais jamais dû accepter de venir en Angleterre. C'est Christian qui a embarqué Tessa ici, tout ça pour nous pourrir tout notre putain de séjour.

– Je dois juste récupérer les affaires dans la salle de bains, et on pourra aller à l'aéroport.

Tessa met mes affaires sales dans la poche supérieure de la valise. Elle a l'air abattue et fronce les sourcils si fort qu'ils ont l'air de se rejoindre. J'aimerais gommer l'inquiétude qui se lit au milieu de son front. Je déteste la manière dont elle a baissé les épaules. J'aime Tessa et j'aime sa compassion à mon égard. J'aimerais juste qu'elle arrête de porter le fardeau de mes problèmes en plus des siens. Je peux me charger de mes problèmes tout seul.

– Est-ce que ça va ?

Elle lève les yeux et affiche le sourire le moins convaincant que j'aie vu sur son visage.

– Ouais, et toi ?

– Non, pas si toi tu ne vas pas bien. Tessa. Ne t'inquiète pas pour moi.

– Je ne m'inquiète pas.

– Tess...

Je traverse la chambre pour lui faire face et lui arrache des mains la chemise qu'elle vient de plier et déplier au moins une dizaine de fois.

– Je vais bien, ok ? Je suis toujours aussi furieux, et tout, mais je sais que tu as peur que je craque. Je ne craquerai pas, promis.

Après avoir jeté un coup d'œil à mes mains blessées, je me corrige avec un petit rire :

– Enfin, je veux dire que je ne craquerai plus.

– Je sais. C'est juste que depuis quelque temps tu arrives si bien à gérer ta colère que je ne veux pas que quoi que ce soit vienne gâcher tes efforts.

– Je sais.

Je passe la main dans mes cheveux et essaie de garder la tête froide, sans céder à la colère justement.

– Je suis déjà tellement fière de la façon dont tu as géré cette situation. C'est Christian qui est venu t'attaquer.

– Viens là.

Je lui ouvre mes bras et elle s'engouffre dedans, fourrant son nez dans mes cheveux.

– Même s'il ne s'était pas précipité sur moi, on se serait battus dans tous les cas. S'il n'avait pas fait le premier pas, c'est moi qui l'aurais fait.

Mes mains se déplacent sous l'ourlet de sa chemise, elle tressaille au contact de mes mains froides contre son dos.

– Je sais.

– Puisque tu es en congé jusqu'à mercredi, on va rester chez mon père jusqu'à ce que tu...

Je suis interrompu par le vibreur de son portable. Nos yeux fixent la table en même temps.

– Je ne vais pas répondre.

Je lâche Tessa et prends son téléphone. Après un regard sur l'écran, je laisse échapper un soupir puis réponds :

– Putain, arrête de harceler Tessa. Si tu veux me parler, tu n'as qu'à m'appeler. Ne la mêle pas à cette histoire de merde.

– Je t'ai appelé. Tu as éteint ton portable.

– Et pourquoi, à ton avis ? Si j'avais voulu te parler, je l'aurais déjà fait. Mais puisque c'est pas le cas, arrête de me faire chier.

– Hardin, je sais que tu es fou de rage, mais il faut qu'on en parle.

– Il n'y a rien à dire !

Tessa me fixe d'un regard empreint d'inquiétude tandis que j'essaie de me contrôler.

– Si, il faut que nous en parlions. Nous avons beaucoup de choses à nous dire. Je ne te demande que quinze minutes de ton temps.

– Pourquoi est-ce que je devrais te parler ?

– Parce que je sais que tu te sens trahi, et je veux m'expliquer. Tu es important à mes yeux, tout comme tu es important aux yeux de ta mère.

– Alors quoi ? Vous formez une sorte de ligue contre moi, maintenant ? Allez vous faire foutre.

Je sens mes mains trembler en disant ça.

– Tu peux faire semblant de n'en avoir rien à faire de nous, mais si c'était le cas, tu ne serais pas aussi en colère.

J'écarte le téléphone de mon oreille et rassemble toute ma volonté pour ne pas l'éclater en mille morceaux contre le mur.

– Quinze minutes. Le mariage ne commence pas avant plusieurs heures. Tous les hommes se retrouvent pour déjeuner au bar du Gabriel. Tu devrais m'y retrouver.

J'approche de nouveau le téléphone de mon oreille.

– Tu veux qu'on se rencontre dans un bar ? Tu es complètement con ou quoi ?

En fait, je boirais bien un verre, là... Sentir la brûlure du whisky chaud contre ma langue...

– Pas pour boire, juste pour parler. Pour des raisons évidentes, il vaut mieux que nous nous rencontrions dans un endroit public. (Il soupire.) Mais on peut se voir ailleurs, si tu y tiens.

– Non, ça va aller. Va pour le Gabriel.

Tessa ouvre grand les yeux, de toute évidence totalement déboussolée par mon changement d'avis soudain. Je ne veux pas l'écouter par bonté d'âme, seulement par curiosité. Selon lui, il y aurait une explication à tout ça, et je veux l'entendre. Ma relation avec ma mère tient déjà sur un fil, si je ne fais pas l'effort d'y aller, elle risque de devenir tout simplement inexistante.

– Ok. Il est midi, retrouvons-nous là-bas à une heure.

– Parfait.

Je me demande comment notre petite rencontre pourrait ne pas finir en bagarre.

– Tu devrais amener Tessa au Heath, c'est là que se trouvent Kim et Smith. C'est tout près du Gabriel, et Kimberly doit vraiment avoir besoin d'une amie en ce moment.

J'ai bien envie de me moquer de lui en entendant la culpabilité dans sa voix. Sale connard !

– Tessa vient avec moi.

– Tu veux vraiment qu'elle assiste à une scène potentiellement violente... une fois de plus ?

Oui. Oui, c'est ce que je veux. Non, je ne le veux pas. Je ne veux pas la perdre de vue, mais elle a vécu assez de violence de ma part pour toute une vie. Je grogne alors :

– Tu dis ça seulement parce que tu veux qu'elle aille réconforter ta fiancée après que tu l'as trompée.

– Non. Je veux juste te parler seul à seul et je ne pense pas qu'il serait sage d'amener nos femmes.

– Ok. Je te vois dans une heure.

Je raccroche et me tourne vers Tessa.

– Il veut que tu restes avec Kim pendant qu'on parle.

– Est-ce qu'elle est au courant ?

– On dirait bien.

– Tu es sûr de vouloir le voir ? Je ne veux pas que tu te sentes obligé.

– Je devrais le faire, à ton avis ?

Après un instant de réflexion, elle hoche la tête.

– Je pense que oui.

– Alors je vais le faire.

Tessa se lève du lit et m'enlace la taille de ses bras.

– Je t'aime tant.

– Je t'aime.

Je ne me lasserai jamais de l'entendre prononcer ces mots.

Quand elle sort de la salle de bains, j'en ai presque le souffle coupé.

– Putain.

Je traverse la pièce en trois enjambées.

– Est-ce que ça va ?

– Hum, mouais.

Si ça va ? Elle est tarée ou quoi ? La robe qu'elle portait au mariage de mon père lui va encore mieux maintenant que la première fois où je l'ai vue dedans.

– J'ai eu toutes les peines du monde à remonter la fermeture Éclair.

Elle se tourne et relève ses cheveux :

– Tu peux me la fermer jusqu'au bout ?

Ce que j'aime en elle, c'est que bien que je connaisse chaque centimètre de sa peau par cœur, elle rougit toujours autant et s'accroche toujours à ses restes d'innocence. Je ne l'ai pas complètement pourrie.

– Tu n'as pas changé d'avis ? Je ne veux pas que tu te sentes mal à l'aise.

– Oui, je suis sûr de moi. Tout ce que je lui donne, c'est quinze minutes pour écouter ses conneries.

Je soupire en me disant que le seul endroit où je veuille vraiment aller, c'est ce putain d'aéroport. Mais en observant le regard de Tessa alors qu'elle faisait la valise, j'ai réalisé que je devais non seulement le faire pour elle mais également pour moi.

– J'ai l'air d'un putain de clochard à côté de toi.

– Arrête.

Je regarde ma chemise noire et mon jean déchiré.

– Tu pourrais au moins te raser.

Elle est nerveuse et essaie de détendre l'atmosphère. Je ne pourrais pas être plus nerveux que ça... Tout ce que je veux, c'est en finir avec tout ce merdier.

– Tu aimes ça.

Je prends sa main et la frotte sur la barbe naissante le long de ma mâchoire.

– Surtout entre tes jambes.

Je porte sa main à ma bouche et embrasse le bout de ses doigts. Elle retire brusquement sa main quand je commence à sucer son index.

– Tu ne t'arrêtes jamais.

– Non, et je ne m'arrêterai jamais.

Je lui pince les fesses avec mes deux mains et elle pousse un petit cri.

Le trajet me met à bout de nerfs. Tessa enfonce ses ongles manucurés dans le siège passager et regarde fixement par la vitre.

– Waouh !

– Je savais que tu aimerais le Heath.

– C'est magnifique. Comment un tel endroit peut-il se trouver en plein centre de Londres ?

Je conduis lentement en direction de la blonde assise sur un banc.

Smith est assis sur un autre banc environ six mètres plus loin, avec la réplique miniature d'un train sur ses genoux. Ce petit garçon est si bizarre.

– S'il te plaît, appelle-moi si tu as besoin de quoi que ce soit. Je m'arrangerai pour te retrouver.

– Pareil pour toi.

Je l'attire doucement par-dessus la console centrale pour l'embrasser.

– Ça va aller. Et maintenant va dire à ton amie que son fiancé est un gros sac à merde.

Je l'embrasse à nouveau.

Elle fronce les sourcils mais sort de la voiture sans un mot, puis traverse la pelouse pour rejoindre Kimberly.

∞

62
Tessa

J'essaie de rassembler mes pensées en traversant la pelouse à la rencontre de Kimberly. Je n'ai aucune idée de ce que je vais bien pouvoir lui dire, je ne sais même pas si elle est au courant de ce qui s'est passé la nuit dernière. Je ne veux pas être celle qui lui annoncera la vérité – mais je ne pense pas avoir la force nécessaire de faire comme si de rien n'était.

Elle se retourne pour me faire face, et je me rends compte que mes interrogations n'ont pas lieu d'être. Bien que ses paupières soient maquillées, ses yeux sont tristes et gonflés.

– Je suis désolée.

Je m'assieds à côté d'elle sur le banc, et elle m'enlace aussitôt.

– J'aimerais bien pleurer, mais je crois bien qu'il ne me reste plus assez de larmes.

– Je ne sais pas quoi dire.

Je jette un coup d'œil en direction de Smith qui est, Dieu merci, trop loin pour nous entendre.

– Eh bien, tu peux commencer par m'aider à préméditer un double meurtre.

D'une main, Kimberly rassemble ses cheveux longs jusqu'aux épaules et les repousse sur le côté.

– Je peux faire ça.

J'aimerais avoir la moitié de la force de caractère de Kimberly.

– Tu es sacrément sexy, aujourd'hui.

– Merci, et toi, tu es très belle.

Les rayons de soleil perçant le ciel font scintiller sa robe bleue rehaussée de perles.

– Est-ce que tu comptes assister au mariage ?

– Non, je voulais juste que mon apparence soit plus agréable que mon humeur. Et toi ? Tu vas au mariage ?

– Oui. Je n'ai aucune idée de ce que je vais faire après la cérémonie, mais je ne veux pas déstabiliser Smith. C'est un garçon intelligent, j'ai peur qu'il se doute de quelque chose. Sans compter que cette connasse de Sasha viendra avec Max. Que je sois damnée si je lui donne un prétexte à colporter des ragots !

– Sasha est venue avec Max ? Et Denise et Lillian ?

La traîtrise de Max ne connaît aucune limite.

– C'est exactement ce que j'ai dit ! Elle a un sacré culot de faire tout ce chemin jusqu'en Angleterre pour assister à un mariage en compagnie d'un homme marié. Je devrais lui casser la figure, histoire de me calmer un peu les nerfs.

Kimberly est tellement tendue. J'imagine sa douleur en cet instant, et j'admire la manière dont elle arrive à se dominer.

– Est-ce que tu… Je ne veux pas me mêler de ce qui ne me regarde pas, mais…

– Tessa, je ne fais que ça, me mêler de ce qui ne me regarde pas. Toi aussi, tu en as le droit.

– Est-ce que tu as l'intention de rester avec lui ? Nous ne sommes pas obligées d'en parler si tu n'en as pas envie.

– J'ai envie d'en parler. Je dois en parler, parce que si je ne le fais pas, j'ai bien peur de rester toujours en colère. Je ne sais pas du tout si j'ai l'intention de rester avec lui.

Je l'aime, Tessa.

Elle jette un nouveau regard en direction de Smith :

– Et j'aime aussi ce petit garçon, même s'il ne m'adresse pas la parole plus d'une fois par semaine. J'aimerais pouvoir dire que tout cela me prend de court, mais honnêtement, je m'y attendais.

– Pourquoi ça ?

– Ils ont une histoire. Une longue histoire complexe face à laquelle je ne suis pas sûre d'être de taille.

Je retiens mes larmes en entendant la douleur percer dans sa voix.

– Une histoire ?

– Oui. Christian m'a demandé de ne rien te dire jusqu'à ce qu'il ait parlé avec Hardin, mais je pense que tu as le droit de savoir…

∞

63
Hardin

Le Gabriel est un bar prétentieux situé au milieu du quartier le plus riche d'Hampstead. Évidemment, il a choisi cet endroit pour me rencontrer. Je gare la voiture que j'ai louée dans le parking et me dirige vers l'entrée du bar. Mes yeux parcourent la pièce dès que j'entre dans cet endroit étouffant. Christian, Mike, Max et cette espèce de blonde sont assis ensemble autour d'une table ronde, dans un coin du bar. Qu'est-ce qu'elle fout ici, celle-là ? Et le plus important de tout : pourquoi est-ce que Mike est assis à côté de Christian, comme si ce dernier n'avait pas été à deux doigts de baiser sa fiancée il y a moins de douze heures, presque sous son toit ?

Tout le monde dans ce fichu endroit porte une cravate, à part moi. Une hôtesse essaie de me dire quelque chose, mais je la repousse.

– Hardin, ravi de te revoir.

Max se lève en premier en esquissant un geste pour me serrer la main.

Je ne fais pas attention à lui et regarde Christian.

– Tu voulais qu'on parle, alors parlons.

Il porte à sa bouche son verre rempli d'alcool à ras bord, puis en avale une gorgée avant de se lever de table.

Mike garde les yeux baissés sur la table, et je rassemble toutes mes forces pour ne pas lui balancer à quel point il a l'air stupide. Il a toujours été un homme tranquille, le gentil voisin que ma mère harcelait pour lui prendre du lait ou des œufs quand elle s'est enfuie.

– Comment se passe ton séjour ?

Je regarde Sasha ahuri. Comment ose-t-elle s'adresser à moi ? Je fixe Max.

– Où est ta femme ?

À côté de lui, le sourire de la blonde s'efface de son visage excessivement maquillé, et elle commence à faire décrire des petits cercles à son verre de martini vide. Christian essaie de me calmer.

– Hardin.

– Ta gueule ! Je suis sûr que sa femme et sa fille pensent à lui pendant qu'il se pavane avec une sale...

– Assez !

Il m'attrape par le bras pour tenter de m'éloigner de la table. Je me dégage de son emprise.

– Putain, je t'interdis de me toucher.

– Hé !

Le cri de Sasha perce à travers la colère que je sens monter en moi.

– Ce n'est pas une façon de traiter ton père, pas vrai ?

– Elle est conne ou quoi ? Mon père se trouve à Washington.

– Quoi ?

Son sourire s'élargit.

– Tu m'as très bien entendue. Tu devrais traiter ton vieux avec plus de respect.

Max la tire brutalement par son bras menu, la forçant presque à se mettre sur ses pieds.

– Oups, est-ce que j'ai dit quelque chose qu'il ne fallait pas ?

Son rire résonne dans tout le bar. Quelle connasse stupide !

Je regarde Mike, déboussolé, dont le visage rond est devenu totalement livide. Il a l'air d'être sur le point de perdre connaissance. Un changement s'opère en moi, et je regarde Christian qui est aussi pâle que Mike et qui danse nerveusement d'un pied sur l'autre.

Pourquoi est-ce qu'ils font tout un plat des conneries que vient de sortir cette connasse ?

– Tais-toi, maintenant.

– Elle n'aurait pas dû... J'allais te dire que...

Il serre les poings.

Elle n'aurait pas dû *quoi* ? Faire des commentaires stupides à propos de la paternité supposée de Christian quand mon père est clairement...

Je regarde l'homme paniqué en face de moi, ses yeux verts en feu semblent se consumer, ses doigts courent frénétiquement le long de ses cheveux...

Il me faut un moment pour me rendre compte que mes mains font exactement la même chose.

∞

À SUIVRE...

REMERCIEMENTS

Je n'arrive pas à croire que j'écris des remerciements pour mon quatrième livre. Déjà ! Le temps a passé à une vitesse incroyable, mais j'ai adoré cette course folle. Il y a tant de gens dans ma vie que je voudrais remercier, je vais essayer d'en faire tenir le plus grand nombre ici.

Tout d'abord, mes fidèles lecteurs et Afternators. Votre soutien et votre amour ne manquent jamais de m'impressionner. Vous assistez en nombre à chacune de mes signatures, vous me racontez votre journée sur twiter, vous vous intéressez à la mienne, et vous êtes toujours mes cyber-potes, partout où je vais. J'ai l'impression qu'il existe entre nous un lien qui va au-delà de la simple relation écrivain/lecteur, nous sommes plus que ça, plus que des amis. Vous êtes ma famille, et je ne vous remercierai jamais assez d'être là pour moi. Il nous reste un livre à écrire dans cette série, et j'espère que vous ressentez toujours la même fierté. Je vous aime tous de façon insensée, et vous êtes tout pour moi.

Adam Wilson, mon éditeur et super héros chez Gallery. Nous avons abattu tellement de travail ensemble. Grâce à tes commentaires et tes plaisanteries, j'apprends à devenir un meilleur écrivain, et tu partages mon sens de l'humour. Au début, j'avais peur de tomber sur le « grand méchant éditeur », mais je n'aurais pas pu espérer mieux que toi ! Merci !

Ashleigh Gardner, tu es devenue une amie très chère pour moi. Je l'ai déjà dit, mais c'est sincère, tu es le genre de femme que j'admire. Tu es forte et féroce, mais aussi si douce et dingue à la fois. Tes conseils de lecture sont toujours excellents et tu m'emmènes dans des restaurants inconnus où tu ne te moques pas de moi quand je demande une fourchette pour manger du ceviche, ou quand je ne comprends pas quelque chose (même sans rapport avec la nourriture – ah ! ah !). C'est simple, je t'admire beaucoup, je suis vraiment heureuse pour ton nouveau mariage, et je te remercie pour tout.

Candice Factor, depuis que nous nous connaissons, nous nous sommes découvert tant de choses en commun que c'en est presque inquiétant. J'ai su tout de suite qu'Amy et toi étiez du même monde que moi. J'aime la passion avec laquelle tu parles de tout – nous nous ressemblons aussi dans ce domaine. Tu es si sincère et si naturelle, et je suis trop heureuse de travailler avec toi et de te compter parmi mes amies.

Nassa Khan, merci de m'avoir appris à parler en public et à répondre à une interview sans que cela tourne au parfait désastre. Avec toi, tout devient amusant et tu ne hausses le ton que lorsque je donne mon adresse mail sans te consulter avant (ah ! ah !). Tu es aussi une amie maintenant, et nous nous apprêtons à aller chez AMA (dans la vraie vie, pas quand tu liras ceci) et je suis trop heureuse que ce soit toi qui viennes avec moi. Merci pour tout !

Caitlin, Zoe, Nick, Danielle, Kevin (les deux), Tarun, Rich, tout le monde à Wattpad – vous constituez tous sans aucun doute la meilleure équipe que l'on puisse imaginer. Je sais que quand vous avez signé avec Wattpad, aucun d'entre vous n'imaginiez que vous auriez tant à faire pour *After* et pour moi, et je tiens à vous remercier pour m'avoir accueillie dans votre famille et m'avoir tant aidée. Je suis tellement impatiente de voir ce que l'avenir nous réserve ! Vous êtes tous si créatifs, si drôles et si audacieux, et je tiens beaucoup à chacun d'entre vous. Merci pour les fous rires, pour les séances de photos de Nick, le vin, la visite d'appartements super-géniale malgré la pluie, et l'énorme quantité de trucs à grignoter à notre disposition chaque fois que je viens vous voir.

Allen et Ivan, sans Wattpad, je ne me serais jamais trouvée moi-même, alors merci pour avoir créé l'une des choses les plus importantes de ma vie. Je sais que je ne suis pas la seule à le penser.

Kristin Dwyer, merci de m'avoir fait rire et de m'appeler « mec » tout le temps. Je suis si contente de travailler avec toi et j'apprécie toutes les heures de travail que tu me consacres. Je t'adore, j'adore ton humour, ta capacité de travail et ta façon de me rappeler que le bien est toujours vainqueur du mal, et tout ce que tu fais pour moi.

Tout le monde chez Gallery qui m'a accueillie, moi l'auteur inexpérimentée, « fangirl » et loufoque et qui n'a, en gros, aucune idée de ce qu'elle fait mais qui adore le faire ! Je vous suis reconnaissante de tout ce que vous faites pour ce projet, depuis l'équipe commerciale jusqu'à l'équipe de production. Jean Bergstrom et Louise Burke, pour avoir laissé Adam me signer un contrat. Martin Karlow, je sais que tu as beaucoup travaillé et je t'en remercie. Steve Breslin, comme le dit Adam, « c'est toi qui maintiens ce train sur ses rails. »

Christina et Lo, vous avez été tous les deux des mentors et des amis pour moi et je vous adore tous les deux !

À tous les Tessa et les Hardin du monde qui aiment passionnément et font des erreurs en chemin.

Tous mes amis et ma famille qui m'ont soutenue depuis que j'ai vendu la mèche et qu'ils ont appris que je venais d'écrire cinq livres sans qu'ils le sachent. Je vous aime tous.

Et pour finir, Mon Jordan. Tu es tout pour moi et je ne te remercierai jamais assez d'avoir été mon roc pendant cette année et les nombreuses qui ont précédé. Nous avons tellement de chance de nous être trouvés si tôt dans notre vie, et ça a été une aventure formidable de grandir avec toi. Tu me fais rire et me donnes des idées de meurtre (pas pour de vrai, parce que tu me manquerais sans doute un peu par moment). Je t'aime.

∞

Retrouvez toute l'actualité de la série *After* d'Anna Todd,
et des autres titres de la collection New Romance,
sur notre page Facebook :
www.facebook.com/HugoNewRomance
www.hugoetcie.fr

Retrouvez l'univers Karl Marc John :
www.karlmarcjohn.com

DÉCOUVREZ LES SÉRIES NEW ROMANCE

PARUES ET À PARAÎTRE CHEZ HUGO ROMAN

AFTER
"LE PHÉNOMÈNE LITTÉRAIRE
DE SA GÉNÉRATION."
ENFIN DISPONIBLE EN FRANCE
AFTER
ANNA TODD
SAISON 1
AFTER
ANNA TODD
AFTER WE COLLIDED - SAISON 2
AFTER
AFTER WE FELL - SAISON 3
AFTER
AFTER WE RISE - SAISON 4
AFTER
ANNA TODD
AFTER EVER HAPPY - SAISON 5
Hugo Roman
AVRIL 2015
SAISON 4
MAI 2015
SAISON 5

Christina Lauren
Wild Seasons - 3 tomes :
mars, mai, octobre 2015

K.A. Tucker
Ten Tiny Breaths - 3 tomes :
février, avril, juin 2015

Cecilia Tan
Endless Love - 3 tomes :
janvier, mars, mai 2015

Laura Trompette
Ladies' Taste - 3 tomes :
avril, juillet, septembre 2015

ROMANS À PARAÎTRE DANS LA COLLECTION HUGO NEW ROMANCE :

De Maya Banks
Slow Burn - 3 tomes : mai, août, novembre 2015

De Jay Crownover
Marked Men - 2 tomes : août, octobre 2015

De Laurelin Paige
Fixed - 2 tomes : septembre, novembre 2015

De Kay Bromberg
Driven - 2 tomes : octobre, novembre 2015

De Colleen Hoover
Maybe Someday : 2015
Ugly Love : 2015